DAS ORIGINAL AUS BAYERN

TURMSCHREIBER 2022

»Komisch und ernst sind diese Gedichte, satirisch, melancholisch, fein und derb, mal gelassen und mal grantig.« Münchner Merkur, Alexander Altmann
Foto: © Volker Derlath, München
volk
Anton G. Leitner
Wadl beissn
Zupackende Verse
volk
»Leitners Freude, sich einzumischen, ist ungebrochen. Knapp und lakonisch kommentiert er aktuelles Zeitgeschehen.« Süddeutsche Zeitung, Sabine Reithmaier
200 Seiten, Hardcover mit Schutzumschlag und Lesebändchen, Volk Verlag, München 2021
BR BAYERN 2 FAVOR!T
www.wadlbeissn.de

TURMSCHREIBER

GESCHICHTEN, GEDANKEN, GEDICHTE

DAS BAYERISCHE HAUSBUCH AUF DAS JAHR 2022

IM 40. JAHRGANG

DAS ORIGINAL AUS BAYERN

Volk Verlag München

HERZLICH WILLKOMMEN!

WER SIND WIR?

Als gemeinnütziger Verein wirken wir mit, das Ideen- und Gedankengut der Turmschreiber in der Öffentlichkeit bekannt zu machen. Autoren unterstützen wir bei der Veröffentlichung ihrer Werke. Anfängern helfen wir bei ihrem literarischen Start.

WIR LADEN SIE EIN, KOMMEN SIE ZU UNS!

Im Rahmen regelmäßig stattfindender literarischer Abende lernen Sie die Turmschreiber kennen – dazu können Sie Ihre eigenen Texte vorstellen. Das Hausbuch der Turmschreiber erhalten Sie jedes Jahr kostenlos.
Wir lassen uns immer wieder Überraschungen für Sie einfallen.

Werden Sie Mitglied in unserem Freundeskreis für jährlich 33 Euro (also monatlich nur 2,75 Euro)

NA WIE WÄR'S – MÖCHTEN SIE NICHT MITMACHEN?

Freundeskreis der Turmschreiber e.V.
Ingrid Schönbrunner, Leonhardiweg 64,
81829 München
Tel.: 089-426171, Fax: 089-42036947
E-Mail: Vorstand@Freundeskreis-der-Turmschreiber.de

www.Freundeskreis-der-Turmschreiber.de

FREUNDESKREIS DER TURMSCHREIBER E.V.

INHALT

STEINBOCK 22.12.–20.01.

JANUAR

WASSERMANN 21.01.–19.02.

1	SA	Hochfest der Gottesmutter Maria, Neujahr — Maria	
2	SO	Basilius, Gregor v. Nazianz, Adelhard, Dietmar, Markarius	
3	MO	Genoveva, Adele, Telemach, Hermine, Odilo	KW 1
4	D	Angelika (Angela), Christiane, Anneliese, Elisabeth	
5	MI	Emilia, Edward, Gerlach, Roger, Johann Nepomuk	
6	DO	Hl. 3 Könige — (Kaspar – Melchior – Balthasar), Erscheinung des Herrn Andreas, Erminold	
7	FR	Raimund, Reinhold, Knud Lavard, Sigrid, Valentin	
8	SA	Severin, Erhard, Gudula, Thorfinn, Thorsten, Gudrun	
9	SO	Fest der Taufe des Herrn u. 1. Sonntag im Jahreskreis — Julian, Adrian, Alice	
10	MO	Agatho(n), Gregor X., Wilhelm, Paulus, Leonie	KW 2
11	DI	Theodosius, Paulinus, Thomas	
12	MI	Ernst, Tatjana, Xenja, Margarita (Margot), Antonius, Anton	
13	DO	Hilarius, Jutta, Gottfried, Hilmar, Remigius	
14	FR	Felix, Malachias, Engelmar, Rainer, Berno, Diomira	
15	SA	Francisco (Franz), Romedius, Maurus, Habakuk, Arnold	
16	SO	2. Sonntag im Jahreskreis — Priscilla, Marcellus, Theobald, Tilmann, Tasso	
17	MO	Antonius, Rosalind, Mildwina	KW 3
18	DI	Priska, Margarethe, Regina, Ulfried	
19	MI	Marius, Agritius, Pia, Martha	
20	DO	Fabian, Sebastian, Ute, Ursula	
21	FR	Agnes, Epiphanius, Meinrad, Patroklus, Ines	
22	SA	Vinzenz, Dietlinde, Walther, Anastasius	
23	SO	3. Sonntag im Jahreskreis — Heinrich, Emerentia, Hartmut, Eugen, Nikolaus, Reinhold	
24	MO	Franz, Arno, Vera, Thurid	KW 4
25	DI	Pauli Bekehrung — Wolfram, Eberhard	
26	MI	Timotheus (Tim, Timo), Titus, Paula, Alberich, Robert	
27	DO	Angela, Alrun, Antonia, Enrique (Heinrich), Georg, Julian	
28	FR	Thomas, Karl, Manfred, Caroline	
29	SA	Valerius, Aquilin, Gerhard (Gerd), Josef, Julius, Gildas	
30	SO	4. Sonntag im Jahreskreis — Martina, Adelgunde, Balthilde, Jacinta, Louis-Joseph, Serena	
31	MO	Johannes, Marcella, Emma, Eusebius	KW 5

BAUERNREGEL

Ist der Januar kalt und weiß,
kommt der Frühling
ohne Eis.

BRAUCHTUM

Hirtentag in Hersbruck:
6. Januar

BRAUCHTUM

Ewige Anbetung und
Lichterfeste in Oberfranken:
3. Januar in Obertrubach,
6. Januar in Pottenstein

BAUERNREGEL

Wie viel Regentropfen
im Januar, so viel Schnee-
flocken im Mai.

Foto: Ursula Weber

WASSERMANN 21.01.–19.02.

FEBRUAR

FISCHE 20.02.–20.03.

1	DI	Katharina, Barbara, Brigitta, Siegbert, Severus, Reginald	
2	MI	Mariä Lichtmess — Alfred, Bodo, Jakob, Maria Katharina, Hannah	
3	DO	Blasius, Ansgar, Berlinda, Claudia, Helene, Neithard,	
4	FR	Veronika, Hrabanus Maurus, Gilbert, Hector, Johanna	
5	SA	Agathe, Adelheid (Elke), Ingenuin u. Albuin, Melvin, Tabea	
6	SO	5. Sonntag im Jahreskreis — Dorothea, Amandus, Paul, Aline, Gaston	
7	MO	Richard, Ava, Moses, Ronan	KW 6
8	DI	Hieronymus, Anna Margareta, Josefina, Phillip, Jacoba, Elfrieda	
9	MI	Apollonia, Alto, Lambert, Anna Katharina (Antje, Anke)	
10	DO	Scholastika, Wilhelm, Silvano, Siegmar	
11	FR	Gregor (II.), Theodor(a), Benedikt, Eleonora, Maria Lourdes	
12	SA	Reginald, Eulalia, Ludan, Helmwald (Helmfried)	
13	SO	6. Sonntag im Jahreskreis — Reinhilde, Wiho, Jordan, Irmhild, Gosbert, Adolf, Christina, Castor	
14	MO	Valentinstag — Cyrill u. Methodius, Licinius, Maron, Valentin	KW 7
15	DI	Claude, Drutmar, Siegfried, Faustinus u. Jovita, Friedrich, Georgia	
16	MI	Juliana, Onesimus, Philippa, Pamphilius	
17	DO	Ebermut, Lukas, Isfried, Bonosus, Alexius, Benignus	
18	FR	Simon, Koloman, Constanze, Angelikus	
19	SA	Konrad, Irmgard, Hedwig, Alvaro, Bonifaz	
20	SO	7. Sonntag im Jahreskreis — Falko, Amata, Corona, Eucherius	
21	MO	Petrus (Peter), Gunhild, Henrike (Henriette), German, Irene	KW 8
22	DI	Kathedra Petri (Petri Stuhlfeier), Marald, Isabella, Margaretha	
23	MI	Polykarp, Romana, Raffaela, Willigis	
24	DO	Weiberfastnacht, Unsinniger Donnerstag — Matthias, Edelbert, Eunike,	
25	FR	Walburga, Adelhelm, Adeltrud, Sebastian	
26	SA	Dionysius, Ottokar, Edigna, Gerlinde	
27	SO	8. Sonntag im Jahreskreis — Markward, August, Baldomer, Gabriel	
28	MO	Rosenmontag — Detlev, Oswald, Roman, Silvana, Sirin	KW 9

Aus: Nikola Hollmann, Andrea Slavik:
„Kraftplätze im Berchtesgadener Land und im Rupertiwinkel",
Volk Verlag, 176 Seiten, 16,90 Euro

BAUERNREGEL

Wenn der Nordwind im Februar nicht will, so kommt er sicher im April.

BAUERNREGEL

Im Februar Schnee und Eis, macht den Sommer heiß.

BRAUCHTUM

Chinesenfasching in Dietfurt: Unsinniger Donnerstag, 24. Februar

BRAUCHTUM

Rauhnacht in Frauenau, Landkreis Regen: Faschingssamstag, 26. Februar

Foto: Nikola Hollmann, Andrea Slavik

FISCHE 20.02.–20.03.

MÄRZ

WIDDER 21.03.–20.04.

1	DI	Faschingsdienstag — Albin, David, Eudokia (Dunja), Roger, Leontine, Swidbert	
2	MI	Aschermittwoch — Agnes, Karl d. Gute, Volker, Hubert	
3	DO	Kunigunde, Tobias, Leif, Frederick, Kathrin, Camilla	
4	FR	Kasimir, Humbert, Basin, Christopher, Edwin	
5	SA	Dietmar, Gerda, Olivia, Ingmar	
6	SO	1. Fastensonntag — Fridolin, Chrodegang, Nicoletta, Amalie, Rosa. Quiriak,	
7	MO	Perpetua u. Felicitas, Volker, Reinhard, Jean	KW 10
8	DI	Internationaler Frauentag — Johannes v. Gott, Gerhard, Michael	
9	MI	Franziska, Bruno, Anne, Dominik	
10	DO	Emil, Maria Elisabeth (Marlies), Gustav, John	
11	FR	Ulrich, Rosina, Alram, Heinrich	
12	SA	Engelhard, Beatrix, Innozenz, Almut, Maximilian, Serafina	
13	SO	2. Fastensonntag — Judith, Leander, Paulina, Roderick	
14	MO	Mathilde, Paulina, Einhard, Eva	KW 11
15	DI	Klemens, Zacharias, Luise, Lukretia, Dieter	
16	MI	Heribert, Rüdiger (Rudger), Gummar	
17	DO	Patrick, Gertrud, Jan	
18	FR	Cyrill, Sybille, Eduard	
19	SA	Josef, Gero, Marcel, Sybille	
20	SO	3. Fastensonntag, Frühlingsanfang — Irmgard, Wolfram, Claudia, Alexandra, Gisbert	
21	MO	Christian, Axel, Alexandra, Benedikt, Emilia, Nikolaus, Richeza	KW 12
22	DI	Reinhilde, Lea, Herlinde, Elmar, Clemens	
23	MI	Otto, Toribio, Rebekka, Marbod	
24	DO	Margaret, Karin, Elias, Gabriel, Hidelinde	
25	FR	Luzia, Prokob, Maria Rosa, Judith, Dismas, Annunziata	
26	SA	Emmanuel (Manuel), Ludger, Castulus, Larissa	
27	SO	4. Fastensonntag — Rupert, Heimo, Frowin, Augusta, Ernst	
28	MO	Beginn der Sommerzeit — Guntram, Adelheid, Ingbert	KW 13
29	DI	Helmut, Berthold, Ragnar, Ludolf	
30	MI	Quirin, Amadeus, Armand, Dietmut, Leonhard, Maria Restituta	
31	DO	Benjamin, Guido, Cornelia, Amos	

Aus: Nikola Hollmann, Andrea Slavik: „Kraftplätze im Berchtesgadener Land und im Rupertiwinkel", Volk Verlag, 176 Seiten, 16,90 Euro

Foto: Nikola Hollmann, Andrea Slavik

BRAUCHTUM

Backen von „Baumwollbrot“ zum Josefitag: 19. März

BAUERNREGEL

Fürchte nicht den Schnee im März, darunter wohnt ein warmes Herz.

BAUERNREGEL

Soviel Nebeltage im Herbst, soviel Frosttage im Mai.

BRAUCHTUM

Frühjahrsvolksfest in Würzburg: ab dem 4. Samstag vor Ostern, 26. März bis 10. April

WIDDER
21.03.–20.04.

APRIL

STIER
21.04.–20.05.

1	FR	Hugo, Irene, Nunio	●
2	SA	Franz de Paola, Eustasius, Sandrina (Sandra), Maria (Mirjam), Vilmos (Wilhelm)	
3	SO	5. Fastensonntag — Richard, Thiento, Josepha, Dorothea	
4	MO	Platon, Isidor, Konrad, Heinz	KW 14
5	DI	Vinzenz, Juliane, Kreszentia	
6	MI	Sixtus, Michael, Notker	
7	DO	Johann, Ralph, Orsina, Hermann, Goran, Burkhard	
8	FR	Walter, Beate, Rose-Marie	
9	SA	Waltraud, Casilda, Madrun	◐
10	SO	Palmsonntag — Hulda, Ezechiel, Gerold, Gernot, Magdalene	
11	MO	Stanislaus, Rainer, Hildebrand, Gemma	KW 15
12	DI	Julius, Zeno, Herta, Giuseppe (Josef), Joana	
13	MI	Martin, Ida, Hermenegild, Paternus	
14	DO	Gründonnerstag — Tiburtius, Lidwina, Hedwig, Ernestine, Elmo	
15	FR	Karfreitag — Anastasia, Una, Nidgar, Damian	
16	SA	Karsamstag — Benedikt, Bernadette, Hartmut, Magnus	○
17	SO	Ostersonntag — Wanda, Rudolf, Eberhard, Isadora	
18	MO	Ostermontag — Wigbert, Werner, Barbara, Sascha	KW 16
19	DI	Gerold, Leo, Timo, Werner, Arminia, Emma	
20	MI	Hildegund, Odette, Christopherus	
21	DO	Konrad, Anselm, Alexandra	
22	FR	Alfried, Cajus, Wolfhelm, Leonidas	
23	SA	Adalbert, Georg, Gerhard, Jürgen, Theresa Maria	◑
24	SO	2. Sonntag der Osterzeit — Fidelis, Virginia, Wilfried, Egbert, Theodor	
25	MO	Markus, Erwin, Franka, Hermann	KW 17
26	DI	Radbert, Anaklet, Trudbert, Pedro (Peter), Helene, Consuelo	
27	MI	Petrus Canisius, Zita, Montserrat	
28	DO	Peter Chanel, Pierre, Vitalis, Hugo, Ludwig, Theodora	
29	FR	Katharina, Roswitha, Dietrich, Dieter	
30	SA	Walpurgisnacht — Pauline, Rosamunde, Wolfhard, Silvius, Pius, Hildegard	●

Aus: Ursula Weber:
„Wandern auf märchenhaften Pfaden“,
Volk Verlag, 184 Seiten, 16,90 Euro

BAUERNREGEL

Wenn der April Spektakel macht, gibt's Heu und Korn in voller Pracht.

BRAUCHTUM

Schachblumenfest in Obersinn im Landkreis Main-Spessart: jährlich Mitte April

BRAUCHTUM

Gerner Dult: 11 Tage um den Bauernfeiertag St. Georg, 16. bis 25. April

BAUERNREGEL

Siehst du im April die Falter tanzen, magst du getrost im Garten pflanzen.

Foto: Ursula Weber

STIER 21.04.–20.05.

MAI

ZWILLINGE 21.05.–21.06.

1	SO	Maifeiertag, Tag der Arbeit 3. Sonntag der Osterzeit — Josef, Arnold, Augustin, Jeremias	
2	MO	Athanasius, Boris, Antonin, Siegmund, Wiborada (Wiebke), Zoe	KW 18
3	DI	Philippus, Jakobus, Alexander (I.), Viola, Bela	
4	MI	Martin, Valeria, Florian, Briktius, Aribo	
5	DO	Gotthard, Jutta, Nunzio, Sigrid	
6	FR	Maria Caterina, Markward, Britta, Dietrich, Gundula, Antonia	
7	SA	Helga, Gisela, Notker	
8	SO	4. Sonntag der Osterzeit, Muttertag — Ida, Wulfhild, Klara, Ulrike, Friedrich (Fritz, Fred)	
9	MO	Europatag Volkmar, Ottokar, Caroline, Beat	KW 19
10	DI	Gordian u. Epimach, Isidor, Johannes, Job (Hiob), Solande, Liliana	
11	MI	Joachim, Francesco, Gangolf, Mamertus, Lucinda	
12	DO	Pankratius, Modwald, Johanna, Irmhild, Achilles u. Nereus	
13	FR	Servatius, Rolanda, Fatima, Ellenger, André Hubert	
14	SA	Bonifatius, Christian, Ismar, Pachomius, Maria Domenica	
15	SO	5. Sonntag der Osterzeit — Sophie (Sonja), Rupert, Hertrud, Heinrich, Halvard, Herbert u. Dympna	
16	MO	Johann Nepomuk, Adolf, Brendan, Simon,	KW 20
17	DI	Elgiva, Dietmar, Antonella, Walter, Pascal	
18	MI	Johannes, Erich, Felix, Burkhard, Alexandra	
19	DO	Alkuin, Cölestin, Kuno, Ivo, Verena, August	
20	FR	Elfriede, Bernhardin, Henriette, Mirella, Saturnina u. Valeria	
21	SA	Konstantin, Hermann Josef, Wiltrud, Henning, Ehrenfried	
22	SO	6. Sonntag der Osterzeit — Julia, Rita, Emil, Konstantin, Ortwin	
23	MO	Bartholomäus, Almerida u. Quintus, Desiderius, Renate	KW 21
24	DI	Esther, Dagmar, Johanna u. Susanna, Franz, Sophie	
25	MI	Urban, Gregor (VII.), Beda, Eilhard, Heribert, Maria Magdalene	
26	DO	Christi Himmelfahrt, Vatertag — Philipp Neri, Alwin, Regintrud, Marianne	
27	FR	Augustin v. Canterbury, Bruno, Randolf, Matthias, Margaret	
28	SA	Otto, Viktor, Wilhelm	
29	SO	7. Sonntag der Osterzeit — Erwin, Irmtraud, Julia, Maximin	
30	MO	Felix, Ferdinand, Jeanne d'Arc, Reinhild, Emmelia, Hubert	KW 22
31	DI	Mechthild, Petronilla, Siegwin, Pilgrim, Helmtraud	

Aus: Nikola Hollmann, Andrea Slavik: „Kraftplätze im Chiemgau“, Volk Verlag, 176 Seiten, 16,90 Euro

BAUERNREGEL

Im Mai ein warmer Regen,
bedeutet Früchtesegen.

BRAUCHTUM

Stabenfest in Nördlingen:
6. bis 9. Mai,
Stabenumzug am Montag

BRAUCHTUM

Maibaumkraxeln in vielen
bayerischen Städten

BAUERNREGEL

Bärlauch im Mai erspart im
ganzen Jahr die Arznei.

Foto: Nikola Hollmann, Andrea Slavik

ZWILLINGE 21.05.-21.06.

JUNI

KREBS 22.06.-22.07.

1	MI	Justin, Konrad, Simeon, Hortense, Silka, Silvana	
2	DO	Erasmus, Blandina, Armin, Marcellinus u. Petrus	
3	FR	Karl, Johannes, Hildburg, Morand, Silvia	
4	SA	Franz, Quirin, Werner, Christa, Klothilde, Iona	
5	SO	Pfingsten — Erika, Ferdinand, Meinwerk, Winfried Bonifatius	
6	MO	Pfingstmontag — Norbert, Falk, Kevin, Bertrand, Claudius	KW 23
7	DI	Robert, Adelar u. Eoban, Anna, Bogumil, Gottlieb, Sophia, Theresia	
8	MI	Helga, Medardus, Marie, Giselbert, Chlodwig	
9	DO	Ephraim, Anna Maria, Grazia, Josef, Liborius, Primus u. Felician	
10	FR	Heinrich, Oliva, Bardo, Diana	
11	SA	Barnabas, Alice, Jolentha, Paula	
12	SO	Dreifaltigkeitssonntag — Leo, Mercedes, Guido, Florinda	
13	MO	Antonius v. Padua, Bernhard, Benilda, Randolf	KW 24
14	DI	Hartwig, Meinrad, Elisäus, Gottschalk	
15	MI	Vitus, Lothar, Gebhard, Germaine, Isfried	
16	DO	Fronleichnam — Benno, Juliette, Kunigunde, Luitgard	
17	FR	Volker, Ramwold, Adam, Adolf, Alina, Rainer	
18	SA	Marina, Elisabeth (Else), Roxana	
19	SO	12. Sonntag im Jahreskreis — Gervasius, Romuald, Rasso. Modest, Michaela, Juliana, Hildegrim, Andreas	
20	MO	Margaretha, Mafalda, Florentina, Deidat, Benina, Adalbert	KW 25
21	DI	Sommeranfang, Sommersonnwende — Alban, Alois, Eberhard, Radulf	
22	MI	Thomas, Eberhard, Achaz, John, Paulin, Rotraud	
23	DO	Edeltraud, Josef, Marion, Ortrud	
24	FR	Johannitag — Johannes der Täufer, Dietger, Friso, Reingard	
25	SA	Prosper, Eleonore, Dorothea	
26	SO	13. Sonntag im Jahreskreis — Johannes u. Paulus, Vigilius, Konstantin, Anthelm, David, Ortwin	
27	MO	Siebenschläfertag — Cyrill, Hemma, Heimo, Gero, Crescens, Benvenuto	KW 26
28	DI	Irenäus, Vincenta, Ekkehard, Dietlinde, Harald	
29	MI	St. Peter u. Paul — Gero, Judith, Notker	
30	DO	Otto, Ehrentrud, Bertram, Erich, Ernst	

Aus: Marion Reinhardt: „Bayerns schönste Kräutergärten", Volk Verlag, 208 Seiten, 24,90 Euro

BAUERNREGEL

Soll gedeihen Korn und Wein,
muss im Juni Regen sein.

BRAUCHTUM

Bergkirchweih in Erlangen:
Beginn 2. Juni

BRAUCHTUM

Hofer Schlappentag:
jährlich eine Woche nach
Pfingstmontag, 13. Juni

BAUERNREGEL

Stellt milde sich der Juni ein,
wird mild auch der
Dezember sein.

Foto: Marion Reinhardt

KREBS
22.06.-22.07.

JULI

LÖWE
23.07.-23.08.

1	FR	Theobald, Dietrich, Eckhard, Aaron	
2	SA	Mariä Heimsuchung — Jakob, Petrus, Sventhun, Wiltrud	
3	SO	14. Sonntag im Jahreskreis — Thomas Apostel, Anatol, Ramon	
4	MO	Ulrich v. Augsburg, Elisabeth, Berta, Hasso, Wilhelm	KW 27
5	DI	Anton, Kyrilla, Letizia, Albrecht	
6	MI	Maria Goretti, Goar, Dominica, Godolewa, Isaias, Theresia	◐
7	DO	Willibald, Edda, Walfried	
8	FR	Kilian, Maria, Edgar, Amalia, Disibod, Priscilla u. Aquila	
9	SA	Veronika, Adrian, Agilolf, Hermine	
10	SO	15. Sonntag im Jahreskreis — Knud, Engelbert, Amalia, Erich, Olaf, Raphael	
11	MO	Benedikt v. Nursia, Olga, Oliver, Rachel	KW 28
12	DI	Felix u. Nabor, Sigisbert, Johannes, Hermagor u. Fortunat, Henriette	
13	MI	Heinrich u. Kunigunde, Mildred, Sara, Silas, Arno, Johannes	○
14	DO	Ulrich, Roland, Kamillus, Goswin, Francisco, Wando, Jakobus	
15	FR	Egon, Bonaventura, Rudolf, Waldemar, Anne Marie, Bernhard, Ceslaus, Gumpert	
16	SA	Carmen, Irmengard, Marie Madeleine, Reinhilde	
17	SO	16. Sonntag im Jahreskreis — Alexius, Gabriella, Marina, Clemens, Donata	
18	MO	Arnulf, Friedrich, Radegunde, Arnold, Answer	KW 29
19	DI	Reto, Bernulf, Marina (Mascha, Mara, Maren)	
20	MI	Margarethe, Elias, Bernhard, Volkmar	◑
21	DO	Julia, Daniel, Arbogast, Laurentius, Stella	
22	FR	Maria Magdalena, Elvira, Wando	
23	SA	Birgitta, Apollinaris, Liborius, Marcia	
24	SO	17. Sonntag im Jahreskreis — Christophorus, Christina, Siglinde, Kunigunde, Luise, Scharbel, Ursicin	
25	MO	Jakob, Thea, Herrada (Herta), Magnerich, Thomas, Valentina	KW 30
26	DI	Joachim u. Anna, Gloria	
27	MI	Pantaleon, Bertold, Natalia u. Liliosa, Meinrich, Maria Graziella, Rudolf	
28	DO	Beatus u. Bantus, Innozenz, Ada, Alphonsa, Samson, Manuel	●
29	FR	Ladislaus, Martha, Olaf, Lucilla u. Flora, Lazarus	
30	SA	Ingeborg, Petrus Chrysologus, Leopold, Beatrix, Botho	
31	SO	18. Sonntag im Jahreskreis — Ignatius v. Loyola, German, Joseph	

Aus: Ursula Weber:
„Wandern auf kraftvollen Wegen“,
Volk Verlag, 200 Seiten, 16,90 Euro

BAUERNREGEL

Im Juli muss vor Hitze braten,
was im September soll
geraten.

BRAUCHTUM

Ulrichsritt in Steingaden,
nach dem Namensfest des
hl. Ulrich, dem 4. Juli

BRAUCHTUM

Kocherlball in München:
jährlich am 3. Sonntag des
Monats, 17. Juli

BAUERNREGEL

Wenn die Schwalben
Ende Juli schon ziehen,
sie vor baldiger Kälte fliehen.

Foto: Ursula Weber

LÖWE 23.07.-23.08.

AUGUST

JUNGFRAU 24.08.-23.09.

1	MO	Alfons, Edelwald, Kenneth	KW 31
2	DI	Adriana, Eusebius, Gundaker, Peter Julian	
3	MI	Lydia, August, Nikodemus, Benno	
4	DO	Johannes Maria Vianney, Cecilia, Rainer, Sidney	
5	FR	Oswald, Heinrich, Dominica, Eva Maria	
6	SA	Verklärung des Herrn — Berta, Jaqueline, Hermann, Gilbert, Felicissimus u. Agapit	
7	SO	19. Sonntag im Jahreskreis — Afra, Kajetan, Sixtus, Albert, Donat, Friedrich	
8	MO	Dominikus, Cyriak, Elgar, Hartwig	KW 32
9	DI	Roman, Edith u. Rosa, Altmann, Marianne, Franz, Hademar	
10	MI	Laurentius, Astrid, Tiburtius, Erik	
11	DO	Klara, Donald, Susanna, Philomena, Nikolaus, Ghislen	
12	FR	Radegund, Innozenz, Karl, Leo	
13	SA	Hippolyt u. Kassian, Wigbert, Concordia, Gertrud, Johannes, Markus, Pontian	
14	SO	20. Sonntag im Jahreskreis — Maximilian, Werenfried, Eberhard, Meinhard	
15	MO	Mariä Himmelfahrt (Assunta) — Arnulf, Mechthild, Napoleon, Tarsicius	KW 33
16	DI	Rochus, Alfried, Theodor, Stephan	
17	MI	Hyazinth, Janine, Armor, Gudrun	
18	DO	Helena, Claudia, Rainald	
19	FR	Sebald, Caritas, Johann, Julius, Reinlinde	
20	SA	Bernhard v. Clairvaux, Samuel, Oswin, Ronald	
21	SO	21. Sonntag im Jahreskreis — Pius X., Balduin, Gracia, Maximilian, Franz	
22	MO	Regina, Timotheus, Siegfried, Symphorian	KW 34
23	DI	Rosa v. Lima, Richilde, Isolde, Zachäus	
24	MI	Bartholomäus, Emilia, Johanna-Antida, Michaela	
25	DO	Josef v. Calasanz, Ludwig, Patrizia, Elvira, Ebba	
26	FR	Theresa, Gregor, Miriam, Patricia	
27	SA	Gebhard, Monika, Vivian, Caesar	
28	SO	22. Sonntag im Jahreskreis — Augustinus, Elmar, Adelinde, Alina, Hermes	
29	MO	Sabina, Beatrix, Theodora, Verona	KW 35
30	DI	Ingeborg, Felix, Rebekka, Amadeus, Guarin, Fiacrius	
31	MI	Raimund, Sieglinde, Aidan, Marcello, Paulinus	

Aus: Nikola Hollmann, Andrea Slavik: „Kraftplätze im Berchtesgadener Land und im Rupertiwinkel", Volk Verlag, 176 Seiten, 16,90 Euro

BRAUCHTUM

Pichelsteiner Feste in Regen:
29. Juli bis 3. August

BAUERNREGEL

Ist's in der ersten
Augustwoche heiß,
bleibt der Winter lange weiß.

BRAUCHTUM

Gäubodenfest in Straubing:
12. bis 22. August

BAUERNREGEL

August-Donner hat die Kraft,
dass er viel Getreide schafft.

Foto: Nikola Hollmann, Andrea Slavik

JUNGFRAU
24.08.–23.09.

SEPTEMBER

WAAGE
24.09.–23.10.

1	DO	Ägidius, Joschua, Verena, Ruth u. Naomi, Pelagius	
2	FR	Ingrid, Nonnosus, Wolfsind, Rene, Oliver, Salomon, Appolinaris, Gilbert, Denis	
3	SA	Gregor d. Große, Hildebald, Phoebe, Sylvia, Sophia	
4	SO	23. Sonntag im Jahreskreis — Irmgard, Rosalie, Iris, Ida, Remaklus, Suitbert	
5	MO	Roswitha, Theresie, Urs, Hermine u. Eutyche	KW 36
6	DI	Magnus, Gundolf, Alexis, Bertram	
7	MI	Regina, Ralf, Otto, Stefan	
8	DO	Mariä Geburt — Hadrian, Allen, Belina, Sergius	
9	FR	Peter Claver, Otmar, Emma, Gorgon	
10	SA	Nikolaus, Carlo, Diethard, Isabel	
11	SO	24. Sonntag im Jahreskreis — Paphnutius, Felix u. Regula, Helga, Josef, Ludwig	
12	MO	Mariä Namen — Guido, Gerfried, Degenhard	KW 37
13	DI	Johannes Chrysostomus, Notburga, Tobias, Amat	
14	MI	Maternus, Albert, Cornelius	
15	DO	Mariä Schmerzen — Melitta, Oranna, Roland, Jan, Gotlinde, Gustav	
16	FR	Cornelius u. Cyprian, Edith, Andre, Ludmilla	
17	SA	Hildegard, Reinfried, Robert, Colomba, Ariane	
18	SO	25. Sonntag im Jahreskreis — Lambert, Ricarda, Reinfried, Herlinde, Joseph	
19	MO	Januarius, Albert, Theodor, Igor, Wilhelmine	KW 38
20	DI	Eustachius, Susanna, Andreas, Paul, Candida, Hertha, Traugott	
21	MI	Matthäus, Deborah, Jonas, Gerulf, Iphigenia, Maura	
22	DO	Mauritius, Emmeram, Gunhild, Laurent, Landelin, Phokas, Wolftraud	
23	FR	Herbstanfang — Linus, Thekla, Basin, Gerhild, Lutwin, Pius, Rotraud	
24	SA	Rupert u. Virgil, Mercedes, Hermann, Gerhard	
25	SO	26. Sonntag im Jahreskreis — Klaus, Sergej, Irmfried, Firmin	
26	MO	Kosmas u. Damian, Justine, Eugenie, Kaspar	KW 39
27	DI	Vinzenz v. Paul, Gotthelf, Dietrich, Eberhard, Hiltrud, Siegmund, Kjeld	
28	MI	Wenzel, Lioba, Adalrich, Bernhardin, Giselher u. Kunìald, Lorenzo, Thiemo	
29	DO	Michael, Gabriel, Raphael	
30	FR	Hieronymus, Urs u. Viktor, Alfred	

Aus: Nikola Hollmann, Andrea Slavik: „Kraftplätze im Chiemgau“, Volk Verlag, 176 Seiten, 16,90 Euro

BRAUCHTUM

Karpfhamer Fest:
jährlich Ende August bis
Anfang September

BRAUCHTUM

Gredinger Trachtenmarkt:
3./4. September

BAUERNREGEL

Viel Eicheln im September,
viel Schnee im Dezember.

BAUERNREGEL

Septemberwetter
warm und klar
verheißt ein gutes
nächstes Jahr.

Foto: Nikola Hollmann, Andrea Slavik

WAAGE
24.09.–23.10.

OKTOBER

SKORPION
24.10.–22.11.

1	SA	Theresia vom Kinde Jesu, Remigius, Werner, Bavo, Emmanuel, Francisco	
2	SO	27. Sonntag im Jahreskreis, Erntedank, Schutzengelfest — Leodegar, Gottfried, Balthasar, Gideon	
3	MO	Tag der Deutschen Einheit — Ewald, Niketius, Udo, Adelgott, Bianca	KW 40
4	DI	Franz v. Assisi, Aurea, Edwin	
5	MI	Placidus, Attila, Meinolf, Anna, Flavia, Gallina, Herwig, Maria	
6	DO	Bruno, Renatus, Adalbero, Maria Nicola, Melanie	
7	FR	Rosa Maria, Georg, Justina	
8	SA	Demetrius, Günther, Josef, Laura, Simeon u. Anna	
9	SO	28. Sonntag im Jahreskreis — Abraham u. Sara, Emmanuela, Johannes, Dionysius, Sybille, Günther	
10	MO	Samuel, Viktor, Cassius u. Florentius, Daniel, Gereon	KW 41
11	DI	Manuela Maria Soledat, Bruno, Jakob, Alexander, Edelburga	
12	MI	Maximilian, Herlinde, Pilar, Horst, Jakob, Serafin	
13	DO	Koloman, Eduard, Belisinda, Gerald, Lubentius, Reinwald, Simbert	
14	FR	Calixtus, Burkhard, Fausto, Hildegund	
15	SA	Theresia v. Avila, Aurelia, Thekla	
16	SO	29. Sonntag im Jahreskreis — Margarete Maria, Hedwig, Gallus, Lullus, Gordon	
17	MO	Ignatius, Rudolf, Astrud, Marie Louise u. Augusta u. Gabriella	KW 42
18	DI	Lukas, Gwenn, Joel, Justus, Petrus	
19	MI	Paul v. Kreuz, Isaak, Frieda, Laura, Jean	
20	DO	Wendelin, Vitalis, Ira, Franz Alexander, Anna	
21	FR	Ursula, Celina, Irmtraud, Constanze u. Clementine	
22	SA	Cordula, Ingbert, Salome, Ulbert, Contardo (Gunthard), Blandina-Maria	
23	SO	30. Sonntag im Jahreskreis — Johannes v. Capr Johannes v. Caprestano, Severin, Uta, Bertrand	
24	MO	Anton, Alois, Armella, Evergisel, Nathan	KW 43
25	DI	Crispin, Ludwig, Arnold, Darja u. Crysanth	
26	MI	Amandus, Wigand, Albin, Josephine u. Eloise	
27	DO	Wolfhard, Sabina u. Christa u. Vincent, Manfred	
28	FR	Simon u. Judas, Alfred, Georg	
29	SA	Ermelinde, Narzissus, Ingold, Berengar, Ferrutius	
30	SO	31. Sonntag im Jahreskreis — Alfons Rodriguez, Dietger, Rupert, Angelo	
31	MO	Beginn der Winterzeit Reformationstag, Halloween — Wolfgang, Christoph, Notburga, Quentin	KW 44

Aus: Ursula Weber:
„Wandern auf märchenhaften Pfaden“,
Volk Verlag, 184 Seiten, 16,90 Euro

BRAUCHTUM
Betteltanz in Raisting: alljährlich Ende Oktober

BAUERNREGEL
Warmer Oktober bringt fürwahr einen warmen Februar.

BRAUCHTUM
Fürther Michaeliskirchweih: 1. bis 12. Oktober

BAUERNREGEL
Im Oktober der Nebel viel, bringt der Winter Flockenspiel.

Foto: Ursula Weber

SKORPION 24.10.–22.11.

NOVEMBER

SCHÜTZE 23.11.–21.12.

1	DI	Allerheiligen — Arthur, Harald, Luitpold, Wolfhold	◐
2	MI	Allerseelen — Angela, Margarethe, Tobias	
3	DO	Hubert, Pirmin, Victorin, Ida, Martin, Winifred	
4	FR	Karl Borromäus, Reinhard, Eilbert, Modesta	
5	SA	Elisabeth u. Zacharias, Emmerich, Bernhard, Berthilde	
6	SO	32. Sonntag im Jahreskreis — Leonhard, Protasius, Sybille, Christine	
7	MO	Willibrord, Engelbert, Karin, Ernst, Florentius	KW 45
8	DI	Gottfried, Claudio, Johannes, Maximiliane, Willehad	○
9	MI	Theodor, Roland, Aurel, Herfried, Reinulf	
10	DO	Leo d. Große, Andreas, Johannes, Justus	
11	FR	Martinstag — Mennas, Innocenta	
12	SA	Arsacius, Kunibert, Josaphat, Christian, Diego, Emil, Lewin	
13	SO	33. Sonntag im Jahreskreis u. Volkstrauertag — Stanislaus, Eugen, Karl, Herbert, Himerius, Livia, Sieghard	
14	MO	Wilfried, Sidonius, Bernhard, Nikolaus, Serapion	KW 46
15	DI	Albert, Leopold, Arthur, Ilona, Marinus u. Anianus	
16	MI	Buß- und Bettag — Edmund, Otmar, Margarita	◑
17	DO	Gertrud, Gregor, Florin, Hilda, Victoria	
18	FR	Odo, Alda, Karolina, Leonardo u. Cosimo, Rochus	
19	SA	Elisabeth, Mechthild, Raphael Joseph	
20	SO	Christkönigssonntag u. Totensonntag — Korbinian, Felix v. Valois, Bernward, Edmund	
21	MO	Rufus, Amalia, Gelasius	KW 47
22	DI	Cäcilia, Philemon, Salvator	
23	MI	Clemens, Kolumban, Felicitas, Detlef, Trudo	
24	DO	Herta, Flora, Albert, Andreas, Chrysogon	●
25	FR	Katharina, Margaretha, Egbert, Elisabeth	
26	SA	Konrad u. Gebhard, Anna-Elisabeth, Delfina, Niko, Leonhard	
27	SO	1. Adventssonntag — Virgil, Albrecht, Billhild, Modest, Uta	
28	MO	Jakob, Noa, Stephan, Berta	KW 48
29	DI	Friedrich, Saturnin, Jutta, Christine	
30	MI	Andreas, Grisold, Volkert u. Gerwald	◐

Aus: Ursula Weber:
„Wandern auf märchenhaften Pfaden“,
Volk Verlag, 184 Seiten, 16,90 Euro

BRAUCHTUM

Beginn des Christkindlmarkts in Nürnberg.

BAUERNREGEL

Wenns im November blitzt und kracht, im nächsten Jahr der Bauer lacht.

BAUERNREGEL

Im November wässere die Wiesn, wenn das Gras soll reichlich sprießen.

BRAUCHTUM

Leonhardifahrt in Bad Tölz: 7. November

Foto: Ursula Weber

SCHÜTZE 23.11.–21.12.

DEZEMBER

STEINBOCK 22.12.–20.01.

1	DO	Eligius, Natalie, Blanka, Charles, Edmund	
2	FR	Lucius, Bibiana, Hertha, Jan	
3	SA	Franz Xaver, Gerlinde, Jason, Johann	
4	SO	2. Adventssonntag — Barbara, Christian, Johannes, Osmond	
5	MO	Sola, Anno, Reinhard, Gerald, Niels	KW 49
6	DI	Nikolaus — Henrike, Dionysia, Majoricus, Nikolaus	
7	MI	Ambrosius, Gerald, Fara, Benedikte	
8	DO	Mariä Empfängnis — Alfrieda, Edith u. Sabine, Immaculata, Reinmar	☺
9	FR	Pierre, Liborius, Abel, Eucharius, Valerie	
10	SA	Eulalia, Angelina, Loretta, Emma, Johann-Georg, Miltiades	
11	SO	3. Adventssonntag — Damasus, Tassilo, Arthur, Daniel, David, Joseph, Ruben	
12	MO	Johanna, Konrad, Vicelin, Dietrich, Hartmann	KW 50
13	DI	Luzia, Jodok, Ottilia, Edburga	
14	MI	Johannes, Berthold, Franziska, Heron, Spiridion	
15	DO	Wunibald, Christiane, Carlo, Paola, Silvia	
16	FR	Adelheid, Sturmius, Albine, Dankrad, Reinhold	◑
17	SA	Viviana, Johannes, Jolanda, Olympia	
18	SO	4. Adventssonntag — Samantha, Gratian, Luise, Phillip	
19	MO	Urban, Benjamin, Edwina, Susanna	KW 51
20	DI	Eiko, Holger, Makarius u. Eugenius, Julius, Eugen	
21	MI	Winteranfang, Wintersonnwende — Peter, Dominik, Hagar, Ingmar	
22	DO	Jutta, Marian, Francesca-Saveria, Cäcilie	
23	FR	Dagobert, Viktoria, Thorlak, Ivo, Johannes, Margot, Servulus	☻
24	SA	Heiliger Abend — Adam u. Eva, Hanno, Constanza	
25	SO	1. Weihnachtsfeiertag — Eugenia, Anastasia, Josefina	
26	MO	2. Weihnachtsfeiertag — Stephanus, Vincenta, Riechlinde	KW 52
27	DI	Fest der Heiligen — Familie Johannes Evangelist, Balto, Fabiola, Rüdiger	
28	MI	Donna, Mattea, Thaddäus	
29	DO	Thomas Decket, Jonathan, David, Jesse, Tamara	
30	FR	Helmine, Lothar, Germar, Elfrieda	◐
31	SA	Silvester — Melanie, Catherine, Apollonia	

Aus: Ursula Weber:
„Wandern auf märchenhaften Pfaden“,
Volk Verlag, 184 Seiten, 16,90 Euro

BAUERNREGEL

Herrscht im Advent recht strenge Kält, sie volle achtzehn Wochen anhält.

BRAUCHTUM

Luzienhäuslschwimmen in Fürstenfeldbruck: 13. Dezember

BRAUCHTUM

Christkindlanschießen in Berchtesgaden: 17. Dezember

BAUERNREGEL

Auf kalten Dezember mit tüchtigem Schnee, folgt ein fruchtbares Jahr mit Futter und Klee.

Foto: Ursula Weber

**Verehrte Leser und Leserinnen,
liebe Freunde und Freundinnen der Münchner Turmschreiber!**

Man lernt nie aus. So heißt es. Und was haben wir in den vergangenen Monaten nicht alles gelernt! Wörter wie Inzidenzwert oder Herdenimmunität haben sich in den täglichen Sprachgebrauch derart intensiv eingemischt, dass man das Gefühl hat, sie waren schon immer da. Es fand so etwas wie eine pandemiebedingte Wortschatzerweiterung statt. Kombiniert mit dem Ideal des lebenslangen Lernens ergibt sich daraus womöglich gar eine Horizonterweiterung – ohne Weltreise oder Studienaufenthalt im Ausland. Quasi Denksport dahoam.

Dabei war das mit der Lernerei schon immer ein anstrengendes Thema. Es gab noch kein Internet, kein Homeschooling und auch keine Zwischenzeugnisse und doch schimpften gescheite Leute bereits in der Antike über unsinnige Lehrpläne oder planlose Lehrer. Daran hat sich bis heute wenig geändert. Und schon immer gab es Besserwisser und Gscheidhaferl, die einem ununterbrochen die Welt erklären, ebenso wie Ahnungslose und solche, die sich für gescheit halten, obwohl sie das genaue Gegenteil sind. Und dann sind da ja noch die „Gschdudierten".

Mit dem Jahr 1472 hat sich diese Spezies Mensch auch in Bayern zunehmend wohler gefühlt – vor allem in Ingolstadt. In diesem Jahr wurde dort die erste bayerische Landesuniversität durch Herzog Ludwig den Reichen gegründet. Große Namen sind mit ihr verbunden, wie etwa Aventin, der Begründer der bayerischen Geschichtswissenschaft, oder Peter Apian, den Kaiser Karl V. zu seinem Hofmathematiker ernannt hatte. Ach ja, auch „Luthers Gegenspieler mit drei Buchstaben", der Theologieprofessor Johannes Eck, lehrte in Ingolstadt.

Der berühmteste Student der Universität ist allerdings frei erfunden: Mary Shelley ließ dort ihren Viktor Frankenstein (bis zum Doktor hat es er übrigens nicht geschafft) Medizin studieren und seine Kreatur erschaffen. Als der Roman „Frankenstein oder der moderne Prometheus" erschien, war es um den Uni-Standort Ingolstadt aber bereits geschehen. 1799 wurde die Hochschule geschlossen – und ein Jahr später in Landshut neu eröffnet. 1826 schließlich verlegte man den Standort nach München, wo die Ludwig-Maximilians-Universität zahlreiche Nobelpreisträger hervorbrachte, darunter Wilhelm Conrad Röntgen. Sie war aber auch Schauplatz von Nazi-Willkür: Am 18. Februar 1943 verhaftete die Gestapo die Geschwister Scholl, nachdem diese im Hauptgebäude der LMU Flugblätter verteilt hatten.

Wenn heute also auf dem Jutebeutel der LMU-Studenten die Jahreszahl 1472 steht, dann ist das auch ein Hinweis darauf, wie viel bayerische Geschichte in der „Karriere" dieser Universität steckt. Mitglieder der Münchner Turmschreiber haben sich anlässlich des 550. Geburtstags der LMU so ihre Gedanken gemacht. Oder besser: gebildet.

Ein besonderer „Gschdudierter" ist übrigens neu in den Kreis der Münchner Turmschreiber aufgenommen worden: Albert Sigl studierte zunächst Elektrotechnik in Regensburg und wurde „jüngster Ingenieur Bayerns". Nach 13 Jahren hängte er den Ingenieursberuf an den Nagel und studierte in Regensburg Germanistik und Philosophie. Der Schriftsteller gilt als „Wegbereiter der jüngeren bayerischen Literatur und der Mundart-Kultur“ (Literaturportal Bayern) und wurde u.a. mit dem Ernst-Hoferichter Preis ausgezeichnet. Wir freuen uns, ihn zu den Münchner Turmschreibern zählen zu dürfen.

Und jetzt wünschen wir Ihnen, liebe Leser, im Namen aller Turmschreiber und Turmschreiberinnen viel Freude beim Studium der nun folgenden Seiten!

Melanie Arzenheimer, Jürgen Kirner und Wolfgang Oppler
Präsidium der Münchner Turmschreiber

Infos zu den Turmschreibern finden Sie unter:
www.muenchner-turmschreiber.de

FREUNDESKREIS DER TURMSCHREIBER E.V.

Den Freundeskreis erreichen Sie unter:
www.freundeskreis-der-turmschreiber.de
vorstand@freundeskreis-der-turmschreiber.de
Tel.: 089 / 42 61 71

Die „Münchner Turmschreiber“

Wer sind die Turmschreiber?
Eine Gruppe bekannter und angesehener, im süddeutschen Raum lebender Schriftsteller, Dramatiker, Lyriker, Essayisten, Journalisten, Satiriker, Historiker, Kunst- und Kulturschaffender, die sich der bayerischen Literatur verschrieben haben.

Gründung
Im Jahr 1959 rief Hanns Vogel zusammen mit sieben weiteren Autoren die Schriftstellervereinigung ins Leben.

Name
Benannt sind die Turmschreiber nach dem linken Turm des Isartors in München, der das weltbekannte Valentin-Karlstadt-Musäum, gewidmet den beiden großen bayerischen Komikern und Volkssängern Karl Valentin und Lisl Karlstadt, beherbergt. Im legendären Turmstüberl im Obergeschoss – heute noch eines der schönsten Cafés der Stadt – fand die Gründung statt.

Mitgliedschaft
Bayerische Autorinnen und Autoren bewerben sich nicht um Aufnahme in den illustren Kreis der Turmschreiber, sie werden berufen. Die Einladung auf Mitgliedschaft erfolgt nach Beschluss aller amtierenden Turmschreiber und ergeht an sorgfältig ausgewählte Literaten.

Leitung
1959 bis 1979: Hanns Vogel
1979 bis 2000: Kurt Wilhelm
2000 bis 2015: Norbert Göttler, Erich Jooß und Alfons Schweiggert
2015 bis 2017: Erich Jooß, Jürgen Kirner und Alfons Schweiggert
Ab 2017: Melanie Arzenheimer, Jürgen Kirner und Wolfgang Oppler

Werke
Erzählung, Roman, Lyrik, Satire, Drama, Theater, Essay, Historie, wissenschaftlicher Beitrag, Kinder- und Jugendbuch … Jeder Turmschreiber hat seine Lieblingsgattung und vor allem seinen persönlichen literarischen Stil, den er in ernsten, heiteren, anregenden, nachdenklichen, geistreichen und kurzweiligen Arbeiten dokumentiert. Die Leserschaft erhält dabei auch immer Einblick in das Wesen Bayerns.

Aktivitäten
Die Pflege der Literatur, insbesondere der in Bayern entstandenen und entstehenden Werke ist oberstes Ziel. Leseveranstaltungen finden regelmäßig statt, umrahmt von Musik, in Theatern, im Rundfunk und im Fernsehen, in Bibliotheken und Kulturzentren, als Einzellesung oder in der Gruppe mit zwei bis vier Turmschreibern. Buchveröffentlichungen in verschiedenen Verlagen als Einzelpublikationen oder auch in Sammelwerken – zuvorderst das jährlich erscheinende Hausbuch der Turmschreiber – werden gefördert.
Der „Bayerische Poetentaler" wird alljährlich an Persönlichkeiten und Institutionen, die sich um die bayerische Kunst und Kultur verdient gemacht haben, vergeben.

Die 101 Turmschreiber
Leopold Ahlsen (†), Friedrich Ani, Melanie Arzenheimer, Werner Asam, Margit Auer, Manfred Bacher (†), Gustl Bauer, Wolfgang Johannes Bekh (†), Monika Bittl, Hans Breinlinger (†), Franz X. Breitenfellner (†), Josef Brustmann, Christian Bumeder, Alex Burkhard, Klaus Eberlein, Helmut Eckl, Franz Eder, Georg Eggers, Josef Fendl, Hans Fischach (†), Ottfried Fischer, Walter Flemmer, Karl Forster, Günter Goepfert (†), Hans Göttler, Norbert Göttler, Thomas Grasberger, Michael Groißmeier, Uwe-Michael Gutzschhahn, Hedi Heres (†), Ernst Hoferichter (†), Andreas Martin Hofmeir, Margret Hölle, Ludwig Hollweck (†), Gerd Holzheimer, Benno Hubensteiner (†), Gerald Huber, Erich Jooß (†), Leopold Kammerer (†), Michaela Karl, Tanja Kinkel, Jürgen Kirner, Hannes König (†), Jaromir Konecny, Hans Kratzer, Fitzgerald Kusz, Katharina Lang, Martin Lankes (†), Anton G. Leitner, Gerhard Loew, Georg Lohmeier (†), Joseph Maria Lutz (†), Jutta Makowsky (†), Jörg Maurer, Fritz Meingast (†), Karin Michalke, Robert Naegele (†), Hans F. Nöhbauer (†), Wolfgang Oppler, Holger Paetz, Monika Pauderer, Maria Peschek, Hans Pletzer (†), Hans Prähofer (†), Willy Purucker (†), Wilhelm Raabe (Tigerwilli) (†), Anatol Regnier, Carl Oskar Renner (†), Wugg Retzer (†), Franz Ringseis (†), Eugen Roth (†), Walter Rupp, Martha Schad, Hardy Scharf, Asta Scheib, Herbert Schindler (†), Werner Schlierf (†), Herbert Schneider, Ludwig Schrott (†), Alfons Schweiggert, Helmut Seitz, Rudolf Seitz (†), Albert Sigl, Karl Spengler (†), Christian Springer, Josef Steidle, Michael Stephan, Elisabeth Tworek, Bernhard Ücker (†), Emil Vierlinger (†), Hanns Vogel (†), Anton Wandinger (†), Oskar Weber (†), Konstantin Wecker, Alois J. Weichslgartner (†), Gunna Wendt, Angie Westhoff, Werner A. Widmann (†), Kurt Wilhelm (†), Josef Wittmann, Moses Wolff, Sabine Zaplin

Auszug aus „Irgendwo hören sich die Grenzen auf“

„Irgendwo hören sich die Grenzen auf“ ist der überraschte Ausspruch des angeblich letzten Pförtners Johann Nepomuk Pfanzelter an der Ludwig-Maximilians-Universität, wenn er wieder einmal Unerhörtes und ganz und gar Unglaubliches hat entdecken müssen.

An der Leopoldstraße/Ecke Georgenstraße wurde gerade ein Bürogebäude fertig. Vier Stockwerke, viereckig, einfallslos. Ein Betonkasten, grausige Ausgeburt eines studierten Architektenhirns. Dass man den Architekten nie eingesperrt hat, ist gesellschaftlich gesehen ein Skandal. Aber der Herr Architekt musste in diesem Haus ja nicht arbeiten. Wahrscheinlich arbeitete er in einem oberbayerischen Bauernhaus mit Lüftlmalerei. Alpenblick! Alter Obstgarten, feingliedrige blassweiße Ehefrau. Zwei Buben in kurzen Lederhosen. Range Rover. Ich weiß, wenn man arbeitslos ist, wird man ungerecht. Ich schäm mich auch schon für meine Gedanken.

In der Zeitung stand, dass man für dieses viereckige Haus einen Pförtner sucht. Er sollte nicht zu jung sein. Ich war grad so um die dreißig. Er sollte nicht überqualifiziert sein. Ich hatte nur Volksschulabschluss. Er sollte gutes Benehmen haben. Ich war katholisch. Er sollte höflich, zuvorkommend und bestimmt im Auftreten sein. Ich war Parkwächter gewesen. Ein gutes Gedächtnis wäre ebenfalls von Vorteil. Ich konnte an die hundert Tortenrezepte auswendig, vielleicht sogar mehr. Gepflegtes Äußeres wäre ebenfalls unerlässlich. Anlässlich meiner Vorstellung behauptete ich, eigentlich mit Schlips, Kragen und Anzug aufgewachsen zu sein. Das beeindruckte. Dass ich unverheiratet war, störte. Ich versprach baldigen soliden ehelichen Lebenswandel. Der Personalchef strahlte bayerisch glücklich. „Wie war wieder Ihr Name?“ Ich streckte meine Brust heraus: „Johann Nepomuk Pfanzelter.“ Der Personalchef Borger schüttelte mir die Hand. „Herr Pfanzelter, morgen fangen Sie an!“ Ich liebte diesen Personalchef Borger und den Architekten dieses einzigartigen Betonklotzes.

Nach langen Monaten konnte ich wieder tief schnaufen. Im Café Reitschule gönnte ich mir ein Weißbier. Rauchte als eingebildeter Nichtraucher hüstelnd eine Zigarette. Das musste heute sein. Sah Pferde im Kreis gehen und stramme Reiterinnenwadln. Was für ein Tag! Ich sah mich kräftig Professorenhände schütteln, Verbeugungen perfekt ausführen, den Knopf am Lift drücken, Grüß Gott sagen, Auf Wiedersehen und Gute Nacht. Ich war im Staatsdienst. Würde Anzug, Schlips und Kragen tragen. Da gab es keine Allergien und keine Kündigungen. Regelmäßige Arbeitszeit, keinen Schichtdienst, regelmäßigen Lohn, viel Lob für gute Arbeit, Respekt und Anerkennung. Heiraten sollte ich! Aber wen? Eine der Verkäuferinnen aus der Konditorei? Ich hatte keine Ahnung. Ich, Johann Nepomuk Pfanzelter, sollte alsbald heiraten. Sinnierend machte ich mich auf den Heimweg. Sinnierend hockte ich noch eine Weile vor meinem gusseisernen Ofen. Egal. Morgen würde ich anfangen. Ich, der Pförtner der Universität. Wie sich das schon anhörte. Gigantisch. Universität. Ach Gott, an einer Universität treffen sich die Gescheitesten der Gescheiten. Das sind lauter besondere Menschen. Und ich, der Johann Nepomuk Pfanzelter, bin mitten unter ihnen, morgen schon. Ich putzte noch die schwarzen Lackschuhe, holte das weiße Hemd, den blauen Anzug und den roten Schlips aus dem Schrank und freute mich mehr als ein Mensch sich wird je freuen können.

[...]

Tagsüber wechselte ich Glühbirnen aus. Wenn eines der Damenklos verstopft war, rief ich die Hauswerkstatt an. Im Winter half ich dem Hausmeister beim Schneeschaufeln. Im Sommer kehrten wir gemeinsam den Hof. Mir ging es gut.

Am Abend musste ich nachschauen, ob alle Elektrogeräte ausgeschaltet waren. Offene Fenster musste ich schließen. Für meine abendlichen Rundgänge bekam ich eine Schreckschusspistole, die immer im Kleiderschrank hing. Als ich sie einmal gerne bei mir gehabt hätte, hing sie wieder im abgesperrten Kleiderschrank.

Aus dem Zimmer eines der Prorektoren hörte ich nämlich Geräusche. Eigenartige Geräusche. Die Zimmertüre lehnte an. Kalter Schweiß schmuggelte sich auf meine Stirn. Langsam, ganz langsam schob ich meine rechte Schulter durch die angelehnte Tür. Mir fiel kein letztes Gebet ein. Milchig sanftes Licht kroch von der Leopoldstraße in das Zimmer des Prorektors. Ich konnte sehen, was ich lieber hätte nicht sehen sollen. Auf der Couch des Prorektors schnaufte es heftig. Meine linke Hand fingerte zum Lichtschalter. Eine langbeinige Dame erschrak. Ein knittriger Popo zuckte aus der Langbeinigen. So gehts nicht, hörte ich mich sagen. Der Herr und die Dame zogen sich schneller an als aus. Wortlos deutete ich auf ein am Boden liegendes Verhüterli. Der Herr schob es in die linke Joppentasche. Warum haben Sie nicht abgesperrt? Wir hatten keinen Schlüssel!

Beim Hinausgehen kämmte sich die Dame ihre glänzenden blonden Haare. Er drehte sein zerfurchtes Gesicht nach mir um. Wollte eine Frage stellen. Ich antwortete ungefragt: „Mein Herr, doch nicht auf der Couch des Prorektors. Irgendwo hören sich die Grenzen auf." Das hat er wenigstens eingesehen. Der Herr zahlte mir am nächsten Tag eine Brotzeit mit Weißbier und Leberkäs. Als er in Pension ging, lud er mich in den Franziskaner ein. Ich trank viel. Er trank mehr, soff bis zum Verlust der Muttersprache. Gelacht haben wir viel.

[...]

Der Tag war heiß und der bayerische Himmel gnadenlos weiß-blau. Das mögen die Münchner und die Fremden. Die Münchner und die Fremden strömten in die Biergärten am Chinesischen Turm, der Reitschule und zum Seehaus. In den Schwabinger Cafés saßen mehr Menschen herum als in allen Münchner Büros. Ich hockte um 10 Uhr vormittags in meiner Pforte. Auf dem Besucherstuhl saß der Leiter der Hausdruckerei. Wir besprachen den Nachdruck von Formblättern, unzähligen Formblättern. Formblätter für Reisen und Arbeitsverträge, für Werkverträge und für Druckaufträge, für Gastvorträge und für Einstellungen. Unermesslich viele Formblätter gab es. Entsetzlich! Als Pförtner war ich für die Herausgabe dieser Formblätter zuständig. Eine Viecherei, wenn besserwissende Sekretärinnen mit ihren gschnappigen Mündern auftauchten.

Ich wurde ohne Vorwarnung zwischen Formblatt 35 und 36 zum Rektor zitiert. Der Rektor war ein großgewachsener Mann mit scharfer Stimme und noch schärferem

Blick. Aus seinem Anzug schien er ein wenig herausgewachsen. Auch schien er aufgeregt. Er erklärte mir irgendetwas von streikenden Studenten und einer Senatssitzung, die von diesen Studenten gesprengt werden sollte. Ich dachte „Na so was“ und verstand Bahnhof. Unglaublich! Dabei waren doch die 68er Jahre längst vorbei! Egal. Ein denkender Pförtner sollte nicht Pförtner, sondern Professor sein. Ich sollte das Haus absperren, keine Studenten einlassen und mich in der Pforte vor den roten Alarmknopf setzen. Bei Gefahr sollte ich den Alarmknopf drücken, dann käme die Polizei. Wann die Gefahr wirklich eine Gefahr wäre, sagte mir der Rektor nicht. Zu meiner Verstärkung würde ich einige Arbeiter der Hausinspektion erhalten. Der Rektor schloss seine Doppeltür ab.

Ich schlotterte vom vierten Stock hinunter zu meiner Pforte. Erwartete zähnefletschende Studenten mit Molotowcocktails. Rücksichtslos schnitten sie mir mit langen Messern die Gurgel durch, verbrannten mich auf dem Scheiterhaufen der Universitätsgeschichte. Ich verabschiedete mich kurz telefonisch von der Paula, die nur „Ach geh“ sagte. Wir wollten in den nächsten Tagen heiraten.

Das Haus sperrte ich ab wie eine Festung. Die Arbeiter der Hausinspektion postierten sich mit ihren Abortdeckelhänden und den roten Gesichtern hinter der Eingangstür. Sie waren zu viert. Verwirrte Fassungslosigkeit. Von nichts am meisten Ahnung. Ich setzte mich zu meinem letzten Freund, dem roten Alarmknopf. Eigentlich war ich ja nur als Pförtner eingestellt worden. Dass ich auch Studentenrevolten niederschlagen sollte, davon hatte mir der Borger nichts verraten.

Vom Geschwister-Scholl-Platz trug der Wind dumpfe Trommelschläge herüber. Ein Inferno rollte unaufhaltsam auf mich zu. Nie hatte ich einem Studenten den Aufzug geholt. Die Rächer erschienen nun. Überfluteten gnadenlos die Parkplätze der Prorektoren. Drängten sich auf den engen Hof zwischen Verwaltungsgebäude und Tropeninstitut. Die Studenten brüllten, die Studentinnen kreischten. Trillerpfeifen tobten in meinen Ohren. „Rektor raus, haut die Laus. Rektor raus, haut die Laus.“ Unverschämt! Wie konnte man einen Mann in so einem engen Anzug so viel Angst einjagen. Rücksichtslos! Trommelwirbel: Die Studenten rüttelten an der Eingangstür. Die rotgesichtigen Hofarbeiter wurden blass. Die Beamten schauten belustigt aus den Fenstern. Die Eingangstür knarzte stöhnend. Ich drückte den Alarmknopf. Erlösende Polizeisirenen. Ich war gerettet.

Die Polizei hatte die Lage sofort im Griff, die Studenten wurden auf die Leopoldstraße abgedrängt. Die Autofahrer schimpften im Stau, hupten, fluchten und standen trotzdem. Der Rektor erschien. Einige Demonstranten wurden eingelassen. Und wer war dabei? Der langhaarige Professor Jonas Stern, Philosoph, mein Lieblingsprofessor. „Abgrund, dein Name ist Verrat“, hatte er vor einigen Tagen noch zu mir gesagt. Und jetzt? Jonas Stern, der Feinsinnigste unter den Feinsinnigen. Der Erklärer der Welt. Dieser Mann mit der sanften Stimme war ein Revolutionär. Ein Köpferoller. Fassungslos, als wäre mir gerade der Himmel auf den Kopf gefallen, starrte ich ihn an. Jonas Stern der Anführer einer Studentendemonstration. In welcher Welt lebte ich eigentlich?

Ich rief Paula an. Meldete mich zurück ins Leben. Und die sagte nur „Jaja“ und „Ist schon recht“.

[...]

Jonas Stern starrte aschfahl auf den Bericht des Obersten Rechnungshofs. Sein Hirn taumelte gedankenleer. Schopenhauer, Nietzsche, Kant und Sokrates konnten nicht helfen. Safranski und Sloterdijk hatten auch keine Idee. In diesem Bericht stand: Studentenzahlen rückläufig, kein von der Deutschen Forschungsgemeinschaft gefördertes Forschungsvorhaben, keine Mittel aus der Industrie, zu viele Räume im Hauptgebäude der Universität.

Professor Jonas Stern sollte drei Räume abgeben. Drei Räume. Abgeben an Professor Überschall. Stern starrte auf seine Bücherwand. Über Räume hatten seine Philosophen nichts geschrieben. Stern konnte die Welt erklären. Dass er diese drei Räume brauchte, konnte er nicht erklären. Stern war nicht verärgert, Stern war enttäuscht. Fast drei Jahrzehnte hatte er diese Räume besessen. Eigentlich sein Leben lang. Stern fröstelte. Umständlich stand er von seinem dreißig Jahre alten Schreibtisch auf. Ging schwer auf dem alten Perserteppich hin und her. Verschränkte die Arme auf dem Rücken und ballte die kleinen Fäuste. Stern verstand viel, eigentlich alles, aber das verstand er nicht. Seine Einsichtigkeit war grenzenlos, hier zeigten sich Grenzen. Stern wollte um seine drei Räume kämpfen und konnte doch keinen Satz schreiben, warum er sie eigentlich brauchte.

Brauchte er sie wirklich für seine Assistenten, die fast nie da waren? Seine Studenten, die immer weniger wurden. Seine Bücher, die er alle gelesen hatte. Stern besaß sein Professorenzimmer, ein Zimmer für seine Sekretärin, einen Besprechungsraum und eben diese drei Räume, die er jetzt abgeben musste. Ein Raum war für einen Gastwissenschaftler vorgesehen. Der Gastwissenschaftler sollte schon vor Jahren kommen und war doch lieber in Amerika geblieben. Ein Raum diente seinen beiden Assistenten, die hoffentlich zu Hause in ihrem Nietzsche blätterten, als Arbeitszimmer. Der dritte Raum, vorgesehen für junge Nachwuchswissenschaftler, stand seit Jahren leer. Jonas Stern hatte auch seit Jahren kein Forschungsvorhaben mehr beantragt. Er hasste es, Anträge zu schreiben, Formblätter auszufüllen, von Bürokraten abhängig zu sein. Stern wollte seine Ruhe, seinen Studenten die unerklärliche Welt erklären und zwischendurch zum Fenster hinausschauen.

Es klopfte vorsichtig an der Türe. Die Sekretärin meldete Professor Überschall. Als Jonas Stern den braungebrannten Weltalljuristen, jung und dynamisch, erblickte, wusste er, dass seine Räume verloren waren. Diesem jungen Mann gehörte die universitäre Zukunft, er war nur noch geduldete Vergangenheit. Schwach reichte er Professor Überschall die Hand. Überschall drückte kräftig, fast schmerzvoll. Jonas Stern starrte auf Nietzsches Zarathustra: „Hier sitze ich und warte, alte zerbrochene Tafeln um mich und auch neue halb beschriebene Tafeln. Wann kommt meine Stunde?“

Das Gespräch mit Professor Überschall dauerte nur Minuten. Jonas Stern übergab die Zimmerschlüssel. Drückte widerwillig diese kräftige Hand. Begleitete den Gast nicht zur Tür. Versank hinter seinem fast dreißig Jahre alten Schreibtisch und schaute zum Fenster hinaus.

[...]

Borger hatte keine Lust mehr. Zwanzig Jahre lang Personalchef, das sollte genügen.

Zwanzig Jahre lang der Ärger mit dem Personal. Der Ärger mit den Umgruppierungen, den Höhergruppierungen, der Ärger mit der Faulheit und dem Suff. Der Ärger mit den uneinsichtigen Professoren und den aufmüpfigen Sekretärinnen. Zwanzig Jahre lang Stress, Knoblauchatem und abendliche Rouladen. Borger wollte in die Berge gehen und radfahren. Aus!

Der Kanzler überlegte hin und her. Ein Abschiedsfest für den Borger musste es geben. Aber keinesfalls ein Büffet. Am Büffet war Borger immer der erste, schaufelte Unmengen in sich hinein und verschwand. Also, auf gar keinen Fall ein Büffet. Zu teuer sollte das Fest natürlich auch nicht sein. Gulaschsuppe aus der Mensa, Bier vom Sponsor Löwenbräu, die Bäckerei in der Kaulbachstraße sollte Brezn spendieren. Als Abschiedsgeschenk ein Bildband der Universität und eine launige Abschiedsrede als Zugabe. Aus! Ein Knoblauchzopf wäre vielleicht auch sehr lustig, dachte sich der Kanzler und lächelte vergnügt.

[...]

Ich kam vom Viktualienmarkt und trug schwer. Am Obst- und Gemüsestandl vom Didi, Ecke Adalbertstraße, wollte ich noch einige rotwangige Äpfel und festkochende Kartoffeln bei einem netten Ratsch in meine Einkaufstasche wandern lassen.

Der Didi ist ein Profibayer. Mundartlich einwandfrei. Sonnenverbranntes Gesicht und kennt Gott und die Welt zwischen Ludwigskirche und Siegestor. Muntert die schlaftrunkene Menschheit schon morgens um sechs mit dem Spruch „Pack mas wieder" auf. Früher war er einmal Beamter gewesen! Ein Fehltritt. Jetzt war er richtig! „Wia gehts da denn, Pfanzelter? Ois in Ordnung, oder? Freilich, mir lassns uns scho net schlecht geh. Schau no dee hübschn Madin. Mei gehts uns guad!"

Die beiden Einkaufstaschen verlängerten meine Arme. Vor mir schob ein alter Mann, schlohweißes Haar, matt seinen Rolli, blieb nach einigen Schritten immer wieder wankend stehen, schnaufte und schleppte sich weiter in Richtung Veterinärstraße. Als ich den Alten gerade überholen wollte, erkannte ich ihn. Nicht gleich, aber doch sekundenschnell. War er es wirklich? Ich traute ja weder meinen Augen noch meinem Verstand uneingeschränkt über den Weg. Aber er war es. Als ich „Grüß Gott, Herr Borger" zu ihm sagte, haute er die Bremse in seinen Rolli. Ein langer lauernder Blick blieb an mir hängen. Dann nickte der Borger fast unmerklich mit dem Kopf. In seine wässrigen Augen huschte ein Lächeln. Die Gesichtsrunzeln entfalteten sich in freundliche Gutmütigkeit. „Da Pfanzelter. Du gehst ma grod no ob!"

Und so parkten wir den Rolli am Café an der Uni, bestellten zwei schaumige Weißbiere und schauten uns ganz lange an. Die Weißbiergläser schepperten freundlich aneinander. Wir wischten den Bierschaum mit den Hemdsärmeln von den Oberlippen. „Das waren noch Zeiten", meinte der Borger dann und ich konnte dazu auch nur sagen, dass das noch Zeiten gewesen waren, früher. „Vor Ihrer Zeit, Pfanzelter, vor Ihrer Zeit. Da war ein Zusammenhalt. Da sind die Unimenschen beim Betriebsausflug mit zehn Bussen zum Skifahrn nach Leermoos. Und am Abend sinds in die Disco! Mein lieber Vater, da war was los. Da hams nicht bloß geknutscht. Da hams auch noch und so und was weiß ich. Und am Heimweg hat der eine oder die andere in den Bus hineingschbiem, so eine Gaudi. Heimfahrt um Mitternacht! Jetzt fahrn grad noch zwei, drei Busse und heim fahrns umara fünfe. Da ist doch nix mehr los, da ist doch kein Zusammenhalt mehr, da kann ja gar nix los sein, am Nachmittag, wo alle zuschaun. Ja, früher! Kannst dich noch an meinen Abschied erinnern, Pfanzelter? Da war erst recht was los, Pfanzelter, stimmts? Jetzt ist alles anders", fuhr der Borger fort. „Alles ist anders."

[...]

Auf dem Heimweg war ich mir ziemlich sicher, dass meine Tochter in zwanzig Jahren in dieser traumhaften Stadt mit ihrer wunderbaren Universität studieren würde. Und Professor Dr. Judith Pfanzelter würde sich auch gut machen, irgendwann, an irgendeiner Tür im Hauptgebäude, keine Frage. Vielleicht würde sie sogar einmal Rektorin dieser Universität werden. Obwohl, irgendwo hören sich die Grenzen auf!

Helmut Eckl

Bildungsflüchtling

Das Referat
hart
an der Grenze
grenzenloser
Unverständlichkeit
weit und breit
kein Ende
in Sicht
Licht
auf dem Gang
zur Toilette
jede Wette
der da draußen
bleibt sitzen
bis zum
bitteren
Ende

Melanie Arzenheimer

Begrüßungsrede an die Studierneulinge

Verehrter, akademisch gebildeter Rektor, Magnifizenz unserer, ich darf doch von unserer Alma Mater sprechen, da auch ich Jahre in dieser ehrwürdigen Institution verbracht habe, wertes, hochgeschätztes und gebildetes Pädagogen-Kollegium, interessierte Eltern, werte Abiturientinnen und Abiturienten, nun mit den höchsten gymnasialen Weihen versehen und bald in unserer Ludwig-Maximilians-Universität Aus- und Eingehende, aber auch liebe, pädagogisch geschädigte Eltern, erlauben Sie, dass ich zum Beginn der Studierzeit der jungen Leute und als nun deren ehemaliger Schuldirektor, eine kurze Rede halte, für die ich mich keiner eigenen Sätze und Worte bediene, sondern versuche, mit geliehenen, gestohlenen Worten und Sätzen auszukommen.

Selbige habe ich vorgefertigt gefunden in Büchern und Schriften, mit denen heutzutage Lehrende zu Gebildeten gemacht werden, damit sie wiederum nach den Erkenntnissen dieser Bücher und Schriften die jüngere Generation bilden. Als Redner sei es mir gestattet, die Lehrenden-Angst als Emotion aus deren Tätigkeiten zu begreifen. Ich stützte mich dabei auf Ansätze, die sich auf den Boden einer kritischen Gesellschaftskritik stellen und systemtheoretische und interaktionalistische Ansätze einbeziehen. Und so zitiere ich die systemtheoretischen Elemente, die Erscheinungsformen der Interdependenzen von Erziehungssystem und anderen Teilsystemen unserer Gesellschaft, die organisations-soziologische Komponente, und versuche, innersystematische Eigengesetzlichkeiten adäquat zu erfassen. Denn durch interaktionstheoretische Elemente wird mir erlaubt, die Transformationseffekte gesellschaftlicher Machtstrukturen im Bereich der Erziehungseinrichtungen zu analysieren und kritisch zu prüfen, in welcher Weise und in welchem Maße die interaktiven Bedürfnisse der in diesen Einrichtungen Handelnden erfüllt werden. Über Situationsdefinitionen, Antizipation der Situation, komme ich in die Angststrukturen des Tätigkeitsbereichs ‚Integration' und entdecke die *deformation personelle*, weil gerade, wie ich als Direktor weiß, Junglehrer die Vorstellung als Bedrohung antizipieren, nicht zu wissen, ob und welche Machtmittel sie verwenden sollen. Denn in den Rechtfertigungen der traditionellen Beurteilungs-Praxis findet man nicht selten, dass jenes allgegenwärtige Konkurrieren von Individuen untereinander zu einem allgemeinen und natürlichen Bedürfnis nach persönlicher Auszeichnung und aggressiver Unterscheidung von anderen hypostasiert wird. Ob da vielleicht die Medienpädagogik helfen kann? Denn aufgrund der starken Differenzierung und Spezialisierung in der hochentwickelten Industriegesellschaft treten zwischen die unmittelbare Anschauung und die didaktische Aufbereitung technische, ‚apersonale' Mittler – Medien – als Anschauungsmaterial. Damit wird im Kapitalismus der erste Schritt zur Entfremdung des Lerngegenstandes vom Lernprozess und damit vom Lernenden selbst vollzogen. Oder die Ganztagsschule?

Doch an dieser Stelle sei auf die psychologischen Aspekte des architektonischen Prinzips aufmerksam gemacht. Mehrfachnutzung von Räumen zielt immer auf Kontraktion, organisatorisch auf Zentralisation, ästhetisch auf Kompaktbauweise. Für den Schulpraktiker bringt die Mehrfachnutzungsideologie die Zusammendrängung Hunderter von jungen Menschen auf engstem Raum. Und was soll man mit diesen

Kompaktkindern der Mehrfachnutzungsideologie tun? Sind doch Bildungsplanung und Bildungspolitik in einem System von Widersprüchen befangen. Dem persönlichkeitsorientierten, egalitären Anspruch von Bildung steht die Notwendigkeit der selektiven Reproduktion sozialer Klassenverhältnisse durch die Schule entgegen; dem Bildungsanspruch allgemein die Notwendigkeit von Ausbildung, d.h. von Arbeitskraftqualifikation der Schüler; der Notwendigkeit von spezifischer, auf die gesellschaftliche Produktionsstruktur bezogener Arbeitskraftqualifikation, die Möglichkeit der Prognostizierbarkeit der Qualifikationsansprüche, eben dieser sich ständig umwälzenden Produktionsstruktur.

Aber unser Thema könnte also zweckmäßigerweise dergestalt abgehandelt werden, dass zum einen der Bildungsauftrag rekapituliert und dieses Resümee dann um eine Explikation der Unterstützungsfunktion ergänzt wird. Rechnet doch nicht die Empfehlung des Bildungsrates mit wichtigen Handlungsträgern außerhalb der Verwaltung und sieht die soziale Mobilisierung innovationsbereiter Gruppen kaum vor. Erst bei der Frage einer Implementation und ihrer detaillierten Realisierung im Aufbau sind insbesondere die Lehrenden als Handlungsträger berücksichtigt worden. Das Modell der pragmatischen ‚Curriculums'-Entwicklung allerdings rechnet mit einer starken Partizipation der Betroffenen und bestimmt ihre Identifikation mit den inhaltlichen Zielen des Reformprozesses als notwendige Bedingung gelungener Innovation. Da obwaltet doch keine andere Logik als die der Quantifizierung, Zerstückelung und Serialisierung gesellschaftlich-individuellen Lebens in Raumquanten, Zeitquanten, Geschlechter, Jahrgangsklassen, wissbare Objektserien und schließlich auch noch leistungshomogene Güteklassen. Ohne den kreativ weckenden Lehrenden, die Reibungslosigkeit der Wissensmultiplikation und die von der Gesellschaft verbal artikulierte Erziehungsaufgabe geht da gar nichts. Animation schließt die Partizipation von Wissenschaft ein. Wissenschaftliche Equipen leisten während der Animationsarbeit flankierenden Einsatz. Das Engineering Model der ‚Curriculum'-Konstruktion freilich mit seinen Teacherproof-Produkten hat keine Innovationschance. Die Spezifizierung der Zwecksetzung ist ein Mittel, um die Rationalität der Entscheidungsfindung zu steigern. Und die Orientierung der Qualifikationsermittlung an der Analyse von Fachstrukturen führt damit primär zu einer Ermittlung von Zielen großer Reichweite im Sinne der Befähigung zur Situationsanalyse auf dem Wege der Anwendung grundlegender fachlicher Interpretationsschemata.

Darum ist pädagogische Interaktion per Organisationsdekret als ein starr komplementäres Beziehungssystem vorgegeben. Schüler entziehen sich unbemerkt der offiziellen Interaktion im Klassenraum und bauen abseits der öffentlich legitimierten eine andere Interaktionskultur. Dies lässt sich am Beispiel interaktionsanalytischer Trainings zeigen, eine Trainingsform, die neuerlich in Kombination mit den auf Operation abstellenden Micro Teachings als besonders effektiv betrachtet wird, einen wünschenswerten Interaktionsmodus einzuschleifen. Und so stellt die Diffusität des Gleichheitsbegriffs und seine Nichtoperationalisierung bzw. -operationalisierbarkeit unter den gegenwärtigen Umständen eine Bedingung minimaler bildungspolitischer Konsensbildung dar; dieses Ziel wird inzwischen selbst von der konstruktiven Kritik akzeptiert.

So ist es andererseits die Historizität dieses Begriffs, d.h. die Bindung an den je erreichten Stand der Entwicklung der Organisationsformen, die zu seiner Realisierung beitragen sollen, welche ihn dem empirischen Zugriff entzieht bzw. diesen auf wenige Aspekte begrenzt. Kein Wunder, dass die Lernenden eine filzige, symbiotische Form des Kontakts ablehnen. Die Internalisierung des herrschenden gesellschaftlichen Wertsystems kann dabei vor allem über die Indoktrination der Lehrenden geleitet werden; sie werden dabei zu den unentbehrlichen Herrschaftsgehilfen, ihre Loyalität bildet eine Voraussetzung für die gesellschaftskonforme Integration der Jugend. Da bleibt denn nur die Antizipation von Differenzierungs- und Hierarchisierungsprozessen in der Produktion.

Die entscheidende Frage für den Lehrenden der Gegenwart wird die nach der Medienerziehung sein. Dies ist auch unter dem Blickwinkel der Wahl- und Leistungsdifferenzierung bei einem vorgeschriebenen Kernbereich zu sehen. Denn die Fachleistungsdifferenzierung und Wahldifferenzierung entfaltet sich in der medialen Dimension. Mehr Lehrende und weniger Lernende ergeben optimale Voraussetzungen für Liftkurse, hinein in die Massen-Lernende-Lehrende-Kommunikation. Denn den Bildungseinrichtungen als institutionalisierten Bildungsträgern obliegt es, die Gesellschaft zur Reproduktion zu befähigen, aber auch im Sinne einer Evolution für Verhaltensveränderungen zu befähigen. In der Massenkommunikation findet nun die Reproduktion der Reproduktion statt, und jeder Pädagoge vermag im Sinne eines integrierten Curriculums sich selbst endlos zu reproduzieren. Das tröstet den praktizierenden Lehrenden, denn hier kann das marxistische Denken zu einer besonderen Verschärfung führen. Einerseits nötigt es über das Postulat des Systemcharakters der analysierten Gegenstände zu einer komplizierten Einbettung des Gegenstandes in die Totalität seiner gesellschaftlichen Bedingungen, während auf der anderen Seite für den wesentlichen und verändernden Inhalt der marxistischen Theorie, nämlich in der Erklärung des Gegenstandes zugleich auch den Weg seiner realen historischen Aneignung und Veränderung nachzuzeichnen, kein Organ mehr vorhanden ist. Aus diesem Grund ist die Instrumentalisierung des Lehrenden im Sinne der Nutzung der Massenkommunikation unerlässlich. Ob es sich freilich bei der ersten Auseinandersetzungsform um ein umfassend affirmatives Verhältnis zum abstrakten Leistungsprinzip handelt, bleibt fraglich, denn es müsste ja auf allen Ebenen konsistent durchgehalten werden und den Lehrenden keinen Konflikten und Widersprüchen aussetzen. Im Allgemeinen stellen wir leider ein Technologiedefizit der Bildung fest. Schon aus diesem Grunde sollte für die Situation der kommenden Jahre bedacht werden: Die Asymmetrie von Konditionierung und Selektion wird sicher, und das ist die Folge der Rollenasymmetrie, unterschiedlich verteilt. Während Lehrende ihre Lernenden eher auf variable Faktoren hin definieren, um Anknüpfungspunkte für Selektionen zu finden, die sie dann steuern können, scheinen Lernende wie auch Studierende es vorzuziehen, sich über konstante Eigenschaften zu definieren, weil sie nur so eine sichere Selbsteinschätzung aufbauen und nur so das selektive Verhalten des Lehrenden ihnen gegenüber konditionieren können. Eine weitere Überlegung liegt ebenfalls noch im Rahmen der auf Kausalpläne relativierten Kausalanalyse. Sie knüpft ebenfalls an attributstheoretische Forschungen an. In meiner Auffassung besagt das Adäquatsprinzip deshalb nichts anderes, als dass unter der Voraussetzung, dass die Typenkonstruktion den Strukturprinzipien der Alltagswelt folgt und die inhaltlichen Merkmale des konstruierten Typus als übereinstimmend mit der konkreten Handlung bzw. Person vorausgesetzt nicht überprüft werden, eine dem Typus entsprechende Handlung dem Handelnden in gleicher Weise wie allen anderen verständlich wäre. Ich muss deswegen die Forderung nach Begleitforschung exakt dort einsetzen lassen, wo Bildungsreformen entweder auf die Grenzen der innovatorischen Handlungsfähigkeit der Betroffenen (Forderung nach konstruktiv-helfender Begleitforschung) oder auf die Grenzen der kontrollierenden Handlungsmöglichkeit der Administratoren und Politiker (Forderung nach analytisch-vergleichender Begleitforschung) gestoßen sind. „Theoretische Reife" konnte zu diesem Zeitpunkt weder die kritisch-konstruktive noch die empirisch-analytische Variante innerhalb der erziehungswissenschaftlichen Forschung für sich beanspruchen. Für das Schulfernsehen zum Beispiel oder den medial auf Folien fixierten Lehrenden allerdings könnte Externalismus konstitutiv sein, wobei die externen Zwecke als Steuerungsmechanismen bereits in der präparadigmatischen Phase vom politisch-administrativen System vorgegeben wurden.

Denn eigentlich geht es nur um eine neue Informationsdidaktik, hat doch H. Frank schon 1968 beim Symposium der Gesellschaft für programmierte Instruktion behauptet, rund 80 % aller Lehrinhalte der Bildungseinrichtungen könnten durch einen Lehrautomaten vermittelt werden, und zwar wirkungsvoller als es der Lehrende vermag. Aber erst mit der modellhaften Einrichtung von Gesamtschulen etwa könnte sich das Spektrum voll entfalten, sodass im Sinne eines flächendeckenden Reformvorhabens vielleicht sogar 90 % der Lehrinhalte maschinell weitergegeben werden können. Freilich müssen wir auch fragen: Ist dieser Glaube an die Reformwilligkeit und Reformmächtigkeit von Politik und Administration nach all den Erfahrungen mit abklingenden euphorischen Konstruktionsphasen und mit den sukzessiv eingeführten Transformationsphasen, in denen ursprüngliche Zielsetzungen fallen gelassen werden, überhaupt noch aufzubringen. Ob da vielleicht Ivan Illich helfen kann, der sagt: Wir können nicht mit einer Bildungsreform beginnen, sofern wir nicht begreifen, dass weder individuelles Lernen noch soziale Gleichberechtigung durch das Ritual der Schulbildung gefördert werden kann.

Und wie sagt doch Johann Amos Comenius in dem Buch Orbis sensualium pictus von 1658? „Dieses wird alsdann sein das Salz des Lebens, nämlich Wissen, Tun und Reden. Klar, auch dannenhero stet und fest wird sie sein, wenn alles was gelehret oder gelernet wird, nicht dunkel oder verwirrt, sondern deutlich, wohlunterschieden und abgeleitet ist, wenn die sinnbaren Sachen den Sinnen recht vorgestellet werden, damit man sie mit dem Verstand ergreifen könne, weil weder etwas ins Werk setzen, noch vernünftig ausreden können, was wir nicht vorher alles, was zu tun oder wovon zu reden ist, recht verstehen lernen. Es ist aber nichts in dem Verstand, wo es nicht zuvor im Sinn gewesen."

Walter Flemmer

Der Irrelevanzgang
Unter dem Dach der Alma Mater

Die Orchideenfächer an deutschen Universitäten haben das Pech, dass sie, im Gegensatz zu vielen geschützten Orchideen wie dem Roten Waldvöglein, dem Frauenschuh, dem Knabenkraut oder dem blattlosen Widerbart – die Orchidee des Jahres 2014 –, weder unter Naturschutz stehen noch unter Denkmalschutz oder einem irgendwie gearteten Wissenschaftsschutz. Man schätzt, dass es weltweit etwa 15.000 bis 30.000 verschiedene Orchideenarten gibt, während es nur 160 Orchideenfächer in Deutschland gibt, wie die Ägyptologie und Assyrologie oder die Mongolistik und die Tibetologie, die Alt- und Neogräzistik und auch die Nordistik – also bedeutend stärker vom Aussterben bedroht wie die Orchideen. Das interessiert aber die deutsche Wirtschaft nicht. Wie schon Karl Marx treffend festgestellt hat, ist eine kapitalistische Wirtschaft ausschließlich am Mehrwert interessiert. Und weil die Basis den Überbau bestimmt, ist in einem Eckpunktepapier des Wissenschaftsministeriums ebenfalls vom Mehrwert die Rede, den ein wissenschaftliches Fach zu erbringen habe. Wissen zu bewahren, Erkenntnisse zu erlangen und neue Perspektiven zu eröffnen, schafft keinen Mehrwert, also werden sie zur Disposition gestellt. Ein Eckpunktepapier des Wissenschaftsministeriums ist freilich schon selbst eine Sumpfpflanze sondergleichen, von der man sich fragen kann, ob sie wirklich unter Artenschutz gestellt werden sollte.

Vor langer, langer Zeit gab es einmal unter den segensreichen Brüsten der Alma Mater einen sogenannten Irrelevanzgang, dessen Räume unter dem Dach untergebracht waren, sodass die Dachschräge etwas von einer Dachstuben-Atmosphäre schuf, beinahe heimelig. Auch waren die Räume ganz klein, sogar die Bibliothek. Der Irrelevanzgang war praktisch so etwas wie der Botanische Dachgarten der Universität: ein Gewächshaus voller Orchideen. Ich erinnere mich der Geschichte der antiken Welt, der Byzantinistik, der Alt- und Neogräzistik – und ob es wirklich auch ein Institut für antike Religionsmythologie gab, bin ich mir nicht mehr ganz sicher. Ich geriet nur einmal aus Versehen in ein Seminar dieses Inhalts, weil ich die falsche Tür erwischt hatte in diesem Gang. Drei Studenten schraken über Folianten mächtigen Ausmaßes auf, der Professor freute sich über den vermeintlich unerwarteten Zuwachs, es handelte sich um Professor Cornelius.

Professor Cornelius hatte lange schlohweiße Locken, die sich um ein immer lächelndes Gesicht ringelten. Manchmal frisierte ihn seine Frau im Gang vor einer solchen Übung, worauf er aber, mehr noch als sonst schon, einem blattlosen Widerbart glich. Eigentlich war Professor Cornelius Professor für Hethitik. Er hatte auch das Standardwerk schlechthin über die Hethiter geschrieben. Kam er in die Bibliothek – und er kam immer auf eine sehr eigentümliche Weise in die Bibliothek, und zwar indem er mit der einen Hand ins Innere des Türstockes griff und sich hierauf schwingend auch in das Innere des Raumes wand und drehte, dabei in einem fort seltsame Urlaute ausstoßend: „Mimimi." In diesem unentwegtem Singsang steuerte er dann zielsicher immer auf ein einziges, ewig gleiches Buch zu, auf das Standardwerk über die Hethiter, das er selber verfasst hatte. Er suchte, blätterte und, wenn er fündig wurde – und er wurde immer fündig –, freute er sich über alle Maßen. Möglicherweise war der „Mimimi"-Singsang der hethitischen Sprache entnommen, eine Art Beschwörungsformel, mit deren Hilfe er gesicherter an dem Bibliotheksdrachen vorbeikam und an deren Zerberus, einem Dackel-Höllenhund, der auf der Türschwelle lag und über den man steigen musste, ohne ihm auch nur im leisesten nahe kommen zu dürfen, was natürlich unmöglich war und unweigerlich zu einem wüsten Radau führte. Gefolgt von den giftigen, feuersprühenden Tiraden des Bibliotheksdrachens, der Sekretärin im Irrelevanzgang: eine Instanz, an der viele scheiterten, die sonst nicht einmal Prüfungsangst kannten.

Ich war eigentlich nur aus Fluchtgründen in den Irrelevanzgang geraten. Flucht aus dem Unbestimmbaren, in dem man sich nur verlieren kann: der Germanistik in der Schellingstraße. Nichts, was man zum Leben brauchen könnte, dort, zum inneren Leben, zur Bereicherung der Seelenlandschaft, keine Poesie, nichts als öder Strukturalismus, in dem es keine Literatur gab, statt Geschichten gab es nur Texte, keinen Inhalt, ja, man hatte es sogar geschafft, den Autor abzuschaffen. Kein Goethe, kein Keller, kein Stifter, kein Dada und keine Gegenwartsliteratur, von Poesie, wie gesagt, ganz zu schweigen. Nichts vom Geiste eines Schelling.

In Schelling erblickt der Historiker Max Spindler ein Symbol des seinerzeit neuen Geistes, der in die Ludwig-Maximilians-Universität Anfang des 19. Jahrhunderts in München einziehen sollte: „Ein Symbol der Vereinigung von Glauben und Wissen sollte sie sein, und als der Gelehrte, der die Synthese vollziehen, die Sehnsucht nach dem Irrationalen, Metaphysischen stillen, eine christliche Offenbarungsphilosophie entwickeln, mit seinem Geist die Disziplinen durchsäuern sollte" – so hatte Ludwig I. sich das vorgestellt. Geblieben ist von Schelling die nach ihm benannte Straße. Der Papst des *Instituts für Neue Deutsche Philologie*, so der offizielle Name, hieß Müller-Seidel. Noch heute habe ich Müller-Seidels päpstliches „Das wohl weniger" im Ohr, wenn man auch mal seinen Senf dazugeben wollte. Also statt Papst zum Drachen, Aufnahmeprüfung beim Drachen bestanden, Institutsausweis ausgestellt bekommen: für Geschichte der antiken Welt und Neogräzistik, zwei Orchideen.

Unter den Vorfahren des Professor Cornelius waren bedeutende Männer, etwa der Maler Peter Cornelius, der im Nazarener-Stil das Jüngste Gericht in die Ludwigskirche hineingemalt hat, woraus das größte Wandgemälde der Welt geworden ist. Nach der Besichtigung desselben stellt sein Auftraggeber König Ludwig I. fest, dass es eine große Sauerei ist. Die Sauerei besteht unter anderem in der *Erschaffung der Welt*, der *Geburt Christi*, der *Kreuzigung Christi*, der *Gemeinschaft der Heiligen* usw. Cornelius ist deshalb sauer und geht nach Berlin, worüber wiederum Ludwig ziemlich sauer ist, weil die Maler Kaulbach und Rottmann auch gleich nach Berlin wollen. Ausgerechnet Carl Rottmann, der dem König die Arkaden des Hofgartens ausgemalt hat, mit reinen Landschaftsfresken, die nichts als einen idealen Süden gezeigt haben – eine unerhörte Provokation für die kunstsinnigen Münchner, die darauf nur mit vandalistischen Anschlägen reagieren können.

Ich kann, wie gesagt, leider nur einen einzigen Besuch bei einer Übung von Professor Cornelius vorweisen, und der war versehentlich. Und was mir mindestens genauso leid tut, ist, dass ich mich nicht auch noch in Byzantinistik eingeschrieben habe! Was für ein interessantes Fach: die Vereinigung von Griechischer Sprache, Römischem Recht und Christlichem Glaube. Ich war aber schon froh gewesen, die Aufnahmeprüfung beim Drachen mit seinem Dackel-Höllenhund bestanden zu haben. Und endlich so etwas wie Heimatgefühl an einer Universität entwickeln zu können. Der Irrelevanzgang hatte eine einzige Toilette für alle und die Klobrille war aus Holz, Heimat pur.

Und geistig auch. Altgriechisch, Philosophie und auch noch Neugriechisch dazu, wenn man konnte, und vielleicht gar noch ein Linker war – eine auch seinerzeit schon verwegene Mischung –, dann war man richtig bei Professor Lauffer. Ohne weiteres unterbrach er eine hochinteressante Vorlesung über Alkibiades und räumte das Pult mit den Worten: „Die Damen und Herren von den roten Zellen werden Ihnen jetzt gewiss Interessanteres zu erzählen haben!“ *Die Damen und Herren von den roten Zellen*: Der Mann hatte Stil. Dabei war Alkibiades schon so interessant, der hochbegabte, aber schrecklich eitle Alkibiades, als Politiker eindeutig Inhaber des Weltrekordes für Opportunismus und Populismus, gegen den jeder FDP-Politiker oder US-Präsident ein Nichts ist. Alkibiades schafft es nacheinander, die Athener Volksversammlung zu dem sinnlosen Abenteuer zu verführen, das spartanische Syrakus zu überfallen, um Beute zu machen, einziger Kriegsgrund. Am Tag vor der Abfahrt haut er zusammen mit seinen Spezln im Suff eines rauschenden Abschiedsfestes den Hermesstatuen die Köpfe herunter, die Anklage wegen Verunglimpfung der Götter folgt auf den Fuß. Die Athener fahren ohne ihren Anführer und Anstifter los – und gehen natürlich unter. Alkibiades flieht zum Erzfeind Sparta, was einem Wechsel von Washington nach Moskau während des Kalten Krieges entspricht. Und der schöne, saubere Alkibiades führt natürlich die Spartaner zum Sieg, weil er die Schwachstellen Athens genau kennt. Die Athener, in einem dreißigjährigen Krieg schon vom Untergang bedroht, wissen nur eine Rettung, und die heißt Alkibiades. Da trifft es sich gut, dass sich ausgerechnet die Frau des Königs der Spartaner, jener schrecklich langweiligen Fundamentalisten der Antike, auffällig viel mit ihrem Sohn, den eine auffällige Ähnlichkeit mit Alkibiades kennzeichnet, in aller Öffentlichkeit beschäftigt – sehr unüblich im rigid geschlechtergetrennten Sparta – und ihn auch noch „mein kleines Alkibiadeschen“ nennt. Alkibiades muss schleunigst die Fliege machen, kehrt nach Athen zurück und führt naturgemäß die Athener zum Sieg über die Spartaner. Dass er sich aus Athen ein zweites Mal davonmachen muss und zu guter Letzt Satrap bei den Persern wird, also eine Art von Fürst, sei nur noch deshalb erzählt, weil es kein Politiker der Neuzeit geschafft hat, dem Wechsel von Washington nach Moskau und wieder zurück eine Schlussvolte nach Peking folgen zu lassen.

Professor Lauffer hat also gesagt, dass aber jetzt die Damen und Herren von den Roten Zellen etwas sagen möchten, hat sich in die erste Reihe gesetzt und seinerseits mitgeschrieben. Und wie Herbert Marcuse aus Kalifornien herüber in den Audimax gekommen ist, hat er es genauso gemacht und sich notiert, wie die Dogmatiker vom Marxistischen Studentenbund Spartakus den braungebrannten Marcuse im kurzärmeligen weißen Hemd dialektisch in die Zange nehmen wollten, indem sie ihn gefragt haben: „Welchen Stellenwert, Genosse Marcuse, räumst du in deinem Konzept von der Befreiung des Menschen dem Kampf gegen die Erhöhung der MVV-Gebühren ein?" Unser Professor der alten Geschichte hat gleich den Kopf gehoben, weg von seinen Notizen zur Zukunft, zur Einlösung der Utopie, hin, voller Spannung, welchen Verlauf dieses Modell geschichtlicher Manifestation des Weltgeistes nehmen würde. Dass die Revolution, wenn sie denn käme, gewiss auch diesen Widerspruch lösen wird, hat Herbert Marcuse geantwortet, mit einem gewissen feinen Lächeln, dass also die Befreiung des Menschen ihn auch von der Erhöhung des MVV-Tarifes befreien wird, worüber wir natürlich sehr froh gewesen sind.

Man sieht daran übrigens gleichzeitig, dass in Bayern viel mehr Revolutionen durch Erhöhungen der Fahrtarife ausgelöst werden als etwa durch die Erhöhung des Bierpreises, wie immer jeder denkt. Und das liegt bestimmt nicht daran, dass deutsche, also in dem Fall auch bayerische Revolutionäre immer erst Bahnsteigkarten lösen, wenn sie einen Bahnsteig erstürmen wollen, wie Lenin meint. Bahnsteigkarten gibt es ja schon ewig keine mehr.

Dreimal in der Woche gab es aus dem Irrelevanzgang auch eine Vorlesung, grundsätzlich über Römische Geschichte, jeweils zu sehr ungünstiger Stunde, in den Abend hinein, wo schon längst alle Kneipen um die Uni herum lockten. Professor Bengtson hielt unerschütterlich diese Vorlesungen: „Es gibt viele Geschichtsforscher, aber nur wenige Geschichtsschreiber, zu letzteren möchte ich mich rechnen. Wilhelm Weber dagegen – bei aller Gelehrsamkeit ungenießbar, wir Historiker sollten nicht im Prophetenton sprechen, oder Hermann Dessau, etwas langweilig – wenn Geschichtswerke langweilig sind, sollten sie nicht gelesen werden: Bombast hat in einem Geschichtswerk keinen Platz. Aber Kornemann, ich würde sagen, meine Damen und Herren, ich habe ihn kennenlernen dürfen in München, wie wir an der Theresienstraße spazieren gingen, einmal wurden wir durch das Oktoberfest gestört, sonst hat er sich ganz in seiner Studierstube, ich würde sagen, meine Damen und Herren, verschanzt. Er hatte viel Kummer mit Rezensenten, aber wer hat den nicht? Er sagte: ‚Rezensionen vergehen, Bücher bleiben bestehen!' Ich würde sagen, meine Damen und Herren, diesen Satz kann man unterschreiben. Und sehen Sie, dieser Andre Piganiol, *Histoire de Rome*, ein regestenartiges Werk, wir sollten unsere Zeit doch nicht damit verbringen, Regesten zu schreiben, würde ich sagen ... Wenn wir uns auf Münzen Octavia anschaun, als unvoreingenommener Betrachter, ich würde sagen, wir können dies sein nach zweitausend Jahren, muss man sie als sehr schön bezeichnen und sie kann es jederzeit mit Cleopatra, ich würde sagen, aufnehmen. Rasch hat einmal gesagt, wenn Cleopatra nicht eine so lange Nase gehabt hätte, hätte sie den Lauf der Welt verändert, meine Damen und Herren, ich muss bekennen, ich habe diesen Satz nie verstanden. Nun, nachdem Pompejus, ein heraufgekommener Revolutionsgeneral sein Ende in Milet fand, das Beil des Henkers kam, ich würde sagen, nicht von ungefähr, trennte sich Antonius von Octavia, fuhr nach Syrien, begab sich in Liaison mit Cleopatra, sie hatte ihm schon 40 v. Chr. Zwillinge geboren: Cleopatra Silene und Alexander Helios, sehr schöne Namen, Mond und Sonne, sehr beziehungsreich, verehrte 36 v. Chr. Ptolemaios Philadelphos als territoriale Morgengabe, so was ist völlig aus der Mode gekommen, ich würde sagen: schade – kurz und gut, Antonius war sehr großzügig, allerdings auf Kosten Roms, aber wenn man schon großzügig ist, sollte man das aus eigener Tasche sein, das hat Antonius, ich würde sagen, übersehen. Allerdings erklärten Senat und Volksversammlung von Rom der Cleopatra den *bellum iustum*, die Römer, meine Damen und Herren, haben immer nur gerechte Kriege geführt – immer! Antonius begeht Selbstmord, und Octavian, der keine Ehrfurcht vor den Ptolemaiern hatte, lässt sich das Alexandergrab öffnen und betastet die Leiche des Alexander so unvorsichtig, dass seine Nase abgebrochen sein soll. Cleopatra gönnte Octavian den Triumph nicht, sondern nahm sich, ich würde sagen, meine Damen und Herren, per Schlange das Leben. Mit Augustus, vormals Octavian, wird nicht die Republik wiederhergestellt, wie August es selber sagt, sondern hier beginnt die Monarchie, das hat der Schulmeister Franz aus Nürnberg herausgefunden. Aus Nürnberg, meine Damen und Herren, kommt überhaupt viel Gutes, nicht nur die Lebkuchen. Mommsen befand sich da auf dem Irrweg, möchte ich fast sagen. Heinze, ein ausgezeichneter Latinist, früher gab es überhaupt nur ausgezeichnete Latinisten, er starb übrigens in Bad Wiessee – ich gehe, meine Damen und Herren, nicht in diese Badeorte, da sterben mir zu viele alte Philologen …“

Die Vorlesungen am Abend, wöchentlich dreimal am Abend eine Stunde, waren nur spärlich besucht, eine regelrechte Erholung in revolutionären Zeiten, mit dem so vor sich hin erzählenden Professor der antiken Geschichte, der immer auch von seinen Kollegen berichtete, zumeist löblich: „Von den modernen Historikern möchte ich Ihnen Domaszewski nennen, ein ausgezeichneter Wissenschaftler aus Heidelberg, über den es viele Anekdoten gibt: Wenn ihm in der Trambahn eine Frau gegenübergesessen ist, soll er ihr Auszüge aus seiner *Geschichte der Römischen Kaiserzeit* vorgelesen haben und sie dann zum Beifall aufgefordert haben. Ob er damit Erfolg gehabt hat, kann ich nicht sagen, es gibt noch viele solcher Geschichten von ihm, aber wir haben uns hier ja mit der Geschichte des römischen Prinzipats zu befassen … Quintilius Varrus, der aus vornehmer Familien aus Alba Longa stammte, und auch Heinrich Schliemann, der vieles gesucht und manches gefunden hat, konnte dieses Alba Longa nicht ausfindig machen, dieser Varrus also hatte die Schlacht im Teutoburger Wald 9 n. Chr. gegen Arminius verloren – und damit die Legionen XVII, XVIII und XIX – wenn es Ihnen nicht zu viele Mühe bereitet, schreiben Sie diese Zahlen bitte mit, römischen Ziffern – und das war dann das Ende der Römerzüge in Germanien. Ich glaube, das ist ein Ereignis mit dem wir die Vorlesung beschließen können.“

Der Abend brach an, die Amseln pfiffen es vom Dache der ehrwürdigen Alma Mater, meine Kommilitonen saßen schon längst im *Atzinger* oder im *Schellingsalon* und wunderten sich, wo ich so lange bliebe – während sie schon längst wieder revolutionäre Theorien diskutierten. Aber wie gesagt, dreimal in der Woche musste ich eine kleine Pause einlegen. Im Irrelevanzgang gab es solche revolutionären Pausen, zumindest bei Professor Cornelius und bei Professor Bengtson: „Tiberius hatte sich nach Rhodos begeben, weil er mit seiner Frau nicht ganz zufrieden war, um es milde auszudrücken, das steht einem Privatmann an, aber nicht einem Princeps. Er war im Alter von 54 Jahren eigentlich in den besten Jahren, aber die besten Jahre beginnen bekanntlich dann, wenn die guten vorüber sind. Kornemann, meine Damen und Herren, stand mit den Kaisern der römischen Kaiserzeit gewissermaßen, wenn ich das so sagen darf, auf

Du und Du, und für alles, was er in seinem Leben getan und unterlassen hat, auch das kommt, meine Damen und Herren, im Leben eines älteren Herrn vor, hatte er seine Vorbilder in den Gestalten der römischen Kaiser, das hat er mir selber gesagt, und nun meine Damen und Herren machen wir uns von der Wissenschaft frei – die nächste Vorlesung ist am Dienstag."

Von Geschichte, Sprache und Kultur hielt ich es allerdings mehr mit dem Griechischen als mit dem Römischen, also folgte ich der Einladung des Professor Lauffer, eine Dissertation zu beginnen – angesichts des Plans, dem „Geistesriesen Aristoteles", wie ihn Marx genannt hat, ans Bein zu pinkeln, ein schon mehr als verwegenes Unterfangen für einen jungen Menschen von Mitte zwanzig. Unter anderem empörte mich seinerzeit der Einwand des Aristoteles gegen die Demokratie, wenn sie zur Herrschaft der Masse mutiert, zur „Ochlokratie". Angesichts eines Alkibiades hatte er diese Überlegung formuliert, unter anderem. Was passiert, wenn ein „Verführer" die Masse manipuliert, wo immer er sie hinhaben will. Und sie folgt ihm, als wäre das ihr eigener Wille.

Das macht mich inzwischen nachdenklich, sehr nachdenklich. Der Sturm auf das Kapitol durch eine vom Präsidenten der Vereinigten Staaten wider die eigene Staatsform aufgeputschte Menge erinnert mich gewaltig an die Bedenken des Aristoteles. So weit, würde ich sagen, kann es mit einem kommen, wenn man Absolvent aus dem Irrelevanzgang ist. Aber ich sag's ja nicht.

Den Alkibiades hat dann der spartanische Geheimdienst in Persien ermordet.

Gerd Holzheimer

Reisekosten

Einen *vice-president* aus München,
den wollt' man in Texas einst lynchen.
Mit dem Taxi im Nu
– „Rechnung zahlt LMU!" –
konnt er sein Malheur übertünchen.

Thomas Grasberger

Die Münchner Professoren Kobell, Schafhäutl und Steinheil in Karikaturen Franz von Poccis für die Gesellschaft „Altengland"

Den Grafen Franz von Pocci (1807–1876) kennt man heute vor allem als liebenswürdigen und humorvollen Hausdichter des 1858 von ihm mitbegründeten Münchner Marionettentheaters, für das er über 40 Kasperlkomödien geschrieben hat – daher sein Spitzname „Kasperlgraf". Doch Pocci war auch ein begnadeter Zeichner, der ganz unterschiedliche Facetten in sich vereinigte. Geprägt von romantischer Phantastik konnten seine Zeichnungen und Aquarelle süßlich und harmlos sein, aber er war auch ein boshafter Karikaturist mit skurrilem Humor. Bekannt geworden ist Pocci durch eine fast zeitlose Beamtensatire, mit seiner legendären Figur des „Staatshämorrhoidarius", die er in vielen Folgen ab 1845 in den „Fliegenden Blättern", der ersten humoristischen Zeitschrift Deutschlands, und 1857 auch in Buchform veröffentlichte. Weniger bekannt sind die ca. 1440 Karikaturen, die Pocci als „Pasquillant" (so seine Selbstbezeichnung) für die Alben der Gesellschaft „Altengland" in den Jahren 1840 bis zu seinem Tod geschaffen hat, da diese aquarellierten Zeichnungen nie zur Veröffentlichung bestimmt waren und die insgesamt zehn Anglia-Alben lange Zeit nur im Archiv der Gesellschaft (bzw. heute im Archiv der Münchener Künstlergesellschaft) einsehbar gewesen waren.

Die Herrengesellschaft „Altengland" war einer der vielen geselligen Vereine in München, die im Jahr 1826 offiziell gegründet worden ist und bis 1888 Bestand hatte. Fester Versammlungsort wurde ab 1832 das „Englische Café" am Maximiliansplatz 1, das sich nach seinen Stammgästen so benannte (heute steht dort das Palais Bernheimer am Lenbachplatz). Die Mitglieder der „Anglia" (wie die Gesellschaft auch genannt wurde) schätzten die altenglischen aristokratischen Lebensformen, die halb spielerisch, halb ernsthaft als Rahmen ihrer geselligen Zusammenkünfte dienten. Die Mitglieder nannten sich humorvoll „Lords", die Vorstandschaft bildete ein Trio von Lordmajor, Lordminor und dem Lordschatzmeister. Zu den Mitgliedern zählten hochrangige Persönlichkeiten aus Adel und Bürgertum, darunter Minister, Spitzenbeamte, Ärzte, Künstler und hohe Offiziere, aber auch viele Gelehrte und Universitätsprofessoren. Da „Altengland" nur Einheimische als Mitglieder aufnahm, waren Konflikte vorprogrammiert, als König Max II. nach seinem Regierungsantritt 1848 viele „Nordlichter" als Professoren nach München berief. Diese Konflikte spiegeln sich auch in einigen Karikaturen Poccis für die Gesellschaft „Altengland" wider.

Erst mit dem Beitritt Poccis zur Anglia im Jahr 1840 – er war damals Zeremonienmeister am Hof König Ludwigs I. von Bayern – wurde begonnen, alle Mitglieder in Karikaturen festzuhalten. Die einzelnen (meist datierten) Blätter wurden mit einer laufenden Nummer versehen und dann in Alben eingeklebt. Pocci verstand sich bei „Altengland" selber scherzhaft als „Pasquillant", also als Spötter, und machte die Schwächen seiner Anglia-Freunde oft schonungslos, aber immer humorvoll zur Zielscheibe seines Spotts. Pocci gelingt es mit wenigen markanten Strichen, seine „Opfer" schnell und eindeutig wiedererkennbar zu machen, sei es durch (Über-)Betonung von körperlichen Merkmalen oder durch Beifügung typischer Attribute. Pocci karikierte sich mit Wonne auch selber gerne in allen möglichen Verkleidungen in fast 150 Karikaturen, so – wegen seiner hageren Physiognomie – als dürrer, langgewachsener „Schnack von Ammerland“ (Nr. 169; in Ammerland besaß Pocci seit 1844 ein Schloss) oder in einer Bildergeschichte im Stile des französischen Zeichners Rodolphe Töpffers (1799–1846) mit dem Titel „Histoire de Monsieur Le Maigre“ (Nr. 749–754).

Pocci hatte an der Universität, die sich von 1800 bis 1826 in Landshut befand, Rechtswissenschaften studiert und war Mitglied im dortigen, 1821 gegründeten „Corps Isaria“. Für diese Studentenverbindung komponierte Pocci – auch das gehört zu seinen vielfältigen künstlerischen Talenten – im Jahr 1825 die Melodie zu dem bekannten Kneiplied „Wenn ich ein Vöglein wär“. Zu seinen engen Freunden aus der Landshuter Studentenzeit gehörten die Juristen Franz Joseph von Schab und Johann Nepomuk von Sutner sowie der Mediziner Carl von Graf, die später alle auch Anglia-Mitglieder wurden. Mit diesen drei ehemaligen Kommilitonen organisierte Pocci das „Erinnerungs- und Wiedersehens-Fest der Landshuter Universitäts-Genossen“, das am 22. Juli 1860 in Landshut stattfand und von Pocci auch in einer Anglia-Karikatur festgehalten wurde (Nr. 976: Die Zeichnung Poccis zeigt alle vier in jugendlicher Studiosentracht).

Pocci wurde wegen seiner literarischen Leistungen am 11. Dezember 1854 die Ehrendoktorwürde der Philosophischen Fakultät der Universität München verliehen. Auch dies hat Pocci in einer Karikatur festgehalten, in der er seine Aufwartung beim Dekan Justus von Liebig macht (Nr. 671). Liebig (1803–1873) war einer dieser von König Max II. von Bayern nach München berufenen Professoren und hatte ab 1852 den Lehrstuhl für Chemie inne.

Nächste Doppelseite:
Der fromme Schnack von Ammerland u(nd) der Waldteufel haben sich gegenseitig verständigt u(nd) begeben sich gemeinsam ebenfalls zum Diner.
Der „Pasquillant“ Franz von Pocci und der Mineralogieprofessor Franz von Kobell auf dem Weg zu einem Festdiner, zu dem Herzog Maximilian in Bayern (1808–1888) im Jahr seines Beitritts zur Gesellschaft „Altengland“ (1845) in sein von Leo von Klenze erbautes Palais an der Ludwigstraße eingeladen hat. (Privatbesitz)

XIII.
169

Noch in Landshut hat Pocci auch Franz von Kobell (1803–1882) kennengelernt, mit dem Pocci später so etwas wie die Seele der Gesellschaft „Altengland“ bildete. Auch Kobell hatte zunächst in Landshut Rechtswissenschaften studiert, wandte sich aber schon bald dem Studium der Mineralogie zu. Bereits 1824 bekam er von der Universität Erlangen die Doktorwürde verliehen und wurde Adjunkt bei der Mineralogischen Staatssammlung in München. Nach zwei Jahren erhielt Kobell als 23-Jähriger eine außerordentliche Professur für Mineralogie, die 1834 in eine ordentliche umgewandelt wurde. Seit 1842 war er Mitglied der Bayerischen Akademie der Wissenschaften. Zu seinen wichtigen wissenschaftlichen Publikationen zählt das Standardwerk *„Geschichte der Mineralogie“ (1864)*. Zusammen mit seinem Anglia-Freund Carl August von Steinheil (s.u.) gelangen ihm Entdeckungen auf dem Gebiet der Fotografie sowie die „Galvanographie“ als Mittel zur drucktechnischen Bildwiedergabe (1840). Gleich die erste Kobell-Karikatur Poccis für „Altengland“ würdigt diese Leistung (Nr. 5). In einem später verfassten Kommentar kann sich Pocci aber folgenden Seitenhieb auf die ab 1848 von auswärts berufenen Gelehrten nicht verkneifen: „In jener bojoarischen Urzeit, deren gambrinische Dunkelheit durch ‚Berufene‘ noch nicht erhellt ward, gab es nur einzelne ‚Unberufene‘, die sich in höchst naiver Weise mit Wissenschaften zu beschäftigen versuchten, und da es hier in München vor Liebigs Einzug eigentlich noch keine Chemie gab, war es ohne Zweifel verbrecherisch, dass ein gewisser Professor Franz von Kobell sogar schon Erfindungen machte chemischen Ursprungs und mit nachhaltigem Erfolge, wie z.B. die Galvanographie.“ Solche Kommentare hat Pocci ab 1857 rückwirkend und dann fortschreibend bis 1873 zu jeder seiner Karikaturen verfasst (das Manuskript liegt im Nachlass Poccis in der Bayerischen Staatsbibliothek).

Neben der wissenschaftlichen Leistung Kobells steht gleichberechtigt die Literatur. Kobell gilt als außerordentlicher Dialektdichter, der die oberbayerische Mundart wieder literaturfähig gemacht hat. 1845 veröffentlichte er 300 „Schnaderhüpfln und Sprüchln“, die Franz von Pocci illustriert hat. Kobell war auch ein begeisterter Jäger. Deshalb karikiert ihn Pocci oft als „Waldteufel“ (wie in Nr. 169), als Gamsbock oder zumindest mit einer einfachen Lodenjoppe. Zudem spielte er meisterhaft Zither. Seine Begeisterung für die Jagd spiegeln seine „Skizzen aus dem Gebiete der Jagd und ihrer Geschichte mit besonderer Rücksicht auf Bayern“ wider, die 1859 unter dem Titel „Wildanger“ erschienen sind. Seine bekannteste Meistererzählung bis heute ist *„Die G'schicht' vom Brandner-Kasper“*, die zuerst 1871 in den „Fliegenden Blättern“ im Verlag Braun & Schneider veröffentlicht wurde.

In einer der über 230 Anglia-Karikaturen, die Pocci von seinem Freund und Zechgenossen geschaffen hat, thematisiert Pocci den Gegensatz zwischen einheimischen Gelehrten und Dichtern mit den so genannten „Nordlichtern“ (Nr. 864). Bei diesem als „Großer Dichter-Steeplechase“ bezeichneten Blatt (datiert: 14.2.[18]58) reitet allen voran Emanuel Geibel (1), gefolgt von Adolf Friedrich von Schack (2), Paul Heyse (3), Moriz Carrière (4) und Friedrich Bodenstedt (5). Der peitschenschwingende Franz von Kobell (6) am Ende des Zuges signalisiert als Dialektsprecher: „Gscheckate Luada! Laßt's mi a mit!“.

Die ersten fünf Reiter gehören zu den vom König Max II. von Bayern nach seinem Regierungsantritt 1848 vor allem aus Preußen „hieherberufenen Dichtern", die neben ihren akademischen Pflichten und schriftstellerischen Tätigkeiten an den wöchentlich stattfindenden Symposien des Königs mit Vorträgen teilzunehmen hatten und vom König entsprechend mit Gehalt und Auszeichnungen honoriert wurden. Angesichts dieser großen Gunst des Königs, blieben Pocci und andere Einheimische wie der „bayerische Nationaldichter" Kobell, der auch in dieser Karikatur nur hinterherhecheln kann, stets auf kritische Distanz zu diesen „Nordlichtern". Diese „zugereisten" Dichter versammelten sich zudem in der 1854 gegründeten literarischen Gesellschaft, die zwei Jahre später den Namen „Die Krokodile" erhielt. Die Anthologie „Ein Münchner Dichterbuch" (1862) vereinte noch einmal alle „Krokodil"-Autoren, bis sich die Gesellschaft nach dem frühen Tod des Königs 1864 langsam auflöste.

Emanuel Geibel (1815–1884) folgte 1852 einer Einladung von König Max II. zur Übersiedelung nach München, wo er eine Honorarprofessur für deutsche Literatur und Ästhetik übernahm. Zwischen dem König und dem Dichter entstand eine starke persönliche Bindung, 1853 erhielt Geibel den im selben Jahr vom König gestifteten Maximiliansorden für Wissenschaft und Kunst. Nach dem Tod von König Max II. wurde Geibel in München zunehmend wegen seiner preußenfreundlichen Gesinnung angefeindet. Nach einem enthusiastischen Gedicht auf den preußischen König Wilhelm I. fiel Geibel 1868 bei König Ludwig II. in Ungnade und verlor seine vom bayerischen Königshaus zugesicherte lebenslange Pension. Der preußische König spendierte Geibel nun ein Ehrensold auf Lebenszeit. Als „Reichsherold" gefeiert und mit dem Ehrenbürgerrecht ausgezeichnet, lebte Geibel seit 1868 bis zu seinem Tod wieder in seiner Heimatstadt Lübeck, die ihn 1869 zum Ehrenbürger ernannte.

Adolf Friedrich Graf von Schack (1815–1894) entstammte einem niedersächsischen Adelsgeschlecht. Nach seinem Studium trat er in den preußischen Staatsdienst, quittierte ihn jedoch bald und bereiste Italien, Ägypten und Spanien. 1855 zog er nach München und wurde dort 1856 zum Ehrenmitglied der Bayerischen Akademie der Wissenschaften ernannt. Außerdem baute er eine Sammlung wertvoller Gemälde des 19. Jahr-

Nächste Doppelseite:
Großer Dichter-Steeplechase.
Bei diesem Dichter-Pferderennen im Jahr 1858 reiten fünf von König Max II. nach München berufene „Nordlichter" um die Wette: Emanuel Geibel (1), Adolf Friedrich von Schack (2), Paul Heyse (3), Moriz Carrière (4) und Friedrich Bodenstedt (5); der einheimische Dichter und Gelehrte Franz von Kobell (6) ruft: „Gscheckate Luada! Laßt's mi a mit!".
(Franz-Graf-von-Pocci-Gesellschaft)

864.
1
2
3
14/2 58.
Großes Dichter-Steeple

ERBAUNGSBI
für
DENKENDE
MIRZA

hunderts auf; seine „Schack-Galerie“ ist bis heute in München beheimatet. 1881 wurde er zum Ehrenbürger von München ernannt. 1887 veröffentlichte von Schack seine Autobiografie unter dem Titel „Ein halbes Jahrhundert, Erinnerungen und Aufzeichnungen“. Posthum erschienen 1896 noch „Nachgelassene Dichtungen“.

Paul (ab 1910 von) Heyse (1830–1914) begann 1847 mit dem Studium der klassischen Philologie in Berlin und schloss sich dort 1849 dem Dichterkreis um Theodor Fontane und Theodor Storm an, dem „Tunnel über der Spree“, der 1854 zum Vorbild der Münchner „Krokodile“ werden sollte. 1852 promovierte er und reiste dank eines preußischen Staatsstipendiums lange durch Italien. Auf Intervention von Emanuel Geibel beim bayerischen König Max II. erhielt der erst 24-jährige Heyse einen Ruf nach München und eine jährliche Pension von 1000 Gulden. Als Geibel 1868 seinen Ehrensold verlor, verzichtete er aus Solidarität auf seine Ehrenpension. 1871 erhielt Heyse den Maximiliansorden für Wissenschaft und Kunst. Heyse erwarb in der Maxvorstadt, in der Luisenstraße hinter der Glyptothek, ein 1835 erbautes kleines Wohnhaus, das er 1872–74 von dem Architekten Gottfried von Neureuther zu einer Villa im neoklassizistischen Stil ausbauen ließ. Die Heyse-Villa entwickelte sich zu einem Mittelpunkt der Literatur in München. Im Jahr 1900 veröffentlichte Heyse seine „Jugenderinnerungen und Bekenntnisse“. Die Stadt München ernannte Heyse 1910 anlässlich seines 80. Geburtstages zum Ehrenbürger. Prinzregent Luitpold verlieh ihm den persönlichen Adelstitel, von dem er jedoch niemals Gebrauch machte. Am 10. Dezember 1910 erhielt Heyse nach dem Historiker Theodor Mommsen (1902) und dem Philosophen Rudolf Christoph Eucken (1908) als dritter deutscher Autor den Literaturnobelpreis.

Moriz Carrière (1817–1895) entstammte einer französischen Hugenottenfamilie. Nach seinem Studium ging er einige Jahre auf eine Italienreise und habilitierte sich dann für Philosophie in Gießen, wo er ab 1849 als außerordentlicher Professor lehrte. Ab 1853 tat er dies für ein Jahr an der Universität München, um dann ab 1854 als ordentlicher Professor für Kunstgeschichte an der Akademie der bildenden Künste zu dozieren. 1858 veröffentlichte er sein „Erbauungsbuch für Denkende“ (in der Pocci-Karikatur hält der „erleuchtete“ Carrière eine Fahne mit dem Buchtitel in der Hand). In der Folgezeit publizierte er viele Schriften über Philosophie, Poesie, Ästhetik sowie Kulturgeschichte, die in den Jahren 1886 bis 1894 als „Gesammelte Werke“ in 14 Bänden erschienen. 1887 wird er Professor der Ästhetik an der Universität München, 1889 Mitglied der Bayerischen Akademie der Wissenschaften.

Friedrich (seit 1867 von) Bodenstedt (1819–1892) studierte Philosophie und Philologie an der Universität Göttingen. Er ging 1840 als Lehrer nach Moskau, wo er russisch erlernte und 1843 nach Tiflis, wo er durch den aserbaidschanischen Dichter Mirza Schaffy (1794–1852) in die Sprachen der Kaukasusregion eingeführt wurde. 1846 kehrte er nach Deutschland zurück. Er erlebte die Ereignisse in Wien des Jahres 1848 und beschrieb diese sehr anschaulich später in seinen Lebenserinnerungen. Er unternahm anschließend eine Italienreise und betrieb journalistische Arbeiten in Triest, Bremen und Kassel. 1851 veröffentlichte Bodenstedt die „Lieder des Mirza Schaffy“, die mit ihren 160 Auflagen die erfolgreichste und populärste orientalistische Veröffentlichung des 19. Jahrhunderts werden sollte (in der Pocci-Karikatur trägt Bodenstedt einen Säbel mit der Aufschrift „Mirza"). 1854 erhielt auch Bodenstedt von König Max II. von Bayern eine Einladung nach München, ein Jahresgehalt von 1200 Gulden sowie eine Professur für Slawistik und Altenglisch. Als Höfling musste er den König auf vielen seiner Reisen und Wanderungen begleiten. Er selber reiste 1859 für mehrere Wochen nach England und gab in der Folgezeit ein Shakespeare-Werk in drei Bänden heraus. 1864 gründete er die „Deutsche Shakespeare-Gesellschaft", 1865 arbeitete er als Dramaturg am Münchner Hoftheater. Nach dem Tod seines Gönners König Max II. fand Bodenstedt zu König Ludwig II. nicht mehr denselben Zugang und folgte deshalb 1867 gerne einem Ruf als Intendant des Hoftheaters in Meiningen, wo er vom „Theaterherzog" Georg II. geadelt wurde. Nach dem Engagement in Meiningen lebte er zeitweise in Altona und Berlin, ehe er sich ab 1878 bis zu seinem Tode in Wiesbaden niederließ. Bodenstedt unternahm noch eine Vortragsreise durch die USA („Vom Atlantischen zum Stillen Ozean", 1882). Gegen Ende seines Lebens veröffentlichte er „Erinnerungen aus meinem Leben" (in zwei Bänden, 1888 und 1890).

Ein anderes einheimisches Anglia-Mitglied unter den Professoren war der in Ingolstadt geborene Karl Emil von Schafhäutl (1803–1890), ein Physiker, Geologe und Musiktheoretiker. Schafhäutl kam 1827 erstmals nach München und arbeitete zunächst in der Universitätsbibliothek. 1834 ging er nach England und erhielt nach kurzer Zeit Patente zur Verbesserung der Stahlgewinnung und des Puddelverfahrens zur Gewinnung von Schmiedeeisen. Hier entdeckte er die Ursache der verheerenden Dampfkesselexplosionen. Nach seiner Rückkehr nach München im Jahr 1841 wurde Schafhäutl Mitglied des Polytechnischen Vereins und überprüfte seit 1852 Tausende von Dampfmaschinen als Mitglied von dessen Kommission zur Überwachung der Dampfkessel (das ist der Vorläufer des heutigen TÜV). In München wurde Schafhäutl, der sich schon in England bei der Beschäftigung mit Kohlen- und Erzlagerstätten mit den Problemen der Geologie beschäftigt hatte, 1843 zum außerordentlichen, 1844 zum ordentlichen Professor für Geognosie, Bergbau und Hüttenkunde ernannt und war damit der erste Professor für Geologie in Deutschland. 1845 wurde er Mitglied der Bayerischen Akademie der Wissenschaften und gründete die geologische Staatssammlung. Seit 1849 war Schafhäutl auch Oberbibliothekar der Universitätsbibliothek München, deren Bestände er erstmals durch Kataloge erschloss. Sein ganzes Leben lang beschäftigte sich Schafhäutl, den Pocci in seinen Karikaturen immer etwas korpulent darstellt, zudem intensiv mit Musik – als Musikkritiker, als Biograph oder auch als Sammler alter Kompositionen. Seinen Grabstein auf dem Alten Südlichen Friedhof in München ziert deshalb eine Lyra.

Auf diese Fähigkeiten Schafhäutls bezieht sich auch diese Karikatur aus dem Jahr 1844 mit der Bildunterschrift „Schafhäutl gibt einige Beispiele antiker Musik auf der Lyra" (Nr. 114). In seinem Kommentar zu dem Blatt nimmt Pocci wieder süffisant Bezug auf den Konflikt mit den „berufenen" Nordlichtern: „Vor der goldenen Ära der ‚Berufungen' unterstanden sich hiesige Gelehrte sogar manchmal den Laien einen interessanten Vortrag zu halten, so einmal Prof. Schafhäutl über

Schafhäutl gibt einige Beispiele antiker Musik auf der Lyra.
Karl Emil von Schafhäutl wurde 1844 (aus dem Jahr datiert auch die Karikatur) an der Universität München der erste Professor für Geologie in Deutschland; das von Pocci karikierte Anglia-Mitglied beschäftigte sich zudem intensiv mit Musik.
(Franz-Graf-von Pocci-Gesellschaft)

Geschichte der Musik, wobei namentlich auch antike Gesänge beispielsweise gegeben wurden."

Einen ähnlichen Kommentar Poccis finden wir auch bei einer Karikatur über das Anglia-Mitglied Carl August von Steinheil (1801–1870), seit 1835 Professor für Mathematik und Physik an der Universität München: „Prof. v. Steinheil, der auch schon die Vermessenheit hatte, in der bojoarischen Urzeit zu ‚wissenschafteln'" (zu Nr. 13).

Pocci stellt Steinheil immer mit einem auffallenden Gebiss dar, so auch in der Karikatur mit folgender Bildunterschrift (Nr. 60): „Die Lehre vom Schwerpunkt und vom Gleichgewicht auf der Wippe im Haindlgarten practisch erklärt von Herrn von Steinheil, Professor der Physik, am 18. Mai 1841." Der Ort des Geschehens „Haindlgarten" bezieht sich auf einen Biergarten über einem Bierkeller in Haidhausen, in dem sich die Anglia-Mitglieder im Mai zum Bockbier getroffen haben. Pocci kommentierte das Blatt später wie folgt: „Dass die Professoren u(nd) Cathederweisheit nicht immer practisch sei, zeigt sich hier bei Professors Steinheil Anwendung der Lehre vom Gleichgewicht."

Steinheil stammte aus pfälzischem Adel. Nach Abschluss des Studiums 1825 lebte er als Privatgelehrter auf dem väterlichen Gut zu Perlachseck (heute in München-Perlach). Mit seiner Berufung zum Professor 1835 wurde er auch zum Konservator der mathematisch-physikalischen Sammlung des Staates ernannt. Steinheil konstruierte und baute 1836 den ersten brauchbaren Schreibtelegrafen. 1839 konstruierte er eine Kamera und fotografierte damit gemeinsam mit seinem Kollegen und Anglia-Freund Franz von Kobell in München unter anderem die Türme der Frauenkirche (vgl. Kommentar zu Nr. 47: „Dieses ist das merkwürdige Blatt, auf welchem Steinheils und Kobells erste Proben der Photographie und Galvanographie zu sehen sind."). Dieses so genannte Steinheil-Verfahren wurde vier Monate vor der Erfindung von Louis Daguerre veröffentlicht. Seine weiteren Erfindungen dienten zur Entwicklung großer Spiegelteleskope. 1855 gründete Steinheil im Schloss Suresnes in Schwabing eine

Nächste Doppelseite:
Die Lehre vom Schwerpunkt und vom Gleichgewicht auf der Wippe im Haindlgarten practisch erklärt von Herrn von Steinheil, Professor der Physik, am 18. Mai 1841.
Hier lässt Pocci seinen Anglia-Freund Carl August von Steinheil, der 1835 als Professor für Mathematik und Physik an die Universität München berufen wurde, von der Schaukel fallen.
(Franz-Graf-von Pocci-Gesellschaft)

optische Werkstätte, die spätere „Optisch-astronomische Anstalt C.A. Steinheil & Söhne".

Die Karikaturen Poccis für die Gesellschaft „Altengland" geben nicht nur einen ungewöhnlichen Einblick in das Universitätsleben des 19. Jahrhunderts, sie sind insgesamt auch ein Spiegel der tonangebenden oberen Führungsschicht in München.

Michael Stephan

Literaturhinweis: Michael Stephan, Franz von Pocci. Unveröffentlichte Karikaturen für die Gesellschaft „Altengland" von 1840 bis 1878, Starnberg 2021 (kommentierte Auswahl von 136 Anglia-Karikaturen, v.a. aus dem Besitz der Franz-Graf-von-Pocci-Gesellschaft).

Postmortales Lamento des Johannes Eck

Der
Karriere im
Kreuzworträtsel

Kreuzverhör
Kreuzzug
Kreuzweg
vorziehend

bleibe ich doch auf ewig
Luthers Gegenspieler mit drei Buchstaben

Melanie Arzenheimer

Delphi

Kerner schält sich aus dem Laken, schwingt seine Beine über die Bettkante. Er steht auf, geht ans Fenster und zieht die Jalousien hoch, Vollmond. Nacht der Wölfe, Schlafwandler und Zauberlehrlinge. Ein riesiger Vogel schraubt sich in die Lüfte. Es ist der Dünkel, denkt Kerner, der sie vereint. Nie geht es um Können oder Leistung, sondern um den Stand, den Status. Als er zur Schule ging, wohnte er im falschen Viertel, stand auf der falschen Seite von arm und reich. Jetzt hatte er zwar Abitur, aber da alle anderen studierten, war das ohne Studium nichts wert. Kerner streckt sich, breitet die Arme aus, gähnt den Mond an und nickt. Seine Erkenntnis ist simpel, doch mit der heutigen Nacht hat er es begriffen: Dass es nicht nur manchmal, sondern immer so ist. Er schließt die Augen, riecht die Druckerpresse im Erdgeschoss des elterlichen Hauses, den Blaumann des Vaters, die gestärkten Schürzen der Mutter. Er sieht die Mutter, die im Keller blümchenblasse Wäschestücke in einem Bottich einweicht. Die Wäschestangen, die hier im Westen der Stadt zu den Hinterhöfen gehören wie die Zigarettenautomaten an die Hauswände. Er sieht den Ginster, den Giersch und die Quecke. Wie sie über die zugewachsenen Baustellen wuchern, für die sich kein Käufer findet. Alles sprießt und blüht und niemand traut sich hinein, nur ein paar Kinder auf der Suche nach Schätzen. Mäuseknochen, Armkettchen, getrockneten Froschleibern. Und natürlich pirschen auch Katzen durchs Gestrüpp, es gibt hier viele von diesen verlotterten und verfilzten Gesellen, von Jahr zu Jahr werden es mehr. Zerzaust, vernarbt, von der Straße gezeichnet, gefüttert von den Alten. Die sitzen in der Sonne vor der Kirche, auf den Parkbänken und Mauervorsprüngen und warten auf das Ende des Tages, auf das erste leise Miau in der Dämmerstunde, die Fanfare der Fressbrigade. Fanal des Totentanzes, Requiem für Arme. Da kauern sie: die Verhärmten, Besitzlosen, von keinem Vermissten. Sie teilen ihr Essen mit Katzen, Krähen und Ratten. Was gerade so vorbeikommt in den dunkler werdenden Straßen. Und die Kirche macht die Musik dazu, donnernd kündet das Angelusläuten vom Zorn Gottes und der Nacht. Auch der alte Rupert ist da, der genauso heißt wie die Kirche, mit knochiger Hand umkrallt er den silbernen Knauf seines Stocks und wartet auf eine Taube, die sich füttern lässt. Er hängt an den Tieren wie an verstorbenen Familienmitgliedern, ob das ein Zeichen ist, weiß er nicht, aber er wird nicht müde, diesen Umstand zu erwähnen. Die Kirche ist im Grundriss ein griechisches Kreuz und an jedem seiner Enden geht das Mauerwerk in eine Konche über. Was für ein wunderbares Wort, denkt Kerner, wer das wohl noch kennt? Vor einer dieser Konchen stehen zwölf Bäume, es sind die Apostel und wie bei Leonardo da Vinci finden sie sich zum letzten Abendmahl, die Alten wissen das, halten ehrfürchtig Abstand, locken mit hartem Brot die kreischenden Krähen aus den Bäumen fort. Nur die Häuser stehen stumm in der Abenddämmerung und nirgendwo geht Licht an: ihre Bewohner sind auf der Straße, schlendern rauchend über Bürgersteige, sitzen plaudernd auf Stufen, lehnen aufreizend an Hauswänden. Die Jugend trinkt Bier aus Flaschen, malt Herzen in den Schmutz von Kühlerhauben, glaubt den Versprechen des Sommers. Rutscht auf wortreichen Kaskaden Wasserfälle hinunter und Karriereleitern hinauf, träumt sich zur Sonne, zur Freiheit, zum Glück und ahnt nicht, dass dieses letzte und höchste aller Ziele schon erreicht ist und zwar just in diesem Augenblick. In dieser Runde, an diesem Abend.

Am nächsten Morgen hat Kerner noch keinen Schimmer, was er belegen wird. Er weiß nur eins: er wird studieren. Er steigt in die U-Bahn, verlässt sie am Odeonsplatz und fährt mit der Rolltreppe in einen strahlend schönen Morgen. Nachtschwärmer und Sonnenanbeter räkeln sich vorm Café Tambosi und aus dem Hofgarten weht eine Meeresbrise herüber, aber das bildet er sich vermutlich nur ein. Er bummelt die Ludwigstraße hinunter bis zur Staatsbibliothek mit ihrer großen Treppe, den steinernen Gestalten auf der Brüstung, legt den Kopf in den Nacken und lacht, soviel Glück gibt es doch gar nicht. Da muss er in wenigen Minuten eine Entscheidung treffen und hier ist die Lösung. Thukydides, Homer, Aristoteles: Geschichte, Literaturwissenschaft, Philosophie.

Es wird die Zeit, von der Kerner später sagen wird, er sei nie weiter gereist, nie in Zügen mit solcher Geschwindigkeit gesessen, nie wieder an solchen Stätten ausgestiegen. Sein Abenteuer beginnt im Hauptgebäude, im vierten Stock der Ludwig-Maximilians-Universität, in der stickigen Atmosphäre verstaubter Bücher und Atlanten. Noch ist das Historicum nicht erbaut, die Geschichtsforschenden sind über ganz Schwabing, nein, über die halbe Stadt verteilt. Alte Geschichte findet im Haupthaus statt, am heißesten Punkt der Universität. Die Räume unterm Dach sind klein, niedrig und nahezu unbelüftet. Von hier aus fährt Kerner in die Antike, nach Sparta, Rom und Karthago, zu Ausgrabungsstätten und Meerengen, Tempelbergen und Schlachtfeldern. Er lernt die Städte und Reiche Mesopotamiens kennen, steht in der Doppelschlacht am Eurymedon neben dem attischen Feldherrn Kimon. Er beobachtet die Römer beim Bau ihrer Aquädukte, lernt von den Phöniziern, wie man Purpur gewinnt, ist dabei, als Cato der Ältere im Senat zur Zerstörung Karthagos aufruft, Caesar ermordet wird und Alexander der Große das Perserreich erobert. In der schwülen Hitze der beengten Mansarde kann er die Luft flirren sehen im staubigen Sand von Troja. Durch die Luken im vierten Stock den Sturm auf den Hochebenen vor Delphi hören. Und wenn es regnet und die Regentropfen vom Sims durchs offene Fenster springen, sprüht ihm die Gischt aus der Seeschlacht von Salamis in den Kragen. Oft sitzt er in der kleinen Bibliothek, an seinem Lieblingsplatz unter dem Dach. In der Dämmerstunde ist es dort am schönsten, ruhig, beschaulich und fernab der Gegenwart.

Der Schatten fällt ihm auf, weil er stets einer der letzten ist, der geht. Genau wie er selbst. In der kleinen Bibliothek vermeidet man den Gebrauch von Leselampen, das Licht würde Mücken anlocken, die Fenster sind offen und werden wegen der Hitze nur selten geschlossen. So sitzen wissenschaftliche Fachkräfte und Studierende im Halbdunkel und mühen sich mit der Entzifferung ihrer Texte ab. Sitzen an den kleinen Tischen, beugen sich weit über die ledergebundenen Dokumente und berühren mit der Nase fast das Papier. Wenn die Schatten in der Bibliothek aus den Ecken kriechen, länger werden bis sie den Raum ausfüllen, wenn sie den letzten Rest Helligkeit auf dem Tisch, im Regal und auf dem Teppich verschlingen, dann steht Kerner auf und geht, stellt seine Bücher zurück ins Regal und drückt sich mit einem leisen „Bis morgen“

an der Mitarbeiterin am Eingang vorbei. Meistens ist er der Letzte. Heute jedoch nicht. Ganz hinten am Fenster sitzt noch jemand. Ein unbeweglicher Schatten, eine Sinnestäuschung vielleicht. Doch die Täuschung ist am nächsten Tag erneut da. Selber Platz, gleiche Haltung. Kerner macht sich einen Spaß daraus, dehnt seinen Besuch aus, wartet bis es dunkler wird, doch der Schatten gibt nicht auf, sitzt unter dem Fenster unbeweglich wie aus Stein gehauen und wieder ist Kerner der Erste, der geht. Dann ist die Täuschung ein paar Wochen lang verschwunden und als sie wieder erscheint, an einem heißen Sommertag Ende Juni, spricht Kerner sie an.

Der Schatten ist weiblich, heißt Prosper, liebt Pfingstrosen und Lupinen. Gärten, in denen diese Blumen wachsen. Und Häuser, die solche Gärten haben. Prosper liebt das Gefühl von frisch gemähtem Gras unter den Fußsohlen, es lässt sie an die Bundesjugendspiele denken, Kerner hat keine Ahnung, wieso. Soweit er sich erinnern kann, trug man bei den Spielen Turnschuhe, aber er möchte nicht nachfragen, möchte Prosper nicht unterbrechen, wenn sie in den Pausen einen Kaffee trinken gehen. Wenn sie spricht, sieht er sie einfach nur an und hört zu. Prosper ist Einzelkind, kommt aus einem Dorf im Westerwald, denkt gern an früher. An das kleine Haus der Eltern an der Ortseinfahrt, direkt neben dem Gemischtwarenladen. An den Bäcker, der sonntags Erdbeerrolle buk mit vierzehn Riegeln. Wer in den Morgenstunden ans Fenster klopfte, bekam ein Stück, jeder eins, so war die Regel in diesem Dorf. Und wenn abends die Musik aus den Lautsprechern der Disco röhrte und tiefergelegte Autos mit aufgebohrtem Auspuff an den Nerven der Dorfbewohner kratzten, saß Prosper am Fenster, blickte über den Parkplatz, sah im Licht der Laternen zerfetzte Chipstüten auf geteertem Boden und grünglitzernde Scherben von Jägermeisterfläschchen und stellte sich vor, dass hier vor 2000 Jahren die Schlachten von Germanen und Kelten ausgetragen worden waren, hier auf dem Parkplatz oder auf dem Hirsefeld vom Bauern Jung. Wurfspeere hat man dort gefunden und Münzen, ein Stück den Fluss hinunter an der alten Burg, römische vermutlich. Prosper liebt Zeitsprünge, Hintergründe, Fragezeichen. Sie forscht nach, will wissen, woher etwas kommt, warum es ist wie es ist. Das hat sie an die Uni verschlagen, in dieses Studienfach katapultiert, aus dem Westerwald nach München gebracht. Seltsam, denkt Kerner, monatelang hatte er gedacht, dieses Studium gleiche einem Zug, der einen an fantastische Orte und zu neuen Zielen brachte. Und nun verstand er, dass diese Bahn nur ein Ziel hatte: von dort wegzufahren, woher sie kam. Und eilig hinter sich zu lassen, was einst Hier und Jetzt gewesen war.

Angie Westhoff

Burschenherrlichkeit in den Bursen

Mein gnädiger Herr Herzog Ludwig ist der Meinung, dass unter den Glücksfällen, die ein sterblicher Mensch in diesem unsicheren Leben als Gottes Geschenk erlangen kann, kein größeres ist als jenes, wodurch jemand durch ständiges Studium die Perle der Wissenschaft erringt.

Heißt es in der lateinischen Eröffnungsrede von Dr. Martin Mair, dem Kanzler Herzog Ludwigs des Reichen von Bayern-Landshut, gehalten am offiziellen Eröffnungstag der Universität, dem 26. Juni 1472. Mair zitiert Cicero. Es gebe, sagt er, nichts Göttlicheres als die Vernunft, die des Lebens Weisheit genannt wird, wenn sie einmal im Menschen herangewachsen und zur Reife gelangt sei.

Dieses Studium der Wissenschaften ist Wegweiser für die Jugend, ergötzt das Alter, schmückt das Glück und gewährt in widerwärtigen Zeiten Zuflucht und Trost. Es erfreut zu Hause, hindert nicht draußen, übernachtet mit uns, reist mit uns und geht mit uns auf das Land. Es mehrt die Begierde nach ihnen, bringt den Ermüdeten Ruhe und Trost, macht ihre Adepten und Beflissenen reicher und hervorragender, tröstet und erfreut unermüdlich die Gefährten und läßt niemand von sich gehen – er sei denn besser.

Nicht Schlaf und Spiel und Faulheit solle die Jugend obliegen und das Alter nicht den Klagen und dem Banausentum. Vielmehr soll die Zeit sorgsam verwendet werden auf das Studium.

Handelt Ihr so, dann werdet Ihr durch die Fülle des Wissens würdig und durch Scharfsinn geeignet sein, Gnade, Wohlwollen und Gunst Eures gnadenbeflissenen Herrn Herzogs, aufrichtigen Herzens zu erwerben und aus lebendigem Quell Wasser zu schlürfen. Zum Lobe Gottes Amen.

Bekanntlich haben Studenten zu allen Zeiten solche Ermahnungen besonders ernst genommen. Wobei darin schon fast die Gemeinsamkeiten erschöpfen, die Studenten damals und heute miteinander haben. Anfangs war von Burschenherrlichkeit und -freiheit noch keine große Rede. Die jungen Herrn standen unter Aufsicht – in den sogenannten *Bursen*.

Der Eintritt in eine Burse war Pflicht für jeden neuimmatrikulierten Studenten. Schließlich besuchten bereits 14-, 15-jährige Knaben die niedere Artistenfakultät an der Universität. Im Gegensatz zu den *Facultates Superiores*, den höheren Fakultäten der Theologie, der Rechte und der Medizin, war die *Facultas Artium*, die Artistenfakultät eher vergleichbar mit den Oberklassen des heutigen Gymnasiums. Sie vermittelte die Vorbildung und die Berechtigung für das eigentliche Studium. Zwischen 30 und 60 Pfennig Ingolstädter, Landshuter oder Münchner Währung betrug der Bursenzins pro

Semester. Nach heutiger Währung immerhin zwischen vierhundert und achthundert Mark.

Die Studenten, die in den Bursen saßen, nannte man *Bursi*, eine Bezeichnung, von der unser heutiges Wort *Burschen* herkommt. *Bursa*, wörtlich *Börse* oder *Tasche*, so hießen an der Pariser Sorbonne ursprünglich die Stipendien, die mittellosen Studenten den Aufenthalt an der Universität ermöglichen sollten. Später, so auch in Ingolstadt, war die Burse das Haus, eine Art Internat, in dem die Studenten wohnten und verpflegt wurden. Das geschah unter der Leitung eines *Conventor* genannten Aufsehers, der mindestens *Magister* sein musste und eines einwandfreien Leumunds sowie bester wissenschaftlicher Qualifikation bedurfte.

Trotzdem: So mancher Bursen-Conventor kam mit den Geldern der ihm anvertrauten Schützlinge nicht aus. Der Leiter der Pariser Burse schuldete einmal an Ingolstädter Bäcker und Metzger zusammen 127 rheinische Gulden. Eine Summe, die für den Kauf eines gutbürgerlichen Hauses ausgereicht hätte. Der Leiter der Engelsburse namens Wolfgang Gämlich war einige Zeit krank, bevor er 1490 starb. In den Senatsprotokollen sind seine Schulden feinsäuberlich aufgelistet. Danach schuldete er über 57 Gulden für Mehl, 47 Pfund Pfennige für Kochgemüse. Ein halber Gulden für Wein und Essig. Und der *Barbitonsor*, der Bartscherer verlangte für Haareschneiden und Bartscheren ebenfalls einen halben. Zuvor hatte er pro Rasur und Haarschnitt bereits dreißig Pfennig erhalten.

Meist bestand eine Burse aus einem einzigen heizbaren Raum, der gleichzeitig als Aufenthalts-, Studier- und Speiseraum diente. Geputzt wurde er, genauso wie der Schlafsaal, von den Studenten gemeinsam. Ein einziges Ausstattungsstück einer Burse hat sich im Ingolstädter Museum erhalten: Der Teil einer hölzernen Wandverkleidung mit gotischem Rankenwerk und verziert mit den Bruchstücken von Sprüchen.

Mindestens elf verschiedene Bursen sind für Ingolstadt belegt. Sie tragen außerordentlich phantasievolle Namen. Da gibt es die Bursa Draconis, Leonis, oder Pavonis, die Drachen-, Löwen- oder Pfauenburse. Die Engels-, Rosen-, Lilien- und Sonnenburse und die Burse des Aristoteles, sowie die Bursen der Pariser und der Wiener. Der Gasthof Adler in der Ingolstädter Altstadt führt seinen Namen zurück auf die Bursa Aquilae, die Adlerburse.

Das Essen in den Bursen ist sicher nicht schlecht gewesen. Wie sonst hätte ein Conventor bei den Lebensmittellieferanten derart in die roten Zahlen rutschen können. Aber wie heute auch, haben bestimmt viele Studenten an der Mensa-Kost in den Bursen herumgemäkelt. Am 4. Juni 1507 schreibt der Brixener Bürger Leberecht Halbergkh an seinen in Ingolstadt studierenden Vetter Jörg Mair in der Drachenburse in schönstem Tirolerisch:

Nit sagt man, du wällst Dich an dem essen in der Bursen nit behagen, daran doch ander genug haben. Und kann nit anders verstan, daß ein Föller aus Dir will werden das Dein Vater und Dein Muetter hart beschwert und mich und Dein Freund auch, daß man solches von Dir sagt. Darum so gedenk und stell von solichem ab oder es würden Vater und Mutter ihre Hand abziehen von Dir. Und sollt sein, daß es das bischöfliche Kapitel inne wird, wurden sie Dir die Stupendium abschaffen. Darum so gedenk und laß ab von solicher Völlerei und lern. *Tuast Du das – woll und guat! Wo Du es aber nit tuast, so gedenk nit darnach, daß Dir die Herrn vom Kapitel fürderhin helfen wöllen. Darum gedenk, was Du schuldig bist und lern, daß Dein Vater und Deine Mutter Freud han, damit man nicht sage, Du lernst nur Völlerei und Büberei. Auch schickt man Dir zehn Gulden Rheinisch durch Rupprecht Gurkler von München. Er wird sie Deinem Bursenmeister geben, damit man weiß, wohin das Geld kommt, und Du nicht damit tuast, wie Du bisher getan hast. Lern, daß Du nit anderen zum Spott stehst, damit daß etwas Frucht aus Deinem Lernen enstprieß und nit Spott. Datum Prixsen am Freitag nach Fronleichnamstag im fünfzehnhundert und siebenten Jahr. Leberecht Halbergkh, Burger zu Prixsen, Dein Vetter.*

Das saubere Studentlein Jörg war gerade einmal im zweiten Semester. Zum Wintersemester 1506 hatte er sich als „Georgius Mair de Brixina" immatrikulieren lassen zusammen mit vier Kommilitonen aus seiner Heimatstadt.

Den Bursenmeistern fiel es nicht nur in Mairs Fall schwer, für Ruhe und Ordnung in der Burse zu sorgen. Da werden über Nacht Steine weggeräumt, die eigentlich für den Bau eines Herdes gedacht waren und was es der Streiche mehr gibt. Vor allem aber nehmen die studiosi jede Gelegenheit wahr, um nachts auszubüxen und die Straßen der Stadt unsicher zu machen.

Kein Wunder. Sind die Studiosi in den Bursen doch in ein recht enges Korsett gezwängt. Feste Stundenpläne regeln Schlafens-, Essens- und Arbeitszeiten. Aufgestanden werden muss um 5 Uhr morgens. Da läutet die Bursenglocke. Eine ganze Stunde lang, damit ja niemand auf die Idee kommt, sich noch einmal umzudrehen. Über den Tag verteilt sind dann die Vorlesungen und die Übungen angesetzt, unterbrochen durch Besuche in der Studienkirche. Während der Mahlzeiten gibt es zusätzlich Übungen im Disputieren und lateinische Gespräche. Die deutsche Sprache zu benutzen ist verboten, ebenso wie alle anderen Beschäftigungen.

Geschlossen wird die Burse bei Sonnenuntergang, im Winter schon um sechs Uhr abends. Wer nach dem Gebetläuten der Stadtpfarrkirche St. Moritz noch auf den Straßen der Stadt herumläuft, wird dem Dekan der Fakultät gemeldet. Da gibt es dann empfindliche Strafen in die Bursenkasse zu zahlen.

Noch heute gibt es an den alten englischen Universitäten mit den *Colleges* Nachfahren der mittelalterlichen Bursen. Im restlichen Europa hatten die Bursen keinen Bestand.

In Ingolstadt verschwanden die letzten um die Mitte des 16. Jahrhunderts. Danach mussten sich die Studenten Kost und Logis auf dem freien Markt bei den Bürgern der Stadt suchen.

Alle Bursen verschwanden – bis auf eine, eine ganz besondere. Die hat bis heute Bestand an der *Ludovico Maximilianea*, der Ludwig-Maximilians-Universität: Das sogenannte *Neue Kolleg* oder *Georgianum*.

Georgianum – so benannt nach dem Stifter dieser neuen Burse, Herzog Georg dem Reichen von Bayern-Landshut. Der Sohn des Universitätsgründers Ludwig stattete sein Georgianum, wie könnte es anders sein, so reich aus, dass es die Zeiten überdauerte, sogar den Umzug der Universität zuerst nach Landshut und dann nach München mitmachte.

1494 wurde das Georgianum eingerichtet; direkt gegenüber dem großen Gebäude der Hohen Schule. Dabei eine eigene kleine Kirche, geweiht den Heiligen Aposteln Peter und Paul. Die elf bedeutendsten Städte des Herzogtums Bayern-Landshut hatten einmal im Jahr das Recht, einen Studenten für das Georgianum vorzuschlagen. Die Studenten genossen im Neu-Kolleg dann freie Unterkunft und Verpflegung.

20 Gulden im Jahr setzte der Herzog pro Student an. Dafür hatten Schüler und Lehrer des Georgianums die Pflicht, für das Seelenheil des Herzogs zu beten. Eine Aufgabe, die im Georgianum heute noch wahrgenommen wird. Nur sind es jetzt nicht mehr 11 Studenten aus 11 bayerischen Städten, sondern rund 40 Studenten aus 24 Nationen der ganzen Welt, die den Bau des Georgianums gegenüber der Universität in München bewohnen.

Aber auch die Ausrichtung des Neuen Kollegs hat sich geändert. Anfangs eine Burse, in die im 16. Jahrhundert gar Protestanten aufgenommen werden konnten, wandelte sich das Georgianum in den jesuitischen Zeiten der Universität zum Ausbildungskolleg für Theologiestudenten. Nach einer ähnlichen Einrichtung in Rom ist das Georgianum heute das zweitälteste Priesterseminar der Welt.

Gerald Huber

Wohin mit Hegel?

Das Ideal ist das Wirkliche in seiner höchsten Wahrheit.
Georg Friedrich Hegel (1770–1831)

Ich habe mich sehr über die Aufforderung gefreut, in diesem Hausbuch einen Beitrag zur Geschichte der altehrwürdigen Ludwig-Maximilians-Universität zu verfassen. Da ich mich als Autor der uneingeschränkten Wahrheit verpflichtet fühle, hielt ich es gerade hier geboten, mich nicht nur auf das Gedächtnis zu verlassen, sondern meine ehemalige Wirkungsstätte wieder einmal aufzusuchen. Studiert habe ich dort in den Siebzigerjahren und eines meiner Nebenfächer war Philosophie. (Philosophie als Nebenfach ist eigentlich ein Unding, aber ich war jung und brauchte den Schein.)

Vor ein paar Monaten wollte ich mir also ein ganz bestimmtes Zimmer im Hauptgebäude der LMU ansehen, ein Zimmer, dessen Geheimnis mich die ganzen Jahre über beschäftigt hat. Ich hatte mich dafür entschieden, meine Nachforschungen nachts durchzuführen, die Eingänge waren natürlich verschlossen, doch als Verfasser von Kriminalgeschichten verfüge ich über einen Ansprechpartner bei der Polizei, von dem habe ich erfahren, wie man in ein Gebäude gelangt, ohne Spuren zu hinterlassen. (Er ging davon aus, dass ich das in einer Geschichte verwende.) Ich fingerte also nach dem Etui mit meinem Lockpicking-Besteck, prall gefüllt mit kleinen Dietrichen und Sperrhaken, Schlagschlüsseln, Bohrmulden-Pick-Decodern und Doppelbartschloss-Öffnern. Mithilfe dieser Tools war das altmodische Schloss des imposanten Tors im Nu geöffnet.

In den breiten Gängen des Universitätsgebäudes atmete ich sofort die Luft des Wissens, der bedingungslosen Aufklärung und, ja: der Wahrheit. Ich lenkte meine Schritte in den dritten Stock. Im Raum D 04/I hatte ich damals den Kurs „Einführung in die formale Logik“ belegt und jedes Mal, wenn ich den Raum zusammen mit den anderen Studenten verlassen hatte, ging es einen langen Gang entlang, bis die Tür zum nächsten Vorlesungssaal kam. Dazwischen musste sich ein weiterer Raum befinden, zu dem allerdings keine Tür führte. Wir haben wild spekuliert, welches Geheimnis sich wohl hinter dieser türlosen Wand verbarg, und der uralte emeritierte Professor Stanglmayr, der spätnachts immer im „Charivari“ in der Schellingstraße vor seinem Spezi saß, befeuerte die waghalsigen Spekulationen. Er erzählte oft und genüsslich die Geschichte von einem eingemauerten Gelehrten, den dieses Schicksal mitten in einer Vorlesung ereilt habe, und von Mal zu Mal wurde die Geschichte gruseliger und unerklärlicher.

Endlich stand ich vor Zimmer D 04/I. Ich drückte die Klinke: nicht abgesperrt. Eine unverschlossene Tür ist für einen begeisterten Lockpicker immer ein wenig enttäuschend, es ist so, als träte beim lang erwarteten Fußballmatch die gegnerische Mannschaft nicht an und man bekäme die drei Punkte kampflos geschenkt. Der Raum war in desolatem Zustand. Herausgerissene Steckdosen, mit Tape abgeklebte, zerbrochene Fenster. Keinerlei Erinnerungen an gelungene Vorlesungen, stilistisch brillante Formulierungen und ganzheitliche hermeneutische Ansätze stiegen in mir auf, zu verratzelt und abgetakelt war das Ambiente. Dann aber bemerkte ich an der Seitenwand eine Tür, die auf den ersten Blick gar nicht als solche erkennbar war. Nach einem Adam Riese der

Architektur musste sie aber zu dem fraglichen Raum führen, den noch nie jemand von uns betreten und von dem Stanglmayr so begeistert fabuliert hatte. Mein Körper straffte sich erwartungsvoll. Ein eingemauerter Gelehrter? Das wollen wir doch mal sehen!

Die Tür war fest verschlossen und ein neben dem Rahmen eingelassenes Kästchen deutete sogar auf eine elektronische, aufwendigere Sicherung hin. Das war mit meinem analogen Lockpicker-Besteck nicht mehr zu knacken, aber vielleicht mit einem Anruf. Da man beim Verfassen von Kriminalromanen immer beide Seiten hören will, habe ich mich nicht nur von der Polizei, sondern stets auch von der Gegenseite beraten lassen. Deshalb kannte ich auch einen Computerfreak und Hacker, der unter dem Namen format/c: unterwegs war. Wenn mal was wäre, könnte ich mich jederzeit an ihn wenden. Und jetzt war was. Ich gab ihm die Herstellerfirma des Kästchens am Telefon durch, ferner die Typenbezeichnung und die Kontrollnummer.

Der Hacker schnalzte mit der Zunge. „Wo bist *du* denn eingestiegen, Mann? Im Pentagon? Die Sicherung ist ja wirklich vom Feinsten!“

„Also nicht zu knacken?“

Der Hacker lachte. Er hieß mich, die Deckplatte vorsichtig abzuschrauben und einige Zeichenfolgen in die Tastatur zu tippen. Er diktierte mir einen Wasserfall von kryptologischen Kürzeln wie: §$%&/78dk((→y)=?/del.force:=1to10 doWRITE(A)end{ml.dat}&/(3;4)=7{7,3};a≠Σ††u.i{„b⁄notπ}xlogΔ23;7=å,∂*f*if:Δ5,RETURN,if:∞μc(x)√∫→ ENCLOSE …

Jedenfalls ließ sich die Tür danach öffnen und ich trat ein.

Zappenduster wars. Es roch nach vergessenen Jahreszahlen, angefangenen Gottesbeweisen und strukturalistischen Minimaloperationen. Und es roch, ich schwöre es, nach der puren Wahrheit.

Langsam gewöhnten sich meine Augen an die Dunkelheit. Zwischen Vortragspult und Wandtafel war eine Statue aufgebaut. Die unbewegliche Gestalt wandte mir den Rücken zu und schien etwas an die Tafel zu schreiben. Ich zückte das Handy und knipste die Beleuchtung an. Ein heißer, unheilvoller Schauer durchlief mich. Minutenlang stand ich starr und reglos. Mein Puls raste. Es war keine Statue. Es musste der eingemauerte Gelehrte sein. Stanglmayr hatte geschworen, dass sich die Geschichte folgendermaßen zugetragen hatte: Als die Universität in München 1826 eröffnet werden sollte, hatte der Bauherr, König Max Joseph, den Wunsch geäußert, den Philosophen Georg Friedrich Hegel aus Berlin zu einem Gastvortrag einzuladen. Der hatte die Einladung angenommen, er kündigte eine Vorlesung über das Wesen der Zeit an. (Und genau das stand jetzt in altdeutscher Schrift an der Tafel: „Über das Wesen der Zeit“.) Dann aber muss damals etwas schiefgegangen sein. Etwas Schreckliches, das auf keinen Fall an die Öffentlichkeit gelangen sollte. Der Philosoph sei mitten in der Vorlesung erstarrt, so Stanglmayr. Er wäre durch keinen Zuruf und auch durch sonst nichts aus dieser Erstarrung zu befreien gewesen. Es war nicht möglich, ihn zu berühren, eine Art Kraftfeld schien ihn zu umgeben. Vorsichtige ärztliche Untersuchungen ergaben, dass er noch lebte. Aber wie! Ein Herzschlag pro Monat. Hegel war aus unserer Zeit gefallen und vermutlich in eine tausendfach langsamere Welt geraten. Man wollte den unerklärlichen Zwischenfall natürlich nicht publik machen und verschloss den Raum deshalb sorgfältig. Hielt das Geheimnis die ganze Zeit verborgen. Der Innenminister des Königs ließ die Nachricht streuen, dass der Begründer des deutschen Idealismus an Cholera verstorben sei. Doch Hegel war nichts weniger als das. Er stand im dritten Stock der LMU und bewegte sich unendlich langsam von der Tafel weg zu dem Katheder hin. Und das nun schon seit dem Jahr 1826, also knapp zweihundert Jahre.

Ich näherte mich scheu. Immer mehr spürte ich die starre Kälte, die von der Figur des Philosophen ausging. Ich wollte seinen Körper berühren. Das war nicht zu schaffen. Das geheimnisvolle Schutzschild, das ihn umgab, machte eine Berührung unmöglich.

Plötzlich ertönte hinter mir ein scharfer, kasernenhofgeschulter Ruf: „He, was treiben Sie da? Wie sind Sie hier reingekommen?"

Ich fuhr herum. Der Kegel einer Taschenlampe blendete mich.

„Legen Sie sich flach auf den Boden, die Hände im Genick verschränkt."

Ich ließ das Handy fallen, der Security-Mann hielt das für einen Angriff, er schoss. Oder ein Schuss löste sich versehentlich aus seiner Pistole, ich weiß es nicht, ich will nicht ungerecht sein. Die Kugel traf jedenfalls den bewegungslosen Körper von Hegel, der strahlte ein kurzes, oszillierendes Leuchtfeuer aus. Und dann geschah das Unglaubliche. Hegel bewegte sich. Er trat einen Schritt von der Tafel zurück, drehte sich zu uns um und begann, als ob es das Selbstverständlichste auf der Welt wäre, zu dozieren: „Meine heutige Vorlesung behandelt das Thema Zeit und Wahrheit."

Er schwäbelte, als ob Häberle und Pfleiderer auferstanden wären. Er war wieder in unserer Welt. Und dann hörte ich die Entsetzensschreie des Security-Mannes hinter mir, der nun in Panik losrannte und den Raum fluchtartig verließ.

Georg Friedrich Hegel bemerkte nicht, dass außer mir niemand mehr im Raum war. Er hielt seine Vorlesung. Er sprach von Wahrheit und Wahrhaftigkeit. Und vom Wesen der Zeit. Ich setzte mich ganz hinten hin und hörte zu. Ich muss gestehen, dass ich nach einigen Sätzen nicht mehr folgen konnte. (Das kommt davon, wenn man Philosophie nur im Nebenfach belegt hat, dachte ich.) Er sah genauso aus, wie man ihn von den Gemälden her kennt, aber es war durchaus kein Genuss, ihm zuzuhören. Seine kehlige, knarrende Stimme nervte, dauernd verhaspelte er sich. Dann wieder sprach er unhörbar leise, als ob er nichts um sich herum wahrnähme. Als ob er alleine auf der Welt wäre, als solipsistisches Subjekt, das sich die objektive Welt nur vorstellt und einbildet. Hegel eben.

Endlich zog er seine Taschenuhr heraus, warf einen kurzen Blick darauf und hob bedauernd die Hände. Es tue ihm leid, aber er sei bedauerlicherweise zu sehr ins Detail gegangen. Er habe seinen Studenten heute vielleicht zu viel zugemutet. Hegel griff sich den Mantel, der (seit 1826?) an einem Kleiderständer hing, eilte quer durch den Raum, an mir vorbei, winkte mir, ihm zu folgen, hielt mich wohl für einen Diener oder Famulus. Als wir hinaus ins Freie auf die Schellingstraße traten, war es stockdunkel, doch er schien den gravierenden Zeitsprung ohnehin nicht mitbekommen zu haben. Was sollte ich tun? Ich hatte ihn aus einem Dornröschenschlaf geweckt und aus dem 19. Jahrhundert gerissen, ich fühlte mich für sein Wohlergehen in gewisser Weise verantwortlich. Spontan hielt ich eine der Touristenkutschen an, für ein reichliches Salär konnte ich den Kutscher überreden, zu mir nach Hause zu fahren. An Hegel schien das alles vorüberzugehen. Das, was sich in ihm seit fast zweihundert Jahren aufgestaut hatte, musste heraus. Er reihte Satz an Satz, ohne Punkt und ohne Komma. Ich quartierte ihn in der Gästewohnung ein.

Ich habe ihm ein paar Fässchen Tinte und einen Gänsekiel besorgt und er schreibt den ganzen Tag. Wenn man ihm eine Frage stellt, winkt er ungeduldig ab. Er wolle nur noch eben den einen Satz zu Ende bringen. Ein dialektisches Gespräch mit ihm ist nicht möglich, es ist eher ein Monolog seinerseits, der erst endet, wenn beide Seiten vollkommen erschöpft sind.

Und jetzt meine Frage an Sie, liebe Leser des Hausbuchs: Hat jemand von Ihnen Interesse an Georg Friedrich Hegel? Nicht nur an seinen Werken, sondern an ihm persönlich! Er macht eigentlich nicht viel Arbeit, außer Papier und Schreibzeug braucht er kaum etwas. Er lärmt und schmutzt nicht, geht selten außer Haus, seine Lieblingsspeise sind Maultaschen, was bei einem Alemannen ja auch nicht weiter verwunderlich ist. Ich habe ihm beim Servieren einmal ein Buch von Friedrich Nietzsche hingelegt, ich habe es auch mit einem von Jean-Paul Sartre und sogar Judith Butler versucht. Ich glaube, er hat überall kurz reingelesen, aber er ist mir gegenüber nicht weiter drauf eingegangen. Man hat also auch nicht zu befürchten, dass ihn der weitere Gang der Geistesgeschichte allzu sehr aufregt oder gar aus der Bahn wirft. Mir scheint, er muss zuerst seine eigene Theorie zu Ende bringen. Die Theorie der Wahrheit. Wobei sich Hegels Vorstellung von Wahrheit in äußerst restriktiven Bahnen bewegt, wenn ich das so sagen darf. Ich würde den Begriff der Wahrheit nicht gar so eng definieren. Aber das muss natürlich jeder für sich selbst entscheiden.

Jörg Maurer

Ehre für einen Geisteskranken in der LMU München

In der Apsis der Großen Aula im Hauptgebäude der Ludwig-Maximilians-Universität München mit Platz für über 700 Studenten fällt jedem Besucher sofort das große Jugendstil-Mosaik ins Auge. In der Mitte stolz Apoll mit dem von vier Pferden gezogenen Sonnenwagen und ihm zur rechten und linken Seite Hera, Athene und Aphrodite sowie Hermes. Ein wahrhaft göttlicher Eindruck! Darunter reihen sich in sieben Wandfeldern auf Konsolen aus schwarzem Marmor die lebensgroßen Büsten der sieben Wittelsbacher Herrscher. In der Reihenfolge, von rechts beginnend, sind dies: König Maximilian I. Joseph, dann sein Sohn Ludwig I., daneben dessen Sohn Maximilian II., dann die Büste Ludwigs II. und daneben die seines Bruders König Otto I., auf den die Büsten des Prinzregenten Luitpold und seines Sohnes König Ludwig III. folgen. Die sechs Könige und der Prinzregent symbolisieren über 100 Jahre bayerische Geschichte. Die Aula spielte dazu bei der Gründung des jungen bayerischen Staates eine Rolle, wurde hier doch die neue Verfassung des Freistaats beschlossen, und auch der erste gewählte bayerische Nachkriegslandtag konstituierte sich an diesem Ort.

Aber zurück zu Bayerns royalen Zeiten: Auffallend am ehrwürdigen Raum ist die Büste König Ottos I., der – nach dem bis heute ungeklärten Tod seines Bruders Ludwig II. im Starnberger See – stolze 30 Jahre lang, von 1886 bis 1916, König von Bayern war, obwohl er keinen einzigen Tag regierte. Wegen seiner geistigen Erkrankung war er dauerhaft in Schoss Fürstenried interniert. Das Regieren übernahmen an seiner Stelle Prinzregent Luitpold, dem nach seinem Tod 1912 sein Sohn König Ludwig III. 1913 nachfolgte. Von diesem Jahr an hatte Bayern für drei Jahre zwei Könige: Otto und Ludwig. Es herrschte also eine „Doppelmonarchie". Der geistig umnachtete Otto behielt seine Ehrenrechte mit der Anrede „Majestät" und der Titulatur „König" bis zu seinem Tod 1916. Auch wenn der gesunde Ludwig ab 1913 als proklamierter König in der Münchner Residenz herrschte, war Ottos Person laut Verfassung „heilig und unverletzlich", so konnte er nicht ausdrücklich abgesetzt werden. Zwei Jahre nach König Ottos I. Tod starb auch die Monarchie in Bayern.

Länger als jeder der anderen bayerischen Könige war also ein Geisteskranker – zumindest dem Titel nach – Regent von Bayern, was dem Land nicht schadete, im Gegenteil: In München herrschte ein Vierteljahrhundert lang eine freigeistige Atmosphäre mit künstlerischer Blüte. Die Stadt der Maler und Dichter wurde Anziehungspunkt für die Protagonisten der Avantgarde. Aber auch namhafte Gelehrte und Forscher wurden von Bayerns Universitäten angezogen.

Statt sich in politischer Umtriebigkeit zu verzetteln, widmete sich der schon im Rentenalter stehende 65-jährige Luitpold als Prinzregent vor allem seiner Jagdleidenschaft im Gebirge, spendierte in Oberndorf an seinen Geburtstagen den Kindern neben einem schulfreien Tag auch Wurstsemmeln und jedem Lausbuben ab dem dritten Schuljahr noch einen Schoppen Bier dazu. Dabei wurde der volkstümliche Regent älter und älter – 70, 80 und 90 – und immer ruhiger; wie auch sein Neffe, der geisteskranke Otto in Fürstenried, der sich bei Spaziergängen im Park vor allem an den Erdbeeren erfreute. Beide demonstrierten höchst eindrucksvoll, dass ein Land durchaus eine

Epoche des Friedens, des Wohlstands und des Fortschritts erleben kann, wenn es von seinen Herrschern in Ruhe gelassen wird.

Die Prinzregentenzeit, auch als „Epoche des geistig kranken Bayernkönigs Ottos I." bezeichnet, ist bis heute unvergessen. Daran denken wohl so manche Besucher der Großen Aula in der LMU München mit einem wehmütigen Lächeln auf den Lippen und den Blick auf die wohl einzige von König Otto I. noch erhaltene lebensgroße Büste gerichtet.

Alfons Schweiggert

Ludwig-Maximilians-Universität 1972 – Zum 50. Jubiläum des 500. Jubiläums

(Vier Sekundengeschichten, nach wahren Begebenheiten notiert)

1. Provision

Von Rechts wegen hätte der Wirt der Uni-Cafeteria dem berühmten Staatsrechtsprofessor eine angemessene Provision zahlen müssen. Wann immer der gelehrte Herr im Hörsaal 201 seine Vorlesung für den Grundkurs im Öffentlichen Recht hielt, schnellten in der Cafeteria die Besucherzahlen nach oben.

2. Klopapier

Jahrelang sparte die Universitätsverwaltung am Budget für das Klopapier auf den Studententoiletten und vertraute darauf, dass sich die Studierenden in ihrer Not mit den im Übermaß verfügbaren Flugblättern der Kommunistischen Partei Deutschland und des Rings Christlich Demokratischer Studenten behalfen.

3. Prosit

Vorlesungsstreiks und Sitzblockanden prägten das Bild in den Hörsälen in den späten Sechzigern und frühen Siebzigern. Während seine Kollegen mit Zornausbrüchen und hilflosen Drohungen reagierten, erwarb sich der beliebte Strafrechtsprofessor das Vertrauen der Zuhörer dadurch, dass er es sich an seinem Pult gemütlich machte und seinen Assistenten losschickte, ihm eine Halbe Weißbier zu beschaffen.

4. Unverstand

Dass diese albernen Kommilitonen in den letzten Bankreihen des Hörsaals das einfach nicht auf die Reihe brachten: Wenn der Professor zu Beginn der Vorlesung wegen der chronisch defekten Lautsprecheranlage die übliche Frage stellte „Können sie mich verstehen?", wäre die richtige Antwort nicht „Nein!" gewesen, sondern „Wie bitte?"

Wolfgang Oppler

FRIEDRICH ANI

Deutsche Geschichte

Die Würde des Mörders ist antastbar.
Die Würde des Mitmörders auch.

Einer hat Walter Lübcke erschossen.
Aber nicht allein.
Seinen Schatten putzten
Gauland Weidel Hartwig
Felser Holm Chrupalla
Baumann Müller Storch
Höcke Meuthen Braun
Espendiller und so Fraun
wie die lustige Frau
Ebner-Steiner.

Schrubbten
hart von früh bis später
gewissenhaft die Schatten
ihrer Attentäter.
Falsch.

Gauland Weidel Hartwig
Felser Holm Chrupalla
Baumann Müller Storch
Höcke Meuthen Braun
Espendiller und so Fraun
wie die lustige Frau
Ebner-Steiner

sind nicht Täter, sie sind
Kumpels und Cousins
von nah und fernst,
Brüder sind sie,
Schwestern, Mütter, Väter
solcher Attentäter
wie dem ...

Frühjahrsputz
beim Staatsschutz
wäre fein, allein: es
fehlt dem Haus ein Führer,
er jagt bei Tag und Nacht
achtzigtausend Syrer,
die haben unsre Freiheit umgebracht.

Mörder! Mörder! schrein die Putzer,
bejubelt von Claqueuren
weit verstreut im Land.
Heute sind sie noch vermiefte Stutzer,
morgen, wenn wir uns nicht wehren,
morden sie mit eigner Hand.
Falsch.

Solche wie
Gauland Weidel Hartwig
Felser Holm Chrupalla
Baumann Müller Storch
Höcke Meuthen Braun
Espendiller und so Fraun
wie die lustige Frau
Ebner-Steiner

züchten nur
und füttern, wenn sie
Opfer wittern,
braune, treue Ratten,
die sie mit ihrem Samen
aus Dummheit, Hass und
Blut begatten. So kamen

schon zum zweiten Mal
in achtzig Jahren
Gift und Galle unters Volk.
Und das Volk, es strömt
in Scharen und es jubelt so
wie früher:
Heil, mein Führer, heil.
Und der Staatsschutz, der jagt Syrer,
denn das ist mörderaffengeil.

Meine Generation

Von den Schreibern meiner
Generation kenne
ich zwei oder drei, vier
oder sieben von Begegnungen
auf Bühnen unserer Zunft. Da
lesen und antworten wir, hinterher
trinken wir und sprechen vor
uns hin, oft kommt die Rede
auf Kritiker, was mich sehr
interessiert.

Von den Kritikern kenne
ich zwei oder drei, früher
näher, mein Schreiben
entsteht, vergeht, entsteht
vielleicht erneut, auf den
Bühnen wird gesprochen,
gelesen, hinterher Bier. Neulich

grüßten wir uns wieder, wir
alle drei oder sieben, unsere
Bücher aufgereiht auf
Stehtischen, mit dem Stift
in der Hand warteten wir
auf Kommentare und ein
angemessenes Blitzlicht. Im

Hotel, im Doppelzimmer zur
Einzelnutzung, sah ich aus
dem Fenster, eine Stunde
ungefähr, gedämpfte Schritte im
Flur, später Stille, bis auf das
dezente Brummen der
Klimaanlage. Ich ließ sie
an, aus Gewohnheit und

weil's zu Hause
stiller ist.

MELANIE ARZENHEIMER

Die Titanic wird völlig verschwinden. Weil sie von Bakterien aufgefressen wird! Ist das nicht eine erstaunliche Erkenntnis? Und als es hieß, dass ein Grottenolm-Weibchen in der Hermannshöhle bei Rübeland Eier gelegt haben soll, war das eine Sensation! Frau Grottenolm ging schließlich schon auf die 90 zu.

Wen interessiert's, könnte man/frau nun anmerken. Die Antwort lautet: mich. Ich gebe zu, dass Magazinberichte und TV-Dokumentationen über seltsame Lebewesen, historische Ereignisse und wissenschaftliche Erkenntnisse mich begeistern. Sie sind so herrlich informativ und poetisch inspirierend. Das ist der Vorteil gegenüber Polit-Talkshows und Kochsendungen. Da wird ja gerne mal nur heiße Luft produziert.

Der greise Grottenolm

Nach 85 Jahren
von der Libido
plötzlich übermannt
konnte er es sich
endlich gestatten
die Grottenolmin
zu begatten

Tiefseegang

Ich wär gern ein Bakterium
und triebe mich im Meer herum

Dann würd ich alte Planken knabbern
und mit den Tiefsee-Krabben plappern

Ich fräße mich durch die Kombüse
als wär's blanchiertes Blattgemüse

Im Zwischendeck der Zwischengang
aus Bullaugen und Samtvorhang

Serviert wird anschließend an Deck
zum Nachtisch der Titanic Heck!

Antikes Blutbad in einem Aufguss

Die Skythen
beginnen zu wüten
als der Vandale
ein Freund der Randale
anfängt, die Mongolen
zu holen
um einen Tyrannen
fortan zu verbannen
Alte Römer
töten wär schöner
bemerkt der Berserker
bezahlter Verstärker
der schrecklichen Bande

Am Rande
warten Spartaner
wärn lieber spontaner
durchaus irritiert
dass kaum was passiert
Wann bitte verschwanden
denn die Chinesen?
Sind die nicht schon
vor Ort gewesen?
Die sind wieder weg
heißt es mit großem Bedauern
Typisch Kaiser
der muss wieder mauern.

Die letzten Sekunden im Leben der Maria Stuart

Aller guten
Hiebe sind drei

dachte sich
der Henker

sein Knecht:

was für ne
Sauerei

Paläontolopoesie

Staunend
im Museumzingelt
von urzeitlichem Getier

mächtiges
Mammut
großartig
Archaeopteryx
Juravenator
wunderbar

fulminantes Finale
postmortale
herrlich ausgeleuchtet
die Vitrine
jedoch die Miene
bleibt versteinert

man lernt auf attraktive Weise:
aussterben ist ziemlich
scheiße.

GUSTL BAUER

Der Christkindlzahn

I hock auf da Kachäofnbank, weil ma de Wärm ums Kreiz umma so daugd, und traam beim Fensta in den dämmrign Adventtag auße. A guate Stund sitz i a-so da, bis's ganz dunkä is, dann zünd i a Kerzn am Adventskranz o und übaleg, ob ma heia-r-an boarischn Baam oda wia friahras an Kuglbaam mit Lametta und Sternwerfer aufrichtn. 'S Kripperl ghearat vom Dachbodn owaghoit, an Christbaamstända muaß i heia-r-amoi ehnda suacha ois wia sunst. Und dann muaß no übalegt wern, an wen olla mia-r-a Weihnachtskartn schreim miaßn.

Mein uroidn Laattlschlittn hab i am Nachmittag vo da Schupf owa und seine verrostn Eisen mit an grobn Schmirglpapier abgriewet, dass a wieda gscheit laafft, wenn's grad amoi an Schnee gem daad. Der Schlittn is älter ois wia-r-i, den hat's oiwei scho gem, seit i denka konn, und entsprechend vui kaannt der a verzähln.

Seltsamerweis werd mit zuanehmadn Alter des sogenannte Langzeitgedächtnis oiwei bessa und alles Mögliche foit oam wieda-r-eij, was scho sechzg, siebzg oda no mehra Jahr zruck liegt. Und nachad geht's ma wieda-r-a so, dass i nimma woaß, warum i iatz an erstn Stock auffaganga bin, und erst beim Owegeh foit's mia nachad eij, dass i dort de vastecktn Lebkuacha und de bachan Guatl suacha hätt meng.

Meij Kindheit werd oiwei lebendiger, wia älter dass i wer, und in meiner Erinnerung is alles vui scheena ois wia's vielleicht übahaupt amoi gwen is. Schiache Sachan kemman da fast net vor, bis auf oa Sach, de wo-r-i bis heit net vagessn hab:

I war dort so ummara fünf Jahr oid und bin no an Kindergartn ganga, der wo seijwigsmoi „Anstalt" ghoaßn hat. I woaß's no wia heit: Da hat's – wahrscheinle zwengs de Vitamine – im Winter oiwei so an greislign Lebertran gem. I siech de grouße braune Flaschn no vor mia. Da war a Buidl drauf mit an Mo, der wo an weitgscheibatn Huat aufghabt und an mordstrumm Fisch aufm Buckl tragn hat. Vo dera Flaschn außa ham mia Anstaltskinder aus oan oanzign Löffe den Lebertran eijnehma miaßn. Den hat uns des Fräulein Mundi rigoros ins Mei einegschom. Pfui Deife, war der greislig, mi würgt's heit no, wenn i bloß dro denk.

I hab plärrt wia-r-a Jochgeier, wia-r-i drokemma bin, aber net bloß zwengs dem Pfuideifeszeig – naa, i hab so Zahnweh ghabt, dass i's boid nimma-r-ausghoitn hätt.

I bin nachad hoamgschickt worn.

Mei Oma hätt, wia's scho a paar Moi praktiziert worn is, an den Zahn an Spagat onebindn und dann an da Türklinkn festmacha meng und dann schnell d'Tür aufreißn – und da Zahn waar heraußd gwen. Aber i hab des nimma mitmacha meng und außadem war des a Zahn, wo koa Spagat sowieso net ghebt hätt.

Oiso, auf geht's zum Zahnarzt Schweiger auf Schliers eine!

I bin auf den Laattlschlittn auffeghockt worn, dick eijpaackät und an wollan Schlips uman Kopf ummabundn, dass der gschwoine Backa in da beissadn Winterkältn net no dicka werd. Nachad hat mi d'Oma auf Schliers einezong.

Der Zahn hat a-so weh to, ois wia wann zehn Deifen mit gspitzige Messer drinn umanandagstiert hättn. D'Oma hat ma beim Einefahrn alles Mögliche vazählt. Dass's Christkindl hinta de Woikn vüraspitzt und schaugt, ob de Kinder aa brav san, vom Niggalas, vom Krampus, von da Frau Holle und lauta so Zeigl.

Wia ma übern Kirchbichä umme kemma san, ham scho a paar Deifen weniga in dem Zahn umanandagstiert und z'Westenhofen hab i des Gfuih ghabt, ois wia wann da bloß no oana-r-a bissä umanandakrein daad. Und kurz nachm Bauerntheater, auf da rechtn Straßnseitn, da war da Zahnarzt Schweiger. Den Nama hab i mia gmerkt! Wia mia beim Bauerntheater vorbei warn, hab i überhaupt nix mehr gspürt, 's Zahnweh war auf amoi wia weggablasn.

D'Oma hat ma's net glaabt und deszweng hab i eine miaßn zum Dokta Schweiger.

Da bin i nachad auf an Sessl auffeghockt worn, hab an weißn Schaber ummaghängt kriagt und dann ham s' ma guat zuagredt. Ausm Max & Moritz-Biachal ham s' ma vorglesn und wia des aa nix gnutzt hat, ham s' gschimpft, da Zahnarzt und seij Helferin.

I hab übalegt, was i doa kunnt, dass mia de Zwoa net okennan. Zerscht amoi hab i vorsichtshoiba gschrian was i kenna hab und wia-r-a nachad mit ana Zanga daherkemma is, hab i mei Mei so fest zammzwickt, dass ma's nimma aufbracht ham, er net und sei Assistentin aa net.

I bin no sauwa zammgschimpft worn vom Zahnarzt und vo dera, dann hat mi d'Oma wieda hoamzong.

Und wia weida dass mia auf Hausham aussekemma san, um so mehra ham de Saudeifen wieda in dem Zahn umanandagarwat. D'Oma hat ma guat zuagredt und wia des aa nix gnutzt hat, nachad hat s' ma vasprocha, dass s' ans Christkindl an Briaf schreibt und eahm oschafft, dass 's ma was ganz was Scheens bringt, wenn i mia den Zahn aussareißn lass und eahm mit da Post zuaschick.

Am andan Tag bin i wieda auf den Schlittn auffepaackät worn und d'Oma hat mi a zwoats Moi auf Schliers einezong.

Mei Liawa, desmoi hat a's krawottisch opackt, da Fotznspangler, wia mia Kinder respektlos gsagt ham. 'S Mei hat a ma aufgrissn, dass i gmoant hab, es is bis zu de Ohrwaschl hintre auf. Nachad is a wia da Blitz eine mit da Zanga, und bevor i zum Plärrn kemma bin, hat a den dafeidn Stumpn scho herausst ghabt. Und i hab mi gwundat, wia in an so kloana Zahn glei so vui Deifen drinn Platz ham kenna.

Iatz war i gspannt wia-r-an oida Rengschirm, wia de Belohnung vom Christkindl ausschaung werd. Oiwei wieda hab i d'Oma gfragt, ob s' den Briaf a aufgem hat und ob der Zahn aa drinn war im Kuvert.

Am Heiligen Abend war i scho ganz wepsad und i bin so unglaublich brav gwen den ganzn langa Tag ois wia sunst des ganze Jahr net. Net dass se's Christkindl des no amoi anderst überleng kunnt, trotz meim heldenhaften Zahnopfer.

Lebkuacha, bachane Weihnachtsguatl, Nußn, handgstrickte zwoafaarbige Socka und a greans Schikaappe hab i kriagt. Das war eigentlich scho vui, mehra hat's ja no

nia net gem. Aber des Bsondane kònn doch des no net sei, hab i mir denkt. Gsagt hab i nix, aber d'Oma hat ma's okennt, weil i gar so sparsam gschaugt hab. Dann hat s' gsagt: „Schaug amoi hintan Baam hintre, vielleicht findst no was."

Und tatsächlich! A funklnaglneis Schuco-Auto hat vürablitzt. Mia hat's d'Sprach vaschlang und i hab nix andas sang kenna ois wia: „Ja varreck, a Auto!"

Und wia-r-i s Auto a weng genauer oschaug, da siech i was aufm Beifahrersitz: mei Zahn!

S Schuco-Auto hab i scho lang nimma, da Zahn mit de zehn Deifen is bei vier Moi Umziahng valorn ganga, wia so manches. Aber de Erinnerung an Lebertran, Max & Moritz und den Deifeszahn is oiwei no lebendig und werd's bleim, so oft wia-r-i den – für mi aa heit no – schwaarn Gang zum Zahnarzt geh muaß, bis aa da letzte Stumpn heraußt is, ohne dass ma dafür 's Christkindl a Schuco-Auto bringt.

Für uns

Wia vui Menschn meng scho glebt ham auf der Welt? Wann und wia werd des entstandn seij, wos ma „Liab" hoaßt? Wann hat a junga Bursch 's erste Moi sowas wia-r-a Brenna in seijm Herzn gspürt und am Deandl de langa Haar ausm Gsicht gstricha, hat's ganz zart gstreichlt, seij Gsicht an ihra Gsicht hidruckt und irgandwas Liabs gsagt?

Es gibt nix Stärkers und nix Feiners auf der Welt ois wia d'Liab!

Sie kimmt ztiafst ausm Herzn und hat mitm Verstand gar nix z'toa. Jung seij, Fruahjahr und Liab ghean zamm und wos anders konn's da gar net gem. Moant ma. Aber d'Liab begleit an Menschn, so lang wia-r-a lebt.

Ois a Kloana kriagst d'Liab vo dem Menschn gschenkt, der di unterm Herzn trang hat und a Lem lang im Herzn ghoit. Ois a Junga gspürst auf amoi a ganz a narrische Liab zu am Menschn, den wos d' no kaam kennst. Und wennst oid werst, bist deim Schicksal dankbar, dass d' an Menschn hast, der oiwei zu dir ghoitn und alles mit dir teilt hat, ob's was Scheens war oder was Schiachs, ob's Glück und Freid, Kummer und Leid gwen is.

Wia arg des is, wenn zwoa Menschn ausanandageh müassn, hab i mitempfundn, wia-r-i bei am Krankenbsuach a oids Ehepaarl beobacht hab. D'Frau im Krankenbett, 's Gsicht war grau wia d'Wand, d'Waangal eijgfoin und ihre Aung ham ins Laare gschaugt.

Da Mo is an ihram Bett gsessn, hat de ganze Zeit ihre Händ in seine Händ ghoitn, hat s' oiwei wieder amoi gstreichlt und a paar Moi gsagt: „O meij, ja, werd scho wieder, Weiwe, muaß a wern!"

I hab mir vorgstellt, wia's in dem Mo ausgschaugt hat, wia Hoffnung und Angst in eahm garbat ham, wia-r-a festhoitn hätt mögn, was eahm aus de Händ gnomma werd.

I hab no am gleichn Tag a Versal für de Zwoa gschriem:

Für uns

Schad is's
um jedn Tag,
um jede Stund,
um jeds Wort.

Schad is's
um de Zeit
de ma net glebt ham
mitanand.

Vielleicht dass am End
in da Ewigkeit
a Liacht wart
voll Wärm;

Auf uns!

Zuadeck

Flockn foin auf Gras und Laab,
foin auf Staun und foin auf Baam,
san so gring ois wia-r-a Flaam,
leng se woach auf alles drauf,
hean min Foin schier nimma-r-auf.

Packln Woid und Wiesn eij,
oi Jahr wieda auf a Neis,
in a Leintuach in a weiß's
dass oiss warm beinanda bleibt
und im Fruahjahr wieda treibt.

MONIKA BITTL

Afterglow

Abendlicht fällt in das mit Kleiderschrank, Bett, Tisch, Sideboard und Sitzecke möblierte Zimmer. Die Sonne steht tief. Die Schatten des Vaters strecken sich immer länger von seinem Stuhl am Tisch und seiner Person zur Eingangstüre.

„Hast du von Mama mal wieder etwas gehört?“

Ich blicke zu Boden. Soll ich es sagen?

„Nein, Papa.“

Es wird ruhig, die eiligen Schritte der Pflegerinnen auf dem Flur verstummen.

„Wie geht es dir, Papa?“

„Gut. Und dir?“

„Bei uns ist alles in Ordnung, es läuft so wie immer. Ich hab viel Arbeit. Florian ist in drei Monaten mit seiner Ausbildung in England fertig und mein Mann sucht neue Aufträge.“

„Also mit der Familie alles in Ordnung?“

„Ja, Papa, alles bestens!“

Der Vater schiebt die Schokolade etwas aus der Abendsonne, damit sie sich nicht erwärmt. Er greift mit beiden Händen zum Schnabelbecher, um einen Schluck Tee zu trinken. Tee, den es in Deutschland nicht zu kaufen gibt, mein Sohn für den Opa geschickt hat und den die Pflegerinnen für Papa extra zubereiten.

Ich würde gerne ein Handyfoto machen, um es Verwandten und Freunden zu schicken, möchte aber den Moment zwischen uns nicht stören und blicke mit den Augen Papas über den Wintergarten hinaus auf den Flusslauf und die Kirchtürme.

„Hast du von Mama mal wieder etwas gehört?“

Ich starre an ihm vorbei, zum Fenster hinaus, zum Fluss.

„Nein, Papa.“

„Schau, da draußen, der Fluss, das müsste der Regen sein.“

„Nein, Papa, das ist die Laber.“

„Ach so. Ganz schön viel Wasser hat der aber.“

„Ja! Stimmt. Warum, weiß ich auch nicht. Vielleicht, weil wir März haben.“

Papa lehnt sich auf dem Stuhl vor, sieht genauer hinaus.

„Schneeschmelze ist das nicht, glaub ich nicht.“

„Weißt du noch, Papa, wie du mir gezeigt hast, welche Kraft Wasser hat? Du hast im Winter abends eine Flasche mit Wasser gefüllt und sie in den Garten gelegt. Und am nächsten Tag war sie zersprungen. Und dann hast du mir die Anomalie des Wassers erklärt, mit der größten Dichte bei vier Grad Celsius …“

„Daran kann ich mich nicht mehr erinnern.“

„... und dass es ohne diese Anomalie kein Leben auf der Erde geben würde."
„Das stimmt!"

Der Vater lehnt sich wieder im Stuhl zurück, führt erneut den Schnabelbecher zum Mund und trinkt einen Schluck. Das Abendlicht wirft noch längere Schatten.

Warum haben die Engländer so einen schöneren Begriff als wir? Sie sagen „Afterglow", das heißt „Nachglühen". Von einem „Untergang" – und sei es die Sonne – ist nicht die Rede.

Papa und ich sehen uns wortlos in die Augen.

„Gut, dass du so viel trinkst, Papa!", höre ich mich sagen. „Schmeckt dir der Tee von Florian aus England?"

Der Vater zieht die Brauen zusammen, scheint zu überlegen. „War Florian in England? Man sollte viel öfter einen Schüleraustausch machen, dann gäbe es keine Kriege mehr!"

„Er ist noch dort, Papa, er ist schon fertig mit der Schule, er schließt seine Ausbildung dort ab."

„Ach so!"

Wir schweigen wieder.

„Hast du von Mama mal wieder etwas gehört?"

„Nein, Papa. Aber weißt du noch, wie wir damals, da war ich vielleicht vier oder fünf Jahre alt, die Quelle im Wald entdeckt haben? Die war ganz verborgen, wir kamen nur darauf, weil an dieser Stelle so viele Schlüsselblumen gewachsen sind."

„Daran kann ich mich nicht mehr erinnern."

„Macht nichts, Papa. Ich muss mir übrigens jetzt auch ständig alles aufschreiben, sonst vergesse ich alles."

Der Vater schmunzelt: „Warum soll es dir besser gehen als mir?"

„Weil ich dreißig Jahre jünger bin als du!"

Wir lachen.

„Wir können die Zeit nicht aufhalten!"

„Nein, keiner kann das."

Der Vater dreht am Schnabelbecher und lehnt sich auf seinem Stuhl vor, um wieder besser aus dem Fenster sehen zu können. Ich sehe, dass seine Armbanduhr eine Stunde nachgeht. Niemand hat sie auf Sommerzeit umgestellt.

„Das müsste der Regen sein, der Fluss da draußen!"

„Nein, Papa, das ist die Laber."

„Ah, gut, dass du das weißt."

„Gib mir mal deine Uhr, die geht nach!"

„Ist nicht Viertel Fünf?"

„Nein, Viertel Sechs.“

Ich nehme ihm die Uhr ab, stelle sie um und lege sie ihm wieder um sein Handgelenk.

„Hast du von Mama mal wieder etwas gehört?“

Er hat Zeitlang nach Mama. Was für ein schöner bayerischer Begriff, den es im Hochdeutschen nicht gibt, denn „Sehnsucht“ trägt das Negative einer Sucht in sich und nicht das Positive der Liebe zu einem anderen, den man vermisst – und dabei wird die Zeit lang.

„Nein, Papa.“ Ich blicke ihm fest in die Augen. Ich muss ihn daran erinnern, sonst glaubt er, sie würde sich einfach nicht mehr um ihn kümmern.

„Ich war bei Mama am Grab. Aber sie hat mir nichts aufgetragen, was ich dir ausrichten sollte. Weißt du noch, wie wir am Sterbebett ihre Hand gehalten haben?“

Der Vater schaut zur Laber, antwortet nicht.

Ins Zimmer fällt kein Schatten mehr, nur noch das Licht des Sonnenuntergangs. Afterglow.

Wir tauschen zärtliche Blicke.

JOSEF BRUSTMANN

Heimat.de

Im späten Sommer, wenn er in den Garten ging, ganz früh am Morgen, roch er an den Rosen und am Lavendel und die Amseln sangen noch sehr schön. Dann setzte er sich an seinen Computer: starten – hochfahren – noch eine kurze, inhaltsleere Zeit des Wartens – auf die Plätze, fertig, los.

Lange hatte er den Computer noch nicht. Als er ihn von seiner Frau geschenkt bekommen hatte, war er zunächst verärgert gewesen, inzwischen war er aus seinem Leben nicht mehr wegzudenken. Er konnte einen ganzen Tag davor sitzen, ohne ein Gefühl von Langeweile oder Überdruss zu empfinden. Immer war irgendetwas los, irgendwas war immer los.

Früher hatte er seine Gedichte mit einem Bleistift geschrieben, Stärke 7B. Man konnte die Reihenfolge aller Korrekturen nachverfolgen, nahezu wie bei einer archäologischen Aufschichtungsstudie, und schon das Bleistiftspitzen war ihm ein angenehm raspelndes Geräusch im Ohr gewesen. Späne und Bleistaub hatte er mit der einen Hand in die andere gewischt und beides in das Blumenbeet vor seinem Fenster gleiten lassen.

Er war gerne altmodisch. Aber er wollte auch mit der Zeit gehen. Wer nicht mit der Zeit geht, muss mit der Zeit gehen, hatte er irgendwo gelesen, und er wollte noch nicht gehen.

Jetzt legte er seine Gedichte im Computer ab, die Schwierigkeit, sie alle wiederzufinden in dieser schwarzen Schachtel (Blackbox), war sehr groß.

Aber gerade im Moment schrieb er an einer längeren Familiengeschichte, da half der Computer beim Ordnung halten.

Nach einem Kabarettauftritt war er in der Nacht vor seinem Hotel im Auto gesessen und hatte, obwohl es kalt war, in sein Gedichteheft gekritzelt. Dann waren ihm seine beiden Großväter in die Quere gekommen. Sie hatten ihn aus der Lyrik in die Prosa gezogen, ohne dass er es bemerkte, es ging nicht anders. Die Großväter suchten ihn auf und legten ihm eine handfestere, trockenere, nüchternere Sprache in den Mund.

Beide Großväter hatten sich schwer getan mit dem Leben. Das so unglücklich Indieweltgeworfensein kostete sie zu viel Kraft. Sie nahmen kurzerhand eine Abkürzung, sie kürzten ihr Leben ab.

Die Schicksalsschweren zogen ihn in einen atemlosen Schreibsog, aus dem er tränenüberströmt und frierend nach drei Stunden wieder auftauchte. Tränenüberströmt, aber auch froh darüber, den beiden Frühsichausdemstaubgemachthabenden etwas näher gekommen zu sein, sie ein Stück weit aufgespürt, oder besser, erspürt, sich ihrer Geschichte und ihren Gesichtern entgegengeschrieben zu haben.

Dann musste er weiterschreiben.

Und so saß er nun an seinem Computer und schrieb. Schrieb mit seinem vermurksten Zweifingersystem und ohne Großundkleinschreibung, fand einen halbwegs brauchbaren Sprach-Rhythmus, fand zu einer, zu seiner Sprachmusik.

Nach langer Schreibabstinenz war sein Gefühl für Rechtschreibung unsicher geworden. Oft googelte er in Rechtschreibforen. Für das Aufsuchen einer Suchmaschine wusste er nur dieses eine Wort: GOOGELN.

Immer wenn eine E-Mail hereingeschossen kam, hatte er das Gefühl, diese sogleich beantworten zu müssen. Er antwortet dann prompt und gewissenhaft, um Persönliches, um Höfliches bemüht.

Die nächste E-Mail ist an ihn, den Großvater, gerichtet, der er selber jetzt auch schon ist. Eine seiner Töchter engagiert ihn fürs Wochenende als Babysitter, ja, geht, mach ich gern, pack den Kindern bitte die Schwimmflügel ein.

Er muss kurz lächeln. Die Enkeltochter hat er am See zuletzt wie ein prustender Walfisch mit Seewasser angespuckt. Sie, die kleine Freche: Du weißt schon, Apo, (sie sagt immer Apo statt Opa, was ihm gefällt, weil es noch so ein bisschen nach Revolution riecht, nach früherem Aufbegehren), du weißt schon Apo, dass ich immer in den See bisel, aber schreib das bloß nicht in dein Buch – schon geschehen. Die andere Enkelin am Telefon erinnert kurz darauf zum vierten Male schon an ihren Geburtstag und dass sie sich dringend ein Barbie-Auto wünscht.

Dann schreibt er wieder weiter. Eine Facebook-Freundschaftsanfrage trudelt herein, 72 gemeinsame Freunde, man bestätigt aus Höflichkeit. Schnell weiterschreiben, nicht aus dem Schreibfluss kommen.

Ein altes, inneres Bild löst sich aus grauem Vergangenheitsnebel: erste Klasse Volksschule. Kleines Theaterstück. Er als Wind auf dem Stuhl stehend, den blauen Hut und den blauen Umhang hat die Mutter ihm genäht. Mit aufgeblasenen Backen kräftig pustend, durfte er ein paar einfache Verse vom Wind, vom Wind, dem himmlischen Kind, aufsagen. „Und wie du damals den Wind gespielt hast, Bua, wie du den Wind gespielt hast, also wie du …“, sollte seine Mutter oft noch lobend beteuern, und ein Lob in den damals so gefühlskargen Zeiten war ein Himmelreich, das Lob, wie ein frischer, vorantreibender Wind, „… also wie du damals den Wind gespielt hast.“

Ah, wie schön, eine kleine Kindheitspreziose schwarz auf weiß für immer in Sicherheit gebracht. Er ist zufrieden. Er druckt sich den Text aus, die Tintenpatrone schwächelt, er wechselt sie.

Ein kurzer Blick in die digitale Tageszeitung. Politisches sollte er lesen, vielleicht etwas umschreiben, etwas ergänzen in seinem Kabarettprogramm. Keine Lust. Er klickt eine Seite aus dem Sportteil an.

Dass Fußballberichterstattungen den Theaterrezensionen so ähnlich sind, das fasziniert ihn, er liest sich fest, reißt sich wieder los, denkt sich zurück in seine Geschichte, bleibt nochmal an der Zeitung hängen: eine politische Einlassung von Heribert Prantl. Die Zeitung lädt ein zum Loop, verführt mit gleich anschließenden Leserbriefen. Die sind noch ganz neu, frisch gebackene Semmeln. Was müssen die Leute Zeit haben und wie überemotional sie alle sind. Man hofft, durch steile Positionen und provokante

Anwürfe die Meinungsschleudern der anderen auf sich zu ziehen, und tatsächlich: Nicht mehr auf den Herrn Prantl beziehen sich die Leser, sondern auf ihn, den Leserbriefschreiber. Schon ein Kontakt irgendwie, aber letztlich bleiben doch alle Beteiligten gefangen in ihrem eigenen Echoraum, der eigenen Echokammer, dem eigenen Echokämmerlein. Nirgendwo ein Aufeinanderzugehen, immer nur pro und contra. Ein Kontakt, eine Berührung, die eher etwas von Sichabwatschen hat. Kein Klügerer weit und breit, der nachgeben könnte. Nur rechthaberische Gorillagebärden, viel mehr Männer gockeln herum als Frauen im „Souschelmedia".

Er vertut sich mit der Zeit. Das Bild von Karl Seitz, einem Künstler, der sich vor einem Jahr umgebracht hat, wird auf Ebay für nur 485 € versteigert, er kommt zu spät, aber es gibt noch ein Zweites und ein Drittes, er aktiviert den Computer-Reminder.

Eine neue E-Mail: Ein Veranstalter bittet um eine kleine Geburtstags-Videobotschaft zum 30-jährigen Bestehen der Malachinger Feuerwehr. Er textet zwei lustige Verse, singt sie mit Zitherbegleitung auf sein iPhone und schickt alles gleich wieder zurück in Richtung Malaching. Er schickt die E-Mail wie einen Brief, er braucht sie, diese räumlich verorteten Hilfsbilder. Gerne würde er Briefmarken aufkleben.

Er ist stolz: Zwischen der an ihn herangetragenen Bitte und dem verschickten Minisong liegen nur sieben Minuten. Kreativer Schnellschuss, gar nicht schlecht für die kurze Zeit, ein bisschen zu sehr Straßenstrich vielleicht, die ganz kurze Nummer.

Die Nachbarin mit den raffiniert-schicken Klamotten, was für eine Marke war das gleich wieder? Ah ja, Rundbaum. Er gibt bei Google Rundbaum und das Wort Mode ein, Google bietet von sich aus an: Mode und Rundholz, ja, genau Rundholz. Schöne Sachen, aber auch ganz schön teuer. Er sucht auf Ebay, leider nur Frauenmode. Wann kommt der nächste „Seitz" zur Versteigerung – ist noch ein bisschen hin.

Als der Postbote klingelt und ein Paket abgibt, bemerkt er: der erste analoge Menschenkontakt an diesem Tag. Etwas Handfestes, etwas zum Anfassen, jemanden ansehen, ihn freundlich grüßen, ein paar Worte wechseln, der Postbote ist aus Sachsen, er mag Dialekte, irgendwie freut er sich, er gibt ihm Trinkgeld. Jetzt aber leider den zweiten „Seitz" verpasst, eine Chance bleibt noch, war eh zu teuer.

Dass die Maler ihre Bilder oft erst verkaufen, wenn sie tot sind, und van Gogh kein einziges verkauft hat zu Lebzeiten, denkt er sich, und hofft auf ein besseres Schicksal für sein Buch, auf einen guten Verlag, der seine festgebuchten Plätze hat bei den großen Buchläden, bei Hugendubel vielleicht. Ein 1,50 Meter hoher Stapel mit seinen Büchern im ersten Stock gleich neben der Treppe oder nahe der viel frequentierten Informationsstände, ein Traum. Geträumt hat er gestern von einem wichtigen Lektor, bei dessen Rauswurf sich hunderte von ungelesenen Manuskripten hinter den Regalen fanden, ungelesen und unbeantwortet. Wahnsinn! Hoffentlich findet sich ein Verlag, der sein Buch in die Läden bringt.

Früher hat er in Münchner Schallplattenläden die CDs seiner Jodel-Wahnsinnsband aus den hinteren Regalen nach vorne gestellt, stolz darüber, dass sie überhaupt im Handel zu haben waren. Aber noch ist das Buch nicht fertig, nur Einzelteile, Bruchstücke wie Gewitterwolkenfetzen. Ein Gewitter, dessen Blitze über der Landschaft

immer nur zufällig einzelne Szenerien grell beleuchten. Wer soll sich darauf einen Reim machen. Ach ja, Gedichte hat er auch jede Menge schon geschrieben, die man an manchen Stellen einfließen lassen könnte. Er öffnet den Ordner mit alten Gedichten, findet sie gar nicht so schlecht, legt ein paar auf den Desktop, für alle Fälle.

Er nimmt den Schreibfaden wieder auf. Es fällt ihm nichts ein.

Er überweist Marianne und Andy die Gage für den letzten gemeinsamen Auftritt, ein Lieder-Lese-Abend über das unsterbliche Thema Tod, Homebanking. Er geht auf wetterpunktde, wie wird das Wetter morgen? Komischerweise gelingt es ihm nicht, das Wetter von vorgestern aufzurufen. Wer außer ihm sucht auch so etwas Abwegiges? In seinem Digitalkalender ploppen neue Auftritte auf, die Künstleragentur schuftet lautlos hinter seinem Rücken und sendet fleißig Auftritte. Die Auftritte sind teilweise schon für 2023, Corona-Verschiebungen, was wird alles sein bis dahin? Er bestätigt kurz. Er nimmt mit dem iPhone einen kleinen Song auf und schickt ihn an Andrea, die seine Facebookseite betreut, sehr professionell macht die das, kurz und schmerzlos, elegant und einfühlsam.

Im Internetradio ein Aufruf für die neue Corona-App, er lädt sie sich aufs iPhone, löscht sie aber kurz darauf wieder, Bewegungsprofile sind ihm ein Horror. Eine der Töchter schickt ein Video mit den drei Enkelkindern, ach, er speichert es ab unter Privat-Familie-Aufheben. Jens schickt erste Fotos für das Buch. Er sucht sich die schönsten aus und leitet sie an seinen Sohn weiter, der das vorläufige Layout und die Gestaltung des Buchs macht. Sein Sohn schickt erste Siebdruckproben fürs Cover zurück.

War er damals wirklich gegen den Computer und später dann gegen das iPhone? Er kann sich's gar nicht mehr vorstellen und mag sich auch nicht mehr daran erinnern. Bevor er zum Buch zurückkehrt, studiert er mittels Routenplaner den Weg für seinen nächsten Auftritt.

Er ruft beim Pizzadienst an, ja, wie immer zweimal Pizza Funghi und für meine Frau schön dunkel, von ihr aus auch angebrannt. Der Kaminkehrer kommt, will nur schnell aufs Dach. Auf seinem Namensschild steht Peter Mnichzial, ein wunderbarer Name. Leider wird er in zwei Wochen Huber heißen, er heiratet, nimmt den Namen seiner Frau an, um berufliche Nachteile zu vermeiden.

Zurück an den Computer. Der Kalender blinkt auf: Geburtstag einer Veranstalterin. Anruf im Blumenladen Geißler, Strauß abliefern beim Geburtstagskind, so um die 40 €, Danke. Er bestellt bei Amazon zehn Glühlämpchen (3W, 34V) und bezahlt mit PayPal. Bis ins Jahr 2010 war es ihm gelungen, ohne Kreditkarte auszukommen. Für die Winterolympiade in Whistler/Kanada sollte er mit einem Kamerateam spontan jeden Tag ein kleines Roadmovie drehen. Beim Rückflug nach München Stopover in Chicago. In der rechten Hosentasche ein dickes Bündel kanadischer Dollars, in der linken ein sich schön und sicher anfühlendes mit amerikanischen. American Airlines, das Essen an Bord muss man extra bezahlen. Er bestellt sich, großzügig zu sich selber, einiges. Die Stewardess kassiert ab. Nein, zahlen gehe nur mit Kreditkarte, sie nehme kein Bargeld. Vier Stunden Hunger, na ja, auch mal wieder schön, wann hat man schon mal Hunger, Hunger ist in Deutschland fast ausgestorben. Dass man Geld nicht essen

kann, wusste er vorher schon, aber dass man mit Geld nichts mehr essen kann, weiß er jetzt erst sicher. Eine neue Zeit ist da, ein Geldschein gilt nichts mehr. Zuhause angekommen besorgt er sich eine Kreditkarte, das Geld reut ihn, weil er weiß, dass er sie auch in Zukunft nur selten benutzen wird.

Mittlerweile genießt er es, fast schadenfroh, bei PayPal sogar ohne Kreditkarte umstandslos zahlen zu können. Er weiß, dass auch das seinen Preis hat und viele extrem NeuGIERIGe wissen wollen, wofür er wann und wo wie viel Geld zu zahlen bereit ist. Jetzt ist er erst mal bequem und froh.

Das neue Buch von Peter Handke schnell aufs Kindle geladen. Dann wieder zögerlich ein paar Zeilen hingeschrieben. Er liest sich bei Handke fest, verdammt, wie der schreibt, was für eine Sprache. Zeitlupensprache, und wie streng der zu sich ist. Er ist verunsichert. Reißt sich wieder los. Schreibt.

Die E-Mail einer Frau, woher hat die seine E-Mail-Adresse? Warum er immer so gottlose Sachen sagen würde auf der Bühne im Kabarett. Er täte ihr leid und sie warnt ihn allen Ernstes vor der Hölle. Wenn die wüsste, wie sehr er sie um ihren festen, starken Glauben beneidet, der einen von dieser ewigen, auszehrenden Lebenssinnsuche erlöst. Nur noch Lebensrechnungen, die alle aufgehen, sogar mit der Unbekannten Gott. Zu einer eingeschworenen Gemeinschaft gehören, verbunden durch unzählige Rituale, die einem die dahinstürzende Zeit zu einem schönen, festen Ruhhaus zusammenbinden könnte. Und schließlich Erlösung finden in einem Himmel voller Musik und Wiedersehensfreude, schönste, allerschönste Erdenkensweisen. Und was da die Sehnsucht der Menschen zum Himmel hinauferschaffen hat, mit ihren traumhaftschönen Kirchen, Heiligenfiguren, Fresken und Orgelchorälen, all das findet auch er unglaublich berührend.

Wenn die wüsste, wie gerne er mal wieder in eine Kirche gehen würde. Allein schon dieser altvertraute, etwas muffig-abgestandene Geruch des Weihrauchs, der ihn früher als Ministrant angenehm schwindelig werden ließ, stoned. Wie gerne er sich die Ministrantenröcke übergezogen hat, Talar, Chorhemd und den darüber geworfenen Kragen mit all seinen Häkelchen und Ösen. Wie nahe sie dem Allerheiligsten waren in der Sakristei als Ministranten. Leise und still mussten sie sein natürlich, Übermut und Lachlust unterdrückend, aber aus dem Unterdrückten heraus auch kurz und fast erschrocken wieder losprustend, schnell die Hand auf den Mund drücken. Als Ministrant war man so etwas wie ein Hilfssheriff und etwas Besseres als all die anderen im Kirchenschiff. Und wenn sie dann auch noch zur Kommunion vorkam, die heimlich angebetete Mitschülerin, und dem Pfarrer die Zunge entgegenstreckte, um verschämt-verzückt den Leib Christi zu empfangen, und er danebenstand und ihr die silberne Patene unter ihr süßes Kinn hielt. Oh Mann.

Er erinnert sich gerne, sogar an die Kopfnuss, die der Herr Pfarrer ihm zukommen ließ, als er beim Kerzenauslöschen aus Versehen das „Ewige Licht“ mitgelöscht hatte.

Er kehrt zurück zu seiner Geschichte. Es fließt zäh. Versuche, sich zu fokussieren, zu bündeln. Wie gerne würde er mal wieder eine rauchen. Es bleibt zäh, nicht sein Tag, vielleicht sollte man ins Café gehen. Er schreibt sich ein paar Sätze weiter, sucht etwas über Thujen im Netz; auch im Netz kann man zappeln, angebunden an viele Schnürchen, Sehnsuchtsschnürchen, Traumwunschfäden, Neugierden. Mit allem und allen verbunden, bleibt Mandoline immer für sich allein.

Bleibt man doch immer allein, wollte er schreiben, die Computer-Autokorrektur schlägt Mandoline vor – er lächelt und korrigiert den Computer, wer ist hier eigentlich der Herr im Haus.

Wieder gelingen ihm nur ein paar halbgare Sätze, Wortstummel eher. Die Sprache ist ein Luder, das mal übergroß und überwältigend vor ihm steht, greifnah, und sich dann doch wieder wegschweigt, glitzernd und flimmernd wie eine Fata Morgana. Oft hat er zu früh zu oder auch zu fest zugegriffen, zu vertraut manchmal, zu wenig misstrauisch. Nur schlafwandlerisch, wenn er war, und ein wenig zärtlich blieben ihm ein paar wertvolle Sprachreste an den Fingern kleben, Fingerzeige, Rätselformen, Handreichungen, feines Blattgold. Die Sprache will frei sein, will keine Dienerin sein, sich nicht beugen und deklinieren lassen wie ein Lehrbub*mädel. Die will auffliegen, die will spielen, will auch mal sinn-los sein. Das alles will sie und er steht ihr und sich im Wege.

Die Finger tun ihm weh, schreibt ja nur mit zweien und die ermüden dann schnell, eine Entzündung im Unterarm mahnt sich an. Früher alles mit Bleistift geschrieben, allein dieses weiche, fast lautlose, kratz-leise Schreibgeräusch. Ein Bleistift ist sinnlich und Sinn-voll. Eine liebesabgrundtiefe Vereinigung von Form und Inhalt, wenn ihn eine gute Hand führt.

Er schreibt. Er lässt sich ablenken, gerne.

Wieder verliert er sich in der Zeitung: Bild online. Eine Litfaßsäule, die alles vermeintlich Wichtige mit Schlaglichtern auf den Punkt bringt. Headlines mit großen und größten, schwarzen und blutroten Lettern, die steil behaupten, dass die Welt soundso wäre. Aber am nächsten Tag ist dann doch wieder alles völlig anders. Es sind nur die Leser, die immer alles glauben und jeden Tag einer neuen Sau durch die Gasse hinterherlaufen. Schlag-zeile für Schlag-zeile, Tag für Tag, die Sprache als Hiebe, als Dreschflegel. Auf alle Fälle sind die Schlagzeilen starke Headlines, geniale Verführer, geniale Verkürzer. Er klaut sich welche, dreht sie um, behauptet Gegenteiliges und füttert damit sein Kabarettprogramm.

Wie wird das Wetter am Abend, vielleicht rudern gehen? Er googelt. Dann googelt er das Wort Thujenhecke. Was er findet: Thujen waren beliebt wegen ihrer Blickdichtigkeit. Auch in den Konzentrationslagern von Mauthausen und Sachsenhausen sorgten sie für Blickdickicht. Riesige Thujenwälder um das Unbegreifliche, Unsagbare, Traurige, Menschenentstellende, Weltferne und doch so Weltimmanente herum gepflanzt.

Seine Maus mag nicht mehr, er wechselt die Batterie. Sein rechter Finger geht schwer, bleibt immer hängen, überbeansprucht, untauglich wäre er jetzt für ein Schießgewehr. Er versucht es mit dem Mittelfinger, wie der sich anstellt. Er probiert es mit der Linken. Was für eine Qual muss es für seine Frau damals gewesen sein als Kind, von links auf rechts umgetrimmt worden zu sein – nimm die schöne Hand.

38 Kapitel sind fertig. Seine Frau war früher Deutschlehrerin und korrigiert sie ihm. Vorher noch eine Sicherheitskopie, Backup. Vorsichtshalber speichert er alles zusätzlich auf einer externen Festplatte ab.

Er bestellt Rosen im Netz, Super Dorothy, Heinke hat sie ihm empfohlen, schwerduftende, bienenträchtige Rosen. Dass man für Blumenläden heute nur noch Rosen ohne Duft züchtet, kann er nicht verstehen, die Welt dreht sich immer weiter, einfach weiter, klar, aber dass Rosen nicht mehr duften. Er bestellt rotduftende Rosenstöcke online, bezahlt online, in fünf Arbeitstagen sollen sie da sein.

Er ersteigert auf Ebay ein Bild von Karl Seitz, ein Porträt von Whitney Houston, es klappt für 479 €, er bezahlt sofort, damit es möglichst bald kommt. Er schreibt weiter, schreibt über seine erste Jeans. Gleich in die Badewanne gesetzt damals, um sie körpereng einlaufen zu lassen, sexy. Die gerade aktuellen Jeans, die er trägt, dehnen sich am Bund, leichtes Zunehmen jederzeit verzeihend. Sie müssen, laut neuer Mode, sehr eng sein. Sie halten schlecht an seinen etwas angespeckten Hüften, Hosenträger wären angebracht, werden aber aus eitler Haltung streng abgelehnt. Seit seinem fünfzehnten Lebensjahr trägt er fast ausschließlich Bluejeans, blaue Bluejeanshosen nannte sie seine Mutter, oder Cowboy-Hosen. Jeans sind unendlich praktisch, man muss am Morgen nicht lange überlegen, sie sind unempfindlich, wirken auch dreckig noch sauber, sind irgendwie immer noch modern, man fällt nicht auf damit und nicht aus der Zeit. Die, die er gerade trägt, sind durchgescheuert, er bestellt die gleichen im Netz. Er verfolgt auf einem Live-Ticker den DFB-Pokal: Bayern-Leverkusen. Wer gewinnt? Natürlich – wie immer … Im Netz eine Corona-Diskussion im Deutschen Bundestag. Wie sie alle dasitzen, die Politiker, wie maskierte Verbrecher, er muss unwillkürlich lachen, erschrickt aber über seine eigene Stimme.

Auf YouTube ein Interview mit Tom Waits, der Talk nichts Besonderes, seine Musik so schön, seine Stimme hätte er gerne. Das Beethoven-Jahr: Gibt es da etwas Passendes für die Zither? Kurzfassung von Beethovens Leben auf Wikipedia angeklickt. Man möchte nicht er gewesen sein – und er lehnt sich, halbwegs versöhnt mit seiner Durchschnittlichkeit, in den Sessel zurück. Im Chat verkündet einer, die Neunte von Beethoven sei eine gewisse Miezi Schikkelgruber aus Grinzing gewesen, gar nicht so schlecht, die Pointe. Er findet ein Klavierstück, das man auch auf der Zither spielen kann, einen Walzer, op.37, bei Amazon gibt es die Noten. Hört sich auf YouTube mehrere Klavierfassungen an. Wahrscheinlich bin ich der Erste, der es auf der Zither probiert, denkt er bei sich. Auf Ebay ersteigert er rote Schuhe für sein neues Kabarettprogramm, alte originale DocMartens, und noch ein Sakko von „comme des garçons“ für sensationelle 145 €, Geiz ist wirklich geil.

Er geht in den Garten, es wird so verdammt früh dunkel. Immer schneller blättert das Jahr seine Tage um. Er riecht kurz am Lavendel und an den Rosen, der Tag ist vorbei, jetzt ist es dunkel. Bald kommt seine Frau aus der Stadt zurück, was essen wir?

BUMILLO

„Im Tal der Kadaverlawine“

1. Mit dem Mietwagen zur Mama

Alle zwei Jahre räume ich bei meiner Mama den Keller aus, mache einen Mietwagen voll und fahre zum Wertstoffhof. In meinem Heimatdorf Reit im Winkl stehen keine Container für Altglas und Kunststoffe in der Gegend rum, nein, wenn man entsorgen will, *muss* man zum Wertstoffhof, zur sogenannten „Schinderlahn“, und da meine Mama kein Auto fährt, helfe ich ihr da als liebenswerter Sohn natürlich aus.

Macht ja auch voll Spaß – ich fahre da immer gerne hin, es ist immer aufregend und immer lehrreich, denn auf Wertstoffhöfen, da arbeiten nur absolute Originale, die speziellsten Typen, die man sich vorstellen kann. Und bei der Schinderlahn – von bairisch „Schinder“ für Abdecker, also den Beseitiger von Tierkadavern, und bairisch „Lahn“ für Lawine, also zusammen „die Lawine des Tierkadaverentsorgers“ – bei dieser Schinderlahn arbeiten seit jeher nur die Speziellsten der Speziellen.

Ich fahre also mit einem „Stattauto“ mit Münchner Kennzeichen durch die Einfahrt in den Hof der Lawine und alle starren auf mein Kennzeichen. „M“. Wie eine Maria am Kreuz falle ich sofort auf, ich bin ein alleinstehender Steuerberater auf dem Karneval in Rio, alle vor Ort werden stutzig und ich werde bereits als „Stodara“ und eventuell sogar als „Saupreiß“ stigmatisiert und abgestempelt.

Was ich für meine Mama vor allem entsorge, sind weiße Marmeladengläser und Proseccodosen – oh, du süßes Rentnerleben! Die Marmeladengläser sind alle ohne Deckel und supersauber gespült, das spart mir bei der Menge einen Haufen Arbeit, die Proseccodosen stecken vereinzelt in Konservendosen mit etwas größerem Durchmesser fest, aber das passt, hau ich einfach alles zusammen in den WEISSBLECH-Container und gut is.

2. Kalle mit der Kralle

Nein, schlecht is! Der Typ vom Wertstoffhof steht auf einmal wie aus dem Nichts vor mir! In seiner rechten Hand erregt schwingend eine Greifkralle, zu der man auch „Krallengreifer“ sagen kann! Ist wirklich so! Auf einmal steht er da! Und weist mich mit Nachdruck darauf hin, dass die Proseccodosen nicht ins WEISSBLECH, sondern ins ALUMINIUM gehören! „De Dosen sand Alu!“ Er zeigt mir den richtigen Container und greift sich mit seiner Kralle bzw. krallt sich mit seinem Greifer die falschen Dosen aus dem Weißblech.

Mit pochendem Puls sortiere und trenne ich Weißblech und Alu und kippe einen ersten Schwung leeren Proseccos in den Alubehälter. Es kracht nicht so schön wie im Weißblech, Alu ist leichter, kein Wunder, dass man die Mountainbikes in der Stadt nie kommen hört.

Wen man auch nie kommen hört, ist der Typ vom Wertstoffhof. Auch wenn du ihn nicht siehst, er ist immer da und sieht jeden Handgriff bzw. jede Griffhand in seinem

Reich. Früher, als ich noch ein Teenager war, war der Typ richtig alt und richtig streng und ja, auch mal richtig böse, viele Ehemänner kamen da regelmäßig weinend heim. Der Neue wirkt netter, ist aber auch ein entschlossenes Adlerauge und reagiert auf alles. Dazu ist er aber auch ansprechbar, man kann sich an ihn wenden, das ist schön!

Ich habe nämlich eine Box voller alter VHS-Kassetten dabei, so selbstaufgenommene mit beschrifteter Papierhülle, und ich frage ihn, wo ich die Kassetten denn hinhauen könnte. Mit wenigen genuschelten Worten zeigt mir „Kalle mit der Kralle" – wie er hier jetzt einfach mal heißen soll – den Container mit der Aufschrift MISCHKUNST-STOFFE. Ich ziehe also von 85 Videokassetten 85 Papierhüllen ab und schmeiße dann 85 alte schwarze Video-Home-System-Ziegelsteine ins Mischplastik. Der Container sieht danach aus wie ein Teenagerzimmer in den 90ern: Alles voll mit verstreuten Videokassetten, Tiefkühlfolien und sonstiger „Mische".

Als nächstes zeige ich ihm drei ausrangierte Leitz-Ordner und deute auf die problematische Ringmechanik aus Metall. „Jojo, miassma rausreißen!" Er nimmt einen meiner Ordner und reißt mit gnadenloser Brutalität und einem gekonnten Ruck die Halterringe samt Klemmbügel heraus. Ich bin beeindruckt. Da noch zwei Ordner da sind, will auch ich meinen Mann stehen und zumindest aus einem das Eisen ebenso heroisch herausreißen wie er.

Beide haben wir jetzt einen Ordner in der Hand und ihm fällt die Zerlegung des zweiten deutlich schwerer. Ich wittere meine Chance und will zeigen, dass ich mehr bin als nur ein Münchner Kennzeichen. Ich will ihm zeigen, dass ich was kann, dass ich wer bin, dass mich Mülltrennung interessiert, dass das hier mein Heimatdorf ist und dass ich hier eine Geschichte habe, und ich will ihm zeigen, dass ich stark bin, ein ernstzunehmender, starker Mann.

So stehen wir da also beide mitten im Wertstoffhof und zerren stöhnend an den wehrlosen Ordnern. Es klingt, als würde man zwei Büffeln die Haut abziehen, die Schinder lauern schon. Längst ist uns beiden klar, dass das hier ein überaus männlicher Wettkampf ist, es geht um viel. Meine beiden Halteringe gehen ob des Gezerres immer wieder leicht auf und zu und schneiden mir zarte Wunden ins Fleisch meiner Mittelhand, aber ich beiße mich da durch wie an Fasching ein Locher durch buntes DIN-A4-Papier. Ich atme den Schmerz weg, auch Kalle ist am Stöhnen, ich wittere meine Chance und ZACK, mein Ordner ist als Erster getrennt! Die Pappe ist der Weizen und das Eisen ist die Spreu ... Cool händige ich ihm die Ringmechanik aus und lächle ein Lächeln à la Seidenschal im Frühlingswind.

Es entgeht ihm nicht.

3. Ein neues Leben?

Und während ihm mein Lächeln entgegenflattert wie ein Zitronenfalter einem alten Faulbaum, da kann ich in seinen messerscharfen Augen einen gewissen Stolz erkennen. Stolz auf den „zuagroasten" Proseccodosentrenner, der eventuell Potenzial hat, der „a Guader is" und den man vielleicht – vielleicht! – mit etwas Geduld und gutem Willen auf den richtigen Weg bringen könnte.

Und sein Stolz bringt mich kurz zum Überlegen: Ist das vielleicht mein neues Leben? Jetzt wäre doch der perfekte Moment, um nochmal von vorne anzufangen …

Scheiß auf den Doktortitel und die Kabarettkarriere, scheiß auf die Stadt, die während der Lockdowns nur Beton, leere Spiel- und Spaßstätten und angepisste Untote zu bieten hat. Nochmal neustarten, eine Lehre machen, eine Ausbildung genießen, sich unter die Fittiche und den Krallgreifer eines Meisters begeben. Eine harte Schule, die mich aber zu einer besseren Version meiner selbst machen würde. Ein Leben, das mich glücklich machen könnte.

Denn das Glück liegt immer im Einfachen …

(Chinesischer Kung-Fu-Soundtrack AN)

Wertstoffhof Reit im Winkl. Der junge Bum Ill O beginnt seine Ausbildung bei Kalle der Kralle. Pünktlich um sieben Uhr früh steht er auf der Matte und sammelt erstmal herumliegende Kronkorken ein. „Weißblech oder Alu?", fragt Bum Ill O. Kalle schlägt ihm mit seinem Greifer die mühsam gesammelten Kronkorken aus der Hand und spuckt herablassend auf den Boden: „Pah!" Die Lehre ist hart, aber sie bringt den Jungen auf den richtigen Weg. Mit verbundenen Augen wühlt Bum Ill O im Bauschutt, um falsch getrennte Materialien zu ertasten. Auch sein Geruchssinn soll dabei geschärft werden, schließlich gehören zum Beispiel nur saubere Pizzakartons ins Altpapier, bei zu vielen Essensresten müssen Pizzakartons im Restmüll entsorgt werden – „und Restmüll homma do need!"

Stundenlang lässt Kalle seinen Lehrling Teebeutel auseinandernehmen: den Zettel zu Papier, den Faden zum Kunststoff, die Klammer zum Metall, den Beutelinhalt in die Biotonne und den Beutel selbst in den Restmüll, immer und immer wieder.

In der unerbitterlich pressenden Papierpresse muss Bum Ill O unter extremem Zeitdruck falsch getrennte Fremdkörper gezielt entfernen, bevor die Presse alles zermalmt. Styroporbrocken müssen händisch zerkleinert werden, ohne dass dabei lästige Styroporkügelchen abfallen und in alle Ecken verweht werden. Liegestütze auf offenen Weißblechdosen sorgen für die nötigen Bauchmuskeln und die speziell vernarbte Hornhaut an den zarten Spüli-Fingern des geplagten Azubis.

Die Trennung von braunem und grünem Altglas muss erfolgen, ohne die jeweilige Flasche dabei gegen die Sonne zu halten. „Äh, Meister! Sind Olivenölflaschen grün oder braun?" ZACK, zwickt die Greifkralle zu. Doch Bum Ill Os Wadeln sind hart, er lernt und lernt und wird immer besser und besser, er sieht den Wertstoffhof mittlerweile wie Neo die „Matrix" …

(Chinesischer Kung-Fu-Soundtrack AUS)

Und irgendwann habe ich dann tatsächlich auch Argusaugen und der Krallengreifer ist wie ein … Arm für mich. Ich werde zuerst Kalles Partner, dann sein Nachfolger. Ich werde alt und etwas eigen, aber die Leute kommen gerne zu mir in die Schinderlahn und freuen sich sogar ein bisschen, wenn ich sie beim falschen Sortieren und Trennen erwische und sie von meiner Weisheit naschen lasse.

Mein Leben ist überschaubar, aber schön:

Nachmittags am Wertstoffhof trennen, abends mit der Familie zusammenbleiben.

Das Glück liegt immer im Einfachen.

Gut, am Wertstoffhof ist nichts einfach.

Aber wenn man es mal gecheckt hat, wenn man richtig drin ist wie eine Aludose im Alucontainer, wenn man *den Blick* hat … dann ist es eine Glückslawine.

ALEX BURKHARD

Graffiti auf Zypern

Es ist 2017, ich habe gerade mein Handy an die Wand geworfen und ich habe noch eine Stunde Zeit, um mich zu entscheiden. Ein riesiger Internethändler hat mich angefragt, einen literarischen Text für eine interne Veranstaltung zu schreiben. Dass ich aus Protest gegen seine Monopolstellung und Arbeitsbedingungen mein Kundenkonto schon vor Jahren gelöscht habe, stört ihn nicht. Stattdessen will er für ein halbes Jahr meine Miete zahlen.
„Aber moralisch geht das nicht!“, denke ich. „Aber die Miete“, denke ich. „Das vorgegebene Thema interessiert mich eigentlich nicht“, denke ich. „Aber die Miete“, denke ich. „Es ist ja immerhin keine Waffenfirma“, denke ich. „Und keine Bank“, pflichte ich mir bei. „Aber die sind böse“, denke ich. „Ich möchte nochmal die Miete erwähnen“, denke ich.
Die Frage, für wen ich schreiben möchte, beschäftigt mich seit Langem. Hunderttausende Münchner:innen haben meine Stimme in den Open-Air-Kinos der Stadt vor jedem Film Gedichte für die Münchner Verkehrsgesellschaft lesen gehört, ohne zu wissen, dass es meine Stimme ist. Ludwig Ganghofer hätte sich nach dem Spot seinen Namen riesengroß einblenden lassen, mit einem Hinweis auf sein Instagram-Profil, mit dem er seine Volksnähe zelebriert:
„Beim Kaiserjubiläumsschießen im Festtagsgewand.“
„Der Thoma und ich im Hubertus.“
Meine Vermieterin klingelt an meiner Tür. „Dein Agent ist am Telefon“, sagt sie. „Er kann dich über dein Handy irgendwie nicht mehr erreichen. Ob du dich schon entschieden hättest.“
„Die Miete“, denke ich. „Für wen willst du schreiben?“, denke ich.

Schreibe ich für einen Deutschkurs?
Ludwig Ganghofer war „einer der erfolgreichsten Unterhaltungsschriftsteller im wilhelminischen Deutschland“. Er wurde 1855 in Kaufbeuren geboren, flog vom Gymnasium, weil er eine verbotene Theateraufführung mit halbnackten ... – ähm. Bis zu einer schweren Erkrankung diente er beim Militär, studierte dann in München und Berlin Literatur und feierte seinen Doktortitel mit neunzehn bestellten ... – ähm. Bekannt wurde er durch seine sogenannten Hochland-Romane, die meist im Berchtesgadener Land spielen und die ein Mitglied der Ganghofer-Gesellschaft als „gefällige Provinzliteratur“ bezeichnet.

Schreibe ich für Geschäftsleute?
Von Ganghofer können wir alle noch was lernen!
Der wusste genau, für wen er schreiben will.
Wohlstandsepoche nach dem deutsch-französischen Krieg, auf einmal kann man zur

Unterhaltung lesen, auf einmal hat man Zeit dafür: Schlagwort Technisierung.
Und BÄM, da kommt Ganghofer.
Zielsicher die Nische für die halbwegs gebildete Mittelschicht besetzt.
Wie stellt sich ein Städter in Berlin eine bayerische Heimatidylle vor?
Zack! So schreibe ich.
Dreiecksbeziehung Mann, Mann, Frau.
Ne rauschende, inhaltsleere Sprache voller Adjektive.
„Der fragende Ruf klang durch den stillen Wald wie der Ton einer silbernen Glocke. Dann ein perlendes Lachen. An einer Wendung des Pfades erschien eine schlanke Mädchengestalt in duftigem Sommerkleid."
Und jetzt die Frage: War das aus *Schloss Hubertus* oder aus *Das Schweigen im Walde* oder aus *Der Hohe Schein*?
Scheißegal, Leute!
Der Mann war eine *Marke*, und das ist das Wichtige.
Ludwig Ganghofer kopiert Ludwig Ganghofer.
Dreißig Millionen verkaufte Bücher bis heute. Das schafft nicht mal dieser Känguru-Typ!
Und nach dem Ersten Weltkrieg: Kino.
Sofort das Potenzial erkannt.
Zack! Direkt nochmal fünftausend Mark pro Film.
Emil Karl Braito schreibt: „Eigentlich wollte er nur unterhalten und dabei gut verdienen."
Ja, ALLES richtig gemacht, würde ich sagen.

Es ist 2015 und ich habe mich entschieden: Ich versuche das mit der Marke jetzt auch mal. Wozu habe ich Skandinavistik studiert und meinen Magistertitel mit neunzehn bestellten ... Zimtschnecken gefeiert? Wie stellt sich ein Deutscher in München die Skandinavien-Idylle vor? Zack, so schreibe ich. „Dann ein zitterndes Blöken. An einer Wendung des Pfades erschien eine schmale Rentiergestalt in zottigem Winterkleid."
„Schreib das ein bisschen allgemeiner", sagt mein Agent. „Du musst auch mal die billigen Witze bringen."
Viele meiner ehemaligen Bühnenkolleg:innen sind jetzt Kabarettistinnen, Romanautoren, Twitter-Stars oder haben Fernsehshows. Der Känguru-Typ schreibt an einem dystopischen Roman und hat die Filmrechte am Känguru verkauft. Wahrscheinlich für mehr als fünftausend Mark. Vor sechs Jahren habe ich noch bei ihm im Wohnzimmer übernachtet. Ich war ganz neu in der Poetry-Slam-Szene und hatte viel Spaß am Schreiben und Auftreten. *Er* arbeitete gerade an seinem zweiten Buch und wir sind in der Gneisenaustraße Döner essen gegangen. Wenn ich gewusst hätte, dass bis heute mehrere Millionen Ausgaben seiner Bücher und Hörspiele verkauft wurden, hätte ich mich einladen lassen.
Meine Freundinnen und Freunde sind laut gegen das System, sie sind Teil der Debattenkultur, sie stehen auf der – wie ich finde – richtigen Seite. Wenige von ihnen wollen einfach nur unterhalten und dabei gut verdienen. Sie wollen etwas ändern.

Schreibe ich für die neue Generation?
Ganghofer wollte immer einen monarchistisch-patriarchalen Staat, der für seine Untertanen sorgt. „Kann man ihm die Meinung seiner Zeit anlasten?“, fragt Braito.
„Ja!“, antworte ich.
Tolerieren bedeutet Akzeptieren.
Ich will mir die Meinung meiner Zeit nicht anlasten lassen müssen!
Ich will ein Vordenker sein!
Ich will etwas in den Menschen bewegen!
Sind nicht wahre Künstler:innen seit jeher innovativ?
Stehen sie nicht für Fortschritt statt Erhaltung?
„Der Künstler stellt sich nicht mehr gegen die Zeit, er war ihr glanzvoller Repräsentant.“
Ist es das, was zählt?
Sollen das diejenigen sein, die wir erinnern und verehren?
Ganghofer verehrte Goethe.
Aber hat er sich den *Prometheus* mal durchgelesen?
Goethe hat sich aufgelehnt wider den aktuellen Zeitgeschmack.
Er hat dann gleich einen neuen Zeitgeschmack geprägt, okay … Aber zuerst kam die Auflehnung!
Immerhin: Ganghofer bezeichnete den Antisemitismus schon 1889 auch öffentlich als „völlig veraltet“. Es wäre cooler gewesen, er hätte ihn als grundfalsch, stupide und zu keiner Zeit gerechtfertigt bezeichnet – aber ich nehme, was ich kriege, im Deutschland zur Zeit der vorletzten Jahrhundertwende.

Es ist 2007, ich sitze im Deutschkurs meines Gymnasiums. Mein Freund Michi liest laut aus Goethes *Prometheus* vor:
„Hier sitz’ ich, forme Menschen / Nach meinem Bilde.“
„Man darf Lyrisches Ich und Autor nicht ohne Weiteres gleichsetzen“, sagt unser Deutschlehrer, Herr Gärtner.
„Und dein nicht zu achten, / Wie ich!“, sagt Michi.
Einige Wochen später moderiert er im Musiksaal unseres Gymnasiums den ersten Poetry Slam, bei dem ich auftrete. Herr Gärtner sitzt in der Jury, deshalb wähle ich einen literaturwissenschaftlichen Ansatz und analysiere satirisch ein Gedicht, das ich *eigentlich* nur für mich geschrieben hatte; mein Text heißt „Alex Burkhard interpretiert Alex Burkhard“.

Schreibe ich für akademisches Publikum?
Literaturwissenschaftlich wurde Ludwig Ganghofer oft vernachlässigt, vielleicht weil in vielen seiner Werke eine zweite und dritte Ebene fehlen. Wie spannend ist die Literatur eines Menschen, der immer genau wusste, wer seine Literatur lesen wird? „Er meinte stets, was er sagte.“ Fußnote: Braito, Emil Karl: Ludwig Ganghofer und seine Zeit, Innsbruck 2005: Lœwenzahn, S. 12. Akademisches Publikum. Ich kann alles belegen.

Trotzdem ist Ganghofer wichtig: Seine Selbstbiografie schildert die Kultur und das Gedankengut seiner Epoche: aufkommender Alpen-Tourismus, scheinheilige Sexualmoral, Monarchiebegeisterung. Seine Romane schildern das Brauchtum der damaligen Landbevölkerung aus Sicht von einem, der sie extrem gut kannte: Kirchtag, Preisschießen, Wilderei. Seine Kriegsberichte schildern den Frontalltag zwar propagandistisch: singende deutsche Blaujacken, das überlegene Warten auf die Engländer. Aber sie schildern ihn.

Ganghofer war fast sechzig Jahre alt und seit über vierzig Jahren untauglich, als er einen Brief ans Ministerium schrieb und um Verwendung im Kriegsdienst bat. Und Wilhelm II., die Waffenfirma des beginnenden 20. Jahrhunderts, gab ihm die Aufgabe, den bangen Deutschen beruhigende Eindrücke der vorzüglichen Frontstellungen zu schildern.
„Es ist ja immerhin kein Internethändler“, dachte der beim Volk beliebte Ganghofer und fuhr nach Ostende. Seine Miete bezahlte er angeblich immer pünktlich.

2017: Nachdem meine Vermieterin eine Bezahlung in Form von Buchlesungen abgelehnt hat, sage ich den Auftritt für den Großkonzern zu. Zumindest in den nächsten Wochen weiß ich also, für wen ich schreibe. Und es gefällt mir nicht.

Schreibe ich für Ludwig Ganghofer?
Was mach ich mit dir, du Quotenbringer, du?
Herrgott, du entziehst dich dem Stereotyp, nach dem du deine eigenen Figuren schnitzt.
Unterschlägst in deinen Romanen die Modernisierung und bist Aktionär der AEG.
Bist gegen die Zensur und lässt dich von der Presseabteilung zensieren.
Bist liberal und Preußenfan.
Wirst an der Front verwundet und trittst anschließend für ein Jahr in die deutsche Vaterlandspartei ein.
Hast den Antisemiten Thoma zum besten Freund und bist mit einer Jüdin verheiratet.
Forderst das Wahlrecht für Frauen und machst sexistische Kommentare über nicht mehr jungfräuliche Französinnen.
Schreibst historische Romane über soziale Konflikte und feierst privilegierte Künstlerfeste.
Wirst als Alpenkönig gefeiert und kannst nicht mal Dialekt sprechen.
Deine Sprache ist ein Instagram-Filter. Da ist nichts echt.
Ludwig, sag: Hast du Spaß am Schreiben?
Deine letzten Worte waren 1920 angeblich: „Ich bin so glücklich.“
Da hast du dich doch noch mit Goethe vereint.
Denn das hat ja etwas Faustisches,
zu sterben in dem Moment,
in dem du das Glück formulierst.

Es ist 2005 und ich formuliere erstmals mein Glück auf Papier. Ich schreibe ein Liebesgedicht an Eva-Maria Waltner.
Diese Stimme ist unglaublich
Wenn ich sie hör, schmelz ich dahin
Und mein Herz wird warm und fröhlich
Und mein Leben hat nen Sinn
Tatsächlich ist es überhaupt das erste Mal, dass ich das Bedürfnis habe, etwas *künstlerisch* zu verarbeiten. Für wen habe ich das getan? Für Evi? Sie flüstert den Text leise mit, als sie ihn liest.
Doch Tanzen kann ich leider kaum
Und auch nicht gut Gedichte schreiben.
„Da darf man Lyrisches Ich und Autor natürlich nicht ohne Weiteres gleichsetzen", sage ich, und sie lächelt.

„Die Lachenden sind immer die Starken", hat Ludwig Ganghofer geschrieben, und *da* kann ich ihm zum ersten Mal aus vollem Herzen zustimmen.
Er hat es mir nicht leicht gemacht, ihm gerecht zu werden, doch in der Beschäftigung mit ihm habe ich viel über mich gelernt: Ich habe in meinem Leben für den schüchternen Jungen geschrieben und für die Anerkennung. Ich habe geschrieben, weil ich Menschen etwas mitgeben wollte. Ich habe für die Marke geschrieben und für die Miete. Ich habe geschrieben, obwohl es mir keinen Spaß mehr gemacht hat. Ich habe zu selten für mein wichtigstes Publikum geschrieben: mich selbst.

Es ist 2020, ich bin 31 Jahre alt und wenn ich eine Figur in einem Ludwig Ganghofer Buch wäre, wären Eva und ich heute verheiratet, nachdem ihr zuvor der Sohn des Jägers Avancen gemacht hätte.

Es ist 2020. Ich schreibe ein Liebesgedicht. Und ich zeige es niemandem.

HELMUT ECKL

Aussichten

Den zwickts do,
den Andan
zwickts dort.
Den Dritten
zwickt nix mehr,
der is scho lang fort.

Wia san de Aussichtn, frongs.

In Würde kannst altern, songs.

Oba für den Schmarrn
bin e eigentlich net so oid worn.

Kieser Training

ist
das letzte Aufbäumen
verwelkender Körper.

Aphrodites gespaltene Auen
sind vertrocknet.

Strotzende Männlichkeit
lächerlich geworden.

Und jetzt:
Trainieren, trainieren.

Oder willst dein Grab
nicht selber schaufeln?

Ostallgäu

Protzige Bauernhöfe,
protzige Grabsteine,
protzige Almweiden,
auf denen sogar die Kühe
mit ihren Eutern
protzen.
Ja, und ansonsten?
Sehr nett, diese Ostallgäuer.

FRANZ EDER

Haben Sie einen Termin?

In letzter Zeit mache ich mir immer wieder Gedanken, wie heute wohl ein junger, unerfahrener Schriftsteller, Dichter oder Zeichner mit Zeitungen in Kontakt kommen kann.

Noch vor Jahren ging ich mit meinen Karikaturen einfach zu den Redaktionen. Unten saß der Portier und dieser erklärte mir sehr freundlich: „Erster Stock, Zimmer 105, dort sitzt Herr Meier, der ist dafür zuständig!"

Herr Meier sah sich die Zeichnungen an und entschied dann in den meisten Fällen: „Das wird gedruckt!"

Aus heutiger Sicht ist das unvorstellbar!

Ich hatte einen Termin in der Stadt. Da fiel mir ein, dass sich in unmittelbarer Nähe die Redaktion einer Zeitung befand, die in früheren Jahren so manches von mir veröffentlicht hatte. Deshalb entschloss ich mich zu einem kurzen Besuch, um einige meiner neuesten Arbeiten vorzulegen.

Aber es gab keinen Portier mehr. Neben einer großen, verschlossenen Tür war ein Telefon angebracht und auf einer Tafel standen die Nummern der einzelnen Resorts. Da ich niemanden mehr kannte, drückte ich die Null.

Eine Dame meldete sich. Ich stellte mich kurz vor und sagte, ich würde gerne den zuständigen Redakteur sprechen. Nun kam es zu folgendem Dialog:

„Haben Sie einen Termin?"

„Nein, aber ich stehe vor Ihrer Türe!"

„Ohne Termin geht gar nichts!"

„Könnten Sie für mich eine Ausnahme machen?"

„Nein, nur mit Termin!"

„Wenn ich Ihre Redaktion nicht betreten darf, dann kommen Sie doch zu mir an die Türe!"

„Auch das darf ich nicht! Anweisung von oben!"

Als ich „von oben" hörte, blickte ich unwillkürlich hoch, entdeckte die Überwachungskamera über dem Eingang und dachte sofort an die Fernsehsendung mit der versteckten Kamera. Wahrscheinlich würde im nächsten Moment ein bekannter Moderator an die Tür kommen. Er würde mir freundlich lächelnd versichern, dass alles nur Spaß war und ich nächste Woche in der Sendung sei.

Das reizte mich und deshalb bohrte ich weiter.

„Ich brauche also unbedingt einen Termin?"

„Ja!"

„Bitte geben Sie mir einen Termin, sagen wir mal – in zehn Minuten. Ich melde mich dann wieder und kann sagen, ich habe einen Termin!"

Die Dame war bereits hörbar genervt und meinte: „Das --- geht --- nicht! Rufen Sie in den nächsten Tagen an und Sie bekommen einen Termin!"

Ich gab mich geschlagen und bedankte mich für das interessante Gespräch.

Einige Tage später griff ich jedoch nicht zum Telefon, sondern schrieb eine E-Mail mit meiner Bitte um einen Termin. Alle schreiben heute E-Mails.

Das war im März 2018 und seitdem warte ich auf meinen Termin! Wie schaffen das nur die anderen?

GEORG EGGERS

Quarant-Hähne

Es stellt der schlauste aller Hähne
sich selbst in strengste Quarantäne:
„Nie wieder“, kräht er, „will ich's tun
mit einem infektiösen Huhn.

Auch vom frühmorgendlichen Krähen
bin ich entschlossen abzusehen.
Denn so was unterliefe schon
uns're Sozial-Isolation.“

So bleibt es still im Hühnerhof
und alle Hühnchen glotzen doof.
Dass der Herr Hahn sie mal so schont,
das sind sie bislang nicht gewohnt.

Sie gackern ahnungslos und dumm,
tuscheln gedrängt in Grüppchen rum.
Hier geht's, das klären sie im Nu,
wohl nicht mit rechten Dingen zu.

Und das versäumte Kikeriki
wird zur Verschwörungstheorie:
Der Hahn, das haben sie kapiert,
hat mit der dunklen Macht paktiert.

So gackern sie in höchster Wut,
was uns nicht überraschen tut:
Da man dies Spiel vom Mensch
längst kennt
und dort „Hygiene-Demo“ nennt.

Dem Virus, dem ist allemal
die Hühnermeinung piep-egal:
Er findet den Tumult famos
und infiziert mal fleißig los.

So endet dieses Hühnerfest
pauschal in der Geflügelpest.
Worauf der Bauer wütend heult
und dann die ganze Meute keult.

Allein der Hahn – total gesund –
taugt jetzt noch für den Schlemmermund.
So schaut der dann (nach Todesschrei)
kurz auf dem Bio-Markt vorbei.

Der Bauer tauscht dort totes Tier
in ein Paket WC-Papier.
Und somit – sagen wir's mal barsch –
war also alles für den …

Und schlussendlich verkündet noch
das Institut vom Robbi Koch:
Die Vogelgrippe, jetzt echt wahr,
ist voll der Schnee vom letzten Jahr.

Doch zeigt sich's, dass von Zeit zu Zeit
der gleiche Schnee noch einmal schneit.

JOSEF FENDL

Der seltsame Fisch im Rohrmühlbach

Szenische Gestaltung einer Sage aus dem Bayerischen Wald
5-Minuten-Stück für drei Personen: den Rohrmüller (M), sein Weib (W) und einen Mühlenknecht (K)

M *(Poltert in die Stube)*
W *(Mit Hausarbeit beschäftigt)*: Warum schaust denn so grantig?
M: I schau net grantig!
W: Freili schaust grantig, wia neun Tag Regenwetter schaust!
M: No ja, nachher schau i halt wia neun Tag Regenwetter.
W: Also, was is?
M: No ja, weil er wieder draußt steht, unter der Bruck.
W: Wer steht af der Bruck?
M: Af der steht koaner, unter der Bruck steht er.
W: Wer?
M: No wer? Er halt, der Fisch!
W: Was für a Fisch?
M: No dersell halt, der uns allerweil ansagt, wenn der Bach übergeht, wenn s Hochwasser kimmt.
W: Ah so, der …? *(Und nach einer Weile:)* Nachher derf ma aber schaun, dass mir uns einrichtn draaf. Zerscht tragst amol die ganzn Holzscheitl in d Stubn einer, dass sie s uns net davonschwoabt wia vor drei Jahr …
M: Ja, i woaß s scho no. Daselmst hat sie s uns bis in d Tremml-Wies vürigschwemmt und i hab s nachher wieder zsammsuacha und mit m Schubkarrn hoamradln müassn, dö ganze Holzschar.
W: Mei, den Fisch wenn wir net hättn …!
K *(Tritt in die Stube)*: Ja Herrschaftszeitn, habts ihr s Zwölfiläutn net ghört? *(Und nach einer Pause:)* Gibts denn heut nix zum Essn? Is ebba scho wieder Karfreitag?
W: Heut dauerts no a wend. Mir haben dös ganz Holz einertragn müassn und deswegn bin i a bisserl später dran …
K: Ja Herrgottsakr … Mir kracht der Magn scho a so und du hast no nix af m Tisch … *(Geht verärgert wieder hinaus)*
W: Der fressert aa am liabern an Tag aus der Wocha außer, wenn er kannt …
M: Der wird s schon no aushaltn könna. Muaß s i ja aa! *(Geht ebenfalls hinaus)*
K *(Kommt nach einiger Zeit mit einem eben gefangenen Fisch zurück)*: Mujenerin, jetzt tuast d Pfann her und Löffi Schmojz, weil i mir den jetzt selber außerbach!
W: Woher hast denn den jetzt so schnell gholt?

K: Ah, der is scho a paar Tag draußt unter der Bruck. Den hab i mir grad mit de Händ gfangt …

W: Jesmarandjosef … Du wirst doch net unsern Prophetn derschlagn haben …?

K: Was hoaßtn da unsern Prophetn? Dös is a Fisch, und a Fisch is a Fisch …!

W: Du, moan i, hast dein Kopf aa bloß, dass d dös Stroh net untern Arm tragn brauchst und dass d woaßt, wost an Huat hintoa sollst. I glaub, di haben s als Kind dreimal in d Höh gworfa und bloß zwoamal afgfangt …

M *(Kommt wieder in die Stube. Zur Müllerin:)* Du, i bin grad draußt gwen, am Bach. Unser Fisch is nimmer da!

K *(Holt seinen Fisch aus der Pfanne)*: Suachst ebba den?

M: Ja, um Gottswujn, du wirst doch net …?

K: Fisch is Fisch, und mi hungert!

M: Jetzt hat der Gloiffi unsern Bachprophetn in d Pfann ghaut und jetzt wiss ma nimma, wenn a Hochwasser kimmt …

K: Bist jetzt übergschnappt, was redst denn da für an Schmarrn?

W: Dös is ja koa gwöhnlicher Fisch gwen, sondern a ganz a bsondener. Der muaß vo ganz woanders herkomma sei, der is d Doana affagschwumma und zu in Wojd eina. Der is allerweil kemma, wenn a Hochwasser angstandn is. Nachher haben mir s Holz in d Stubn einertragn könna und s Heu af dö obere Wies affi. Mir habn uns draaf einrichtn könna und haben nia koan größern Schadn net ghabt. Und er is so lang draußt gstandn, bis mir uns af s Hochwasser eigricht habn. Nachher is er wieder furt, woaß Gott, wohi. Und jetzt wiss ma nimmer, wenn s so weit is …

K: Müaßts euch halt an Barometer kaafa, oder wia dös neumodische Glump hoaßt!

M: Ja, deinetwegn werdn mir uns in Unkostn stürzn! Merk dir dös: A Ochs bleibt a Ochs, aa wenn er im Roßstall aufgwachsen is. Af der Stell kannst jetzt geh und dir um an andern Platz schaun. Da is für di koaner mehr! Und jetzt gehst, weil sonst kriagst oane, daß d drei Tag vom Teifi traamst, jede Nacht von am andern …!

WALTER FLEMMER

Schatten und Licht

Der Pinienhang im sonnenhellen Grün
Jetzt zum ersten Mal kein Horizont mehr
Vom höchsten Punkt der Insel Wasser und Luft
ununterscheidbar ineinander
Festes wird leicht
und im blauen Licht des entgrenzten Septembers
kann ich warten bis das Nichts sich ereignet
Kein Segel
Kein Boot
Keine Stimme
Nur die Zikaden schrillen den Himmel und das Licht
an der schattenlosen unheimlichen Grenze
In der Tiefe des Blicks: Ein Vogel lässt sich vom Wind
in die Höhe treiben
Erde Wasser und Luft in der schreiend hellen Stille
zueinander gepresst

Warm weht der Wind über sonnenmüde Haut
Im Hafen von Milos übertönen griechische Rufe
die englischen und deutschen Laute
Ins Lächeln nisten sich ein die Zikaden
nicht schrill wie gestern am Mittag
sondern wie nebenher aus trockenen Hängen
In späten Augustgesichtern
lebt der Sommer sich aus
Dann der Mittagswind heftig aus Süden
pünktlich erwartet
treibt übers Meer die blauen Rinnen
zieht Schatten durchs Wasser
Ein Alter trägt seinen Bart gemächlich
weißbeinig und nackt zu den Wellen

Stunden ausgesessen in überfüllten Cafés
Lautsprecher süßen die Gefühle griechisch
sommers im Hafen von Paros
Allerweltsmenschen klappern ihre Stimmen
zusammen zu i-Pod-Gedanken
Leichter ist Verliebtsein in der hellen Luft
Verlass die Promenade!
Hinten im Gässchen steht schweigend schwarz
und überschäumt vòn Bougainvilleas
eine alte Frau in der Türe des niedrigen Hauses
und wickelt Wolle von einer Stuhllehne ab
Drei Schritte abseits vom gekauften Leben
ruhn die Augenblicke ereignislos
und einfach wie vor Jahrhunderten
Daneben streicht ein Junge die Haustüre blau
Auf den Stufen die von außen ins erste Stockwerk
führen hockt ein Alter grau und weißhaarig
Augen schrecken zurück:
Schau mich nicht an!
Klatschend fällt das Licht
auf weißblendende Wände

Flugzeuge chartern die Nacht
In der Einflugschneise der Gedanken
gleite ich zurück in den schattenden Tag.
Im großen geneigten Spiegel
des kleinen Cafés am Strand
blickt mir entgegen das unrasierte Gesicht
eines gealterten Fremden.
Baumherden vor den Augen
Gedanken klettern in Traumgeäst
Wo Bäume nicht mehr wurzeln
wie soll ich mich halten?
Wann fährt der Himmel
Wolken in die Arme des Lichts?

Licht gleißt auf Wände
bricht ins Gestein und mürbt
den schwarz vulkanischen Boden
Über den Blausturz des Meers
schwingt weiß sich ein Flügel
Gitter stützen verfallende Mauern
von kuppelnden Kirchen
Santorin blendet die Blicke
flügelt die Augen vogelleicht
ins Sonnenschwirren

Die weißkalkigen Wände der Häuser
sind grau unter wandernden Schatten geworden
Über das düstere Meer wälzt sich erstmals
nach vier Monaten ein Himmel voll Regen
Die Insel erwartet durstig den Sturm
Dann: Wind bricht die Häuser auf
Noch sind die Läden geschlossen
die Sonne war steil und stumm eine Saison lang
Jetzt hängt der späte Sommer
die Fetzen des Lichts plötzlich einwärts
Die Boote sind an die Anker gehängt
über alles Grün schlägt sich das Grau
erste Tropfen erobern Gesichter

Auf Schwebebalken tänzeln Laufkäfer
rasselndes Unglück
Wer hat mir Traumbretter vors Hirn geklappt
wer zieht aus dem Hut den zitternden Hasen
wer schnalzt mit der Peitsche jagt die Angst vom Feld
jetzt da ich eingefroren dastehe fixiert von den
Augen der Laufkäfer?
Wer rollt das Runzeln der überständigen Blätter zurück?
Herbst zerknistert Sprechblasen im Mund
würgt mir Übel hinunter zieht Schatten über die Augen

Mittag wirbelt Seegedanken
ins Freie luftig hinaus
im prunkenden Park liegen
auf dem Herbsttisch gelb und braun
die Blätter des Ahorns
Auf schwarzem Riesenfindling
grün das Moos in Schrunden
Wunschsegel an Boote geheftet
schau ich hinaus auf das Wasser
und zu den ferndämmernden Bergen
Jetzt in mir:
Mahlers zweite Symphonie:
Soft science
gegen hard science
Als mir der Computer die einzelne Stimme
auswarf und ich die Noten gelesen bekam
Zeile um Zeile auf dem Schirm
hinterging ich die Lebens-Erfahrung
die nur aus dem Genuss der Töne bestand
und wollte die Symphonie
würde mich anders instrumentieren
Doch aus meinem weiß-blauen Himmel
schreib ich dir jetzt die SMS
und schicke Klingeltöne
aus meiner soft science Mahler-Symphonie:
„Urlicht“ im vierten der Sätze

Mitternachtswind im brasilianischen Busch
Sterne des Südens reißen mich hinauf
in kühlklare Himmel ausgespannter Zeichen
in Lichtblüten und Lichtgesichter
Cabo frio öffnet in der Milchstraße
das Loch steht zum Durchstoß
meiner Gedanken greifbar

Krähen schwarz gesät
aufs abgeleerte Maisfeld
Totenvögel krächzend
Unter glänzenden Flügeln
bläht sich's Gewölle
Klatsch in die Hände
wirf den Stein in die Schar!
Aufschwirren und landen
die Schwarzröcke
wie im Bild des chinesischen
Meisters Zhou Wenjing
aus dem16. Jahrhundert:
„Alte Bäume und Winterkrähen"
Schwarz ins Geäst gehockt
schwarz den Himmel bevölkernd
erobern die Jenseitsboten
verdunkelnd den Weltbaum

Grün grauendes Nachmittagsblei
des Sees quält Gewittererwartung
Letztes Segel reißt eine Spur
schwach nach Limone
Den Zitronengärten entblättert Licht
Stumpf heben Stützen der Galerien
das Grün vor den stürzenden Hang
Über den scharfen Grat quillt
der Wolkenberg. Casals Cello drängt
die Bach'sche Sonate über das Grau
Strengste Übung wird Gewährenlassen
in schnürender Sekunde vor den Blitzen

KARL FORSTER

Ois anders

Hässliche Stände, grelle Schirme: Die Leopoldstraße sei nicht mehr die Flaniermeile von einst, klagen Lokalpolitiker. Stimmt das wirklich? Ein Spaziergang.

Der Leopoldstraße fehlt – auf den ersten Blick – das Wichtigste: ein Anfang. Wer nach der Hausnummer 1 sucht, findet nichts. Erst eine tiefere Recherche löst das Rätsel: Als Nummer 1 gilt das Siegestor, jenes Bauwerk mit der berühmten Inschrift „Dem Sieg geweiht – Vom Krieg zerstört – Zum Frieden mahnend". Immerhin. Doch auch eine Nummer 2 findet sich nicht. Stadtauswärts auf der rechten Seite startet die „Leo", wie sie von Alteingesessenen liebevoll genannt wird, mit der Nummer 4, einem klassizistischen Monsterbau, in dem eine Patentanwalts-Sozietät von beachtlicher Dimension residiert. Gegenüber, in unmittelbarer Nachbarschaft zur Akademie der Bildenden Künste, wohnt im Haus Nummer 3 das Hochschulpräsidium der Ludwig-Maximilians-Universität, benachbart von Tropenmedizin und Experimenteller Parasitologie ihrer Tierärztlichen Fakultät. Das ist der unspektakuläre Beginn von Münchens „berühmtester Flaniermeile", wie die SPD des Bezirksausschusses Schwabing-Freimann die Leopoldstraße in einem Stadtratsantrag rühmt.

Doch dies ist ein vergiftetes Lob. Denn der Grund für das Schreiben an die „LH München, Direktorium HA II" ist, dass die Leopoldstraße nach Meinung der Schwabinger Genossen den Ehrentitel als „berühmteste Flaniermeile" nicht mehr verdiene. Es solle deswegen *bitteschön* der Stadtrat eingreifen, um den ursprünglichen Zustand dieser Straße wiederherzustellen. Da werden die Genossen radikal. Und fordern, dass die Beschränkungen für „Obst, Blumen, Presseerzeugnisse, Postkarten, Bücher, Kunsthandwerk" wieder eingeführt werden. Außerdem, so die Klage, verschandelten auch Litfaßsäulen und „Sonnenschirme in grellen Farben mit aufdringlicher Werbung" das Straßenbild. Auch stellten die Obst- und Gemüsestände „ohne die Warenauslagen", also nächtens, „einfach nur hässliche Bauwerke im öffentlichen Raum dar". Es bedürfe einer „strengen Regulierung", wie sie „in italienischen Städten selbstverständlich" sei.

Unabhängig von der Frage, ob die SPD derzeit nicht andere Sorgen plagen, zeigt eine Wanderung durch die Leopoldstraße von heute, dass einerseits die Erkenntnis, vieles sei nicht mehr ganz so wie früher, nicht falsch ist, dass aber andererseits an der Veränderung der Leopoldstraße weder Litfaßsäulen noch Obststände und schon gar nicht Sonnenschirme schuld sind. Die „Leo" ist, wie so vieles in der Stadt, einfach Opfer der Läufe der Zeit. Man trifft bei dieser Wanderung Menschen, die schon lange an und von der Leopoldstraße leben und trotzdem von den Restaurationsgedanken der SPD wenig begeistert sind. Und die zum Teil ganz andere, revolutionäre Pläne empfehlen würden. Dazu später mehr.

Sie ist immer noch eine mächtige und eindrucksvolle Pappelallee, auch wenn sie ihre Funktion als Flirtzentrum und Aufrissmeile längst verloren hat. Doch ihr abzusprechen,

es mache keine Freude mehr, auf ihr entlang zu spazieren, ist ungerecht. Zwar war und ist die „Leo“ (so heißt sie nur bis zur Münchner Freiheit, der lange Rest bis zur Domagkstraße ist eines Kosenamens nicht mehr würdig) keine architektonische Vorzeigemeile, zu viel wurde im Krieg zerstört. Die für sie typische Lebenslust aber spürt man immer noch, zumindest ein bisschen. Schon ganz am Anfang, wo auf der schattigeren Westseite die elegante Terrasse der Bar Giornale „Verweile doch!“ ruft, auch wenn daneben ganz unelegant eine Spiel- und Wetthalle ins Anonyme lockt. Im Nachbarhaus verspricht dann das Ivan’s, einer von tausend Münchner Italienern, aber einer mit Tegernseer Hell, „dolce far niente“. Im fast vollverglasten Bau eins weiter arbeitet Schwabings Jeunesse dorée jeglichen Geschlechts gut von außen sichtbar im Leo’s Sports Club an Bauch und Po für den Fall, dass das abendliche Speed Dating erfolgreich verläuft. Eine jener modernen Formen der Kontaktaufnahme also, die der „Leo“ viel von ihrer einstigen Klientel und ihrem Charme als Anbandlmeile geraubt haben. Man fährt halt nicht mehr im Cabrio vors Café, um den Beifahrersitz besetzt zu bekommen.

Dass ein Stockwerk über der prominenten Schwitzanstalt Notare teure Verträge beurkunden, passt an den Ort und in die Jetztzeit, da die Explosion von Münchens Immobilienpreisen auch die Leopoldstraße prägt. So findet man im Netz beispielsweise ein Zwei-Zimmer-Business-Appartement mit 52 Quadratmetern für 4.490 Euro im Monat; das kann eigentlich nur einem Schreibfehler geschuldet sein. Aber ein 30-Quadratmeter-Zimmer für 1.350 Euro ist auch nicht gerade günstig.

Was Wunder, dass in der Leopoldstraße und ihrer Nachbarschaft manche Kneipe dicht gemacht hat und vor allem kaum mehr Musik erklingt. Vom legendären Rockschuppen Big Apple, in dem einst Jimi Hendrix gastierte, über die Crackerbox, einem einstigen Lieblingsschuppen der Amis, dort, wo heute das Schwabinger Tor steht, bis zum Yellow Submarine, einer von FFB bis EBE beliebten Disco mit echten Haifischen im Wandaquarium: Das Tanzvergnügen wurde den Wirten schon vor Jahren zu teuer. Und wo das Domicile mit Rock und Jazz bis in die Achtzigerjahre residierte, lockt heute (schon wieder) ein Wettbüro, diesmal eines mit einem Herz für Tiere: „Hunde willkommen“ verspricht ein Schild. Musiziert aber wird anderswo, von Giesing (Anton’s) über die Innenstadt (Bar Gabányi) bis Neuhausen (Hide Out).

Wenn das Geschäft mit Immobilien die gewachsene Infrastruktur der „Leo“ ausdörrt und die Menschen vertreibt, wird’s für jene, die von diesen Menschen leben, schwierig. Zwar nicht für den Discounter, der in die einstige Bankfiliale Ecke Franz-Joseph-Straße eingezogen ist. Lidl lebt von Kundschaft wie der jungen Frau, die eben ihren viele hundert PS starken Macan aus Zuffenhausen vor dem Haus geparkt hat. Auch nicht das Bachmaier Hofbräu schräg gegenüber; es lockt mit der Rubrik „Wirtshaus, Bar, Gaudi“ und dezent blauen Sonnenschirmen (Achtung, SPD!) vornehmlich Touristen, die den Versprechungen hunderter gedruckter Stadtführer glauben, die Leopoldstraße sei eben immer noch eine super Flaniermeile.

Im Antrag der SPD ist die Rede von Menschen wie Markus Schmalzviel, der nahe dem „Schweinchenbau“ der LMU (selten trug, angesichts der Farbe, ein Gebäude einen trefflicheren Spitznamen) beidseits des Fußgängerstreifens seine Bilder, Bücher und CDs verkauft. Von wegen Flaniermeile! Er schimpft auf die halsbrecherisch nahe

vorbeidüsenden Radler und E-Scooteristen. Und auf die achtlos eilenden Fußgänger, die weder Zeit noch Sinn hätten, um in seinem Angebot herumzuschnuppern. Und er verdammt den „monstermäßigen Verkehr“, der nur dann erträglicher werde, wenn endlich mal Stau ist. Sein Vorschlag ist so radikal wie längst erprobt: „Die sollen die Leopoldstraße einfach zur Fußgängerzone machen!“ – „Wie? Einfach dicht machen?“ – „Ja, natürlich. Beim Corso Leopold geht das doch auch.“ Stimmt. „Aber da geht es halt nur, weil das ein Riesengeschäft geworden ist. Das ist nur noch reiner Kommerz.“ Schmalzviels Fazit: Nur wo Geld regiert, wird Unmögliches möglich. Aber eine Anregung wär's allemal.

Die Rede ist dann auch von Obst- und Gemüsehändlern wie Hans-Joachim Richter, die der Leopoldstraße mit frischer Ware (wunderbare Reherl, 100 Gramm für 2,90 Euro) einen Rest von Lebensart und Wohnlichkeit geben. Der gebürtige Münchner und stolze BVB-Fan mit schwarzgelbem Uhrenarmband hat seinen Stand an der Ecke zur Herzogstraße und hält die Idee, diesen jede Nacht wieder abbauen zu müssen, für weltfremd. „Wir haben jahrelang dafür gekämpft, dass wir über Nacht stehen bleiben dürfen. Anders könnte ich mich gar nicht organisieren. Um vierUhr morgens die Ware aus der Großmarkthalle holen und dann noch den Stand jedes Mal aufbauen? Das wäre nackter Irrsinn.“

Gegenüber steht eine Litfaßsäule, wie sie die SPD als Verschandelung brandmarkt. Eine Säule voller Lebensfreude: mit Plakaten aus dem gesamten Münchner Kulturleben, von der Oper über die Philharmonie bis zum nächsten Tollwood-Festival. Und so etwas „zieht das Stadtbild der gesamten Straße herunter“? Ein paar hundert Meter weiter hört die Leopoldstraße auf, die „Leo“ zu sein. Da wird sie eine normale Münchner Straße. Gegenüber von Richters Obststand, unter den Bäumen der Münchner Freiheit, grübeln die Freiluftschachspieler über den nächsten Zug, offeriert der Imbiss My Indigo eine „Feel-Good-Soup“ und bietet das Leopoldkino wie immer gutes Programm.

Auf dem Weg zurück Richtung Siegestor dann plötzlich ein kurzes, aber heftiges Aufblitzen einer Erinnerung an die Leopoldstraße von einst, wie sie Helmut Dietl in seinen „Münchner Geschichten“ für die Nachwelt gezeichnet hat. Dem großen Münchenversteher soll endlich ein Denkmal gesetzt werden, an der Münchner Freiheit, neben seinem Monaco Franze und natürlich mit einer Gitanes zwischen den Fingern. Auf der Speisekarte vom Wirtshaus Zur Brez'n, das sich als „Stern der Gastlichkeit“ versteht, heißt der Teller mit drei Fleischpflanzerl mit Kartoffel-Gurkensalat „Tscharlie“. So wie Dietls erster großer Held, der in Gestalt von Günther Maria Halmer einst hoch zu Ross durchs Siegestor ritt. Aber schon damals, vor fast 50 Jahren, war die Welt in München nicht mehr ganz in Ordnung. Wer wissen will, warum, soll sich die Folge „Ois anders“ auf YouTube anschauen. Die „Tscharlie“-Fleischpflanzerl kosten übrigens 11,90 Euro. Für die Leopoldstraße eher günstig.

Einmal Nashville und zurück

Jeffrey Backus und sein Vater Gus – die Geschichte einer komplizierten, aber innigen Beziehung. Die Musik half dem Sohn über alle Krisen hinweg.

Immer dann, wenn Jeffrey Backus etwas ganz besonders Wunderbares aus seinem Leben zu erzählen hat, schaut er hoch zum Plafond im Wohnzimmer. Zu einem imaginären Punkt. Es wäre wohl zu kitschig, an diesem Punkt seinen Vater, der vor wenigen Wochen gestorben ist, im Musikerhimmel zu verorten. Aber es ist schon so, dass Jeffrey und Gus Backus zeitlebens eine Beziehung pflegten, die einer tiefen Freundschaft vielleicht ähnlicher ist als einer nur zwischen Vater und Sohn. Jedenfalls schaut Jeffrey Backus an diesem Nachmittag in seiner Landshuter Wohnung sehr oft nach oben.

Er hat ja wirklich sehr viel Wunderbares erlebt. Von der ersten Gitarre mit neun, den ersten Auftritten damals in den Münchner Musikclubs, dem Erweckungserlebnis mit einer Platte von Hank Williams, Jr., der Zeit in Nashville (Tennessee), dem ersten Whiskey mit seiner Frau Stella bis zum wahrhaft großen Wunder, als er nach eineinhalb Jahren im Rollstuhl wieder gehen konnte und der Multiplen Sklerose, dieser so bösen Krankheit, Paroli zu bieten imstande ist. Am kommenden Sonntag wird er im Rattlesnake-Saloon an seinen Vater erinnern, an Gus Backus, der sehr viel mehr war als nur Schlagersänger und lustiger Interpret der „Sauerkraut-Polka“.

Man muss aber, um diesen Abend und Jeffrey Backus zu verstehen, doch kurz auf die Geschichte des Vaters eingehen. 1937 auf Long Island, New York geboren, landete er Mitte der Fünfzigerjahre bei der US Air Force, wo er, der leidenschaftliche Musiker, sofort Anschluss fand an eine der damals typischen Doo-Wop-Bands namens *The Del-Vikings*. Die war dann mit Gus Backus so erfolgreich, dass es der Army zu bunt wurde und man beschloss, dem Spaß ein Ende zu machen. Sie schickten Gus Backus, der eigentlich Donald Edgar hieß, nach Deutschland, nach Wiesbaden.

Doch einmal Musiker, immer Musiker. Gus Backus fand auch hier schnell musikalischen Anschluss und bald auch eine Marktlücke: Spaßlieder wie „Der Mann im Mond“, „Da sprach der alte Häuptling der Indianer“, „Bohnen in die Ohren“ und die berüchtigte „Sauerkraut Polka“ wurden wahre Hits. Er spielte in Dutzenden Filmen mit, gewann den „Bravo Otto“ und den „Löwen“ von Radio Luxemburg und, nach der Scheidung von seiner ersten Frau, mit der er drei Söhne hat, das Herz der ZDF-Balletttänzerin Heidelore. Man lernte sich, welch schönes Klischee, auf der Bühne kennen. Gus sang, Heidelore tanzte, und bei einer ZDF-Silvestersendung tanzten sie dann, unbeobachtet von irgendwelchen Kameras, erstmals zusammen. Das Ehepaar Backus zog nach Germering bei München, wo Heidelore, nach vielen Irrungen und Wirrungen, bis heute lebt. Jeffrey, der jüngste der Backus-Söhne, wurde 1970 geboren.

„Ich habe dann meinen Vater vor allem durch die Musik kennengelernt“, sagt Jeffrey Backus heute. Und erinnert sich vage, dass der mit den meisten Liedern, die er nun singen musste, wenig anfangen konnte. „Anfangs hat er gar nicht gewusst, was er da singt.“ Dass sein Vater von daheim abgehauen war, als der Sohn drei war, dass er lange als verschollen galt und von der *Bild* gar totgesagt worden war, streift Jeffrey Backus nur am Rande. Denn er hatte die ganze Zeit über, auch als sich seine Mutter in Abwesenheit hatte scheiden lassen, immer Kontakt zu ihm, oft nur per Brief, später besuchte man sich. Der Vater kam dorthin, wo Jeffrey gerade wohnte, und der wusste ihn auch in den USA ausfindig zu machen.

Das Vater-Vorbild aber war immer präsent. Die Mutter hatte Jeffrey eine Gitarre geschenkt, als er neun war. Musikalität und Begeisterung waren ererbt, und so stand Jeffrey Backus bald auf der Bühne. Er spielte mit seiner Band *The Congress* in den einschlägigen Clubs, absolvierte eine Lehre in einem Pasinger Musikgeschäft und begann schön langsam, sich vom Erfolg des Vaters zu emanzipieren. „Ich heiße nicht *der Sohn von*", beschied er einem Veranstalter, der partout den Namen des Vaters auf dem Plakat sehen wollte.

Um sich abzunabeln, zog Jeffrey nach Eggenfelden, jobbte im Neonlight, einer damals berüchtigten Disco. Vater Gus kam manchmal zu Besuch und brachte einmal ein frühes Album von Hank Williams, Jr., mit. Jeffrey Backus war wie elektrisiert: Dieser Hank Williams, Jr., hatte eine fast identische Lebensgeschichte als Sohn des legendären Nashville-Stars Hank Williams und wie Jeffrey hatte er versucht, sich aus dem Schatten des Vaters herauszumusizieren. „Der singt ja über mich", stellte Jeffrey fest. Und wusste: Ich muss dahin, ich muss nach Nashville. Das ist meine musikalische Heimat.

„Es ist ein unglaubliches Gefühl, wenn du über den letzten Berg fährst, vor dir liegt diese wunderbare Stadt, von Hügeln umgeben, und du weißt: Da bist du nun zu Hause." Jeffrey Backus hatte da längst seinen musikalischen Weg gefunden, hatte auch in den Münchner Clubs gespielt vom Oklahoma bis zum Domicile, hatte das *Great American Songbook* verinnerlicht und so auch die Kunst des Songwritings erlernt. Er stand fast jeden Abend auf der Bühne, bis es ihm zu viel geworden war. „Ich war dann mal weg", erinnert er sich und schaut rauf zur Wohnzimmerdecke. Seine Heimat hieß nun Nashville.

Es ist schon eine typisch amerikanische Geschichte, wie Jeffrey Backus dort, im Olymp der Country- und Western-Welt, seinen Weg machte. Er fragte einfach im erstbesten Hotel, ob man jemanden wie ihn brauchen könnte. Man fragte zurück, was er denn könne. Er antwortete: Alles, was ihr braucht. Und schon stand Jeffrey Backus an der Rezeption des Grand Old Opry. Und eroberte von dort aus die Szene von Nashville.

Er schrieb Songs für andere Musiker, trat selbst einmal die Woche in einem Club nahe der Hall Of Fame auf, war sehr bald Mitglied dieser großen Musikerfamilie und plötzlich schwer verliebt in eine junge Engländerin, die es ebenfalls dorthin verschlagen hatte. Daraus wurde eine Fernbeziehung zwischen Nashville und London, Jeffrey versuchte, sie mit Heirat zu festigen, was über einige Jahre hin funktionierte. Auch trieb es ihn wieder nach Hause, von wo sein Vater Gus geflohen und nach fast zwanzig Jahren Absenz plötzlich wieder aufgetaucht war: nach Deutschland, nach Germering. Wo, schau an, sein Vater und seine Mutter zum zweiten Mal geheiratet hatten.

„Musikalisch gesehen war Deutschland für mich die Grundschule, Nashville aber die Universität", sagt er heute. Und er hätte, so ausgebildet, sicherlich auch in Deutschland seine Bühnenkarriere weiter ausbauen können. Wenn ihm da nicht eine heim-

tückische Krankheit in die Quere gekommen wäre. Er hatte damals sogar ein paar Auftritte zusammen mit seinem Vater absolviert, unter anderem im legendären Alten Bahnhof von Steinebach, als er spürte: Irgendwas stimmt nicht mit dem Gleichgewichtssinn, mit der Koordination, mit dem Gehör. Im Sommer 2013 dann die Diagnose: Multiple Sklerose in schwerster Ausprägung, eine Krankheit, die wahrscheinlich schon seit Teenagerzeiten in seinem Körper geschlummert hatte.

Jeffrey Backus konnte nur noch im Sitzen musizieren, bald ging er mit Krücken, dann saß er im Rollstuhl. Die Ärzte konnten nicht mehr helfen.

Heute steht Jeffrey Backus hurtig vom Wohnzimmersessel auf, mal um eine Flasche Wasser zu holen, mal auf der Suche nach einer CD, die er mit dem Vater eingespielt hat. Keine stützende Bewegung, kein sich irgendwo Festhalten, kein Stolpern. Es ist, als hätte Jeffrey Backus nie an dieser Autoimmunkrankheit gelitten, von der man weiß, dass sie nicht heilbar ist, dass sie, oft in Schüben, immer weiter den Körper schwächt. Er hat sie vielleicht nicht besiegt, aber weit, weit zurückgedrängt.

Wie das ging? Zwei Wege waren da wohl entscheidend. Der eine führte Jeffrey Backus hin zu einer totalen Ernährungsumstellung: keine Kohlehydrate, kein Schweinefleisch, raus mit den Amalgamfüllungen „und noch ein paar solche Dinge". Den zweiten Weg fand er beim Country- und Trucker-Festival im fränkischen Geiselwind, wo sich ein sehr amerikanophiler Unternehmer ein kleines, aber in Fachkreisen höchst beliebtes Nashville eingerichtet hat. Jeffrey Backus ist im dortigen Saloon ein gern gesehener Bühnengast. Und als er vor ein paar Jahren da spielte, erschien kurz nach dem ersten Song vor ihm eine junge Frau mit zwei Gläsern Whiskey in den Händen. Jeffrey fragte: „Von welchem Gast?" Die junge Frau schüttelte den Kopf. Jeffrey lächelte und beide tranken. Das wiederholte sich ein paar Mal. Und Jeffrey sang: „I don't even know your name."

Sie heißt Steffi. Heute ist sie seine Frau. Als er ihr damals, gerade dem Rollstuhl entstiegen, die Altstadt seiner aktuellen Heimatstadt Landshut zeigen wollte, schaffte er es erstmals seit langem, mehr als hundert Meter ohne Stock zu gehen. Rauf und runter, zwei ganze Kilometer sind das.

Steffi Backus wird natürlich dabei sein am Sonntag im Rattlesnake Saloon, wenn Jeffrey zum Konzert „In Memoriam Gus Backus" lädt. Er sagt, er müsse noch viel üben, aber er freue sich, seinem Vater ein letztes musikalisches Adieu singen zu können. Und schaut wieder rauf zum Plafond. Gus Backus wird irgendwie dabei sein, wenn Jeffrey Backus für ihn spielt.

HANS GÖTTLER

Name ist (nicht) Schall und Rauch!

Ununterdrückbare Überlegungen zu Namen für Straßen, Schulen, Universitäten und dgl.

Es tut mir in der Seele weh, dass ich unserem erprobten Dichterfürsten JWG widersprechen muss, der ja in seinem „Faust" meint, „Name" sei „Schall und Rauch". Meine Erfahrungen mit Namen sind da ganz andere, besonders jene, die ich mit Namen für Straßen, Schulen und Universitäten gemacht habe. Hier die Beweise!

In Passau z. B. gibt es seit 1967 eine „Max-Matheis-Straße", die man damals einem in der Stadt sehr bekannten Heimatdichter und ehemaligem Lehrer schon 17 Jahre *vor* seinem Tod widmete. Inzwischen weiß man zwar genau, dass dieser Mann ein echter und eifriger Nazi-Dichter („So rief uns Gott mit Hitlers Stimme!") gewesen ist, der auch nach 1945 nichts, aber auch gar nichts von seinen schlimmen Texten zurückgenommen hat – der Kampf um die Änderung des sehr beschämenden Straßennamens geht aber bereits ins dritte Jahrzehnt und wogt hin und her. Die einen meinen, Name sei eh nur Schall und Rauch und bloß eine logistische Hilfe, um die Schneckenpost im Ort leichter zustellen zu können, die anderen sagen, dass hinter einem solchen Namen auch ein öffentliches politisch-ethisches Bekenntnis stecke, und plädieren z. B. für „Georg-Elser-Straße"!

Bei einem Schulnamen ist es genauso: Im Jahre 1986 bekam das Gymnasium im niederbayerischen Pocking, das bis zu diesem Zeitpunkt namenlos war, den Namen „Wilhelm-Diess-Gymnasium", weil man da an den im Rottal geborenen und in Pocking aufgewachsenen Dichterjuristen erinnern wollte, der seiner Heimat in seinen Geschichten ein literarisches Denkmal gesetzt, sich aber auch als Nazigegner und Mitarbeiter am Wiederaufbau eines demokratischen Freistaats Bayern nach 1945 große Verdienste erworben hatte. Name, Schulname also nicht als Schall und Rauch, sondern als Vorbild – nachahmenswert!

Das jüngste Beispiel für Implikationen bei Namensgebungen, gerade auch in meiner geliebten niederbayerischen Heimat Niederbayern – Fredl Fesl sei gedankt für dieses geflügelte Wort! –, stammt wiederum aus Passau und kam zur Welt während des Wahlkampfs für die Kommunalwahlen im Freistaat Bayern am 15. März 2020. Hier das Kurzprotokoll:

Am 3. Januar 2020 erhielt ich eine telefonische Anfrage aus der PNP-Redaktion Passau-Stadt, was ich als Herausgeber der Werke der Bayerwalddichterin Emerenz Meier (1874–1928) von der Idee hielte, die Universität Passau nach dieser Frau zu benennen? Ich hielt den Vorschlag für einen sehr verfrühten Aprilscherz, wurde aber von der Redakteurin rasch eines Besseren belehrt: Der CSU-Stadtkreis-Vorsitzende, Prof. Dr. jur. Holm Putzke, habe diesen Plan durchaus ernsthaft in die Diskussion gebracht; da es in ganz Deutschland keine nach einer Frau benannte Universität gebe, könne die noch junge „alma mater pataviensis" sich so auf die Schnelle und ganz leicht

ein Alleinstellungsmerkmal sichern und berühmt werden. Ich war ob dieser Antwort sehr amüsiert, lehnte die Neutitulierung aber auch gleich im Namen „meiner" Emerenz nachdrücklich ab mit dem Hinweis, Institution und Bezeichnung müssten doch irgendwie zusammenpassen. Sehr erfreut zeigte ich mich aber über die gut erkennbare veränderte Einstellung der neuen CSU, nicht bloß der auf Ortsebene, zu Größen und „Größinnen" in Kultur und Kunst! Eine Emerenz Meier, die als Schriftstellerin, Marxistin, Atheistin, Exilantin, Frauenrechtlerin u. v. a. m. hervorgetreten war, hätte bei FJS selig wohl nur die entrüstete Frage „Haben Sie überhaupt Abitur?" hervorgerufen. Ich krönte meine Äußerung für die Tagespresse mit der süffisanten Bemerkung: „Die Wege der neuen CSU sind unergründlich: Söder umarmt Bäume, Putzke die Emerenz!"

Viele weitere Stellungnahmen wurden dann am 4. Januar 2020 in der Zeitung abgedruckt! Die meisten zunächst sehr wohlwollend für die Emerenz! Aber schon bald gab es weitere Vorschläge: Selige-Gisela-Universität, Charlotte-Knobloch-Universität, Maria-Stockbauer-Universität, Prinzessin-Therese-Universität, Therese-Giehse-Universität, Dagmar-Plenk-Universität, Nibelungen-Kriemhild-Universität, Babsi-Dorsch-Universität usw. Nachdem bei der Wahl an den Iden des März 2020 die neue CSU in Passau gar nicht so erfolgreich gewesen ist, hört man vor Ort nicht mehr allzu viel von dem Thema! So konnte ich auch meinen Vorschlag „Lola-Montez-Universität" nimmer mit der Abkürzung „LMU" so richtig platzieren!

Das wär mein Beitrag zum „Lola-Montez-Jahr 2021" gewesen. Aber wahrscheinlich hätten die von da Mingara LMU da eh ebbs dagegen gehabt!

Und an den Namen „Corona-Universität" für die Passauer Hochschule braucht man wohl auch nicht zu denken! „Corona" – das klingt zwar irgendwie recht weiblich, schwankt aber beim Genus zwischen männlich und sächlich. Und es muss doch, laut Putzke, ein Frauenname her! Und der Passauer Uni fehlt noch dazu die medizinische Fakultät!

NORBERT GÖTTLER

d'schwirzer*

d'schwirzer san kema über d'berg,
lautlos und scheich wia d'woidkauzn,
de lang über'm dorf kreisen,
bevor's zuaschlogn.

d'schwirzer san kema über d'berg,
schwarze gsichta, schwarze augn,
de d'nocht gwohnt san
und de steig, de sonst koana geht.

d'schwirzer san kema über d'berg,
an handign tabak bringans
und schwarze Gedankn,
de im hois kratzen und im hirn.

d'schwirzer san kema über d'berg,
rebeller sans und gravotta,
d'biacha in eahnane kraxn
brandeln giftiga ois eahnane pechfackeln.

d'schwirzer san kema über d'berg,
eanhna schnaps schmeckt noch aufruhr,
eahna wein nach krawall,
hot manch'n burschn scho an galgn brocht.

* *Schwirzer = Schmuggler (der Name kommt von den rußgeschwärzten Gesichtern)*

mei schwarzer kater emerenz

mei schwarzer kater emerenz
is im gäu da scheenste stenz,
olle katzn schnurrn und danzen,
wann da emmi geht strawanzen*

macht mit eana seine pflanz,
denn des ghört hoit zur strawanz.
jede moant, er ghört grod ihr,
lurt eam auf, ois wie ned wia!

emerenz is hoakli gnua,
bleibt ned lang, der scheene bua!
katz, de daad'n gern dressiern,
emerenz muaß retouriern!

is de mietz dann wieder gscheider,
is da emerenz längst weida.
hoit vom hausdoch aus sei gschau
noch da nächstn katzenfrau.

freili, aa de nachbarschaft,
zehrt an seiner manneskraft.
fremde kater brauchan watschn,
nacha kon er kaum no hatschn!

d'johr vageh'n vom emerenz,
unsam vorstadtkatznstenz.
d'rendezvous, de wern jetz rarer
und de konkurrenzen schwarer.

auf so manches dachl kummta
nimma nauf und nimma nunter.
s'rheuma plogtn oiwei mehr,
mietzn gengan nimma her.

d'ohrn darupft, da schwanz dabissn,
lieblingsplatz paradekissn!
aus'm schwarzn emerenz
werd a graue eminenz.

zletzt do schlaft er hintam ofa,
d'muich lauwarm, glei nebam sofa.
d'mietzn schnurrn bloß no im draam,
wia soimois untam apfebaam.

wann er dann durchs fenster linst,
ko doch sei, dass er boid grinst.
auf'm dach do turnen d'stenzn,
stuckra hundert – emerenzn!

* *strawanzen = planlos herumstreichen, Herkunft letztlich ungeklärt, evtl. vom lateinischen „extra vagari" (unstet, ausschweifend sein)*

ballade vom rengschirm

lang seim oidn herr deant,
mit eam durch dick und dünn ganga,
aa wanns amoi noß nei ganga is
und da dreeg auffi gspritzt is.

aa beim scheena weda koa ruah g'habt,
weil'n da oide ois hacklstecka missbraucht hot
damit d'leid ned sogn,
jetz ko der a scho nimma hatschn!

dann immer efters von eam vagessn worn,
weil da oide ned bloß oid worn is,
sondern oid und doikert zgleich,
und s'denga seim rengschirm übalassn hot.

zletzt wochnlang in am fremdn schirmständer rumgloant,
ins hintare eck gschobn vo de nobligen parablui,
de hächstens an scheewederstecka obgem
und no nia a dreeglacha gseng hom.

fast scho mottn und fläh kriagt,
bis'n dann do a bixlmadam mitgeh hot lassn,
aba bloß, weils angst ghabt hot um ihr frisur,
aba de hot äh an jädn mitgnomma.

kurz vor ihra wohnung isa ihr lästig worn,
hot mit eam no nach am straßenköta g'fuchtelt,
der eam a bor leecha nei bissn hot,
und hotn dann hinta d'heckn gschmissn.

drei wocha späta hot'n a landstreicha aufglaubt,
seitdem deant er seim neien herrn ois schlofzimmerdeckn,
durch de ma d'sonn und an mond seng ko,
wega de vuin lecha vo dem miserabligen hundsviech.

striahbäsn-blues*

striahbäsn, lederschäsn,
wos treibt di denn so um?
in da kammer, so a jammer,
werd dei buckl krumm!

striahbäsn, lederschäsn,
d'deck foit da an kopf!
und vom vui'n aussilurn
kriagst ma no an kropf!

striahbäsn, lederschäsn,
nunter muasst auf d'straß!
do spuits leben, glei daneben,
z'haus bleim macht koan spaß!

striahbäsn, lederschäsn,
frisch bist jetz und frei!
hin und herum geht dei roas,
s'leidt koa drialarei!

striahbäsn, lederschäsn,
gsprunga is und g'hupft,
woast ned, wo'st z'erst hischaung soist,
bist scho ganz darupft!

striahbäsn, lederschäsn,
schnuffelst umanand,
hinter jäder kammertür,
passiert so allerhand!

striahbäsn, lederschäsn,
d'neigier plogt di sehr
wann ma jetzt bloß eini kannt!
s'drausbleim foit dir schwer …

striahbäsn, lederschäsn,
host de lang rumboazt!
Loanst jetzt an der kammertür,
moing scho werst – vahoazt!

* *Striahbäsn heißt wörtlich „Streuner-besen" und ist eine mehr oder minder abschätzige Bezeichnung für einen männlichen oder weiblichen Streuner; „rumstriahn" bedeutet herumstreunen.*

mei moosfluß

hupfad is a grod ned,
a springinkerl wia sei schwesta,
de mit stoana und muscheln schmeißt
und d'gischt in d'häh spuckt!

schwaar von entschluss isa hoit,
drialad und muffad,
kaum is'a an meter weida,
wuia scho wieda zruck in sei erdloch.

durchsichtig is a grod ned,
a suiberne schönheit wia sei schwester,
de se im sonnalichat spiagelt,
glasklar bis obi zum grund.

dunkel wia'ra unheilige d'nocht is a,
schneid gfrießa und gurgelt,
ois waarn's de arman kinda
in ihrm schlammigen bett.

freindli wirkta grod ned,
a treia begleiter wia sei schwester,
nebas derast hergeh kost,
sogar in a mondlosen nocht.

moorig, gschtinkert und batzig is a,
am liaban daad er auf da stoi vasickern.
s'oanzig guade, wos ma vo eam sogn ko:
I mog'n. s'is hoit – mei fluß!

perspektivenwechsel

eam schaug o, hot se da soi hofhund denkt,
ois da fuchs üban zaun gsprunga is,
so a räudiger hungerleida,
dürrlochad, grod zum derbarmen!

eam schaug o, hot se da fuchs denkt,
ois ea am zwinga vorbeigschlicha is
so a ei'gpirrta arma deifi,
oghängt, grod zum derbarmen!

so homm sa se nochgschaut, de zwoa,
aba no wochenlang danoch
hot da hund von da frischen woidluft draamt,
und da Fuchs vo de saftigen hehnaboandln im hundezwinger.

luftballonsehnsüchte

an strauß vo rote luftballon
hot da wind neidruckt ins bahngleis,
wia zittrige bluatstropfa leichtens
im eiskoitn schotter.

an strauß vo rote luftballon
packt de letzte leidenschaft,
wenn s'gleis s'singa
und d'luft s'ziddern o'fangt.

an strauß vo rote luftballon
überkerbelts schier vor begehr und lust,
wenn'a im Sog vom paris-express
kilometerlang nach westen g'saugt werd.

des gleiche gspui freili kurz drauf,
wenn's mim wien-express arschlings wieda zuruck geht!
z'letzt sann d'ballon wieda do, wo's vorher warn,
blos a poor weniga sans.

nomoi luftballonsehnsüchte

auf nach paris! do mach'ma karriere!
homm de drei rote lufballon plearrt,
de irgenda hochzeitsgsoischaft
in himme aufsteign hot lassn.

auf nach wien! do mach'ma karriere!
homm de drei greana ballon protestiert,
de an dem strauß
dummerweis aa no dro g'hängt san.

einigen homm sa se ned kenna,
drumm hengans heit no
in da oberleitung
on foidmoching.

traurige ballade vom vorstadtstenz

hemadlenz, vorstadtstenz,
heid gibt's a rammasure
musi, bratwürscht, drei mass bier
und an mordsdrumm sure.

hemadlenz, vorstadtstenz,
bist schee gschneizt und kammpet?
alle d'madln schaung auf di,
vo dürrlochad bis gwammpet.

hemadlenz, vorstadtstenz,
host de scheenan wadln!
wenn'a d'wix bloos ausgliehn is,
des wissns ned, de madln.

hemadlenz, vorstadtstenz,
haust den lukas wiar a stier!
irxenschmoiz und wadlstrümpf,
bring ma no aa bier!

hemadlenz, vorstadtstenz,
gehst jetzt mit'a nei'n?
schampus mit da prominenz?
laß dir's nur ned rei'n!

hemadlenz, vorstadtstenz,
dei braut, des is a gaache,
nimmt di glei ins kammerl mit!
d'wiesn is a gmaade!

hemadlenz, vorstadtstenz,
drobn gibt's jetz a stamperl.
schnapserl hin und schnapserl her
rinnt schee nei ins wamperl.

hemadlenz, vorstadtstenz,
host a buiva gnua?
ohne flins do lafft fei nix,
pfia di god, mei liaba bua!

hemadlenz, vorstadtstenz,
d'stimmung is im arsch!
s'luadamadl schafft di naus,
oans, zwoa, ferti, marsch!

hemadlenz, vorstadtstenz,
waarst so gern a freia worn!
liegst jetz auf da gassn draus
und host schee an farb valorn!

hemadlenz, vorstadtstenz,
bist a scheena blädel!
s'madl wirft dir hinterdrei
s'schnapsflascherl an schädel!

hemadlenz, vorstadtstenz,
wos lernst aus dem malör?
den oidn spruch vom Wilhelm Busch:
wer sorgen hat, hat auch likör!

THOMAS GRASBERGER

Bairisch-republikanisches Glaubensbekenntnis

Ludwig eins, zwei, drei –
und schon war's vorbei
mit der Wittelsbacherei:
Uns ist's einerlei!

Ob des wirklich scheena waar
mit mehr Kini und Altar?
Daran glaub ma mia hoid ned:
Dafür ist es längst zu spät!

Und da „Waar I" und da „Hääd I"
warn scho allerwei zwoa Blääde.
Drum verzichten wir royal:
Keinen König? Scheißegal!

Weltgeschichte

König Karl der große Ganov'
dekretierte an seinem Hof:
„Den bayerischen Dux,
ab ins Kloster ganz flugs!"
Herzog Tassilo schaute nur doof.

Lokalpatriotismus

Ein junger Kaplan aus Altötting
bei den Damen gern ein und aus ging –
ob dürre, ob dralle,
er liebte sie alle!
Doch – bei Gott! – keine aus Neuötting!

La recherche perdu

Ein Lehrer aus Laberweinting,
der blickte besorgt auf sein klein' Ding.
Trotz behänden Versuchs
rührt' sich nichts – „Gott verfluch's!"
Er gab sich fortan dem Wein hin.

Einerlei

Beim oidn Schuaster von Gehersdorf,
da san de Pantoffeln meistens amorph.
Der Linke ois Rechter
is a ned vui schlechter:
Am End hast hoit oiwei an Schorf!

Bäckersleid

Ein Bäcker zu Gerolzhofen
brach das Bein sich an seinem Ofen.
Den Haxn in Gips,
im Laden gab's nix!
Allein ging die Bäckin zum Schwofen!

Löwenherz

Ein Zahnarztgehilf' aus Fuchsmühl,
den beschlich einst das Mitgefühl.
Wollt' nen Löwen kurieren,
ihm den Eckzahn plombieren:
Nun ruht in der Urne er still.

Bairische Schicksale

Dem Gmeinwieser Xare von Gufflham,
dem haut's beim Fensterln de Loadda zamm.
Da Xare liegt unten,
und bis sie ihn gfunden,
da is an da Afra da Girgl dran!

Da Mayer Girgl von Höresham
wollt immer schon gern die Afra hamm
Die hat sich gewunden:
„I hob scho oan gfunden!"
Drum sägte der Girgl de Loadda an.

De Stierlinger Afra von Babensham,
die hängt dem Girgl ein Bankert an.
Der hat sich gewunden,
keine Ausred' gefunden.
Drum zahlt der Girgl ein Leben lang.

Der Xare kam nie mehr nach Babensham,
weil's da so gschissene Loaddan hamm.
Hat a andere gfunden,
die wohnt weiter unten.
De zwoa san glücklich und heid no zamm!

Der Hudler

Der alte Leichengräber von Dietramszell,
der beerdigte manchmal etwas zu schnell.
Verwechselte Särge,
hopp hopp, in die Erde.
Für Maden war der Unterschied graduell.

Flatulenzen

Eine Giesingerin, ’ne fette,
ernährte sich nur von Omlette.
Fünfzehn Weißbier dazu,
da rumort’s! Entre nous,
sie furzte wie eine Rakete!

Frauentyp

Einst entsprang in Wangen ein Stier,
fraß die Auslag beim Juwelier.
Bald darauf war die Weide
übersät mit Geschmeide.
Und die Kühe standen Spalier.

Affig

Es kletterte mal in Haldenwang
ein psychisch labiler Orángután.
Hat am Gipfel oben
das Kreuz verschoben;
den Allgäuern wurde es angst und bang.

Falsch gewickelt

Ne Anakonda in der Au,
die suchte lange eine Frau.
Endlich fand sie eine reiche,
leider völlig blinde Schleiche.
Die Ehe war der Super-Gau!

Webfehler

Ein Fakir aus Oberholzhausen
wollt’ fliegend nach Hause sausen.
Doch sein Teppich, der schwebt,
war schlampig gewebt.
Die Landung war wahrlich zum Grausen.

Gier

Ein Hamster aus Bayerisch-Schwaben
durfte lang sich an Nüßlein laben.
Er hamsterte viel,
bis aus war das Spiel:
Die Partei wollte ihn nicht mehr haben.

Das Alter

Einst fiel einem Eichhorn in Laim
beim Klettern was Wichtiges ein.
Kaum war er ganz unten,
da war’s ihm entschwunden.
Wird so wichtig nicht gwesen sein!

Aussterbende Berufe

Die wilden Räuber vom Haspelmoor,
die trauen sich heut nurmehr selten hervor.
Denn die meisten, die sitzen
in U-Haft und schwitzen.
Der Rest singt kleinlaut im Kirchenchor.

MICHAEL GROISSMEIER

Das Ziel

Erwachen, Schlafengehen –
dazwischen viel Banales:
Nur nicht das Ende sehen,
die Qual des Tränentales!

Wie wir die Zeit vergeuden,
die uns so kurz bemessen,
an Wahn und schale Freuden,
darob das Ziel vergessen,

uns brennend eingeschrieben:
den Nächsten, den hienieden
als Bruder uns beschieden,
ihn wie uns selbst zu lieben!

Das Totenhemd

Weiß ich, woran die Spinne näht!
Ich fürcht, an einem Totenhemd!
Es wird wohl einer wo gemäht,
der selber sich schon fern und fremd!

Ein Faden hängt vom Kreuz herab.
Weiß ich, ob mich die Spinne misst,
damit sie meine Maße hab,
wenn meine Zeit gekommen ist!

Dachau

Dein Name, schnöd missbraucht,
er ist mir dennoch lieb!
Dein Name, hingefaucht,
ist mir auch wie ein Hieb!

Dein Name, für Gewalt
und Mord ein Synonym!
Ich blieb, die Faust geballt,
am liebsten anonym!

Und doch, er soll ans Licht,
dein Name, der entehrt!
Nicht heilt ihn mein Gedicht,
das ist wie ich versehrt!

Angekettet

Dem Sternenwagen vorgespannt
der Schimmel Mond. So fährt die Nacht
dahin. Du blickst empor, gebannt,
und schickst ihr deiner Sehnsucht Fracht

hinauf, nur in Gedanken, weil
du selber, angekettet, nicht
entrinnen kannst des Todes Beil,
nicht anhält das Gefährt aus Licht.

Auferstehungslast

Ich trage in mir Auferstehungslust.
Doch manches Mal durchzuckt ein Schmerz
die Brust,
wenn unerklärlich mich die Angst erfasst,
sie wandle sich in Auferstehungslast.

Vor einem ewgen Leben ist mir bang,
da schon das irdische mir kaum gelang!
Nie sterben dürfen, wär die größte Straf,
die keinen noch in Erdentagen traf!

Wie ich ein Stehgeiger werden wollte

Anno domini 1949 besuchte ich die 4. Lateinklasse des Humanistischen Dom-Gymnasiums Freising. Ich muss ein unbeschreiblicher Faulpelz gewesen sein, allerdings lediglich nach Ansicht der Lehrer, die wir respektvoll „Professoren“ nannten. Ich selbst handelte nach der altbewährten Dachauer Devise: „Dös daut's scho“. Mit meinen guten Noten in Deutsch, Englisch, Latein war ich vollauf zufrieden und glaubte meiner Pflicht zu lernen bei weitem nachgekommen zu sein. (Griechisch bekamen wir erst ab der 5. Klasse.)

Mathematik hasste ich mit allen Fasern meines Herzens, ja ich verabscheute es geradezu und schmähte es in kaum sag- oder schreibbarer Weise. Manchen Mathe-Vierer tat ich achselzuckend ab als wie wenn ich mir eine lästige Fliege aus dem Gesiebt wischte. Hinter all diesen algebraischen Faxen sah ich keinen Sinn.

Mit einem wahren Feuereifer jedoch stürzte ich mich auf die Musik, insbesondere auf das Geige spielen, das für mich an oberster Stelle stand. Alle anderen Fächer mussten zurückstehen. Bald galt ich als der beste Geiger am Gymnasium. Welche Genugtuung, bei der Aufführung der „Max-Messen“ 1949 – bzw. später 1951 – im Dom-Orchester mitspielen zu dürfen. (Max Eham war Komponist und Dom-Kapellmeister). Mein Ritterschlag, war die Teilnahme als Geiger bei der Aufführung des „Mozart-Requiems“ unter Leitung Max Ehams im Freisinger Asam-Theater. Mit stolz geschwellter Brust saß ich unter lauter Berufsmusikern vom Bayerischen Rundfunk.

Eines unschönen Tages prophezeite mir der mir übel gesinnte Mathelehrer, ich würde wohl einmal als Stehgeiger in irgendeinem Tanz-Café landen, oder, hämisch in mein Dachauer Idiom fallend, auf einem „Hozian-Ausflugsdampfer“ stranden. Seiner Ansicht nach war ich sowieso bloß ein mathematischer Ignorant. Von da an hatte ich den Spitznamen „Stähgeiger“ weg, den ich nicht ungern als Ehrentitel trug. Ich war nicht abgeneigt, den ganzen Schulkrempel hinzuschmeißen und mir meine Meriten als Geiger zu verdienen. Zum Musik-Studieren fehlte allerdings der Zaster, und so blieb ich halt bis zum bittersüßen Ende am Gymnasium. Als dies seine Oberhand verlor, begann erst wirklich der Ernst des Lebens, zwar nicht mehr ausschließlich mit wohltönenden Musiknoten, sondern mit dürren staubigen Paragraphen.

UWE-MICHAEL GUTZSCHHAHN

Das Rauschen der Tage

Wir lieben uns noch
hören das Rauschen der Bäume
und denken wir stünden am Meer
wir erinnern die Tage und Nächte
an denen es gegen den Strand rollte
und wir der Unendlichkeit
seines Ansturms glaubten

Die Bäume noch grün schon fast gelb
Kastanien fallen aus den Kronen
und platzen beim Aufprall
vor unseren Augen
sie funkeln uns an
und wir sind einen Moment wieder Kinder
sammeln sie ein wie die Tage

Und wir wissen
wir kommen nicht mehr ans Meer
wir ertragen nicht seine Weite
die Musik des Wassers
fällt aus den Bäumen
schlägt auf den Boden
feucht brechen die Schalen

Wörter verlegen

Wörter verlegen
weg aber schmeck
schnür spür
hör hinter dir
hinter der Tür
Wörter verlegen
hämen schämen
Wörter verschämt
verspänt
wer raspelt Hoden
wo denn
Hosen
Hobel im Haus
Katze Maus
kehraus
Kopf und Topf
mit dem Bade
schade
Wörter verlegt
wie verlegenes
wie verlogenes
Kind

Stimmen

In der Wohnung unter uns wird telefoniert
wir hören die Stimme
verstummen

wie wenn wir die Antwort hören wollten
am anderen Ende
der Leitung

Als aufgelegt wird
reden wir nicht weiter
bis eine Windbö ans Fenster schlägt

Stillstand

Dies alles will nichts und
heißt nicht
und segelt lautlos durch den Tag
Reiner Malkowski

Dieser kurze Moment zwischen dem
Ein- und Ausatmen
nichts rührt sich die Luft steht still
will nichts sein als nur Luft
kein Hauch kein Wind
einfach ruhen
wie ein segelnder Flügel im Licht

Herrenlose Nacht

Sie sagt
ich werde die Nacht dir nicht schenken
du kannst sie auch nicht bei mir kaufen
nicht stehlen
sie ist kein Geschäft
das wir machen

Du wirst in ihr vorkommen
wenn du das willst
ich werde mein Bett mit dir teilen
die Flasche Wein mit dir trinken
und dir den Himmel zeigen
der herrenlos ist

Wenn du gehst
wird die Nacht vorbei sein
ich werde sie nicht bereuen
dir hinterherschauen
wenn du ins Auto steigst
und den Amseln lauschen

Wer weiß

Die Farbe Blau
in dem weiten Viereck
über dem Innengarten
schau
ein erster lauer Abend
nach diesem nicht endenden Grau
Schauerland
und die feuchtkalte Wand
was nützen die Pfützen
wenn der Garten ertrinkt
versinkt
die Vielfalt der Arten
wir warten
lauern
auf dieses leichte Erschauern
wenn ein erster Hauch
durch den Innenhof geht
von Strauch zu Beet
wenn in der Luft
dieser Duft weht
tief getränkt
verschenkt
es ist als ob du
aus der Tür trittst
als wenn du
die Rosen berührst
Rosen Tulpen Nelken
bevor sie verwelken
im brennenden Licht
nach der Nässe
dem Stress
schneid einen Strauß
trag ihn ins Haus
vielleicht ist ja dies
ein Reststück
vom Paradies
verirrt verwirrt
wer weiß was wird

Nachtvogel

Nachts kehrt sie zurück
klopft an die Tür meines Schlafs
und fängt an zu sprechen
die Stimme leise
lautlos
unhörbar
und doch verstehe ich
jedes Wort
es erwacht in mir
wie der Ruf eines Vogels
berührt die Membranen
in meinem Kopf
meinem Körper
nistet sich ein
bis zum Morgengrau
wenn sie fortfliegt
und ich von neuem warte
dass sie wiederkommt
ihre Federn über mir spreizt

Kaffee statt Tee

Morgens das Frühstück
zwei Menschen am Tisch
du Kaffee ich Tee
ich helles du dunkles Brötchen
du Wurst und ich Marmelade

Du liest eine andere Zeitung als ich
wir reichen Artikel herüber
lesen uns vor

Malen uns aus wie das wäre
fraglos und sicher zu sein
alles andere als Verrat zu sehen
als Lüge
gleichgeschaltet in uns
unseren Überzeugungen

Wie das wäre
Kaffee statt Tee
Marmelade statt Wurst
und nur noch eine
Wahrheit

Die Schönheit der Stille

Ein Hund, der rätselnd
vor dem Meerschaum am Ufer steht

Der flimmernde Schatten einer Platane
auf der Wand eines geschlossenen Straßencafés

Blütenstaub der im gleißenden Licht
durch die Luft schwebt

Ein Kind das gedankenverloren
in einen Kastanienbaum schaut

Ein Fahrrad herrenlos
an eine Straßenlaterne gelehnt

Das lautlose Huschen der Fledermäuse
in der Dämmerung hinterm Haus

Das Verlöschen des letzten Bürolichts
in einer Glasfassade

Eine Ampel im Regen
die die nächtliche Straße rot färbt

Der Rest Wein auf dem Balkontisch
in unseren stehengelassenen Gläsern

Der Stein der Ameise

Denn auch die Ameise hat ihre
Sorgen, ihre Einkünfte, ihren Stolz.
Zur Sicherheit legt sie vor ihre Tür
einen Stein viel größer als sie
selbst.
Jannis Ritsos

Und der Stein
liegt vor dem Haus der Ameise
leise
auf seine steinerne Weise
nahm sie ihn
auf ihre Reise
von Ort zu Ort
von einem zum andern
wollte sie wandern
den Stein fort
tragen
so wie ein Wort
steinernes
unverrückbares Wort
bis dort
wo eine Ameise etwas zählt
oder nicht zählt
sie zählt nicht
aber das Wort
zählt
Ameise
und der Stein
vor ihrem Haus
zählt
niemand schafft ihn
dort fort
wie sie wohl wohnt
die Ameise
leise
hinter ihrem
gewaltigen Mond

Spielplatz

Aus dem Fenster
deiner Wohnung betrachtet
im zwölften Stock
scheint es für einen kurzen Moment so
als wären die Kinder unten am Spielplatz
Schwalben in ihrem Himmel aus Sand

Dann klingelt dein Handy
und du wendest dich ab
während die Schwalben stürzen
am Fenster vorbei
winzige Engelsflügel
und kehren nicht wieder

Fehlende Aussicht

Die Stadt verloren in einem grauweißen Nebel
blickdichte Mauer lang nicht getüncht kein
Himmel
das Grau eine rußige Kellerdecke
Bäume Turm Häuser getilgt
nur ein kurzes Stück Straße vorm Fenster
Ausschnitt unsauber abgeschnitten nach links
und rechts
als ob es kein Anderswo gibt
eine Straßenbahn taucht auf leer und
verschwindet
Menschen sitzen zu Hause weggesperrt
ein Jogger pendelt zwischen den Wänden
verschwindet kehrt wieder
fehlende Aussicht.

Wir zählen die Tage
wie in einem abgeschiedenen Tal
wo Murenabgänge die Ausfahrt verhindern
der Radius eng ohne Fluchten
es fängt an zu regnen

ANDREAS MARTIN HOFMEIR

Eigentlich darf ich mich nicht beschweren

Eigentlich darf ich mich nicht beschweren. Wer sich entscheidet, hauptberuflich Tubist zu werden, der sucht nicht Beschäftigung, der sucht Ruhe. Gemütlich im Orchestergraben sitzen, den anderen dabei zuschauen, wie sie sich einen Wolf fideln, das ist unsere Bestimmung, unsere Berufung.

Dass ich von diesem hehren Ziel abgekommen bin, ist mir heute noch unerklärlich. Immerhin habe ich nach meinem Abschied aus dem Orchester bei den Auftritten mit Labrassbanda zumindest auf jede unnötige Bewegung auf der Bühne verzichtet. Da lasse ich mir nichts nachsagen. Aber als Solist fiel mir der schlechte Aufwand-Nutzen-Koeffizient dann schon unangenehm auf. So viele schwere Töne in so kurzer Zeit, das ist eines Tubisten wirklich nicht würdig.

Insofern kann ich nur froh sein, dass es mich jetzt ausgebremst hat. *Back to the roots* sozusagen. Und wenn man der landläufigen Meinung Glauben schenken darf, dass eh nur der Künstler wird, der sich vor echter Arbeit drücken möchte, dann haben wir jetzt paradiesische Zustände! Einfach faul zuhause rumliegen, von den ersparten Reichtümern jeden Tag Nudeln mit einer fetten Tomatensauce essen, die Briefe von der Bank nicht aufmachen und sich von den Spotify-Ausschüttungen eine Briefmarke für den nächsten Antragsversuch von irgendeiner staatlichen Unterstützung kaufen. Und die Politik hat ja recht: Wie soll sie bitte der Familie Quandt erklären, dass sie wegen diesem bisschen Kurzarbeit bei BMW auf Dividendenausschüttungen für die Familie verzichten soll, nur damit im Fraunhofertheater übernächstes Jahr noch jemand Dudelsack spielt?

Ich glaube, es ist Zeit, den Begriff Systemrelevanz näher zu erläutern. Für Systemrelevanz braucht man drei Dinge, oder zumindest eins von den dreien: eine Lobby, eine Tätigkeit in einer Branche, die auch jederzeit in oder von Billiglohnländern ausgeführt werden könnte, sowie ein (richtiges) Parteibuch. Trifft alles zu auf: Luftfahrt, Industrie, Tourismusanbieter.

In der Kulturszene gilt Ersteres und Letzteres als ausgeschlossen. Und dass die Chinesen den deutschen Kleinkunstmarkt fluten wollen, da fehlt wohl allein der Glaube. Nicht lukrativ genug. Menschen, die so etwas machen, aus purer Leidenschaft, denen muss man nicht helfen. Der Mozart ist auch arm gestorben, und es hat ihm nicht geschadet. Wie heißt's im Sprichwort: Unkraut vergeht nicht. Gerade noch wegen der Kündigung der Mietwohnung bei den Eltern verkrochen, morgen schon wieder auf der Bühne, viel schneller als uns lieb ist. Und dann ist's wieder vorbei mit der wunderbaren staaden Zeit.

Und dann werden sie merken: Musik, Theater, wer hat denn für so was noch Zeit? Nur das Gesindel, das nix arbeitet. Kultur ist Privatvergnügen, das handhabens in den USA schon immer so. Und? Haben die vielleicht ein gesellschaftliches Problem? Wenn Sie mich fragen: Gut, dass bei uns jetzt endlich ausgesiebt wird. Die Trümmerfrauen haben ja auch nicht Ballett getanzt. Aufbauen heißt's jetzt. Eine Kriegskasse ist nix für Schöngeister. Das Wirtschaftswunder, war das etwa ein Buch von Günther Grass? Sehen Sie?

So, und jetzt geh ich mal wieder einen Ton auf meiner Tuba spielen. Oder morgen.

GERD HOLZHEIMER

Das Ohrwaschel des Stefan George

Günter Herburger ist ein Schriftsteller, den kaum noch einer kennt – aber das ist kein Wunder, wer kennt schon noch Schriftsteller? Im Schiller-Nationalarchiv vielleicht, in Marbach. Herburger hat alles, was man mit knapper Not so Privatarchiv nennen könnte, an das Literaturarchiv nach Marbach gegeben. Das ist ein kluger Schachzug, weil in dem Fall ist es ein „Vorlass" gewesen und kein „Nachlass". Beim „Nachlass" kann man sich seine Begonien auf dem Grab gießen lassen, den „Vorlass" kann man noch selber vertrinken. (Ich darf seinen Namen nennen, denn er schreibt inzwischen auf der anderen, der Nachlass-Seite.) Für mich ist der Vorgang insofern ungünstig gewesen, als ich eine Begleitbroschüre für eine Ausstellung hätte schreiben sollen. Und da war halt der ganze Herburger auf einmal in Marbach, und das im „Vorlass", also noch nicht katalogisiert, also auch nicht zugänglich.

„Macht nix", sagte er, „dann fahren wir halt nach Marbach, ich kenn den Bunker-Müller, der lässt uns schon rein." Herburger nannte ihn so. Also nennen wir ihn heute eben auch Bunker-Müller. Außerdem könnte ich mir anschauen, wie so ein literarischer Atombunker von Marbach ausschaut.

Der Bunker-Müller empfing uns schon am Eingang, sodass wir mit unseren Rucksäcken ins Heiligtum durchmarschierten, was natürlich eine Todsünde ist.

Es war furchtbar. Kurz zuvor war Ernst Jünger gestorben, und getreu nach dem deutschen ABC war der Nachlass von Ernst Jünger – „J" – unmittelbar neben dem Vorlass von Günter Herburger zwischengelagert – „H". Beinah hätt ihn der Schlag getroffen. Er konnte Jünger auf den Tod nicht ausstehen. Der literarische Atombunker schockierte ihn vergleichsweise wenig. Mich schon: Der Schatz deutschen Geistes, ein Wahnsinn! Und wenn kein einziger deutscher Mensch mehr auf dieser Erde wandelt: Was er gedacht, was sein Geist gedacht, das bleibt für alle Ewigkeit. Man weiß gar nicht, woher man die hundert Milliarden Menschen nehmen soll, die bei einem Atomkrieg getötet werden, selbst wenn man jeden einzelnen Menschen zehnmal umbringt, was kein Problem ist bei dem Waffenarsenal weltweit. Dann wird halt noch weniger gelesen als eh schon. Aber ein Stefan George zum Beispiel überlebt, und sei es mit: *Teppich des Lebens und die Lieder von Traum und Tod mit einem Vorspiel.*

Ernst Jünger überlebt jeden Krieg. Sogar Günter Herburger hat überlebt, vorderhand.

Jetzt kann ihm ja nichts mehr passieren, weshalb ich erzählen darf, dass er von seinem eigenen „Vorlass" so berührt war, dass er sich einfach nicht mehr von ihm trennen konnte. Unglücklicherweise lagen obenauf Liebesbriefe. Er nahm sie, öffnete sie und las sie, als wäre es zum ersten Mal. Flugs wanderten sie in seinen Rucksack, einer nach dem anderen. Und noch so ein paar Sächelchen. Ich weiß nicht, ob die Information sachdienlich ist, dass Herburger Mitglied der Deutschen Kommunistischen Partei war und insofern möglicherweise von Eigentumsvorstellungen der eigenen Art geprägt, die so weit gingen, dass er nie eine müde Mark in die Parteikasse zahlte.

Wir waren völlig allein in dem Bunker. Dann suchten wir einen Weg, wieder aus dem Bunker herauszukommen, was gar nicht einfach war, aber das ist vermutlich auch der Sinn von Atombunkern. Wir irrten durch lange Gänge, ohne irgendjemand zu treffen, den wir fragen hätten können. An den Wänden standen kilometerweise Schränke, vermutlich mit weiteren Schätzen deutschen Geistes. Auf den Schränken staubten Büsten hin, Büsten aus Gips, bei denen man versucht hatte, dem ins Hirn gebannten Geist physiognomische Gestalt zu geben. Von Stefan George gab es eine ganze Reihe solcher Gipsköpfe auf den Schränken oben. Stefan George, meine Güte! Sammelt Jünger um sich – also nicht Ernst Jünger, sondern Jünger eines intellektuellen Elitekreises mit bündischem Charakter – als wäre er Jesus. Ja, freilich! Sonst noch Wünsche! Dieses Gschau, allein schon des Gschau! So was von gschmerzt! Weil die Welt nicht so ist, wie man sie gern hätt?! Weil sie nicht dem eigenen ästhetischen Empfinden entspricht! Weil man selber nicht dem eigenen ästhetischen Empfinden entspricht! Weil man halt doch nicht Goethe ist?!

Ich schlug Günter Herburger vor, einen Stefan George vom Schrank zu heben, in den Arm zu nehmen, damit ich ein Foto von ihm machen könnte. Das fand er eine gute Idee, packte Stefan George bei den Ohren – es knackte und er hatte eines in der Hand. Jetzt hätt man wirklich einen Jesus brauchen können, der dem George das Ohr wieder ankleben hätt können, wie es einst Jesus dem Malchus im Garten Getsemane getan, nachdem es ihm vorher Petrus abgeschlagen hatte, weil Malchus den Jesus hatte verhaften wollen.

Herburger aber steckte es in die Hosentasche seiner Jeans, nahm George auf den Arm, bleckte die Zähne und ließ sich solcherart von mir fotografieren. Das Ohr von Stefan George drückte sich in der engen Hosentasche von Günter Herburger ab und ein Chor engelhafter Jünger Georges säuselte sein Gedicht: „Keins wie dein feines ohr / Merkt was tief innen singt / Was noch so schüchtern schwingt / Was halb sich schon verlor." Ich versuchte, mir die Ohren zuzuhalten, aber es half nichts: „Keins wie dein festes wort / Sucht so bestimmt den trost / In dem was wir erlost / Des wahren friedens hort."

Der im Vergleich zu Günter Herburger nicht minder revolutionäre Schriftsteller Gustav Regler gab seiner Autobiographie den Titel *Das Ohr des Malchus*. Er rechnet darin mit der „beßren Sitte" der Ästhetik im Geiste Georges ab. Diese Großmannssucht, dieses Richterspielen: „ich bin gesandt mit fackel und mit schwert, / daß ich euch härte, nicht, daß ihr mich weichet." Nichts als Anmaßung: „zehntausend muß der heilige wahnsinn schlagen / zehntausend muß die heilige seuche raffen, / zehntausende der heilige krieg." Regler gruselt es: „Nichts war heilig am Krieg, nichts war heilig an Seuchen, nichts war heilig am Wahnsinn."

Alles furchtbar, und das Ohr in der Hosentasche vergleichsweise harmlos, trotzdem war mir nicht recht geheuer. Endlich fanden wir die Cafeteria. Der Bunker-Müller wartete schon auf uns, hatte den Tisch mit Kaffeegeschirr und Kuchen gedeckt. Wir hatten uns noch gar nicht gesetzt, da fragte er schon: „Gell, die Herrschafte habet doch nix mitgäha lasse?!" Er lachte dazu, damit es so aussehen sollte wie ein Witz. Herburger spielte den Zornigen und knallte dem Bunker-Müller den prall gefüllten Ruck-

sack auf den Tisch, dass die Tassen und Teller klirrend ins Hüpfen kamen: „Ja wo denkat Se denn hi? Moinat Se vielleicht, mir klauet was?“ Und riss den Rucksack auf: „Da! Schauet Se nach!“ Ich glaube, ich hatte für ein paar Augenblicke vergessen, dass Ein- und Ausatmen Grundbedingung und Voraussetzung dafür sind, dass man weiterlebt. Erschrocken trat der Bunker-Müller den Rückzug an: „Noi noi noi, war nur so e Schbässle. I woiß doch, dass die Herrschafte nix klaue.“

In München fuhr ich Herburger in seine Wohnung in die Isabellastraße zurück. Es war schon dunkel, es regnete. Herburger schulterte seinen Rucksack und winkte mir nach, bis ich in die Elisabethstraße einbog. Nach kurzer Zeit hatte ich ein eigenartiges Gefühl: Irgendetwas stimmte nicht, war anders, aber was? Ich schaute zur Seite, zur linken: Das gibt's doch nicht?! Günter Herburger läuft neben dem Auto her, auf der Fahrerseite, mitten auf der nicht gerade wenig befahrenen Elisabethstraße in Schwabing. Der Mann war Langstreckenläufer, extremer Langstreckenläufer sogar, aber das ist doch kein Grund!

Er schaut mich an, bleckt die Zähne und klopft mit einem harten Gegenstand an die Scheibe. Ich lasse sie herunter und es fliegt etwas über mich hinweg auf den Beifahrersitz. Herburger dreht ab und ist verschwunden. Auf dem Beifahrersitz: das Ohrwaschel des Stefan George.

Wie Bruno Gantz den Iffland-Ring bekommen hat und ich vorher steyrisch essen gewesen bin

In das Burgtheater in Wien gehen die Besucher „als Leute hinein, und kommen, wenn auch nur für kurze Zeit, als Menschen heraus“, hat noch der Verfasser so genialer Komödien wie *Der Bauer als Millionär*, Ferdinand Raimund, gemeint, eine Utopie, die sich bei Karl Kraus schon relativer anhört: „In Österreich ist öfter schon alles drunter und drüber und dennoch schließlich ins Burgtheater gegangen.“ Den Unterschied zwischen dem Schillertheater in Berlin und dem Wiener Burgtheater hat Fritz Kortner dann so definiert, dass in beiden Häusern schlecht gespielt wird – „nur, im Burgtheater ist man stolz darauf“.

Die andere Institution in Wien, in welcher dem Menschen eine die conditio humana befördernde Existenz versprochen wird, ist das Beisl, dessen etymologische Herkunft unterschiedlich gedeutet wird. Aus dem tschechischen „Pajzl“ wird es abgeleitet, „Kneipe“ oder „Spelunke“, als Verkleinerungsform von „hampejz“ für „Hundehäuschen“, „Kegelbahn“ und „Bordell“. Vom Jiddischen her erklärt, hieße es „bajis“ (Haus), verwandt mit dem bairischen „Boazn“. Ein Beisl ist zum Beispiel der *Rheintaler* in der Tegethoffgasse. Wenn ein Gast „etwas Leichtes“ möchte, „biddäh!“, mutmaßt der Ober „Also vielleicht ned direkt Blunzn gebacken?!“. „Naa, ned direkt Blunzn gebacken, biddäh!“ Also keine gebackene Blutwurst. „An bemmischen Schweinsbratn vielleicht, mit Eadöpflsalat?“, fällt dem Ober als nächstes Gericht ein, das „etwas

Leichtes“ hat. „Naa, aa ned!” „No, a Gulyas?!” „Gwiß ned!“ „Druhdhahn naduuhr?“ Das ist es, Truthahn natur, das nimmt er, der Gast, das ist etwas Leichtes. „Salat dazu?“ „Gern!“ Und wieder sind alle glücklich.

Egon Friedell vertrat die Ansicht, dass man in Wien genau genommen in allen Restaurants nur Gulyas zu essen bekommt, aber in jedem Beisl schmeckt das Gulyas anders – während in Berlin vom warmen Hummer über gebratene Trüffel bis zur Ananascreme alles gleich schmeckt, nämlich nach Sulzkotellet. Immerhin kann man danach noch einigermaßen sorglos ins Theater gehen, ebenso wie nach Truthahn natur.

Am 27. Mai in der Spielzeit 1996/97 liest Bruno Ganz im Burgtheater Wien aus *Die Dämonen* von Heimito von Doderer. Im Februar 1996 hatte Josef Meinrad in einer testamentarischen Verfügung Bruno Ganz als seinen Nachfolger zum Träger des Iffland-Ringes bestimmt, was manche verwundert hat – nicht weil man am Verdienst von Bruno Ganz gezweifelt hätte, sondern dass ein Publikumsliebling wie Meinrad diese Auszeichung dem Darsteller von womöglich so viel ernsteren und schwereren Rollen wie Bruno Ganz zugedacht hat. So adelt ein Sohn eines Straßenbahnfahrers, und zwar des Franz Moučka, den Sohn eines Arbeiters aus Zürich. Meinrad erzählte gern die Geschichte, dass sein Vorgänger Werner Krauß 1959 auf dem Sterbebett, als er seinen Nachfolger für den Träger des Iffland-Ringes vorschlagen wollte, gesagt habe: „Mein Rat ist: ...“, jedoch den Namen des Schauspielers, zu dem er rate, nicht mehr aussprechen konnte, so dass die Ohrenzeugen auf Meinrad verfielen...

Ich wäre auch froh gewesen, wenn mir jemand den Rat gegeben hätte, vor der Vorstellung im Burgtheater nicht steirisch essen zu gehen, das heißt, dringend davon abgeraten, aber den Rat hätte natürlich ausschließlich ich mir selber geben müssen, auch wenn der Vizepräsident des österreichischen PEN-Clubs höchstpersönlich mit mir dort gewesen ist. Er ist ein vornehmer Mann. Immer fragt er mit ausgesuchter Höflichkeit am Telephon: „Und das Befinden der werthen Gemahlin?!“ Vollkommen unbekannter Weise. Und wenn ich antworte: „No, sie is verreist“, antwortet er: „No ausgezeichnet!“

Ich hatte – Freier Verkauf / Abonnement aufgehoben – einen unverschämten guten Platz in der Mitte der dritten Reihe, direkt gegenüber von dem Lesetischchen, aber eben, wie gesagt, unglücklicherweise vor der Lesung eine steirische Vorkost genossen: Tafelspitz in Wurzelsud mit einem veritablen Häuflein frisch geriebenen Krens, also Meerrettich, und dazu das eine oder andere Seitl steirisches Bier. Die führten nicht viel später ein Drama in meinem Inneren auf, dass es nicht mehr feierlich war, ein ganz eigenes Drama, sehr lautstark leider, nicht zu überhören, immer schlimmer, immer furchtbarer und keine Chance, dem zu entkommen. Was ist noch peinlicher als ein hörbarer Magen in der Stille des Burgtheaters? Es gibt noch eine Steigerung: mitten unter einer Heimito von Doderer Lesung von Bruno Ganz aufstehen, eine komplette halbe Reihe des Theaters aufstehen lassen, um sich daran vorüber drängeln zu können, unter tausend gewisperten Entschuldigungen, also bleibt man sitzen. Auch keine Pause, in der man hätte fliehen können. Nie habe ich mir mehr in meinem Leben die *Biermösl Blosn* und den Gerhard Polt auf der Bühne gewünscht als an diesem Abend. Die ja auch hin und wieder an dieser altehrwürdigen Spielstätte auftraten, einmal sogar mit

den *Toten Hosen* – ja, die hätte ich mir so sehnlich gewünscht, ja am besten mit Campino und den *Toten Hosen*, dann hätte niemand mehr mich gehört.

Schon zum zweiten Mal in meinem Leben bin ich im großen, im berühmten Burgtheater unbeabsichtig ins Geschehen hineingerutscht. Einmal sitz ich mit einem meiner Urfreunde im zweiten oder dritten Rang seitlich, erste Reihe, wir sehen eine Aufführung von Grillparzers *König Ottokars Glück und Ende*. Die Inszenierung ist so abgrundtief konventionell und öde – und dabei auch noch maßlos pathetisch, dass mein Urfreund, grantig auf der Balustrade seinen Kopf aufstützend, ausgerechnet in eine deklamatorische Pause hineinplatzt: „ah, geh!" Voll Unglauben über die Hohlheit der vorgetragenen Sätze. Er sagt das gar nicht zu mir, er ist auch nicht der Typ, der gern provoziert, im Gegenteil, es ist ihm einfach so herausgerutscht. Ich glaub, er hat es gar nicht gemerkt. Aber die anderen haben es gemerkt, alle. Die Zuschauer, alle, die Schauspieler, alle. Er hatte ja so Recht. Das Stück stockte. Die Schauspieler schauten zu uns herauf, die Zuschauer sahen zu uns herauf. Ich überlegte, ob ich gestisch klar machen könnte, irgendwie abwinkend und auf meinen Freund weisend, dass nicht ich dieses „ah, geh!" deklamiert hätte, sondern „der da!", mein Nachbar, mein Urfreund. Mit dem Zeigefinger hätte ich auf ihn deuten können: petzen wie in der Schule: der war's. Aber ich hab nicht das Zeug zum Schauspieler, ich hab auch gar keine Lust dazu. Mir stieg nur das Blut in den Kopf. Ich habe aber auch keine Lust, im Burgtheater die Rolle der Tomate zu übernehmen.

Ein Ende der Lesung von Bruno Ganz war einfach nicht abzusehen. Flüchtig im Vorbeigehen am Ankündigungsplakat des Burgtheaters hatte ich so etwas wie 22.15 Uhr wahrgenommen, aber da hätte auch „Jüngster Tag" stehen können. Der Schlusspunkt, auf den *die Dämonen* zustreben, ist die Revolte vom 15. Juli 1927, die auf den Brand des Justizpalasts hinausläuft. „Der Tag bringt das Cannae der österreichischen Freiheit, aber das wusste man damals noch nicht", schreibt Doderer. Ein Redner in der aufgebrachten Volksmenge, Gyurkicz mit Namen, bleibt einfach auf seiner Holzkiste stehen: Er „wandte sich langsam in die Richtung, aus welcher geschossen worden war; dabei schob er die Hände in die Hosentaschen. So stand Gyurkicz auf seinem Postament. Ich betrachtete ihn durch den Feldstecher [...] Es erschreckte mich nicht [...] ich wusste durch Sekunden vorher bereits, was geschehen werde, es konnte nichts anderes kommen: Metaphern stürzten, Emblemen brachen durch ihren doppelten Boden. Es konnte nicht anders kommen, auch für Gyurkicz. Jede konsequent bewanderte innere Oberfläche wird einmal von der Mechanik des Lebens zerschlagen." Ein Schuss fällt, und Gyurkicz stürzt tödlich getroffen von seiner Rednerkiste. Doderer glaubt aber an eine andere Todesursache: „Was ihn getötet hatte, war für mich, in diesen hellsichtigen Sekunden, nicht die Kugel, sondern der Starkstrom des Lebens selbst, von Imre zum Kurzschluss gebracht. Was ich jetzt gesehen hatte und noch sah, war die ganze, und war eine gute, ja, eine erhabene Frucht von Imres Leben, mochte er sie auch erst mit dem Tode zugleich geerntet haben: es war die Wiederherstellung seiner Ehre, die Behebung seines tiefsten und innerlichsten Schadens, die Austilgung seiner geheimsten Schmach. Der hier lag, hatte sich mit Recht einen Herrn Imre Gyurkicz von Faddy und Hátfaludy genannt."

Auch der gewaltsame Tod zweier anderer Kämpfer gegen die Polizei, Anna Diwald und ein gewisser Meisgeier, die sich unter einem Gullydeckel in einem Kanalschacht verstecken, wird drastisch beschrieben. Ein Polizist feuert durch diesen Deckel und schießt beiden in den Kopf: „In diesem Augenblick aber geschah wieder eine Verschattung von oben, und ein furchtbarer Schlag erfolgte, der die ganze untere Welt mit seinem Hall zu zersprechen schien."

Man fragte sich ein wenig im Wien der Theaterkreise, weshalb also Bruno Ganz … und wenn Bruno Ganz, weshalb er Doderer liest, den Günther Nenning den „Perversesten, Katholischsten, Faschistischsten, Frömmsten, Gemeinsten und Größten im Wachsfigurenkabinett der österreichischen Literatur" nennt? Und wenn Doderers *Dämonen*, weshalb, womit sich der Kreis schließt, liest Bruno Ganz Doderers *Dämonen*? Mein Gott, er spielt die letzten Bunkertage im Leben Hitlers, er hat Kultstatus seit den Filmen von Wim Wenders, aber weshalb tut er sich das Wienerische an, das er nun wirklich nicht kann: so falsch, so ein großer Schauspieler, so ein großartiger? Aber deshalb rumpelte es ja nicht in mir. Mein dummer Bauch rumpelte nicht deshalb und auch nicht wegen der verheerenden Geschichte um den Brand des Justizpalastes und der Brutalität von Doderers Darstellung – er rumpelte aus bloßer Dummheit.

Tiefer kann die Fallhöhe der Peinlichkeit gar nicht ausfallen, zwischen diesem hochdramatischen Geschehen und dem steirischen Gerumple in meinem Inneren. Für den Wiener gibt es viele Möglichkeiten zum Untergang der Welt, aber für die Wiener geht die Welt erst wirklich unter, wenn die Steirer über den Semmering marschieren werden, und dies war in gewisser Weise jetzt der Fall.

So aber schaute Bruno Ganz nicht nur einmal irritiert von seinem Text auf – und er schaute genau auf mich von der Bühne des Burgtheaters herunter. Dabei, natürlich, es könnte schon etwas haben, wenn einem der Träger des Iffland-Ringes so in die Augen schaut, mit diesem ganz und gar unglaublichen Blick, den die Augen von Bruno Ganz nicht nur spielen können: sie können auch so schauen: voller Erstaunen, voller Unglauben, voller Fragen. Gleichwohl wäre ich in diesem Augenblick lieber Meisgeier gewesen, Meisgeier in seinem Gully.

Nach Ende der Vorstellung, wie ich aufstehe, fragt mich mein Sitznachbar: „Gwiss san der Herr Kritiker?!"

Der Papa hat die Frauen gestreicht!
Oder: Wie ich die Einführung der Frauenquote erlebt habe

Die erste Partei, die, wenn ich mich recht entsinne, eine Frauenquote in Deutschland eingeführt hat, war die Sozialdemokratische Partei. Dieselbe Partei hatte auch das Frauenwahlrecht durchgesetzt – und dann haben die Frauen „die anderen“ gewählt, aber das ist wieder eine andere Geschichte. Und schon länger her.

Als wieder einmal die Wahl des Oberbürgermeisters und des Stadtrats in München anstand, stellte die SPD erstmals eine Liste mit Frauenquote auf. Im Familienverband marschierten wir als pflichtbewusste Bürger zum Wahllokal: Ehefrau und zwei kleine Töchter. Früher hätte ich als Familienoberhaupt gegolten, aber das sind natürlich längst vergangene Zeiten. Dennoch – oder gerade deswegen – hau ich, nur so als Spässle, einen kleinen Machospruch raus, aus der Rubrik „Wer ma glei ham“. Also, ich sag, nachdem man in München bei der Wahl so ziemlich alles darf – *panaschieren, kumulieren, häufeln*, was ohnehin kaum einer versteht, aber irgendwie geht’s dann schon, und eben auch *streichen*: „Wer ma glei ham! Dann streich ich halt alle Frauen aus der Liste, und dann passt’s schon wieder!“

Ehe ob dieser sexistischen Ungeheuerlichkeit der unweigerlich-unvermeidlich darauf folgende feministische Tsunami über mich hereinbrechen hätte können, brettert über den Gehsteig vor dem Wahllokal ein schwarzer Audi – oder war’s ein BMW? – mit schwarz-rot-goldener Standarte auf dem Kotflügel, gefolgt von zwei ebensolchen Begleitfahrzeugen, aus denen junge Männer mit Knöpfen in den Ohren und gewissen Bauschungen in den Achselhöhlen herausspringen. Eskortiert wird der Bundestagsabgeordnete Dr. Erich Riedl, seines Zeichens Präsident des TSV 1860 München, weshalb er mir – „Einmal Löwe, immer Löwe!“ – eigentlich sympathisch hätte sein müssen. „So ein Arschloch“, faucht meine Frau angesichts des martialischen Auftritts sehr laut, so laut, dass ich angesichts der bewaffneten Herrschaften mindestens ebenso laut zische: „PSCHT!“

Der Mann war zwar Beleidigungen gewohnt, etwa von seinem eigenen Trainer, dem Max Merkel, der über seinen Chef und dessen Kompetenz in fußballerischen Angelegenheiten sagte: „Da Riedl, der moant, dass der Boi springt, wei a Frosch drin sitzt!“ Mein Gott, was waren auch das für Zeiten! Es kommt schon etwas zusammen, wenn man sich in seinem Menschenleben länger auf seinen zwei Beinen bewegt! Von einem Trainer namens Merkel in einer Zeit, in der die CSU die absolute Mehrheit hatte in Bayern, bis zu einer Kanzlerin des nämlichen Namens Merkel, deren Nachfolger nichts mehr als die Grünen fürchten, die ihnen die Macht streitig machen könnten; während die damalige Vorsitzende der Grünen die Hypothese aufstellte, dass die Schnur, an der so ein Bleistiftstummel festgebunden ist, mit dem man sein Kreuzl auf dem Wahlzettel machen kann, so kurz ist, dass sie nur bis zu dem Kreis von der CSU reicht, woraus sich die absoluten Mehrheiten dieser Partei erklären ließen.

Während ich dann also endlich in einer Wahlkabine angekommen bin, eskortiert von meiner jüngeren Tochter, und an der zu kurzen Schnur zerre, um über den ersten Kreis hinauszukommen mit meinem Stummel Bleistift, hüpft mein kluges kleines

Töcherlein nach Kinderart auf einem Bein wieder aus der Wahlkabine heraus und in die Mitte des Wahllokals hinein, stets fröhlich vor sich hinträllernd: „Der Papa hat die Frauen gestreicht! Der Papa hat die Frauen gestreicht! Der Papa hat die Frauen gestreicht!“

Was sie gar nicht wissen konnte und was auch nicht gestimmt hat – abgesehen von der schwachen anstatt der starken, vulgo falschen Flexion des Perfekts. Gleich schallt es jedoch lautstark durch das Wahllokal, der Vorsitzende erhebt seine Stimme: Er möchte doch schon sehr bitten, das Wahlgeheimnis zu wahren! (Man muss dazu wissen: Die Mitglieder des Wahlvorstands haben das Recht und die Pflicht, Maßnahmen gegen Störungen von Wahlhandlungen notfalls mit Hilfe der Polizei einzuleiten und durchzusetzen, so lautet die Vorschrift, Jessasna. Wo eh schon so viel Polizei im Raum ist!)

Ich merke, wie mir das Blut in den Kopf schießt und mein Gesicht so rot wird wie die Partei, bei der ich mein Kreuz gemacht habe. Und jeder weiß: Des is a Sozi, ein roter Socken und ein Frauenfeind dazu, ein Machoschwein, ja Pfuideifi! Wo ich doch im Herzen ein Blauer bin, aber das hab ich dem Riedl nicht mehr sagen können.

MICHAELA KARL

Rudi Dutschke – Revolutionär

Am 11. April 1968 wird in West-Berlin das erste politische Attentat der Nachkriegszeit verübt. Der 23-jährige Anstreicher Josef Bachmann schießt den Soziologiestudenten Rudi Dutschke, „Rädelsführer“ der rebellierenden Studenten von West-Berlin, nieder. Als Bachmann auf Dutschke schießt, sitzt dieser gerade auf seinem Fahrrad vor einer Apotheke am Kurfürstendamm und wartet darauf, dass diese öffnet. Er will Medikamente für seinen kranken Sohn Hosea Che besorgen. Nicht im Entferntesten wäre er auf die Idee gekommen, dass der Mann, der mit der Frage „Sind Sie Rudi Dutschke?“ auf ihn zutritt, sein Leben für immer verändern wird. Drei Schüsse gibt Bachmann ab, dann flüchtet er. Passanten eilen herbei und kümmern sich um den Schwerverletzten, der, als er noch einmal das Bewusstsein erlangt, nach Vater und Mutter ruft. Mit Blaulicht wird er ins Berliner Westend-Krankenhaus gebracht.

Die Nachricht vom Attentat verbreitet sich wie ein Lauffeuer in der Stadt. Tausende ziehen zum Gebäude des Axel-Springer-Verlags, dem sie aufgrund seiner negativen Berichterstattung die Verantwortung für das Attentat geben. „Springer, Mörder!“, hallt es durch die Nacht. In den folgenden Stunden werden in vielen deutschen Großstädten Barrikaden errichtet, Autos brennen, Steine fliegen. In London ziehen Tausende mit Sprechchören vor die deutsche Botschaft, in New York verbrennen Studenten vor dem Rockefeller Center eine Hakenkreuzflagge.

Während draußen der Straßenkampf tobt, kämpfen die Ärzte um das Leben Rudi Dutschkes. Auf dem Gang sitzt Gretchen, seine amerikanische Frau. Wochenlang hatte sie versucht, ihren Mann davon zu überzeugen, Berlin zu verlassen und mit ihr in die USA zu gehen. Erst vor ein paar Tagen hatte er sich endlich dazu durchgerungen. Jetzt sind alle Pläne hinfällig. Niemand weiß, ob und wie Rudi Dutschke die Schüsse überleben wird.

Wie konnte ein einzelner Student nur so viel Hass auf sich laden?

Rudi Dutschke wird am 7. März 1940 im brandenburgischen Luckenwalde geboren. Er hat drei Brüder, sein Vater, ein Postbeamter, ist im Krieg. Mutter Elsbeth, eine strenge Lutheranerin, kümmert sich um die Familie. 1946 kommt er in die Ernst-Moritz-Arndt Schule. Er ist ein guter Schüler, aber weit mehr noch ein begeisterter Sportler. Der Aufstand des 17. Juni 1953 und der Ungarnaufstand 1956 hinterlassen in dem Heranwachsenden ein tiefes Misstrauen gegen Herrschende aller Couleur und eine tiefe Sensibilität für Freiheit und deren Unterdrückung. Ab 1954 besucht er die Gerhard-Hauptmann-Oberschule. Hier kommt es 1958 in der Oberstufe zu einem Zwischenfall, der sein Leben in ungeahnte Bahnen lenken wird. Als, entgegen den bisherigen Erziehungsidealen der DDR, plötzlich von den jungen Männern der Dienst in der Nationalen Volksarmee erwartet wird, spricht sich Rudi Dutschke auf einer Schülervollversammlung gegen den Dienst an der Waffe aus. Er will nicht als Deutscher auf Deutsche schießen. Dass als Folge aus einem guten Abiturzeugnis ein mittelmäßiges inklusive

einer Bemerkung über „staatsfeindliches Verhalten“ wird, kümmert ihn nicht. Für seine Überzeugung ist er bereit, seinen großen Traum vom Sportjournalismus zu opfern.

Nachdem er nicht zum Studium zugelassen wird, beginnt er eine Ausbildung zum Industriekaufmann, doch auch nach Beendigung der Ausbildung bleibt ihm der Zugang zur Hochschule verwehrt. Rudi Dutschke beschließt, nach West-Berlin zu gehen. Auf dem Askanischen Gymnasium holt er das West-Abitur nach, ohne das er hier nicht studieren darf. Er nimmt sich ein Zimmer in der Stadt, fährt aber am Wochenende meist nach Hause.

Am Sonntag, den 10. August 1961 passiert Rudi Dutschke, wie schon so oft, die Grenze nach West-Berlin. Nur wenige Tage später beginnt die DDR damit, die Sektorengrenze nach West-Berlin mit einer Mauer unpassierbar zu machen. Erst viele Jahre später wird Dutschke nach Luckenwalde zurückkehren – zur Beerdigung der Mutter 1968.

Nun ist er allein auf sich gestellt, getrennt von Familie und Freunden durch diesen verhassten „Antifaschistischen Schutzwall“, dem seine erste politische Aktion gilt. Gemeinsam mit Freunden versucht er, die Mauer mit Seil und Haken zum Einsturz zu bringen, zugleich werfen sie Flugblätter hinüber nach Ost-Berlin. Erst das Reißen des Seils macht ihnen die Sinnlosigkeit der Aktion bewusst. Mit hängenden Köpfen schleichen sie von dannen.

Im Wintersemester 1961/62 beginnt Dutschke ein Soziologiestudium an der Freien Universität Berlin. Der 21-Jährige ist ein eifriger Student, wissbegierig und fleißig. Er fängt an, sich an seiner DDR-Vergangenheit abzuarbeiten und zugleich die für ihn fremdartige Gesellschaft der Bundesrepublik kritisch zu hinterfragen. Und er beginnt zu lesen: zunächst Heidegger und Sartre, dann Marx, Lukács, Bloch, Marcuse und andere. Manche der Denker, die er jetzt verschlingt, werden ihm später zu persönlichen Freunden, so Ernst Bloch oder Herbert Marcuse.

1964 stößt er zur Subversiven Aktion. Diese Gruppe, die ihre Wurzeln in der an den französischen Sozialphilosophen Henri Lefèbvre angelehnten „Situationistischen Internationale“ hat, betreibt Kulturkritik und versucht, durch Provokation die Repressivität der Gesellschaft bloßzustellen. Für die Zeitschrift der Gruppe, den Anschlag, verfasst Rudi Dutschke verschiedene Artikel, die sich unter anderem kritisch mit der UdSSR, der permanenten Revolution oder dem Internationalismus auseinandersetzen.

Im Jahr seines Beitritts zur Subversiven Aktion lernt er die Amerikanerin Gretchen Klotz kennen. Sie will in Berlin Theologie studieren und rennt damit bei Dutschke, der sein Christentum mit keinem seiner Genossen teilen kann, offene Türen ein: endlich jemand, mit dem er offen über den Zusammenhang von Christentum und Sozialismus diskutieren kann. Doch obwohl sie sich ineinander verlieben, hat Rudi Dutschke sein Herz bereits an eine andere Leidenschaft gebunden: die Revolution. Er ist Revolutionär und fühlt sich als solcher einzig der Sache verpflichtet. Nichts und niemand darf ihn davon abhalten. Schweren Herzens trennt er sich von Gretchen Klotz, die daraufhin in die USA zurückkehrt.

Am 18. Dezember 1964 findet in West-Berlin die erste Studentendemonstration statt, bei der es zur bewussten Regelüberschreitung kommt. Sie wendet sich gegen den Besuch

des kongolesischen Ministerpräsidenten Moise Tschombè, dem eine enge Verstrickung in die Ermordung seiner Vorgängers Patrice Lumumba nachgesagt wird. Rudi Dutschke wird diese Aktion später als den Beginn der studentischen Kulturrevolution bezeichnen.

Kurz darauf wird Dutschke Mitglied des Sozialistischen Deutschen Studentenbundes (SDS). Die Subversiven waren übereingekommen, dem SDS beizutreten, um ihn zu unterwandern und so ihre revolutionäre Basis zu verbreitern. Tatsächlich führt der Beitritt der Subversiven zu einer Radikalisierung innerhalb des SDS, der sich seit seiner Trennung von der SPD, deren Jugendorganisation er viele Jahre lang war, in der Phase des Seminarmarxismus befindet. Vor allem im Berliner SDS kommt es bald zu scharfen Auseinandersetzungen zwischen den marxistischen Traditionalisten und den Antiautoritären um Rudi Dutschke, die verstärkt auf Aktion drängen und bald das Bild des SDS nach außen bestimmen.

Während im SDS die Flügelkämpfe offen ausbrechen, erhält Dutschke einen Brief aus Chicago, in dem ihn Gretchen Klotz darum bittet, zurückkommen zu dürfen. Als er nach einigen Wochen seine Zustimmung gibt, schifft sie sich umgehend in Richtung Deutschland ein. Dabei hat Rudi Dutschke alle Hände voll zu tun. Die ungelösten Probleme der Nachkriegszeit, verschleiert durch das Wirtschaftswunder, brechen gerade auf. Die nichtstattgefundene Aufarbeitung der NS-Vergangenheit führt zu einer scharfen Auseinandersetzung der Generationen und zum verstärkten Autoritätsverlust der Vätergeneration. Zwangsexmatrikulation und Massenuniversitäten ohne finanzielle Ausstattung sind die Folge verfehlter Hochschulpolitik. Der von den Studenten prognostizierte autoritäre Staat scheint durch politische Konzepte wie Konzertierte Aktion, Formierte Gesellschaft und letztlich die Große Koalition Wirklichkeit zu werden.

Die Gründung der Großen Koalition wird zur Geburtsstunde der Außerparlamentarischen Opposition (APO). Die Angst vor einem neu gearteten Faschismus steht im Raum und wird unter anderem durch den Kampf gegen die Notstandsgesetzgebung deutlich. Die Bürger würden heute nicht mehr durch manifeste Gewalt unterdrückt, sondern durch Manipulation bei der Stange gehalten. Träger der Manipulation seien nicht zuletzt die Massenblätter des Springer-Konzerns, denen die Studenten das Konzept der Gegenöffentlichkeit entgegensetzen. „Springer enteignen" wird eine der zentralen Forderungen der 68er.

Nichts aber trägt so zur Politisierung einer ganzen Generation bei wie der Vietnamkrieg. Vietnam ist der erste Krieg in der Geschichte, bei dem vor laufender Kamera gestorben wird. Bald sind immer weniger Menschen der Ansicht, dass in Hanoi auch die Freiheit West-Berlins verteidigt wird. Für Rudi Dutschke steht längst fest, diese Welt kann und muss verändert werden: „Wir können eine Welt gestalten, wie sie die Welt noch nie gesehen hat, eine Welt, die sich auszeichnet, keinen Krieg mehr zu kennen, keinen Hunger mehr zu haben, und zwar in der ganzen Welt. Das ist unsere geschichtliche Möglichkeit."

Während in Studentenkreisen in diesen Monaten über die Aufhebung der repressiven Zweierbeziehung diskutiert wird und sich kurze Zeit später einige am Experiment einer Kommune beteiligen, heiratet Rudi Dutschke im März 1966 Gretchen Klotz. Die ersten Monate der jungen Ehe sind geprägt von politischen Aktionen und theoretischer

Arbeit, deren Ziel die Schaffung einer Massenbasis ist. Doch zur massenhaften Mobilisierung der West-Berliner Studenten kommt es erst am 2. Juni 1967, als beim Besuch des Schahs von Persien der Student Benno Ohnesorg von einem Polizisten erschossen wird. Sein Tod wird zum Fanal und läutet die heiße Phase des Protests ein.

Mit dem Anschwellen des Protests zu einer Bewegung beginnt der Aufstieg Rudi Dutschkes zum Pop-Idol der APO. Bald ist das Bild des jungen Mannes mit den ernsten Augen und den verstrubbelten schwarzen Haaren allgegenwärtig. Er prangt auf dem Titel von Der Spiegel und Capital, ist Gast bei Günter Gaus und diskutiert mit den bedeutendsten Intellektuellen dieser Republik. Doch es ist nicht nur sein äußerlicher Bürgerschreckhabitus, der aufhorchen lässt. Es ist seine spürbare moralische Integrität, seine Hingabe und Leidenschaft für die Revolution, der er sich verschrieben hat. Wenn er spricht, zieht er die Leute in seinen Bann, auch wenn die wenigsten verstehen, was er sagt – zu kompliziert sind seine Schachtelsätze, überfrachtet mit marxistischen Termini. Bei Aktionen und Demonstrationen findet man ihn stets in vorderster Reihe. Die Bilder des barrikadenstürmenden Rudi Dutschke gehen um die Welt.

Mitte Februar 1968 findet an der TU Berlin der Internationale Vietnamkongress statt. Unter dem Banner „Sieg der vietnamesischen Revolution! Die Pflicht jedes Revolutionärs ist es, die Revolution zu machen“ lauschen Tausende Dutschkes Referat. Am Tag darauf ziehen 15.000 Demonstranten unter „Ho-Chi-Minh!“-Rufen durch die Stadt, um ihre Solidarität mit dem Viet Cong und allen Befreiungsbewegungen dieser Welt zu zeigen. Eine Woche später wird bei einer Demonstration der „anständigen“ Berliner gegen die rebellierenden Studenten ein junger Mann, der Rudi Dutschke ähnlich sieht, beinahe gelyncht. „Dutschke raus aus West-Berlin“, hallt es durch die Straßen.

Nachdem im Januar 1968 ihr Sohn Hosea Che geboren wird, wird die Situation für Gretchen Dutschke-Klotz immer unerträglicher. Sie hat Angst um ihren Mann, der die pogromartige Stimmung in der Stadt nicht zur Kenntnis nehmen will. Dabei gibt es viele, die dem 27-jährigen Soziologiestudenten mit blankem Hass gegenübertreten – wie Josef Bachmann, der Rudi Dutschke am Gründonnerstag 1968 niederschießt. Beim späteren Prozess wird ein Gerichtsreporter des Spiegels schreiben: „In die Isolation hinein wurde Josef Bachmann geboren. Kreatürlich hat er gespürt, was die Mehrheit Rudi Dutschke, den Studenten, der Jugend wünschte. Josef Bachmann spürte den Wunsch der Mehrheit und wollte durch eine Tat, die viele ersehnten, aber keiner wagte, in die Gemeinschaft heimkehren, die ihn nie aufgenommen hatte. So schoss er.“

Nach einigen Operationen ist klar: Rudi Dutschke wird überleben. Doch wie schwer ihn die Kugeln geschädigt haben, weiß niemand zu sagen. Als er aufwacht, kann er sich an nichts erinnern, weiß nur noch seinen Vornamen. Sein Sprachzentrum ist gestört, er kennt weder Namen noch Bedeutungen, sein enormes Wissen ist wie ausgelöscht.

Immer wieder versuchen Fotografen, in sein Krankenzimmer einzudringen, um Bilder vom Opfer zu erhaschen. Tausende von Zuschriften erreichen die Familie, Solidaritätsbekundungen, aber auch Zeilen voller Hass: „Du hast nicht nur drei Kugel verdient, du hast vier Kugel verdient. Leider, eine hat gefehlt. Aber du sollst nicht verrecken, sondern dein ganzes Leben Krüppel bleiben und leiden, leiden … Als kom-

munistisches Schwein und Verräter hast du es verdient! Aber dann verschwinde aus Deutschland, Verräter. Hau ab nach Moskau, du kommunistisches Schwein!"

Dutschke verlässt daraufhin bei Nacht und Nebel West-Berlin in Richtung Schweiz. Es folgt die bitterste Phase seines Lebens, in der sich Entschlossenheit und Verzweiflung abwechseln: „Bin desöfteren, nicht erst seit kurzem, einfach vollständig ‚unglücklich'; alles geht voran, aber furchtbar langsam (...) Was geschieht mit ‚mir'? Wo bleibt der Revolutionär?" Doch was kaum jemand für möglich hält, gelingt. Mit unglaublicher Kraftanstrengung und Selbstdisziplin schafft er es, seine Aphasie zu überwinden und sich sein Leben zurückzuerobern. Wann immer er verzweifelt, besinnt er sich aufs Prinzip Hoffnung: „Das ‚Prinzip Hoffnung' kennt einen Ausweg für jede Situation. Jede Not trägt die Wendbarkeit dieser Not in sich. Anders gäbe es keinen Begriff der Notwendigkeit."

Während Rudi Dutschke den härtesten Kampf seines Lebens ausficht, wird Josef Bachmann zu sieben Jahren Gefängnis verurteilt. Dutschke selbst macht mit Bachmann bereits wenige Monate nach dem Attentat in einem Brief seinen Frieden. Im Februar 1970 nimmt Bachmann sich das Leben.

Auf seiner Flucht vor Reportern und Schaulustigen gelangt Rudi Dutschke schließlich nach England. Hier will er in Cambridge seine Doktorarbeit beenden. Zu diesem Zeitpunkt weiß er, dass ihn die Folgen des Attentats ein Leben lang begleiten werden: Die Schüsse haben ihn zum Epileptiker gemacht. Die Unberechenbarkeit der Situation, die Angst vor einem neuerlichen Anfall macht ihn hilflos und verzweifelt. Auch wenn er sich mit bewundernswerter Energie zurück ins Leben kämpft – ein nicht geringer Teil seines Körpers und seiner Persönlichkeit bleibt für immer Opfer der Schüsse des 11. April 1968.

Im November 1969 wird Tochter Polly Nicole geboren. Es scheint, als habe die Irrfahrt der Familie ein glückliches Ende gefunden. Da wird Rudi Dutschkes befristete Aufenthaltsgenehmigung in England nicht verlängert: Im Januar 1971 wird er mit Berufung auf nationale Sicherheitsinteressen ausgewiesen. Der angeschossene Revolutionär, den kein europäisches Land aufnehmen will und der Zeit seines Lebens Einreiseverbot in die USA haben wird, geht schließlich nach Aarhus in Dänemark ins Exil.

Doch bald zieht es ihn zurück nach Deutschland. Ab 1972 tastet er sich vorsichtig an die Bundesrepublik heran. Vieles hat sich geändert: Die ehemaligen Genossen stehen sich in sektiererischen Grüppchen unversöhnlich gegenüber. Angesichts der Schwierigkeiten mit den alten Freunden sucht er in diesen Jahren verstärkt Anschluss an DDR-Oppositionelle wie Wolf Biermann oder Robert Havemann. Die Deutsche Frage lässt ihn nicht los, ihre Bedeutung wird durch die Exilsituation noch verstärkt. Er fordert die Selbstbestimmung der Völker nicht nur für die Satellitenstaaten der UdSSR, sondern auch für Deutschland.

Dann erschüttern die Anschläge der RAF die Republik, Dutschke verfolgt sie im dänischen Exil. Sein eigenes Verhältnis zur Gewalt bleibt ambivalent. Den individuellen Terror der RAF lehnt er konsequent ab, um dennoch den Personen in kritischer Solidarität verbunden zu sein. Vor allem seine erhobene Faust am Grab von Holger Meins, der 1974 nach einem Hungerstreik in Haft stirbt und sein Ausruf „Holger, der Kampf geht weiter" wird ihm öffentlich als Unterstützung der RAF ausgelegt.

1974 beendet er seine Doktorarbeit mit magna cum laude. Das umfangreiche Werk, das den Titel „Versuch, Lenin auf die Füße zu stellen. Über den halbasiatischen und den westeuropäischen Weg zum Sozialismus. Lenin, Lukács und die Dritte Internationale" trägt, wird zum Beweis für die Wiederherstellung seiner intellektuellen Fähigkeiten.

Das beherrschende Thema der politischen Bewegung in den weiteren 70er Jahren wird die Ökologie, wobei die größte ökologische Gefahr für Dutschke die Atomenergie ist. Die Anti-Atomkraftbewegung wird zur bedeutendsten politischen Massenbewegung seit den 60ern. Auch Rudi Dutschke reiht sich in die Reihen der Atomkraftgegner ein, ist bei den Großdemonstrationen gegen das Kraftwerk in Brokdorf dabei. Sein Einsatz hängt eng mit seinen friedenspolitischen Überlegungen zusammen, denn ein einmal errichteter Atomstaat birgt für ihn die Möglichkeit eines Atomkriegs.

Im Herbst 1977 entführt die RAF Arbeitgeberpräsident Hanns-Martin Schleyer, um inhaftierte Mitglieder freizupressen. Die vier Begleiter Schleyers werden ermordet. In einem Artikel in Die Zeit wendet sich Rudi Dutschke gemeinsam mit Heinrich Böll und Herbert Marcuse entschieden gegen die Tat: „Ist es schon lange kein sozialistisches Ziel mehr, was die Terroristen bewegt? Letzteres ist nicht auszuschließen. Denn in ihren Argumentationen und Diskussionen, soweit sie überhaupt von außen durchschaubar und erkennbar sind, gibt es die Frage der sozialen Emanzipation der Unterdrückten und Beleidigten schon lange nicht mehr."

Nachdem die Regierung sich weigert, den Forderungen nachzugeben, entführen arabische Terroristen am 13. Oktober 1977 die Lufthansamaschine „Landshut" auf dem Weg von Palma de Mallorca nach Frankfurt, um die Forderungen der RAF zu unterstützen. Nach dem Mord an Flugkapitän Schumann wird die Maschine bei der Zwischenlandung im somalischen Mogadischu von einem Sondereinsatzkommando gestürmt. Die Geiseln werden unverletzt befreit. Am nächsten Morgen werden in Stuttgart Stammheim die Leichen von Andreas Baader und Gudrun Ensslin entdeckt. Jan Carl Raspe erliegt kurz darauf seinen schweren Verletzungen. Irmgard Möller überlebt als einzige.

Die 70er Jahre sind auch das Jahrzehnt der Bürgerinitiativen. Immer mehr Menschen wollen auch jenseits der Wahlen Politik mitgestalten. Doch die rein außerparlamentarische Opposition stößt bald an ihre Grenzen und es setzt sich die Erkenntnis durch, dass der Protest der Straße durch eine Vertretung im Parlament ergänzt werden muss. Ende 1977 entstehen die ersten grünen und bunt-alternativen Listen. Angesichts der großen Wahlerfolge der regionalen Bündnisse entsteht die Idee einer grün-alternativen Bundespartei. Rudi Dutschke begleitet diese Entwicklung zunächst nur als Beobachter. Ihm ist bewusst, dass diese Partei nicht die sozialistische Partei sein wird, von der er träumt. Als ihn im Frühjahr 1979 Mitglieder der Grünen Liste Bremen bitten, für die Bürgerschaftswahlen zu kandidieren, entscheidet er sich dennoch für eine Mitarbeit in der Grünen Bewegung. Der ehemalige Studentenführer fungiert von nun an als Bindeglied zwischen linken und bürgerlichen Ökologen. Wobei Dutschkes Bereitschaft, bei den Grünen mitzuarbeiten, nicht die Preisgabe seiner revolutionären Ziele bedeutet. Er ist und bleibt Sozialist und als solcher kämpft er weiterhin für die sozialistische Systemtransformation.

Im Dezember 1979 wird er von der Grünen Liste Bremen als Delegierter für den Parteigründungskongress der Grünen am 10. Januar 1980 nominiert und ein letztes

Weihnachten im Exil steht bevor. Dutschke will endgültig nach Deutschland zurückkehren, seine Frau ist zum dritten Mal schwanger. Am Nachmittag des 24. Dezembers 1979 steigt Rudi Dutschke in die Badewanne. Als seine Frau nach einiger Zeit nach ihm sieht, ist er tot – ertrunken, infolge eines epileptischen Anfalls.

Heute gilt Rudi Dutschke als die Personifizierung der Studentenbewegung von 1968. Dabei verkörpert er nur einen Teil dessen, was mit 1968 verbunden ist. Dutschkes Protest war kein Aufschrei gegen die Scheinheiligkeit und Verlogenheit der Väter. Er hat den Aufstand gegen die Elterngeneration weder theoretisch noch persönlich je geprobt, die Auseinandersetzung um Schuld und Sühne nie in dem Maße wie andere 68er geführt. Die sexuelle Revolution fand bei ihm nur in der Theorie statt. Während andere in der Kommune die Promiskuität probten, spielte Kommune-Theoretiker Rudi Dutschke zu Hause den Familienvater. Während andere Happenings veranstalteten und mit Blumen im Haar auf den Straßen tanzten, las er die Schriften sozialistischer Emigranten.

Sein Protest entsprang nicht einer moralischen Empörung über die unbewältigte Vergangenheit der Bundesrepublik oder dem Wunsch einer jungen Generation, jenseits überkommener Traditionen und Moralvorstellungen ein freies Leben zu führen. Sein Protest war Ausdruck einer kritischen Analyse der herrschenden Verhältnisse und zielte unmissverständlich auf die Systemveränderung. Rudi Dutschke wollte die Revolution!

Er kämpfte für eine, wie er es nannte, menschliche Revolution, getragen nicht mehr von einer einzelnen Gruppe wie dem Proletariat, sondern von allen aufgeklärten und bewussten Menschen, weltweit. Für ihn war der Mensch nicht dem blinden Spiel der Zufälle im Lauf der Geschichte unterworfen, sondern in der Lage, seine Geschichte selbst zu gestalten. Die Revolution, auf die er hinarbeitete, war nicht ein gewaltsamer Umsturz, sondern ein Lernprozess. Nicht Manipulation und Gewalt sollten aus Minderheiten Mehrheiten machen, sondern Aufklärung und Aktion. Wichtigstes Prinzip seiner revolutionären Politik war die Selbstbestimmung des Menschen. Die neue Gesellschaft, deren konkretes Gesicht sich erst im Laufe der Revolution herauskristallisieren würde, sollte in Negation zum gegenwärtigen System die Gesellschaft der freien und mündigen Bürger sein, die Alternative sowohl zum kapitalistischen als auch zum poststalinistischen System.

Mit dem Ende der Studentenbewegung war der Kampf des Rudi Dutschke nicht vorbei. Für ihn, der an die Bewegung die Maximalforderung Weltrevolution gestellt hatte, war ´68 im Rückblick eine Niederlage, aber eben auch nur eine Niederlage im revolutionären Prozess, den er mit der berühmten Formel vom „langen Marsch durch die Institutionen“ definiert hatte.

Auch mehr als 40 Jahre nach seinem Tod bleibt Rudi Dutschke ein Beispiel für Solidarität und Mitgefühl mit den Unterprivilegierten dieser Welt. Ein Vorbild, das bei aller Kampfesrhetorik sowohl Feindes- wie generelle Menschenliebe besaß und den sein Christentum nicht zum Versöhner, sondern zu einem Streiter wider das Unrecht machte. Er bleibt die verkörperte Herausforderung, sich kritisch mit der Gesellschaft auseinanderzusetzen und trotz aller Widerstände den aufrechten Gang zu versuchen: „Sich selbst zu verändern, glaubwürdig zu werden, Menschen zu überzeugen und den verschiedensten Formen von Ausbeutung und Terror entgegenzuwirken, das mag in manchen Augenblicken ungeheuer schwer erscheinen. Und dennoch gibt es dazu keine Alternative.“

JÜRGEN KIRNER

Die Familienfeier

Roswitha Glauber
Hans Glauber
Adi Ernstberger
Josefine Ernstberger
Kevin Rödel
Joe Glauber
Deko: Flur mit Garderobenschränkchen und einer Steh-Garderobe

Roswitha: *(Stellt ein Tablett mit 6 Longdrink-Gläsern, rosa Cocktail und Chips auf dem Garderobentischchen ab und holt Mineralwasser und Orangenscheiben zum Auffüllen bzw. Dekorieren.)* Jetzt werdens dann glei reinbrechn, des Gschwerl. Ich hasse Familienfeiern …

Hans: *(Kommt mit Zeitung rechts die Treppe hoch, will zum Klo.)* Warum musst du auch jedes Jahr Geburtstag haben, noch dazu heut gleich einen runden … *(Geht ins Klo.)*

Roswitha: Depp, blöder!

Hans: Danke!

(Es klingelt.)

Roswitha: I bin no ned fertig … Hans, mach bitte auf …

Hans: I wieda! Schod, dass ned regnet! Dann dad i se draußn steh lassn!

(Es klingelt abermals.)

Roswitha: Jetzt mach scho … vielleicht ist des ja unser Buarli.

Hans: Der klingelt ned Sturm … *(Mit Blick auf das Tablett, bleibt an der Tür stehen.)* Neumodische Ferz …

(Es klingelt.)

Roswitha: Danke! Ich wollt hoit ma was anderes.

Hans: Des is garantiert dei blöde Stiefschwester mit ihrem selten depperten Mo, wetten?

(Es klingelt.)

Roswitha: Zefix, jetzt mach halt endlich auf!

Hans: Dene pressiert's aber! Die ham bestimmt scho seit Wochen gehungert, damit heut möglichst viel reinpasst … die kragerten Luada … die wern eahna heit wundern.

(Er öffnet. Josefine und Adi kommen zur Tür rein. Begrüßung.)

Adi: Ja, servus, Geburtstagskind! *(Schmust Roswitha ab.)* Alles Gute zu deinem Wiegenfest … Roswitha, guad schaust aus!

Josefine: *(Zieht Adi von Roswitha weg.)* Adi, jetzt reicht's scho wieder … Alles Gute, Schwesterherz! *(Überreicht ihr einen kleinen Blumentopf.)* Auch von de

Mädels. De haben leider heute a Party ...
Hans: Gott sei Dank!
Josefine: Der Hans, wie er leibt und lebt. Apropos, hast ganz schön zugnommen, bist du schwanger?
Adi: Ah geh! A Mo ohne Bauch is doch wia a Fisch ohne Fahrrad!
Hans: *(Süffisant)* Danke, Adi.
Roswitha: *(Zu Hans)* Stimmt! Du hast aber aa gscheit zuglegt ... *(lacht)* Jetzt nehmts doch erst amoi a Glasl!
Josefine: Danke! Aber Alkohol, vorm Kaffee?
Adi: Im Flur? Egal!
Josefine: Essen und Trinken is der Sex des Alters ... *(Geringschätzend zu Adi)* gell? Ah, übrigens glei das Neueste: Unsere Clodine is fei schwanger.
Hans: Mit 17! Herzliche Anteilnahme! Prost!
Roswitha: Hans, bitte!
Josefine: Wir freun uns.
Adi: Nur kein Neid! Wir hätten euch ja auch soooo gern Enkel gewünscht, aber leider is des ja bei eurem Buarli ...
Josefine: *(Fällt Adi ins Wort)* Sag mal Roswitha, was gibt's heut alles Schönes!
Adi: Wenig! Chips ... *(Nimmt welche, beißt sofort rein.)* Oh Bua, san die lätschad ...
Hans: Extra für dich!
Roswitha: Hans! *(Zu Josefine und Adi)* Des san Gmias-Chips. Echt bio.
Josefine: Kommt der Joe gar ned?
Hans: Der kommt scho. Er wollt euch nur den Vortritt lassen, damits ihr richtig satt werds ...
Adi: Phhh! Mit Gmias und roter Brause. Wie geht's ihm denn, dem Buarli? Is der no immer ...?
Roswitha: Ja, Adi, der is no immer schwul ... *(Betont)* und hod a eigene Firma! Joe is jetzt Influenzer!
Josefine: Oh! Is des ansteckend?
(Es klingelt.)
Adi: *(Zu Josefine)* Bei wem er sich des wohl gholt hat?
Roswitha: Herr, lass Hirn vom Himmel regnen.
Hans: *(Öffnet, Kevin und Joe kommen strahlend zur Tür rein, Joe hat einen Bauch wie eine Schwangere, Josefine und Adi grüßen kopfnickend, aber erschreckt.)* Servus, ihr zwoa! Endlich werd's normal hier.
Joe und Kevin: Servus beinander!
Joe: Mama, alles Gute zu deinem Ehrentag! *(Bussi und Umarmung zwischen Mutter und Sohn.)*
Kevin: Herzliche Glückwünsche, liebe Roswitha.
Josefine: *(Deutet auf Joes Bauch)* Bist du schwanger? Geht des jetzt bei euch aa?
Kevin: Freilich ...
Adi: Nein, Josefine, der is doch krank ... Influenza hoit.

(Kevin hält grinsend seinen Kopf an Joes Bauch und Joe holt lachend den Krautkopf unterm T-Shirt hervor.)

Joe: Für dich zum Geburtstag, Mama! *(Überreicht den Krautkopf.)*

Kevin: Den Krautsalat habn ma leider nimmer geschafft!

VORHANG

Omas Geburtstag oder „So vui konn i gar ned saufn!"

Nebenraum eines Wirtshauses:
Oma
Onkel Rudi
Enkel Ewald
da Sepp
die Hilde

(Ewald, da Sepp und die Hilde warten im Nebenzimmer, Orchidee und Geschenke auf dem Tisch, Sepp und Ewald versuchen, eine Girlande aufzuhängen.)

Hilde: *(Kruscht mitgebrachte Luftschlangen aus ihrer Handtasche und bläst gleich eine auf den Tisch.)* Jetzt machts halt, d'Oma wird glei da sei …

Sepp: Ah geh, bis dass der Onkel Rudi de in seinem Smart verstaut hat, dauert des Stunden.

Ewald: Gibt's da herinnen nix zu trinken?

Sepp: Erst, wenn die Oma da is … weil, de muass zahln, schließlich isses ja ihr Geburtstag.

Hilde: Bub, hast du dein Gedicht gscheit gelernt?

Ewald: Ja, Mama.

Hilde: Magst des nomoi üben? Jetzt wär *die* Gelegenheit.

Ewald: Nein, danke! Mama, ma kann einen Zweizeiler auch totproben … *(Er drapiert seine Pralinenschachtel auf dem Tisch.)* Papa, bist sicher, dass a Pfänderspiel und a Strip-Poker okay sind, für da Oma ihrn Geburtstag?

Sepp: Freili! Des san doch da Oma ihre Lieblingsspiele!

Ewald: In ihrer „Senioren-Residenz" vielleicht, aber mit uns …

Hilde: Geh, da Opa hat immer gsagt, de is da dabei scho in de Fuchszger Jahr obganga wia a Zapferl.

Ewald: Ja, früher! Vielleicht beschleunigt Strip-Poker aber den Erbprozess?

Hilde: … Für ihre Eigentumswohnung in Bogenhausen.

Sepp: Seids ned so pietätslos, no is ned gstorbn!

Ewald: Papa, wenn du strippst, is des da Tod jeder Fleischfliagn. Warum soll des bei da Oma ned genauso sein?

Hilde: Ewald!!! So unerotisch is da Papa jetzt aa wieda ned, gell Papa!

Sepp: Eben! … Wo bleibn die andern denn? Hoffentlich hat da Onkel Rudi de Oma in seim Dauerdelirium ned gegen d'Wand gfahrn?

Ewald: Mei, dann feiern wir halt anstelle von Geburtstag Beerdigung – san eh meistens lustiger …

(Oma und Rudi kommen zur Tür herein, alle stehen auf und singen.)

Alle: Happy Birthday to you … *(1x durch mit „liebe Mutti/Oma/Isolde")*

Oma: Um Gottes willen! Mir bleibt auch nix erspart!

Onkel Rudi: Omaaaa-Isolde! Überraaaaaaaaaaschung!

Oma: Rudi, du verlogenes Aas. *(Äfft Rudi nach.)* Wir machen einen Ausflug in ein Wirtshaus, wo da Schuhbeck heut kocht … Da herin kochen höchstens die Kakerlaken.

Ewald: Oma, gegrillte Kakerlaken san was ganz Feines!

Oma: Rudi, fahr mich sofort zurück in die Residenz!

Sepp: Mutti! Bitte!

Ewald: Zu deinem Jubelfeste nur das Allerbeste!

Oma: Ewald, spar dir dein Gesülz, die Eigentumswohnung in Bogenhausen kriagst du eh ned.

Hilde: *(Ruft dazwischen)* Alles Gute zu deinem Jubelfest, liebste Schwiegermama!

Oma: Und ich hab so gehofft, dass ich von euch heute verschont bleib.

Sepp: Mutti, wie könnten wir!?

Oma: Mein Testament bleibt unverändert.

Onkel Rudi: Ja, dann nehm i mei Gschenk wieder mit … und zruck fahrst mit der U-Bahn!

Oma: Rudi, vergiss es. Oder gib mir den Hunderter für die acht Kilometer zruck.

Sepp: Ruacharter Deifi …

Ewald: *(Drückt Oma einen Karton mit aufgeklebter Schleife in die Hand.)* Des is von uns. Gleich aufmachen, bitte.

Oma: *(Hebt den Deckel, greift in den Karton.)* Was ist denn des? Des lebt ja no!

Ewald: Des ist ein bolivianisches Zwergkaninchen. Umtausch ausgeschlossen!

Sepp: Da freust dich aber, oder?

Oma: Wenn's gebraten wär, könnt man drüber reden … Nein! Abgelehnt.

Hilde: Des nehm ma halt dann mir … *(Oma gibt ihr postwendend den Karton.)* … des überlebt dich sowieso.

Oma: Hilde …

Rudi: Ewald, dann hast glei was zur Erinnerung an d'Oma.

Ewald: Ja, sogar was Lebendes.

Oma: Fragt sich nur, wer hier wen überlebt … Rudi, du mit deiner Fettleber machst es nimmer lang. Du, Hilde, warst noch nie gesund, du Sepp – leider, leider mein Sohn –, überlebst deine Dummheit eh schon viel zu lang. Und du, Ewald … mei, du bist mir wurscht.

Rudi: Die Isolde, wie sie leibt und lebt … Gib no Obacht, dass dich vorher ned da Schlag trifft!
Hilde: Des hätt a so a schöne Geburtstagsfeier werden können …
Oma: Stimmt … ohne euch!
Ewald: Oma, die vielen Geschenke! Mir ham tolle, kreative Spiele vorbereitet!
Oma: Phhhh! Kreativ. Ihr? Kreativ war des, was mir der Egon aus dem dritten Stock heut schon geschenkt hat: eine Fotoserie von sich, nackt, auf einem Eisbärfell.
Sepp: Ein 80-Jähriger … mir gangst …
Oma: In allen Positionen!
Ewald: Papa, dann warst du mit deim Strip-Poker ja gar ned so falsch glegen.
Oma: Strip-Poker … mit *meinem Sohn*? Seids ihr wahnsinnig?! … Strip-Poker gibt's heute noch mit meinem gut trainierten Egon, mit dem rassigen Robert und mit dem Pfleger Franciszek. Der ist süße 23! Und vorher spendier ich noch zwei Magnumflaschen Schampus, mindestens, weil: So vui konn i gar ned saufn, dass i eich und eire fade Geburtstagsüberraschung vergiss … Rudi, Abmarsch!!!

VORHANG

Szenen einer Ehe
Oder: Die Glückskeks-Therapie

Burgunda Freisleder
Norbert Freisleder

(Burgunda sitzt auf dem Sofa und versendet gerade eine WhatsApp. Es klingelt an der Tür, sie öffnet.)
Burgunda: Ach, du bist es! Hab gedacht, endlich ist mein neuer Staubsauger-Roboter da …
Norbert: Sorry, Schatzi, saugen kann ich leider noch nicht, wie wär's mit blasen?
Burgunda: Männerhirne san wie Sparbüchsen, sie scheppern, obwohl nix in ihnen steckt!
Norbert: Burgunda, ich hab uns auch wieder was mitgebracht … *(Winkt mit einer Tüte.)*
Burgunda: Ich hab's befürchtet! *(Sieht auf die Uhr, bedeutet ihm mit der Hand: 5 Minuten!)*
Norbert: Glückskekse!
Burgunda: Wie immer – ich hasse Glückskekse.
Norbert: Ich weiß! Die hat uns aber die Frau Dr. Sorgenfrei verschrieben …
Burgunda: Dir, Norbert! Nicht mir. Sie ist *deine* Psychologin.
Norbert: Doch, uns! Sie sagt, Glückskekse würden uns beflügeln!

Burgunda: Vor allem dich, du Oberflügler! Übrigens, dei Hosentürl is offen.
Norbert: Mhhm! Ja, ich hab Bereitschaft! *(Reicht ihr ein paar Glückskekse.)*
Burgunda: *(Schüttelt den Kopf.)* Echt! *(Öffnet einen Glückskeks, liest vor.)* „Bitte pack mich wieder ein, ich kann deinen Anblick nicht mehr ertragen." *(Erfreut)* Der Keks is für dich!
Norbert: *(Öffnet und liest.)* „Eine Ehe ist das Beste, was einer Frau passieren kann!"
Burgunda: Ja, wenn man dich ned kennt.
Norbert: *(Übergeht ihren Kommentar.)* Du bist dran ...
Burgunda: *(Öffnet energisch einen Keks, liest vor.)* „Das Beste an einer Frau ist ihr Mann!" *(Norbert feixt.)* Da fehlt was.
Norbert: Was?
Burgunda: „Das Beste an einer Frau ist ihr – *verstorbener* – Mann!"
Norbert: Du bist gemein! *(Liest vor.)* „Ein Ehemann ist ein Rohstoff, kein Fertigprodukt!" – Das stimmt!
Burgunda: „Es ist leichter, einen Mann zu finden als ihn wieder zu entsorgen!" – Stimmt!
Norbert: „Wenn beide rechtzeitig gehen, kann keiner zu früh kommen!"
Burgunda: *(Sieht auf die Uhr.)* Stimmt auch. Apropos früh kommen und rechtzeitig gehen: Norbert, deine fünf Minuten sind um!
Norbert: Wir haben ja no gar ned richtig angefangen ...
Burgunda: Doch, fünf Minuten ... *(Hält ihr Handy hoch, tippt.)* Ich ruf jetzt deine Frau Dr. Sorgenfrei an.
Norbert: Warum?
Burgunda: Norbert, seit fünf Jahren schickt dich deine Frau Doktor einmal in der Woche mit Glückskeksen zu mir ... *(Ins Telefon)* Frau Dr. Sorgenfrei? – Ihr Klient möchte aus der Therapiestunde abgeholt werden! *(Legt auf.)* ... Und des, weil sie mit dir allein nicht fertig wird.
Norbert: Ja, damit sich unsere Ehe mit Glück erfüllt ...
Burgunda: Norbert, wir sind seit zehn Jahren geschieden!

VORHANG

FITZGERALD KUSZ

gedichte aus dem lockdown

fensdä

am fensdä schdäih
miä schdennä am fensdä
wos bleibd uns anders übri?
miä schdennä am fensdä
und schauä naus
miä machn es fensdä auf
und loun di lufd rei
di lufd doud uns goud
miä schdennä am fensdä
und waddn
miä waddn bis mä
des fensdä nimmä braung

hoggn
frühjahr 2020

miä hoggn uns aff bänk
und wemmä lang gnouch
aff dä bänk ghoggd senn
gemmä ä haislä weidä
und hoggn uns
aff di nächsde bänk
aff deä nu kannä hoggd
miä hoggn uns hii
und schauä di laid oo
wou bänk soung
wou säsi hiihoggn könnä:
weä hoggd deä hoggd
su vägäihd di zeid

karfreitag 2020
haiku

afferm baamschdamm im wald hockn
allers is aff amall ganz weid wech
hindä und vuä miä nix wäi baim

loggdaunkrouhä

wos machn di krouhä
di krouhä im loggdaun?
hoggn däi immä nu alle
aff iäm bamm rum?
haldn däi werkli
di abschdandsregln ei?
droong däi bamm fläing
mund-und nosn-schudz?
derfns di maskn abnehmä
wenns affm buudn landn
und wos zum fressn soung?
wos machn di krouhä
di krouhä im loggdaun?
derfn si däi ibähabds nu
in dä nähe
vo menschn aufhaldn?

suvival
haiku

schnäiglögglä
im schneegeschdöbä
edz haßds durchhaldn

schlussapplaus
nach der theaterschließung

es deoodä is leer
di bühne dunkl
ä nachfaldä zabbld
innerm schbinnänedz
kummd nimmä raus
wou bleibdn dä hamlet?
sein oddä nichtsein
wos isn des fiärä frouch?
dä ledzde vuähang is gfalln
dä nachdfaldä zabbld nu
kannä wadd aff godot
deä is scho lang
in quarantäne

weihnachtslied

schdille nachd,
heiliche nachd
des virus wachd
des schläifd nie
des is ned hii
des gibd ka rouh:
des schlächd zou

bunte steine

iberoll lieng edz
bund oogmohlde schdaa
weä mohld däi oo?
weä lechd däi hii
dass jedä sichd?

manchmall schdäihd
aa wos draff
aff am sugoä „corona“:
di schdaa könnä nix däfüä

litanei

widdä ä joä rum
und widdä semmä
dodd wou mä scho
mall woän

widdä ä joä rum
di viren schwebm
immä nu
durch di lufd

widdä ä joä rum
iich zäich ä maskn
ibä mein mund
und mei nosn

widdä ä joä rum
iich mach
enn groußn buung
um alle laid
widdä ä joä rum:
wou gäihd des nu hii?
wenn houd des ä end?

KATHARINA LANG

Beruf: Christkindl

Prinzipiell bin ich zufrieden mit meinem Beruf. Autorin sein ist toll. Man darf viel schreiben und manchmal bekommt man auch Geld dafür – manchmal! Zu Beginn meiner Selbstständigkeit war das zumindest die Regel.

Und so packte mich in meinem ersten Herbst als freie Künstlerin auch der erste Künstler-Blues. Zusammen mit den grauen und verregneten Novembertagen kam sie: die Unzufriedenheit. Hand in Hand mit ihren kleinen Schwestern, der Frustration und dem Selbstmitleid. Ein großes und langwieriges Projekt war abgeschlossen und katapultierte mich postwendend in ein ebenso großes Loch. Etwas Neues wollte nicht so recht funktionieren, mein Girokonto befand sich im Fastenmodus – und dass ich achtzig Prozent meiner Arbeitszeit allein in meinem kleinen Münchner Mietwahnsinns-Kabuff saß, trug auch nicht unbedingt positiv zur Gesamtsituation bei. Als ich dann die dritte Woche in Folge in Jogginghosen an meinem Schreibtisch saß und auf meinen leeren Laptop-Bildschirm starrte, beschloss ich, aktiv zu werden: Vielleicht sollte ich mich über den Winter umorientieren. Ich brauchte einen neuen Beruf, vielleicht sogar eine neue Berufung. Etwas, das handfester war als das kreative Schreiben. Es sollte etwas bedeuten. Die Welt verändern! Eine echte Herausforderung!

Und so wurde ich – Christkind.

Zufälligerweise ergab es sich nämlich, dass das echte Münchner Christkindl damals furchtbar im Examensstress war. Also sagte ich begeistert für den Job im Christkindlpostamt im Rathaus zu und freute mich darauf, die Wunschzettel von braven Kindern zu beantworten und die Weihnachtspost von ganz München anzunehmen. Alles sehr besinnlich und erfüllend. Und eine hervorragende Gelegenheit, mich aus meinem Loch herauszuziehen.

Die Realität sah allerdings etwas anders aus. Christkindl-Sein ist auch kein Zuckerschlecken – und ein paar wichtige Details wurden mir beim Vertragsabschluss vorenthalten!

Punkt 1: Die Sicherheit am Arbeitsplatz

Schon an Tag Eins als Christkindl stellte sich heraus, dass das Tragen von Flügeln für jegliche Tätigkeit, die im Stehen oder Gehen zu erledigen ist, äußerst suboptimal ist. Vor allem der Toilettengang wurde zur Herausforderung. Als ich zum ersten Mal „mal musste“, blieb ich mit meinem linken Flügel im Drehkreuz zu den Bezahl-Toiletten stecken. Dann lies ich ein paar Federn, als ich mich durch den engen Gang und an den anderen Damen und Kindern vorbei zur Kabine durchschob („Guck mal Mama, des Christkindl muss auch bieseln!“). Nächstes Problem war das „Einparken“ in ebendieser Toilettenkabine – wie ich sehr physisch feststellen musste, als ich mit einem starken Ruck von den sich im Türrahmen verkeilten Flügeln am Eintreten gehindert

wurde. Ich fluchte und schwitzte – gab nach zehn Minuten auf und beschloss, erstmal nichts mehr zu trinken.

Punkt 2: Die repetitiven Tätigkeiten

Hach ja, wie schön hatte ich mir das vorgestellt mit den besinnlichen Münchnern und den süßen Kindern, die mich im Christkindlpostamt im Rathaus aufsuchen würden. Tatsächlich sind die Münchner Christkindlmärkte aber meistens mit Tausenden Touristen überfüllt. Und die wollen alle in den Rathausturm. Dummerweise befand sich der Aufzug zum Turm genau neben meiner Himmelspforte. Und das Schild mit den Eintrittspreisen – richtig, direkt rechts neben meinem Fenster. Auch ich selbst fand es reichlich unlogisch, dass die Kasse zum Turm dann erst oben im vierten Stock kam. Das tröstete mich aber auch nicht, als ich zum gefühlt hundersten Mal folgenden Satz wiederholen musste: „Nein, sie können den Turm-Besuch bei mir nicht bezahlen." Statt rüstigen Rentnern und knuddeligen Kindern besuchten mich am ersten Tag fast ausschließlich die Turm-Touristen. Und langsam, aber sicher fühlte ich mich wie der heilige Papagei und nicht wie das heilige Christkindl: „Die Kasse ist im vierten Stock. La caisse est au quatrième étage. The cashier is on the fourth floor. Per favore – paga sobra!"

Punkt 3: Die gemeingefährlichen Gesundheitsrisiken

Als mein erster Tag als Christkindl fast rum war, hatte ich nicht nur einen angeknacksten Flügel und einen trockenen Mund vom wenigen Trinken und vielen Touristen-zum-Turm-schicken. Ich hatte auch das Gefühl, dass ich mir langsam, aber sicher eine Gaumenzerrung einhandeln würde, so oft musste ich überfreundlich in diverse Kameras lächeln. Außerdem hatte ich vom vielen Winken einen Tennisarm. Ich fragte mich: Habe ich als Christkindl überhaupt eine ausreichende Krankenversicherung? Und können solche Verschleißerscheinungen als Arbeitsunfall gelten? Augen auf bei der Berufswahl!

Einmal fiel der Aufsteller draußen vor meiner Pforte um. Ich stöhnte innerlich auf. Schnell flitzte ich raus, um alles wieder gerade zu rücken. Doch ich war nicht schnell genug. Sofort jauchzten dutzende Stimmen begeistert auf und mindestens ebenso viele Smartphones und Kameras wurden gezückt. *Klick, klick, klick.* Ich lächelte und winkte. Zwei Asiatinnen rannten ungefragt zu mir, legten ihre Arme um mich, rissen dabei ein weiteres Büschel Federn aus meinen Flügeln. *Cheese!* Ich lächelte und winkte. Ein junger Italiener preschte vor und hielt mir die Kamera direkt ins Gesicht: „Che bella!" Er starrte lüstern in meinen Ausschnitt. Ich lächelte und winkte. Eine Gruppe gut mit Glühwein betankter Engländer kam grölend auf mich zu – und ich konnte das Lächeln nur noch schwer aufrecht halten.

So eine saudumme Idee, das Christkind machen zu wollen! Ich fühlte mich in meinen Erwartungen betrogen und überlegte schon, eine Christkindl-Gewerkschaft zu gründen. Ganz anders als geplant waren meine alten Freunde, die Unzufriedenheit und das Selbstmitleid, stärker als je zuvor. Das war mit Abstand der dümmste Job, den ich je hatte!

Plötzlich löste sich aus der Menge ein kleines Mädchen, circa vier Jahre alt. Sie zögerte erst schüchtern, wurde dann aber von ihrer Mutter vorgeschoben. Sie machte ein paar Schritte auf mich zu – mit einem bunt beklebten Brief in der Hand. Sofort wichen die angetrunkenen Engländer zurück und ließen das Mädchen vor.

„Hallo, Christkindl."

Das Mädchen drückte mir eilig seinen Wunschzettel in die Hand und versteckte sich dann hinter ihrer Mutter, die abgehetzt einen Kinderwagen schob. „Zum Glück! Ich dachte schon, wir schaffen's nicht mehr bis 18 Uhr."

Ich lächelte das Mädchen nett an und gab ihm ein Gutterl: „Dankeschön! Dann schau ich mal, was ich machen kann!"

Das Kind nahm erfreut das Gutterl an, dann nickte es ernst und sagte – nun so gar nicht mehr schüchtern: „I hätt gern an Roller. Aber mit Gummireifen! Und in weiß."

„So so." Ich grinste und kramte nochmal ein Gutterl aus meiner Rocktasche.

Das Geschwisterchen im Buggy streckte mir strahlend seine klebrige Hand entgegen. Dann patschte es eifrig auf meine Flügel. Ich merkte, wie sich der letzte Rest der weißen Federn verabschiedete. Meine Knie schmerzten, mein Mund war vom Dauerlächeln taub und eigentlich hätte ich seit zehn Minuten Feierabend. „Wollt ihr noch ein Foto mit dem Christkindl?" Ich strahlte die beiden an.

Und natürlich wollten sie.

Um uns herum war es plötzlich ganz still geworden. Und als ich mich mit den Kindern aufstellte, wichen nicht nur alle höflich zurück. Einer der Touristen bot sich sofort an, das Foto zu machen, damit sich die Mutter dazustellen konnte. Der Italiener, der gerade noch so forsch gewesen war, beobachtete die Szenerie ehrfürchtig. Und die asiatischen Touristinnen winkten den Kindern entzückt zu.

Als das Foto im Kasten war, verabschiedete sich das Mädchen brav: „Servus Christkindl. Und … pass fei auf dich auf, wennst wieda in Himme nauffliagst!"

Ich sicherte ihr zu, dass ich ganz vorsichtig und nur streng nach Himmelfahrts-Verkehrsregeln fliegen würde. Das Mädchen ergriff die Hand ihrer Mutter, die mich dankbar anlächelte, und winkte mir im Gehen noch einmal strahlend zu. Ich blickte berührt und plötzlich völlig entspannt auf den bunt bemalten Wunschzettel in meiner Hand, mit der Aufschrift „Füa dass Kriskin".

Es war der beste Job, den ich je hatte.

ANTON G. LEITNER

Dro sei

Wann bin i dro?
Wennsd dro bisd,
Bisd dro. Wann
Bisd nachad du
Dro? Need, dass
Du no voa mia
Dro bisd! Wenn i
Need boid dro
Kumm, bin i no dro.
Hoidd, Freinddal!
Du bisd noch mia
Dro! Des ko doch
Need sei, dass
Dea Gloiffe no
Voa mia dro is!
Bis i dro bin,
Bin i nimma do.

An der Reihe sein *oder* Zur Verantwortung gezogen werden

Wann komm ich dran?
Sobald du an der Reihe bist,
Kommst du dran. Wann
Bist denn du
An der Reihe? Nicht, dass
Du noch vor mir
Dran kommst! Wenn ich
Nicht bald an der Reihe
Bin, dann ist alles zu spät für mich.
Halt, Freundchen!
Du bist erst nach mir
An der Reihe! Das darf doch
Nicht wahr sein, dass
Dieser Rüpel noch
Vor mir dran kommt!
Bis ich an der Reihe bin,
Bin ich schon hin.

Habds mi doch gean!

I wui goa need
Wissn, wos no
Oiss kummd,

Wei ma des scho
Z' vui wead, wos
Heidzodog los is

Auf da Wäid.

Ihr könnt mich mal gernhaben!

Ich will gar nicht
Wissen, was noch
Alles kommt,

Weil mir das schon
Bis Oberkante Unterlippe steht, was
Heutzutage abgeht

Auf der Welt.

Da unbefleggde Boandlgrama

Seida sein Leichnwong
Auf Weiss umgschbrizzd
Hod, fiachd i mi nimma
Voam Dod, weis Obgrazzn
So unschuidig woan is, wias
Olle Weiwaleid gwen san, de
Amoi in Weiss gheirad ham.

Der unbefleckte Sensenmann

Seit er seinen Leichenwagen
Auf Blütenweiß umgespritzt
Hat, fürchte ich mich nicht mehr
Vor dem Tod, weil das Sterben
So unschuldig geworden ist, wie es
Dereinst alle Frauen waren, die
In Weiß geheiratet haben.

An lezdn Weisheidszaan ziang

»Hosd an Mo, iss
Nix, hosd koan, iss
Aa nix«, vazabbfds
Gschroamaulad
Beim kaddolischn
Weiwakaffägranzal,
Wo aa scho sagg-
Risch d' Schwind-
Suchd grassiad.

»Hosd a Wei, iss
Nix, hosd koans,
Iss aa nix«, daad
Ia Oida song, boisn
Need scho eigrom
Hädd. Weisn nia
Hilassn hod an
D' Musi, isa imma
No schdaada woan,
Bisa se am End
Ganz zamgsuffa
Ghabd hod.

Den letzten Weisheitszahn ziehen

»Hast du einen Mann, ist es
Nichts, hast du keinen, ist es
Auch nichts«, verkündet sie
Mit ihrer raumfüllenden Stimme
Beim Kaffeekränzchen
Des Katholischen Frauenbundes,
Das auch schon einem ver-
Fluchten Schrumpfungs-
Prozess unterworfen ist.

»Hast du eine Frau, ist es
Nichts, hast du keine,
Ist es auch nichts«, würde
Ihr Mann sagen, wenn sie ihn
Nicht schon zu Grabe getragen
Hätte. Weil sie ihn nicht allzu oft
Die Vorzüge der körperlichen Liebe
Auskosten ließ, ist er stiller
Und stiller geworden,
Bis er sich schließlich
Auf Raten zu Tode
Gesoffen hat.

Es is scho a Greiz mid dene gschbinnadn Uhus unddam Greiz

»Unsa Hochwiadn is a Pfunds-
Keal«, schwäambd sei Minisdrand

Midm Milligfries, dea scho üwa
Viazge is und no dahoam bei

Seina oidn Muadda im Kindazim-
Mal hausd. »Da Pfarra hod oiwei

Pfäffade Schbrüch üwa d' Weiwa-
Leid auf Laga!« So wia des

Globde Zwedschgnmandal
In seim Pfaffnreggal umananda-

Schwanzld, woasa gwies need,
Wia ma an schwarzn Pfäffa ans

Hoide Gschlächd bringd, deng i
Ma no, awa song dua i: »Dea

Soi nix vazabbfn, wosa äh need
Kabbiad, und se liawa füa de ins

Zeig leeng, de eana Mai ans
Dieschegg hihaun miassn.«

Awa sei doagada Bolandde va-
Schdeed mi need, weia auf dem

Oawaschl dorad is und bloos
Des head, wosa grod hean wui.

Es ist schon ein Kreuz mit diesen komischen Käuzen unterm Kreuz

»Unser Hochwürden ist ein patenter
Kerl«, schwärmt sein Ministrant

Mit dem Milchgesicht, der schon über
Vierzig Lenze zählt und noch zuhause bei

Seiner alten Mutter im kleinen Kinder-
Zimmer wohnt. »Der Herr Pfarrer hat immer

Gepfefferte Sprüche über die Frauen-
Welt in petto!« So ungelenk wie dieses

Gepriesene Männlein
Im Priesterrock herum-

Stakst, weiß er bestimmt nicht,
Wie man das zarte Geschlecht

Scharf macht, denke ich
Mir noch, aber ich sage: »Der

Soll nicht dumm daherreden, wenn er eh keine
Ahnung hat, und sich lieber für die

Engagieren, die sich alles vom Mund ab-
Sparen müssen.«

Aber sein adipöser Messdiener will
Mich nicht verstehen, weil er auf diesem

Ohr taub ist und nur
Das hört, was er hören möchte.

Schdichd da Hafa

Floggn riesln lassn
In a Schüssl und
Danoch hoassds
Schnibbsln. Ebbfe

In Scheim schnein
Und de Scheim in
Schdreifn und de
Schdreifn in Wüafal.

Draum viadln und
A Dschiegwiedda-
Banaanä in Radl
Teiln und d' Radl hoi-

Bian, dann oiss
Guad midnand va-
Rüan. Mid Milli
Fluudn, no amoi rüan

Und se need schee-
Nian, boi oam dawei
Scho 's Wassa ausm
Mai aussedrebbfed.

Sticht der Hafer

Flocken in eine Schale
Rieseln lassen und
Danach geht das
Schnipseln los. Äpfel

In Scheiben schneiden
Und die Scheiben in
Streifen und die
Streifen in kleine Würfel.

Trauben vierteln und
Eine Chiquita-
Banane in Rädchen
Portionieren und die Rädchen hal-

Bieren, dann alles
Gut miteinander ver-
Rühren. Mit Milch
Fluten, noch einmal rühren

Und sich nicht ge-
Nieren, falls einem dabei
Schon das Wasser aus dem
Mund tröpfelt.

Dschuidigns

I bin kaa oo.
Und wei i
Nimma ko,

Bleib i no
A bissal
Do.

Ich bitte Sie um Verzeihung

Ich bin am Ende.
Und weil ich
Nichts mehr zustande bringe,

Bleibe ich noch
Eine Weile
Im Amt.

GERHARD LOEW

Anpassung

Ein Weinblatt bin ich angstgebadet
Treibe ich auf hoher See
Äußerlich fast unbeschadet
Doch die Verlassenheit tut weh

Halt da sitzt doch eine Laus
Hat die mich gar schon angefressen
Bevor der Sturm uns riss hinaus
Ins wellige Vergessen

Was glotzt du so fragt mich die Laus
Glaubst du wir sind verloren
Was sonst bring ich gequält heraus
Das Schicksal hat uns auserkoren

Du hättest mich auch so vernichtet
Mit deiner Fressgier deinem Trieb
Hätt gern auf alles das verzichtet
Mein Platz am Weinstock war mir lieb

Wir leben noch in Pech vereint
Anpassung kann uns helfen nur
Bin dein Matrose nicht dein Feind
Komm segeln wir nach Singapur

April

Die Nacht verdrückt sich auf leisen Tatzen
Der Tag wagt sich zögernd ins Licht
Magernde Schatten huschende Katzen
Aurora zeigt scheu ihr Gesicht

Das ist das Signal für Kolorateure
Die Troubature der Äste
Gefiederte Phrasen Soprane Tenöre
Der Amselhahn ist der Beste

Majestätisch erhebt sich die ewige Sonne
Wirft mit Bündeln aus rotgoldenem Glanz
Diogenes krabbelt aus seiner Tonne
Und fordert das Leben zum Tanz

Plagiat

die Lösung ist ein stiller Rat
den Ehrgeiz gern in petto hat
das Risiko ist marginal
der Endzweck schönt den Sonderfall

mit fremden Federn dezent glänzen
hilft Titellücken zu ergänzen
und nagt im Innern auch ein Zweifel
die Praxis schert sich einen Teufel

die präsentierte Neuidee
ist eben nicht aus altem Schnee
und gleicht das Ei eben dem Ei
ist halt ein Zufallsklan dabei

der Kommission schön hingerieben
kein Wort erscheint wie abgeschrieben
wohl dem der solche Chancen hat
nur Neider kreischen – Plagiat!

Jupiter

Abend – noch nicht ganz zur Nacht entschieden
Der Tag lugt noch über den Erdenrand
Da nimmt Jupiter am Himmel im Süden
Die bleiche Mondsichel in die Hand

Schaut auf die Erde und droht uns Affen
Ihr verschwendet verdreckt macht alles kaputt
Ich sollte euch wirklich noch vorher bestrafen
Bevor es beigott eure Dummheit tut

Einen Asteroiden könnt ich übersehen
Der sich auf Kollisionskurs befindet
Ihr würdet den Einschlag nicht überstehn
Sobald er aus meinem Kraftfeld entschwindet

Findet schnell einen Weg da gibt es nicht viele
Ihr müsst euere Sündenregister entlasten
Ich rate euch dringend setzt knallharte Ziele
Übt Demut Respekt und ehrliches Fasten

Rückspiegel

Da war Dies und da war Jenes
Da war Festes da war Sumpf
Da war Hässliches da war Schönes
Da war Niete da war Trumpf
Da war Lösung da war Frage
Da war Öde da war Nest
Da war Sicherheit da Plage
Da war Alltag da war Fest
Da war Freiheit da war Enge
Da war Wahrheit da war Lug
Da war Leichtigkeit da Strenge
Da war viel da nicht genug

Nachtflug

Der Drink im Plastikglas längst abgestanden
Kabinencrew im Serviceteil verschwunden
Im Bordprogramm ist nichts für mich vorhanden
und die Minuten quälen sich zu Stunden

Die Vorderlehne kippt auf meine Knie
Der Ellenbogen von rechts rutscht in mein Feld
Kein Fünkchen Schlaf so sehr ich mich bemüh
Der Flieger voll man fliegt für kleines Geld

Der größte Luxus wär ein bisschen Raum
Ich denk verkrampft an eine Frühlingswiese
Der Nachbar neben mir hat einen Gulaschtraum
Es schmatzt und pfeift wie eine Dampftopfdüse

Das Blitzlicht unterm Flügel hackt Stunden
Die Nacht ist schwarz – weiß träum ich mir ein Bett
So viel Entbehrung hab ich nie empfunden
In jüngern Jahren fand ich das Fliegen nett

Am Horizont zeigt sich ein Morgenschimmer
Der Airbus setzt erschöpft zum Sinkflug an
Dem Himmel Dank Endlos war nicht für Immer
Im nächsten Jahr bleib ich in Hindelang

Oida mo
Gstanzl

Und moant a oida Mo
Er waar a Junga no
Er daad si ois zuatraun
Do werdn mi guad hischaugn
Weil in an morschn Baam
Da Saft ned bsonders steigt
Da is da Liebestraam
Ganz schnell vageigt

Früher is er vawegn
Oft bei die Menscher glegn
Er hätt si sauber gschaamt
Hätte er oan Zuag vasaamt
Heit daad er scheinbar gern
No desell Musi hörn
Aba er hört scho schlecht
Ja, jetzt werds recht

Und hockt er dann beim Wirt
Und sauft die fünfte Mass
Dann gibt er sakrisch o
Mit seiner Extrarass
Die Späzln sogn mir zoin
Dir in da Stodt a Schnoin
Aber da schnarcht er scho
Da guade Mo

Er deaf si ned beklogn
Mir werdns ned weidasogn
Oft is erst wos dakennt
Boi ma si's Mäui vabrennt
Ja mei es is hoid so
Z'letzt kommt die Einsicht dro
Manchmoi a bisserl z'spät
Des is hoid bläd

Schwalben

Wolkenfregatten ziehn übers Blau
Nebenan auf der Weide ruht eine Kuh
Ich liege im Gras staune und schau
Ich schau den Schwalben zu

Da oben ist Showtime perfekt elegant
Ein spannendes Tohuwabohu
Für Mücken und Fliegen sehr riskant
Ich schau den Schwalben zu

Bald werden die in den Süden fliegen
Muht nebenan leise die schöne Kuh
Bleib du ruhig noch ein Weilchen liegen
Und schau den Schwalben zu

Was wenn

Was wäre die Welt ohne Lüge
Ein Garten Eden der Aufrichtigkeit
Ein Ist-so-wie-es-ist-Gefüge
Das Wunder einer neuen Zeit

Was wär wenn jedes Wort gewogen
Kein Zweifel könnt sich jemals regen
Aussagen, Nachrichten nie gelogen
Wär das nicht ein großer Segen

Dann gäbs aber auch keine Lügen aus Not
Aus Rücksicht Weitsicht tieferem Wissen
Käm je so ein Universalverbot
Wir würden die Lüge vermissen

Wer schaugt di o …

Wer schaugt di o wenn du in Spiagl schaugst
Kennst den oder moanst blos dass d'n kennst
Is er der Mensch der dir und dem du daugst
Den du dein Heldn und dein Späzi nennst

Wer baut di auf wenn du der Zeit nachwoanst
Weil's wia a Zeppelin an dir vorüberfliagt
Weil nix wos'd oglangst so werd wiast as moanst
Und blos der recht kriagt der am bessern liagt

Wer steht zu dir wenn du di zammmareisst
Und s'Maul aufmachst wo si sonst koana traut
Oda wennst liaba dir d'auf Zunga beisst
Bevorst verratst wos ma dir anvertraut

Denk da nix Hauptsach du bist gsund
Und weilst Charakter host bist sowieso a Hund

JÖRG MAURER

In der Buchhandlung

Buchhändler Wollens einen Kaffee?

Kunde Ja. Mit Milch und Zucker. Und ein Buch.

Buchhändler Was denn für eines?

Kunde Irgendeines.

Buchhändler Irgendeines – gibts bei uns nicht.

Kunde Gibt es schon. Wenn ich zum Beispiel irgendwo auf ein Regal hindeute, dann deute ich zwangsläufig auf irgendein Buch.

Buchhändler Dann gebe ich Ihnen das Buch, das irgendeine. Ich frag gar nicht, für was Sie irgendein Buch brauchen.

Kunde Für den Fasching. Ich möchte als Leser gehen.

Buchhändler Gell, das ist einmal was anderes als Räuber oder Pirat.

Kunde Bei dem Ball, da werden die fantasievollsten Kostüme prämiert.

Buchhändler Schön.

Kunde Jetzt weiß ich auch nicht: Wie schaut denn so ein typischer Leser aus?

Buchhändler Ganz unterschiedlich.

Kunde Haben Sie denn keine – Leser-Maske?

Buchhändler Wie soll denn so eine Leser-Maske ausschauen!?

Kunde Mit dem G'schau von einem typischen Leser.

Buchhändler Das G'schau allein macht einen Leser nicht aus. Sie brauchen schon auch eine Leselampe, eine Lesebrille und einen Lesesessel. Da setzen Sie sich gemütlich hinein und blättern in einem Buch. Das G'schau ist eher nebensächlich. Das G'sitz ist viel wichtiger.

Kunde G'sitz? Und wann soll ich dann tanzen?

Buchhändler Tanzen? Tanzen wollen Sie auch noch!

Kunde Ja, es ist doch ein Faschingsball mit Musik. Wenn ich nicht tanzen kann, dann kann ich ja gleich daheimbleiben. Und was lesen.

Buchhändler Leser tanzen nicht. Sie müssen sich schon entscheiden.

Kunde Ja, Sie müssen es wissen, Sie sind der Buchhändler.

Buchhändler Ich bin kein Buchhändler. Ich bin Apotheker.

Kunde Dann ist das hier keine Buchhandlung?

Buchhändler Nein, eine Apotheke.

Kunde Aber die ganzen Bücher draußen in der Auslage?

Buchhändler Fasching.

Kunde Eine Apotheke! Ich hab mir gleich so was dacht. Dann geben Sie mir ein Flascherl, wo „Gift" draufsteht. Möglichst mit einem Totenkopf.

Buchhändler Sie wollen doch nicht –

Kunde Doch, ich will als Giftmörder gehen. Da kann ich das G'schau selber machen. Ein richtig giftiges G'schau. Das geht auch im Stehen.

Buchhändler Ein Giftmörder geht doch nicht mit einem Flascherl herum, wo „Gift" draufsteht!

Kunde Im Fasching schon.

Buchhändler Also gut, dann geb ich Ihnen so ein Flascherl, dass eine Ruh ist. Aber passens auf, das ist ein sehr starkes Gift, hochexplosiv, bewegungsempfindlich – „Lohn der Angst", Sie wissen schon.

Kunde Aber dann kann ich ja wieder nicht tanzen.

Buchhändler Ein langsamer Foxtrott wird schon gehen. Tut mir leid, aber wir schließen jetzt. Feierabend.

Kunde Haben Sie noch was vor?

Buchhändler Ja, ich muss zu einem Faschingsball.

Kunde Und als was gehen Sie?

Buchhändler Jetzt raten Sie einmal.

Kunde Ich errat es nicht.

Buchhändler Doch, ratens ruhig.

Kunde Sie sind gar kein Apotheker.

Buchhändler Richtig.

Kunde Sie sind Giftmörder.

Buchhändler Wie haben Sie denn das rausgebracht?

Kunde Ich lese sehr viel. Und dann Ihr G'schau.

Buchhändler Dann gehen Sie zu gar keinem Faschingsball!

Kunde Sie doch auch nicht.

Buchhändler Dann können wir ja zusammen gehen.

Kunde Das machen wir.

Buchhändler Das Gift haben wir?

Kunde Freilich.

Buchhändler Bloß keine schnellen Bewegungen.

Kunde Ich weiß schon, „Lohn der Angst".

Buchhändler Sie sind gar kein Giftmörder.

Kunde Nein.

Buchhändler Sie sind Kriminalkommissar.

Kunde Wann haben Sie das gespannt?

Buchhändler Von Anfang an.

Kunde Und der Kaffee?

Buchhändler War vergiftet.

Kunde Herrjessas!

WOLFGANG OPPLER

Kleines Liebesmärchen

Am Bach ein Kieselstein,
so einsam und allein.
Er seufzt: „Wie wär das nett,
wenn ich Gesellschaft hätt".
Da kommt ein Blatt geschwommen,
hat ihn zum Mann genommen.
Und wenn sie nicht gestorben sind,
erzählen sie's dem Steinblattkind.

Frau mit verzweifeltem Vorsatz

Der Blitz soll mich
beim Bieseln erschlagen,
wenn ich mir weiterhin
in Aufreißerkneipen
selbstgefällige Angeber
mit klebriger Margarita
schön saufe
und mir einrede,
das hat was mit Liebe zu tun.

Zwei Elfchen

1.
Gewittersturm
deine Hand
in der meinen
nichts kann uns geschehen
versprochen

2.
Bier
köstlicher Nektar
Geschenk der Götter
an uns unwürdige Kreaturen
Prosit

Stillleben

Die Schreibtischplatte
verborgen unter Wiedervorlagelisten,
zerfledderten Gesetzsammlungen,
gestapelten Aktenbündeln.

Die rote Nase
hängt einsam
am Haken des Wandkalenders.
Der Zirkus ist weitergezogen.

WOLFGANG OPPLER

Die Ballade vom Auftragskiller Hanns Hollerweck

Das Leben schreibt oft lehrreiche Geschichten.
So lasst euch von Hanns Hollerweck berichten.
Er musste schon als Kind voll Schmerz erfahren,
er war nicht so wie andre Knaben waren.
Hat alle andern haupthoch überragt.
War dennoch immer angstvoll und verzagt.
Er mied das Ballspiel und das Fahrradsausen,
vor Raufereien floh er voller Grausen.
Und spielten andre Räuber und Gendarm,
dann wiegte er ein Püppchen auf dem Arm.
Natürlich ließ der Spott nicht auf sich warten.
Ein Kinderdasein ist kein Rosengarten.

Bereits an dieser Stelle stellen wir uns die bange Frage,
wie wohl Hollerwecks beruflicher Werdegang verlaufen wird.

Ein schlechter Start prägt meist fürs ganze Leben.
Wie konnte Hanns im Job nach Ansehn streben,
wenn – noch bevor man sah, was in ihm steckte –
ein jeder ihn als Firmentrottel neckte.
Blieb nirgends länger als ein viertel Jahr.
Beim Arbeitsamt galt er als „nicht vermittelbar“.
Dann traf er einen kahlgeschornen Mann,
der bot ihm eine Lebensstellung an
als eigner Chef und keines Manns Lakei,
Gehalt und Prämien bar und steuerfrei.
Flexible Arbeitszeit. Ein wahrer Knüller!
Hanns sagte „Ja!“ und wurde Auftragskiller.

Hier zeigt sich, wie wichtig im Berufsleben spontane Veränderungsbereitschaft ist.

Hanns lernte, was zum Menschenmetzeln nützt,
wie man erfolgreich Hals und Bäuche schlitzt.
Er übte Schießen, wurde täglich besser.
Bei Karstadt gab es scharfe Küchenmesser,
im Bahnhofsviertel eine Walther PPK.
Dann war auch schon der erste Auftrag da.
Das Ziel war Stadtrat Kunz, geehrt und neunmalklug,

der jeden Abend Frau und Kinder schlug.
Die Schwiegermutter ließ zehn Riesen springen,
um diesen Saubermann ums Eck zu bringen.
Im Bauausschuss war kleine Sitzungspause,
man rauchte oder schlürfte eine Brause.
Herr Stadtrat Kunz ging kurz aufs Rathausklo.
Hanns stach ihn ab und lachte schadenfroh.

Ein gelungenes Beispiel für eine erfolgreich absolvierte Umschulung.

Ein Pater stellte lüstern Knaben nach,
den stürzte Hollerweck vom Kirchturmdach.
Ein Miet-Hai fuhr mit 100 an den Baum,
die durchgeschnittne Bremse bremste kaum.
Ein Denunziant starb an der Schwammerlpfanne,
ein Waffenschieber in der Badewanne,
ein Lude schluckte Pommery mit Gift.
Die fiese Pflegerin vom Altenstift
erwürgte Hanns mit einer Nylonschnur.
Die Totmachbranche hatte Konjunktur.

*Ist es nicht tröstlich, dass beruflicher Erfolg auch ohne
Hochschulstudium möglich sein kann?*

Die Kohle floss. Der Killer wurde reich.
Ein Cabrio, ein Haus mit Gartenteich.
Nahm eine Frau aus hochgestellten Kreisen.
Sah Opern, machte ausgedehnte Reisen.
Bei Staatsempfängen und beim Schiffetaufen,
beim Austernschlürfen, beim Champagnersaufen
war er ein immer gern gesehner Gast.
Und nebenher lief ohne jede Hast
das Meucheln jener, die im Wege waren.
Sein Weib hat nie ein Wort davon erfahren.

Sagte ich schon, dass unsere kleine Fabel als Lehrstück für alle Verzagten und Hoffnungslosen dienen kann?

Es lief perfekt! Doch eines Tags ein Schreck:
Sein nächster Auftrag hieß „Hanns Hollerweck".
Da hatte seine Frau, die falsche Schlange,
auf dass sie all sein Hab und Gut erlange,
ihn selbst zum feigen Abschuss freigegeben.
Zwei Möglichkeiten sah er sich erheben:
– Befolgen was ihm aufgetragen worden.
– Aus Rache seine Gattin zu ermorden.
Nie hatte er als Profi je erachtet,
dass er zum eignen Nutzen jemand schlachtet.
Sein Ehrenkodex bot ihm keine Wahl,
es galt zu tun, was immer man befahl.
Er hatte deliziös zur Nacht gegessen,
nahm seine jüngst erworbne Smith & Wesson,
begab sich still ins neugeflieste Bad,
entleibte sich als letzte Mördertat.

Das ist die Stelle, an der ich davon abrate,
Hollerwecks Beispiel in allen Details bedingungslos zu folgen.
Ach ja, es gibt noch ein kleines Nachspiel:

All seine Morde blieben ungeklärt,
doch dieser Tod schien manche Frage wert.
Die „SOKO Hollerweck" fand Widersprüche,
fand fremdes Blut in Stube, Flur und Küche.
Bald klagte man die schöne Witwe an
und mit ihr jenen kahlgeschornen Mann.
Das Schwurgericht entschied nach sieben Wochen,
die beiden lebenslänglich einzulochen.

Na also, da hat am Ende doch die Gerechtigkeit gesiegt.

Hotelbar

12 neue Sekundengeschichten

Frau am Tresen

Die junge Frau saß auf einem Barhocker, vor sich ein leeres Glas. All die Männer, die ihr trauriges Gesicht im Spiegel hinter der Bar erblickten, verliebten sich sofort bis auf den Tod. Um jeden von ihnen weinte sie eine Träne. Als der Morgen graute, war ihr Glas auf dem Tresen voll.

Wand

Im Prinzip war der häufige Drang des Barkeepers, ewig nörgelnde Gäste an die Wand zu klatschen, nicht verwerflich. Kritisch wurde es erst, als er dem Drang nachgab.

Traum-Frau

Weil der Vortragsreisende – wie üblich – im Hotelbett nicht einschlafen konnte, zog er sich wieder an und fuhr mit dem Lift zur Bar auf der Dachterrasse. Neben einer jungen Frau mit atemberaubendem Dekolletee war ein Platz am Tresen frei. Nach dem dritten Pina Colada kritzelte sie ihre Zimmernummer auf eine Serviette und ging. Fünf Minuten später klopfte er an ihre Tür. Von dem Klopfen wachte er auf. Zum ersten Mal in seinem Leben war er im Hotelbett sofort eingeschlafen.

Klassenfahrt

Punkt 18 Uhr checkte die Klasse der 10. Jahrgangsstufe im Hotel ein. Als Oberstudienrat Kampschulte eine Stunde später zur gebuchten Stadtführung aufbrechen wollten, fand er die Zimmer seiner Schutzbefohlenen leer. Fernem Radau folgend gelangte er in die Hotelbar. Keiner der Schüler hatte Zeit verloren, das Getränkeangebot einer gewissenhaften Prüfung zu unterziehen. Da das Entgelt für die Führung längst überwiesen war, lud der Pädagoge die reizende Stadtführerin in ein Weinlokal ein und lauschte bei einem Schoppen Iphöfer den Geheimnissen der alten Bischofsstadt.

Enttäuschung

Hätte er nicht mit eigenen Augen gesehen, wie der Barkeeper am Ende des Abends Leitungswasser in angebrochene Gin- und Wodkaflaschen füllte, hätte er sich auf seine Trinkfestigkeit allerhand eingebildet.

Elternbeirat

Nach dem Abendessen verkündete Iris, sie hätte noch eine Sitzung des Elternbeirats. Von Argwohn getrieben folgte ihr Joachim bis zu einem Hotel in der Innenstadt. In der Hotelhalle küsste sie einen fremden Mann auf den Mund, bevor die beiden im Aufzug verschwanden.

Joachim nahm sich ein Zimmer im obersten Stock. Eine volle Stunde saß er weinend auf der Balkonbrüstung. Dann ging er in die Hotelbar und besoff sich grundvoll.

Rauchverbot

Als die afrikanische Reinigungsdame in der Früh die Hotelbar betrat, fand sie hinter dem Tresen den besinnungslos betrunkenen Hotelmanager in einer Urinlache liegen. Auf den Schreck zündete sie sich erst einmal eine Zigarette an, obwohl in der Bar striktes Rauchverbot herrschte. Sie gedachte, sich darauf hinauszureden, dass sie der Landessprache, in der das Verbot formuliert war, nur unzureichend mächtig sei.

Knabberzeug

In der Bar des Grand Hotel Kempinski seien bei gleichem Preis, sagte er, die Drinks besser eingeschenkt als hier. Dazu gäbe es Knabberzeug, kostenlos, sagte er, aber von dem guten, teuren. Keiner der Vertreterkollegen fragte, warum er dann nicht im Grand Hotel Kempinsky abgestiegen war, sondern für 42 Euro pro Nacht mit Frühstück hier im Schwarzen Ochsen.

Playa Esmeralda

Der Strand war nicht 200, sondern 2.000 Meter vom Hotel entfernt und die vollmundig angekündigte Hotelbar entpuppte sich als ein Kasten lauwarmes Bier neben dem Tisch des Nachtportiers.

Hierarchien

Weil Direktor Meier-Hagestolz und Prokurist Raabschulte im Konferenzraum des Hotels bei der Festlegung ihrer geheimen Geheimtaktik für die Besprechung mit dem amerikanischen Großinvestor ungestört sein wollten, sagten sie ihrem Trainee, er solle in der Hotelbar auf sie warten. Als sie nach Mitternacht zu dem jungen Mann stießen, fanden sie ihn Arm in Arm mit einem Herrn aus USA. Mit dem hatte er nach dem siebten Pils Brüderschaft getrunken.

Erfahrung

Nach 47 Jahren hinter dem Tresen konnte er bei jedem Gast auf Anhieb sagen, aus welchem Land er stammte, ob er dienstlich oder privat unterwegs war, ob er Wein, Bier oder Schnaps den Vorzug gab. Manche der zu vorgerückter Stunde vertraulich geschilderten Beziehungsprobleme konnte er fehlerfrei auswendig mitsprechen.

Erkenntnis

Als er im Morgengrauen aus der Hotelbar direkt in den Frühstücksraum torkelte, schoss ihm flüchtig durch den Kopf, dass das Geld für den Whiskey besser angelegt war als das für die ungenutzte Superior-Suite.

MONIKA PAUDERER

’S Gscheidhaferl

Gori, der zwoate Bua vom Schreiner Bichle, war so neugierig, dass ganz aus war. Scho ois Kloana, im Stubenwagen, hat er umanandagschaugt, wenn se was griaht hat, hat zappelt und gstrampelt und woit raus aufn Arm, rumtragen wern, in da Stuum oder im Garten. Wenn d’Mama beim Eikaffa war, und eahm draußd im Wagerl hat sitzen lassen, hat er gwippt und probiert, dass er ausse kimmt. Beinah waar das Wagerl umkippt, bloß weil er raus woit und mit ins Geschäft, damit er möglichst vui zum sehng kriagt.

Wia na des sogenannte „Fragealter“ oganga is, war er nimma zum dabremsen mit laute: Warum? Warum? Ois hat er wissen woin, so dass da Papa gsagt hat: „Der fragt man o a Loch in Bauch und wo da Dregg vom Dregg hergeht!“

In da Schui war er oiwei vorn dro, hat aa aufzoagt, wenn er vielleicht grad nix gwusst hat. Denn oogeem mit dem, was er gwusst hat, des hat er ollawei, aa wenn’s vielleicht ned gstimmt hat. So hat da Lehrer Gruawa moi zu eahm gsagt: „Du bist a rechts Gscheidhaferl! A Maustot-Frager, aber ois woaßt dengerscht ned! Oiso merk auf und hoit dein Schnowe! Red ma net oiwei so gscheid dazwischen. Wer moant, er woaß oiss besser, is oft eher dumm ois wia gscheid.“

Da drauf woit da Gori wissen, was eigentlich a Gscheidhaferl is. Weil, a Haferl hat er kennt, des war a extra große Tass, aus der d’Mama ihrn Muichkaffe trunga hat in da Friah. So hat’s eahm da Papa erklärt: „In a Haferl geht a wenig mehra nei, ois wia in a Tass. Und du wuist oiwei gscheida sei, ois wia de andern und sammelst de Gscheidheit im Hirnkastl. Megst as am liabstn mitm Leffe fressen! Aber ma muaß aa aussortiern könna, denn vui wissen hoaßt ned ois besser wissen. Des richtige muaß ma wissen und lerna und sammeln! A Gscheidhaferl is, wie de Preissn sagn, altklug, naseweis und gibt aa no oo mit dem, was er vielleicht grad hoibat woaß. Gega’s lerna hab i nix, aber wia gsagt, es muaß des recht sei.“

Ehrlich gsagt, gscheida is da Gori durch de Red vom Papa ned worn, oiwei no woit er ois wissen, hat d’Ohren gspitzt, wenn de Erwachsenen was mitanand dischkriert ham und oft aufgschnappt, was eahm nix oganga is. Seine Zeugnis warn aber ned schlecht und so hat da Papa gsagt: „Fia d’Arward taugt er ned, hat zwei linke Händ und dann no mit lauter Drama. ’s Gschäft muaß er eh ned üwanehma, da ham ma an Wiggerl, der wenigstens woaß, wie ma an Hobel in d’Hand nimmt. Schick ma’n Gori auf’s Gymnasium und nachad zum Studiern! ’s Geld dafür ham ma ja!“

So is kemma, dass da neugierige Gori lerna hat derfa, was eahm interessiert hat und a wenig mehra aa no. Nachm Abitur hat er se ned so recht entscheiden kenna, was er jetztad studiern soit und woit, interessiert hat eahm vui z’vui. Schließlich hat er se für Jura entschieden, weil er gehört hat, dees waar des schwerste Studium und so isa heut Rechtsanwalt, koa Gscheidhaferl mehr, sondern a Verklaghaferl! Manchmoi woaß er sogar z’vui, und konn deshalb an Prozess ned gwinna, weil er se oafach vazettelt vor lauter Möglichkeiten … z’vui wissen konn manchmoi sogar schaden.

MARIA PESCHEK

Begrüßung
Eine Coronageschichte

Zwei Freundinnen

M Servus.
I Servus.
M Wollterst du mir jetzt grad d Hand gebn?
I Schmarrn
M Freilich, so bist auf mich zu.
I I bin bewusst so auf dich zu und hab dann bewusst eineinhalb Meter vor dir gestoppt.
M Aber die Hand hast so ausgfahren ghabt wie zum Handschlag. Wieso passiertn dir so was?
I Es is mir nicht passiert. I sag doch, i hab des bewusst gmacht, weil i einen Handgruß andeuten hab wollen.
M An Handkuss? Ja noch schlimmer, spinnst jetzt.
I Einen Handgruß, ein Händeschütteln! So aus der Entfernung, so als Andeutung. Des soll heißen: Normal daat i dir jetzt gern d Hand schütteln, aber in diesen Zeiten geht's halt net.
M Aber dafür gibt's doch des jetzt mit Ellenbogen oder dass ma sich mit die Füß berührt.
I Also, des find i furchtbar. Des schaut net aus wie a Berührung, sondern wie so Tritte, die ma sich gegenseitig verpasst. Wie die Aufforderung zu einer Schlägerei.
M Da kommt's aa auf des Wie an. Wenn ma des nett macht, dann schaugt des mehr wie ein Tanz aus: Fuss-kick-kick Ellenbogen kick-kick und drehen. I find, des hat was.
I Ja, des hat allerdings was, was Brutales, was Rohes. Da is Händeschütteln doch ganz was anderes. Des hat was Elegantes, Herzliches, Zivilisiertes …
M Zivilisiertes! I hab des Händeschütteln scho immer ekelhaft gfunden. Was woaß denn i, wo der oder die vorher mit ihre Finger warn. Vor Corona hat ma s mitm Händwaschen no net so ghabt.
I Geht dir des net ab, amoi wieder a herzliche Umarmung, ohne dass ma glei Angst habn muaß, ma fangt sich woaß der Deifi was ein?
M Naa, geht mir nicht ab. Ganz im Gegenteil. Des hat doch vor Corona Ausmaße ognomma ghabt. Des war doch nimmer schee. Bei jeder Gelegenheit ein Sichgeumarme und Bussi hin und Bussi her. Wildfremde, oiso net amoi Bekannte san einem aus nichtigem Anlass um den Hals gfalln. Du bist aa so oane, vielmehr warst so oane.

I Was war i für oane?

M So oane, die ganz schnell sich gern an andre hidruckt und in Arm nimmt und offensichtlich sehr schnell Körperkontakt sucht.

I Also, jetzt bin i platt! Corona sei Dank woaß i jetzt wenigstens, was du für a Meinung von mir hast.

M Jetzt sei doch net glei beleidigt: I woaß ja, du moanst des net bös. Des is halt deine Art. Vielleicht mögn des andre sogar, i find's halt übertrieben.

I Beispiele, da möcht i jetzt scho a paar Beispiele hörn!

M Mei, da kann i dir scho a paar Beispiele nennen, wennst moanst. Wie mir damois an einem Samstag mitnand ins Kino ganga san und an der U-Bahn zufällig mei Mutter troffen ham, an Leberkasblues ham ma uns ogschaut. Is scho a Zeit her. Da hast du zur Begüßung glei mei Mutter umarmt. Du hast die vielleicht zwei Mal in deim Lebn gsehgn …

I Drei Mal.

M Is ja wurscht, auf alle Fälle kenn i die länger als wie du und i hab net des Bedürfnis, dass i s glei umarm, wenn i s siegh.

I Net amoi die eigne Mutter. Da sieght ma, dass du ein Problem hast. Du bist total kontaktgestört, eine Soziopathin.

M Natürlich umarm i mei Mutter, wenn's an Anlass gibt. Geburtstag oder Silvester, aber doch net einfach so, nur weil i s zufällig an der U-Bahn triff.

I Oiso mir tuat dei Mutter richtig leid. Und jetzt gfreits mi doppelt, dass i s umarmt hab. Bei so einer Tochter woaß die bestimmt so a spontane Umarmung zu schätzen. Du hast auf alle Fälle, wie so viele, a sehr problematische Beziehung zu deiner Mutter, Da solltest dir mal in der Richtung a paar Gedanken machen oder glei professionelle Hilfe holen.

M Jetzt lenk net ab. S geht net um mich und mei Mutter, sondern um diese ganzen Begrüßungsrituale, ob des unbedingt sei muaß. Ma sieght ja, wohin des gführt hat.

I Also, i gfrei mi scho drauf, wenn sich alles wieder normalisiert hat und ma sich wieder d Hand gebn und seine Mitmenschen umarmen kann.

M I glaub, diese ganzen Begrüßungsgschichten werdn obgschafftt, wenn net sogar verboten.
So Berührungssüchtige wie du, die kriagn von der Krankenkasse dann a Therapie zahlt, dass des verkraften.

I Glaab i net. Um was wett ma, dass in einem Jahr alles wieder wie früher is und mir uns d Hand gebn?

M Um was wett ma, dass des nicht so is?

I Um a Kisten Prosecco.

M Aber an Guadn!

I Aber an Guadn, schlag ein!

Verloren
ein Ehepaar

E Hast du meinen linken grauen Handschuh gsehn?
S Dass du immer irgendwelche Sachen verlieren musst.
E Immer!
S Wenn dir „andauernd“ besser gefällt, dann halt „andauernd“.
E Wer sagt, dass ich den verloren hab. Der is bestimmt net verloren. Den hab ich halt irgendwo hinglegt und jetzt fällt mir nicht mehr ein wo.
S Ja, und so was nennt man verloren.
E Nein, so was nennt man „verlegt“. Wenn mir zum Beispiel der Handschuh unbemerkt aus der Jackentasche gfallen wär, dann wär er verloren gegangen. Dann wär er quasi weg. Mein Handschuh is aber nicht weg, sondern der liegt halt an irgendeinem Platz, wo er nicht hingehört. Ich muss ihn nur finden.
S Wenn den irgendwo verloren hättest, müsstest ihn auch finden.
E Nein, eben nicht!
S Wieso nicht?
E Weil ich ihn gar nicht suchen tät.
S Wieso tätst den nicht suchen?
E Weil's aussichtslos wär. Ich wüßt gar net, wo anfangen.
S Aber jemand anderes hat ihn vielleicht schon gfunden.
E Des hilft doch mir nix. Jemand Fremdes kann doch mit dem einzelnen Handschuh nix anfangen.
S Vielleicht, dass er den Handschuh aufs Fundbüro bringt.
E Gäh, so einen Aufwand betreibt doch niemand wegen einem einzelnen Handschuh.
S Ich hab schon oft gsehn, dass ein einzelner Handschuh auf einer Zaunlattn gsteckt is.
E So ein Schmarrn, wer verliert denn sein Handschuh auf einer Zaunlattn.
S Jetzt stell dich net so blöd. Da hat jemand einen verlorenen Handschuh gfunden, wahrscheinlich auf dem Gehsteig, und jetzt hat er ihn gut sichtbar aufgespießt. Falls der Eigentümer diesen Weg entlanggeht, dass ihm sofort sein abhanden gekommener Handschuh ins Aug sticht.
E Glaub ich nicht, dass jemand sich so Umständ macht wegen einem windigen Handschuh.
S Wieso, ich als Finderin würd mir auch in dem Fall denken, vielleicht ghört der Handschuh zu einem Lieblingspaar von jemanden und jetzt is der Eigentümer ganz unglücklich, weil nur mehr ein Handschuh in seinem Besitz is. Jetzt geht er ganz betrübt, aber doch voller Hoffnung seinen täglichen Arbeitsweg auf und ab, auf der Suche nach seinem geliebten Handschuh. Diese Freude, wenn er dann tatsächlich des komplette Paar wieder in die Arme schließen kann, weil ein freundlicher, aufmerksamer Mitmensch ihm zu Liebe net nur den Handschuh vom dreckigen Gehsteig aufgehoben hat, sondern auch noch gut sichtbar auf eine

Zaunlatte gespießt hat. Ein richtiges glückliches Zusammentreffen, ein Glück im Unglück.

E Ich glaub, dass du a bissl viel deine Schmalzsendungen schaust. Wie kommstn auf so einen Schmarrn wegen einem windigen Handschuh. Was isn mit dir los? Um was gehtsn?

S Um was es geht? Es geht um den windigen Handschuh. Zweimal hast jetzt windiger Handschuh gsagt. Beim ersten Mal hab ich noch gedacht, ich hätt mich verhört. Um den geht's. Die Handschuh hab ich dir zu Weihnachten gschenkt. Die haben durchaus was gekostet. Von wegen windig. Und du wärst net amal bereit, kurz rauszugehn, bissl die Augen aufzumachen und zu schaun, wo der sein könnt.

E Ich muss doch net sinnlos draußen rumlaufen und rumschaun, ob irgendwer an einem Gartenzaun einen Handschuh aufgespießt hat. Ich weiß, dass der da herin in der Wohnung liegt.

S Wenn du zu faul bist, dann geh halt ich raus und such draußen.

E Halt! Stop! Sag nix mehr. Es is alles geklärt. Ich weiß jetzt, wo der Handschuh is. Mit dem hab ich heut Morgen erste Hilfe geleistet. Am Küchenfenster is ganz schlapp so ein Falter ghängt. Den wollt ich net mit der bloßen Hand anlangen. Da bin ich schnell in den Handschuh gschlupft und hab des Viech nach draußen befördert. Bestimmt liegt der Handschuh noch irgendwo beim Fenster.

S Weils d nie was wegräumst, alles immer liegn lasst.

MARIA PESCHEK

Wie bitte
Ein Ehepaar

S Hast du eigentlich früher auch immer so laute Musik ghört, also des Radio immer so laut aufgedreht?

E Was meinst?

S Ob du früher immer so laut Musik ghört hast?

E Weiß ich nimmer, wieso?

S Weil ich glesn hab, dass in unserm Alter schon viele Hörschäden ham, weil s in ihrer Jugend so laut Musik ghört ham.

E Weil s was ghört haben?

S So laute Musik!

E Nein, ich hab sogar hauptsächlich sehr leise Musik ghört, mitm Kopfhörer, weil meinen Eltern die Musik zu laut war.

S Des is ja noch schlimmer, mitm Kopfhörer! Was glaubst, was des für des Gehör bedeutet. Da wundert mich nix mehr.

E Was wundert dich nimmer?

S Du musst so oft nachfragen, wenn ma zu dir was sagt.

E Was muss ich?

S So oft nachfragen, wenn ma zu dir was sagt.

E Ja, weil du gern amal a bissl nuschelst, deswegn frag ich nach.

S So, nuscheln tue ich. Wenn ma schon dabei sind, du hast die Angewohnheit, dass d gern mit vollem Mund sprichst. Des is net nur unappetitlich, sondern man versteht dich einfach schlecht.

E Also, da hat sich außer dir noch keiner beschwert. Des hör ich zum ersten Mal.

S Des traust dir auch nur bei mir.

E Was heißt da traun, da geht's net ums traun. Ma is halt daheim a bissl lässiger.

S Nachlässiger tät ich des nennen und des find ich nicht gut.

E Ich find des einen Vertrauensbeweis. Da solltertest dich eher freuen drüber.

S Freuen?

E Ja des zeigt, dass ich mich bei dir so richtig sauwohl fühl. Dass du mir so vertraut bist, dass ich mich in deiner Gegenwart nicht verstellen muss und so richtig ich sein kann, mein wahres Ich zeigen kann.

S Und darüber soll ich mich jetzt deiner Meinung nach freun? Und des auch noch als Kompliment sehn?

E Gedacht war's schon als solches. Aber des kann ma natürlich scho missverstehn. Gemeint hab ich eigentlich, also ich wollt …

S Verschon mich bitte mit weiteren Bekenntnissen. Ich wollt dir eigentlich nur den Rat gebn, mal zum Ohrenarzt zu gehen. Des mit deim wahren Ich, da mag ich gar net weiter drüber nachdenken. Des hab ich jetzt lieber überhört.

E Was hast des?

S (*brüllt*) ÜBERHÖRT HAB ICH DES!

MARTHA SCHAD

Die Augsburger Patriziertochter Philippine Welser (*1527 Augsburg †1580 Schloss Ambras) wird Landesmutter in Tirol

Zwei Augsburgerinnen des 15. und 16. Jahrhunderts sind durch ihre nicht standesgemäße Liebe bekannt geworden. Das war zunächst die Augsburger Baderstochter Agnes Bernauer, die im Jahr 1453 den Tod durch Ertränken in der Donau bei Straubing durch ihren herzoglichen Schwiegervater, Ernst von Bayern, erleiden musste. Ihre Liebe zum bayerischen Herzog Albrecht galt als teuflisch und sie konnte somit der Hexerei angeklagt werden.

Einen sehr viel charmanteren Schwiegervater bekam Philippine Welser durch ihre Heirat mit Erzherzog Ferdinand II. Doch so ganz ohne weiteres duldete man keine zwar gebildete und in der Reichsstadt Augsburg aufgewachsene, aber doch nicht ebenbürtige Patriziertochter aus einem Augsburger Handelshaus am Habsburger Hof.

Philippine Welser, geboren 1527 am Weinmarkt – heute Schaezlerpalais – war die Tochter von Franz Welser (* 1497 Augsburg † 1597 Ravensburg) und Anna Adler (* 1507 Augsburg † 1572 Weiherburg/Innsbruck). Franz wiederum war der Bruder des berühmten Kaufmanns Bartholomäus Welser, der von Kaiser Karl V. Venezuela zur Kolonisierung bekommen hatte.

„La bella Filippina", damals schon 29 Jahre alt, war 1556 bei ihrer Tante, Katharina von Loxan, der Herrin von Burg Bresnitz in Böhmen, zu Besuch. Dort lernte sie den zwei Jahre jüngeren Ferdinand (* 1529 † 1595), der damals Statthalter in Böhmen war, kennen und lieben. Schon im Januar 1557 fand in der Burgkapelle von Bresnitz heimlich die nicht standesgemäße Trauung statt, die Ferdinands Beichtvater, Johann de Cavaleriis, vollzog.

Am 15. Juni 1558 gebar Philippine ihren Sohn Andreas, den man kurz nach der Geburt von der Mutter entfernte und vor das Burgportal legte. Dort hatte der Burgwächter das Neugeborene aufzufinden und als Findelkind seiner Herrin zu bringen. Eine geradezu geniale List, die es Philippine und ihrem herzoglichen Mann ermöglichte, das Kind ihrer Mesalliance offiziell anzunehmen.

Nach der Übersiedlung auf das Königsschloss Bürglitz kam am 22. November 1560 der zweite Sohn Karl zur Welt, der spätere Markgraf von Burgau, das damals zu Vorderösterreich gehörte.

Die am 7. August 1562 geborenen Zwillinge Philipp und Maria starben zum großen Leidwesen ihrer Eltern schon kurz nach der Geburt. Der Kaiser selbst ordnete damals an, dass die beiden kleinen Toten in die kaiserliche Burg nach Prag überführt und dort im Dunkel der Nacht beigesetzt werden mussten. Als die Eltern von Böhmen nach Tirol übersiedelten, wurden die Leichen heimlich mitgenommen und in der Innsbrucker Hofkirche bestattet. Die ramponierten Kindersärge wurden bei Restaurierungsarbeiten im Jahr 1897 zufällig entdeckt und die Skelette anschließend in einem Doppelsarg erneut beigesetzt.

Philippines Schwiegervater, Kaiser Ferdinand I., genehmigte eine Verpflichtungserklärung seines Sohnes Ferdinand, die auch Philippine am 6. September 1561 in Prag unterschrieb: Die Ehe blieb bestehen, musste allerdings weiterhin absolut geheim gehalten werden; die Söhne wurden von der Erbfolge ausgeschlossen, jedoch mit einer hohen finanziellen Ausstattung versorgt. Und sie durften das Habsburgische Wappen führen.

Im Jahr 1567 übersiedelten Philippine und Ferdinand nach Innsbruck. Philippine bekam dort Schloss Ambras von ihrem Gemahl zum Geschenk, das sie zu einem wahren Kleinod ausstatten ließ. Der nunmehrige Erzherzog Ferdinand II. von Tirol erhob Philippines Vater in den Freiherrenstand mit dem Titel „Freiherr von Zinnenburg". So konnte Philippine das Prädikat „Freiin von Zinnenburg" führen.

Vier Jahr vor Philippines Tod entband Papst Gregor XIII. die beiden Eheleute vom Gelübde der Geheimhaltung der Ehe, die zu diesem Zeitpunkt schon 18 Jahre währte. Der Grund dafür war die Ernennung des ältesten Sohnes Andreas zum Kardinal; für die Erlangung dieser hohen kirchlichen Würde war die eheliche Geburt Voraussetzung. Als 16-Jähriger reiste Andreas mit dreißig Adeligen nach Rom, wo er ins Kardinalskollegium aufgenommen wurde. Seine Mutter Philippine hatte ihm eine „trüchlein mit arzneien" zusammengestellt, das er dem Heiligen Vater überreichen sollte.

Philippine wurde eine beliebte Landesmutter in Tirol und bekannt dafür, eine von ihrer Mutter und weiteren Personen geschriebene besondere Sammlung von Kochrezepten in ihrem Besitz zu haben, in die sie selbst auch neue Rezepte einfügte. Das führte dazu, dass sie selbst immer wieder als gute Köchin benannt wurde, was allerdings bei einem Hofstaat von 300 Personen schlicht unmöglich war; keine Schlossherrin hatte die Muße, für eine solche Gruppe eigenhändig zu kochen. Ihre Kochrezepte sind allerdings heute das beste Zeugnis für frühe Tafelkultur in Augsburg. Gerichte, die sie aus ihrer Heimat kannte, die gab es auch am Hof des Erzherzogs Ferdinand auf Schloss Ambras. Philippine Welser kannte die damals noch zahlreichen Märkte in Augsburg, wohin sie ihre Magd zum Einkaufen schickte.

In ihrem Kochbuch steht viel im schwäbischen Dialekt geschrieben. So gibt es Affen- oder Äffenmund (das sind Maultaschen), Schnitzla, brielin (Brühlein), strybl daig (Straubenteig), weinberla und die Anweisung, gut auf die Gerichte aufzupassen, „damit es nits annprinn oder knollet wird". Außerdem: „Gwirtz wol nach deim Gefallen!" Mehlspeisen entstanden oft auf der Basis von enormen Mengen an Eiern und enthielten extrem viel Zucker.

Beliebt war das Blancmanger (das weiße Essen), eine Art Mandelsulz, die nicht nur zum Dessert, sondern oft auch als Hauptspeise und nicht nur süß, sondern auch mit Huhn, Speck oder Reis angereichert verzehrt wurde. Auch bei den „Dorttem", den Torten, blieb die Zunge nicht immer gleich am Gaumen kleben. So diente die von Philippine beschriebene Semmeltorte in erster Linie als knusprige Beilage zu Gemüse und Fleisch, sozusagen als Ersatz für die noch unbekannte Kartoffel.

Eindeutig süß hingegen waren die bis heute populären „Nonnenfürzle", ein Schmalzgebäck, das korrekt übersetzt auf das mittelniederdeutsche Wort *nunnekenfurt* zurückgeht und so viel wie „von den Nonnen am besten zubereitet" bedeutet. In „de re coquinaria" heißen sie „nunen firtzlach". Die nahe verwandten Hasenöhrl, ebenfalls

ein Schmalzgebäck, verdanken ihren Namen indes tatsächlich ihrer äußeren Ähnlichkeit mit den Löffeln der *leporidae*.

Rezept für „Nonnenfürzle"

500 ml Wasser
100 g Margarine oder Butter
300 g Mehl
2 Teelöffel Backpulver
1 Prise Salz
6 Eier
Puderzucker
1 Liter Öl

Wasser zusammen mit der Margarine zum Kochen bringen, Salz dazu geben, Topf vom Herd nehmen.

Backpulver und Mehl mischen und mit einem Schneebesen ins buttrige Wasser einrühren; Teig wird immer schwerer, am besten Rührlöffel benutzen und weiterrühren, bis der Teig sich gut vom Boden des Topfes löst. Es sollte am Topfboden ein weißer Film bleiben.

Ein erstes Ei hineingeben und unterrühren, so nach und nach auch die anderen Eier einrühren.

Öl in einen Topf geben und erhitzen. Mit einem angefeuchteten Esslöffel Teig abstechen und ins heiße Öl geben. Öfter wenden und bei angenehmer Bräune herausnehmen und zum Abtropfen auf ein Papiertuch legen.

Mit Puderzucker bestreuen. Wer möchte, kann die fertigen „Nonnenfürzle" mit Marmelade oder Sahne füllen.

Sehr zu beachten ist auch das Arzneimittelbuch (Handschrift 1560–1570) der Philippine Welser. Es ist ein einzigartiges Dokument der Volksheilkunde jener Zeit. Es enthält 150 Rezepte für Gesundheit, Schönheit und Körperpflege; dazu Ratschläge sowie Aufzeichnungen zum Aufbereiten von Heilkräutern und Salben. Auch Philippines Mutter hatte in diesem Arzneimittelbuch schon mit Aufzeichnungen begonnen.

Auf Schloss Ambras ließ Philippine einen Kräutergarten anlegen und eine Apotheke einrichten – zusammen mit dem Apotheker Dr. Gorin Guaranta. Dazu fanden sich ihr Leibarzt Dr. Georg Handsch und ein Dr. Alexandrini aus Trient ein. Philippine hörte aber auch auf heilkundliche Frauen. Überhaupt war sie ihren Untertanen sehr zugeneigt. Ihr soziales Engagement, besonders für Arme, Kranke und Gefangene, war bewundernswert.

Aufgeschrieben sind in ihrem Arzneimittelbuch viele Mittelchen für Zahnweh, Husten, Lungensucht sowie Mittel gegen Pest und Syphilis. Ein Öl für die Gebärmutter und gegen das Bauchgrimmen – eine Pomade aus dem Nierenfett von einem männlichen Schwein wird hier empfohlen. Besonders viele Ratschläge zur Versorgung kranker Kinder fallen auf.

Philippine Welsers Kochrezeptesammlung, das Arzneimittelbuch und das Gebetbuch sind auf Schloss Ambras erhalten. Ihre Eigentümerin wurde nur 52 Jahre alt.

Vier Tage nach ihrem Tod am 24. April 1580 wurde Philippine in einem feierlichen Leichenbegängnis in der Silbernen Kapelle, in einer Seitennische der Hofkirche in Innsbruck, beigesetzt. Alles, was in Tirol Rang und Namen hatte, begleitete sie auf ihrem letzten Weg. Das Grabmal schuf der berühmte Bildhauer Alexander Collin. Die Tugenden, die „die Mutter Tirols" am meisten schätzte, sind darauf symbolisch dargestellt: der Glaube und die Barmherzigkeit.

„Ich hoff zu gott. ph.w." (Eintrag der Philippine Welser in das „Trinkbuch" auf Schloss Ambras.)

HERBERT SCHNEIDER

Bairisch-Test

„Woaßt as …? Testen Sie Ihre Bairisch-Kenntnisse.“ Zehn Fragebogen des Fördervereins Bairische Sprache und Dialekte mit insgesamt 210 ausgesuchten mundartlichen Begriffen, jeweils drei Antwort-Möglichkeiten und einem Lösungsblatt sind dem Maßschneider kürzlich ins Haus geflattert. Beispiele gefällig?
***Koide Sophie*:**[1] 1) frigide Frau 2) Nachspeise (Gefrorenes) 3) Begleiterin der Eisheiligen.
Natürlich Letzteres.
Etwas schwerer: ***himmetzn:*** 1) beten 2) wetterleuchten oder 3) sterben?
Hier liegt der Treffer in der Mitte.
Schließlich ***verbriitschn:*** 1) verschwenderisch (mit Wasser) umgehen 2) jemand verraten 3) jemanden schlagen.
Der Maßschneider entschied sich für „verraten“ und lag damit richtig.
Als er dann auf ***Glasschermviertl*** (unterprivilegierte Wohngegend) stieß, fühlte er sich als gebürtiger Schwanthalerhöher grad extra mit Fleiß aufgefordert, mit seinen Mundart-Kenntnissen aufzuwarten. Hatte man Westendlern nicht sogar nachgesagt, aus Kellerfenstern heraus Schuhbandl von den Füßen argloser Passanten zu krampfeln? Er war nun wild entschlossen, diesen Verleumdern aus sogenannten Nobelvierteln in punkto Bairisch die Schau zu stehlen. Herhören, ihr Verunglimpfer: Alle abgefragten Ausdrücke konnte er problemlos entschlüsseln, nur bei ***Hungertanz*** (Tanz vor dem Hochzeitsmahl), bei ***Hennasprenga*** (kleines Motorrad), ***Wanznpress*** (Knopfharmonika) und ***Schmirmkoda*** (Süßholzraspler) war er sich nicht ganz sicher. Der große Rest war ihm wohlbekannt!
Sicher hatte dabei auch sein Stadtviertel als beständiger Sprachlehrer mitgeholfen. Hier eine kleine Auswahl: Ein ***Spuiratz*** war er doch einst selber gewesen, der zur rechten Zeit auf einem ***Potschamperl*** gesessen, einen ***Ruferschmarrn*** im Gesicht getragen, ***Auszogne*** schnabuliert, einen Spezi am ***Schlawittl*** gepackt, seine Schwester als ***Radschkathl*** und ihr Haare als ***Zoodzn*** bespöttelt hatte. Über die ***Ladenbudl*** bekam er eine ***Stranitzn*** mit einem ***Magentratzerl*** gereicht, vom Augenarzt ein ***Spekuliereisen*** verpasst. Seine ersten Schwimmversuche waren ***Hundstapperer***, seine Schuhe ***Trittling*** und auf dem ***Fodshowe*** tremolierte er La Paloma. Bekam man einen ***Schnaggler***, also Schluckauf, mussten einem drei Platterte einfallen, um ihn wieder loszuwerden. ***Strixn*** (Prügel) blieben ihm zum Glück erspart, auch ***daloawed*** war er selten, ***nos fuadern*** (Bier trinken) lernte er erst viel später. A ***Stiangglandarass*** wurde von ihm sogleich als mopsgedackelter Windhund entlarvt. Vom ***Beiß*** (Juckreiz) war er manchmal befallen, ein ***Schnauferl*** (Leichtmotorrad) blieb ein Wunschziel.

1 Alle Wörter aus den Original-Fragebogen fett gedruckt.

Gscheidhaferl, Heigeign, Muhackl, Riabbe, Striezi und ***Pennigfuchser*** waren ihm wohlbekannt. Ein ***Zeiserlwagen*** ist dagegen zeitlebens an ihm vorbeigefahren.
Auch was a ***schmeckats Wasser***, ein ***Aussischmeißer*** und ein ***Bixnmacher*** ist, gibt er am Schluss noch preis: ein Parfüm, ein letztes Musikstück und Vater von Töchtern. Und damit hat der Maßschneider nun endgültig bewiesen, dass er sprachlich nicht auf der Brennsuppn dahergschwomma is, sondern gerade als Glasschermviertler immer schon mundartlich so perfekt geschnadert hat, wie ihm der bairische Schnabel von Geburt an gewachsen ist.
Habts mi?

Bayernprüfung bestanden

„Sie sind doch Oberbayer?“ fragte Herr Freese.

„Ja“, sagte ich. „Warum?“

„Die Sache ist die“, meinte er: „Ich möchte auch gern einer werden. Darf ich Ihnen einmal etwas zeigen?“

Er führte mich vor einen bemalten Bauernschrank, öffnete ihn und entnahm ihm einen Gamsbart von so seltener Schönheit, dass es mir fast den Atem verschlug.

„Der hat gut und gerne seine tausend Euro gekostet“, sagte ich bewundernd.

„Reicht nicht, mein Guter“, erwiderte er und kramte ein silbernes Kropfbandl aus einer Schublade: „Sehen Sie, für meine Frau. Sie hat jetzt schon sechs Dirndlkleider, drei kurze und drei lange für den Abend, ich allerdings besitze erst vier Trachtenanzüge.“

„So einfach ist das nicht, wie Sie sich das vorstellen“, bremste ich ihn.

„Das sind doch alles mehr oder weniger Äußerlichkeiten. Hat zum Beispiel Ihre Frau auch einen Kropf?“

„Aber das ist doch auch nur eine Äußerlichkeit“, meinte Herr Freese.

„Schon“, sagte ich. „Aber es kommt auch auf den inneren Bezug an, auf die Kenntnis von Land und Leuten.“

„Hören Sie mal“, sagte er, „ich lese Ganghofer und Thoma, und die Bayerische Geschichte von Hubensteiner beginne ich gerade zum zweiten Mal.“

„Nicht übel“, murmelte ich.

„Ich fühle mich einfach zu den Bayern hingezogen“, fuhr er fort.

„Zwar habe ich das alles nicht mit der Muttermilch eingesogen, doch irgend so eine Urgroßmutter von mir stammte aus der Oberpfalz.“

„Warum haben Sie denn das nicht gleich gesagt“, meinte ich.

„Mensch Freese, ich begrüße Sie hiermit als heimgekehrten Sohn der Mutter Bavaria! Eine kleine Prüfung müssen Sie aber trotzdem noch ablegen. Wie muss es beispielsweise anstatt Sahnequark heißen?“

„Rahmtopfen“, sagte er wie aus der Pistole geschossen.

„Und wer war Georg Jennerwein?“

„Sie meinen den Girgl. Er war Wildschütz und wurde vom Jäger Pföderl vor 120 Jahren in den Tegernseer Bergen erschossen.“

„Können Sie einen Satz sagen, in dem das Wort ‚dadiadada‘ vorkommt?“

„Wenn du einen Blumenstock nicht gießt“, sagte Freese, „dann dadiadada, will heißen, dann verdorrt er dir!“

„Unglaublich“, rief ich, „das ist ja toll, einmalig, Spitze! Sicher sind Sie auch schon ein halber Meister im Schnupfen?“

Freese erbleichte. „Ich wusste, dass das kommen würde“, meinte er gedrückt. „Ja, ich habe es probiert, viele Male. Aber ich reagiere allergisch auf Schnupftabak. Schon nach der kleinsten Prise muss ich an die hundertmal hintereinander niesen. Es ist schrecklich!“

„Verzagen Sie nicht! Schnupfen ist in Bayern kein Pflichtfach. Übrigens würde ich an Ihrer Stelle nicht gleich Oberbayer, sondern klein anfangen und zuerst Niederbayer werden. Nach einem Jahr Lehrzeit rücken Sie dann automatisch zum Oberbayern auf.“

„Ja, aber ich wohne und arbeite doch in München!“

„Es ist nicht räumlich, sondern geistig gemeint“, sagte ich, zog meine Schnupftabakdose heraus und hielt sie ihm hin. Etwas ängstlich nahm er eine Prise und schnupfte sie auf. Dann wartete er auf sein Trompetensolo.

Doch nichts dergleichen geschah. Seine Nase verhielt sich völlig ruhig und diszipliniert.

„Sehen Sie, so ist das“, sagte ich, „alles nur eine geistige Einstellung. Als Sie gleich Oberbayer werden wollten, versagte sich Ihnen der niederbayerische Schmai. Jetzt aber, wo Sie offenbar bereit sind, als Niederbayer anzufangen, passt sich Ihr Riechorgan sofort an.“

„Einmalig“, sagte Freese, der Niederbayer. Und ich sagte: „Also bis auf's Jahr. Wenn Sie dann wieder so eine vorzügliche bayerische Brotzeit auf weißblau gerauteten Tellern servieren wie heute, werde ich Sie persönlich mit einem Salzstangerl zum Oberbayern schlagen!“

Examen für echte Münchner

Geboren sollte er in München sein, der echte Münchner. Doch wenn er erst mit drei Tagen, drei Wochen, drei Monaten oder drei Jahren anreiste, hat gewiss niemand was dagegen. Es hat sogar schon welche gegeben, die erst mit dreißig Jahren in die Isarstadt gekommen und trotzdem noch gute Münchner geworden sind!

Wer's im Kreuz, im Kopf und im Gemüt hat, der lernt's eben auch noch später, was ein Münchner kennen und können muss. Obwohl es eine hübsch lange Litanei ist, die zu beherrschen man ein halbes Leben benötigt. Aber so schwer ist's auch wieder nicht. Zitherspielen zum Beispiel muss ein Münchner nicht können, doch soll es ihm warm ums Herz werden, wenn irgendwo so ein „Kraigadern“ angeschlagen wird. Nicht

einmal eine echte Lederhose braucht er. Allerdings: Wenn er an einem Trachtenladl vorbeikommt, muss ihn die Versuchung anspringen, doch noch einmal so eine schöne schwarze, moosgrün bestickte Hirschhaut zu kaufen. Wenn er jetzt noch weiß, dass der „Haushamer Schlag" weder eine Waldlichtung noch eine Rinderrasse ist, sondern eine bestimmte Schlagfolge beim Schuhplatteln, hat er den ersten Teil der Prüfung schon glänzend bestanden.

Zweite Abteilung: Was ist ein Oaß, eine Wern, ein Hatscher oder Schnackler? Was versteht man unter einem Amerikaner, einem Ruß, einem Franzos? Was ist ein Obaazta, was ein Salettl? Von wem stammt der Ausspruch „Wer ko, der ko" und „I bin, was i war, und i bleib, was i bin"? *(Furunkel, Gerstenkorn, Schluckauf; ein Gebäck, ein Mischgetränk aus Weißbier und Limonade, eine verstellbare Zange; ein aus Weichkäse, Butter, Zwiebeln, Schnittlauch und Paprika angemachter Streichkäse, eine Gartenlaube; von Xaver Krenkl, von Thomas Wimmer.)*

Natürlich weiß ein echter Münchner, dass eine Heugeign ein dürres und eine Zimperliesl ein wehleidiges Weiberts ist. Und dass es um Gottes willen nicht „mir stinkt es", sondern „mir stinkt er" heißt. Ein richtiger Münchner muss auch wissen, wo es in seinem Viertel den besten warmen Leberkäs und die besten Weißwürste gibt, und welcher Wirt ihn – packt ihn unversehens der Gusto – mit einer Knöcherlsulz erfreuen kann …

Eine ganze Menge muss man schon getan haben, um in der ersten Reihe der echten Münchner zu sitzen. Zum Beispiel in der Hinterbrühl oder am Nymphenburger Kanal Eisstock geschossen haben, der Bavaria in den Kopf gestiegen sein, den Alten Peter erklommen haben, im Müller-Volksbad geschwommen sein, den Alten Südlichen Friedhof nach den Grabsteinen berühmter Münchner durchforscht haben.

Von Auer Dult zu Auer Dult lebt der echte Münchner in dem Wahn, dort einen nicht erkannten Spitzweg um zehn Euro einhandeln zu können. Auf der Wiesn stürzt er sich, ob hungrig oder nicht, erst einmal auf eine Fischsemmel. Und die liebsten Züge sind ihm der Zug aus dem Maßkrug, der Trachtenzug und der Zug nach München. Sodann verfügt der echte Münchner über gewisse Fertigkeiten wie Radlflicken und Radischneiden.

Natürlich hat er schon einmal einen „Schmai" geschnupft, kennt das Deutsche Museum auch von innen und die Alte Pinakothek zumindest so weit, dass er einem Fremden den Weg dorthin zeigen kann.

Haben Sie die Probe bis hierher fehlerfrei bestanden, dann dürfen Sie jetzt Ihren Schulranzen nehmen und eine Stufe höher, in die Meisterklasse, vorrücken. Wer ein paar Wissenslücken hatte, kann sicher bei einigem Fleiß bald aufholen. Wer aber bei jedem Punkt bloß „Fehlanzeige" melden musste, hat noch einen langen, schweren Weg zum Münchner vor sich. Es sei denn, er will gar keiner werden. In diesem Fall soll er uns – am Abend besuchen!

ALFONS SCHWEIGGERT

Die sensationelle Entdeckung der Totenmaske von Dr. Bernhard von Gudden, Gutachter König Ludwigs II.

Ende März 2011 erhielt ich von Walter Leicht, dem Leiter des Städtischen Museums Rosenheim, eine Nachricht, in der er mich um meinen sachverständigen Rat bezüglich einer Totenmaske bat, die in seinem Museum entdeckt worden sei. Es handle sich dabei um die Totenmaske Dr. Bernhard von Guddens, jenes Psychiaters, der das ominöse Gutachten über den Geisteszustand König Ludwigs II. verfasst hatte. Ich war zunächst skeptisch, denn von der Existenz einer Totenmaske Guddens war mir nichts bekannt. Ich kontaktierte deshalb sofort nicht nur Guddens Nachkommen, sondern auch das Geheime Hausarchiv der Wittelsbacher sowie weitere Historiker und Ludwig-Forscher und fragte nach, ob ihnen die Existenz einer Totenmaske Dr. Guddens bekannt sei. Guddens Nachkommen – Helmut Gudden, die Urenkelin Ilse Gudden und der Urenkel Dr. Wolfgang Gudden – wussten von einer Totenmaske ebenso wenig wie das Geheime Hausarchiv mit Dr. Gerhard Immler und das „Historisches Archiv des Max-Planck-Instituts für Psychiatrie“ mit Dr. Wolfgang Burgmair. Keiner hatte Kenntnis von der Existenz einer solchen Totenmaske.

Konnte also der Fund im Städtischen Museum Rosenheim wirklich Guddens Totenmaske sein? Ich signalisierte Walter Leicht jedenfalls meine Bereitschaft, ihn bei der Klärung dieser Frage zu unterstützen. Wir vereinbarten für den 29. März 2011 ein Treffen im Museum, bei dem er mir die Maske im Original zeigte; außer ihm, seinen Mitarbeitern und mir hatte zu diesem Zeitpunkt noch niemand das Stück gesehen. Es war ein aufregender Augenblick, als ich die Totenmaske mit dem unverkennbaren Antlitz des Arztes sah, wie ich es von Fotografien her kannte. Auf der Rückseite der Maske war eingraviert „Dr. von Gudden“, darunter „Schlo... Be... (Schloss Berg), 14. Juni 1886“; handschriftlich war hinzugefügt: „Eingeliefert von M. Lutz Rosenheim“.

Nach dem Besuch begann ich meine Recherchen, denn eine so späte Entdeckung der Totenmaske warf natürlich zahlreiche Fragen auf:

Wann wurde von Dr. Bernhard von Gudden eine Totenmaske abgenommen?

Folgende Notiz fand ich in der „Münchner Allgemeinen Zeitung“ vom 15. Juni 1886: *Wie uns mitgeteilt wird, wurden gestern Abend [14. Juni 1886] in Schloss Berg durch die HH. Bildhauer Hautmann und Hofgipsformer Adolf Mahr die Gipsmaske des Gesichts weiland König Ludwigs II. abgenommen, sowie dessen rechte Hand abgeformt. Des Weiteren ist auch die Totenmaske des Obermedizinalrats Dr. von Gudden durch die Genannten abgenommen worden. – Herr Bildhauer Hautmann wird, wie wir hören mit Hilfe der Totenmasken die Herstellung einer Büste weiland König Ludwigs II. sofort und eine solche des Obermedizinalrats Dr. von Gudden in der Folge in Angriff nehmen.*

Doch wer hatte die Totenmaske wirklich abgenommen?

Bei weiteren Recherchen fand ich heraus, dass der Pfleger Bruno Mauder, der in Schloss Berg Dienst hatte, Ludwigs ehemaligen Lehrer, den Kunsthistoriker und Zeichner Karl Trautmann, nannte. Dieser sei am 14. Juni gegen Abend (etwa 18.00 Uhr) aus München gekommen. Vier Stallbedienstete hatten des Königs Leichnam soeben die Treppe hinuntergetragen und unten in den Sarg gelegt. Nachdem der König eingesargt und der Sarg mit Blumen geschmückt worden war, wäre Trautmann angetreten, um die Totenmasken abzunehmen. „Ich machte den Sarg von den Blumen wieder frei", so berichtete Mauder, „öffnete den Sarg und war Trautmann dabei [bei der Abnahme der Totenmaske] behilflich. Nach 25 Minuten war er fertig." Bruno Mauder reinigte anschließend Gesicht und Hand des Königs und verschloss den Sarg wieder.

Hatte es sich bei Mauders Aussage womöglich um einen Hörfehler gehandelt und war statt Trautmann nicht vielmehr der Bildhauer Johann Nepomuk Hautmann gemeint? Nicht nur in der „Münchner Allgemeinen Zeitung" wurde dessen Name angegeben, sondern auch von Heinrich Kreisel, dem Herausgeber des 1926 erschienenen „Amtlichen Führers für Schloß Herrenchiemsee".

Ludwigs erster Biograf Gottfried von Böhm nennt hingegen den Bildhauer Wilhelm von Rümann und den Graveur Max Gube, die „noch in Berg" Ludwigs Totenmaske abgenommen hätten. Doch waren diese beiden womöglich nur für die Totenmaske des Königs zuständig? In der Literatur werden außerdem auch noch Professor E. Eberl und der Gipsformer Adolf Mahr erwähnt. Aus den Angaben der oben genannten „Münchner Allgemeinen Zeitung" sowie aus einer Notiz im Rosenheimer Anzeiger vom 16. Juni 1886 geht hervor, dass am Abend des 14. Juni 1886 vor der Überführung des Leichnams nach München in Schloss Berg der königliche Hofgipsformer und Stuckateur Adolf Mahr und der Bildhauer Johann Nepomuk Hautmann erst von Ludwig II. und dann auch von Dr. Gudden die Totenmaske abnahmen. Diese beiden können als die wahrscheinlichsten Abnehmer der Totenmasken, zumindest der von Gudden, gelten.

Wer aber war Johann Nepomuk Hautmann?

Hautmann wurde am 21. April 1830 in München geboren, wo er am 30. Januar 1903 auch starb. Er studierte an der Münchner Akademie bei Ludwig von Schwanthaler und Konrad Eberhard. Hautmanns Werk besteht aus zahlreichen religiösen Plastiken und Porträts, darunter auch von Mitgliedern des Königshauses. Von Ludwig II. erhielt er Aufträge für Skulpturen in den Gärten seiner Schlösser. So fertigte Hautmann von 1873 bis 1877 für Linderhof etliche Skulpturen, darunter die „Venus" und die „Diana". Im Zusammenhang mit der Planung von Herrenchiemsee wurde er von Ludwig II. nach Versailles geschickt. 1883 fertigte er auf Herrenchiemsee die Plastiken des nördlichen Bassins und die Skulpturen des Latona-Brunnens. Vom König formte Hautmann Porträtbüsten, so etwa die „Büste des jugendlichen Königs in bayerischer Generalsuniform".

Auf welchem Weg kam Guddens Totenmaske in den Besitz des Städtischen Museums Rosenheim?

Vermutlich blieb die Totenmaske zunächst im Besitz des Bildhauers Hautmann, da er, wie die „Münchner Allgemeinen Zeitung" berichtete, „mit Hilfe der Totenmasken die Herstellung einer Büste weiland König Ludwigs II. sofort und eine solche des Obermedizinalrats Dr. von Gudden in der Folge in Angriff nehmen" sollte. Als es aus einer Büste für Gudden nichts wurde, gelangte dessen Totenmaske auf bislang unbekannte Weise – eventuell als Geschenk oder durch Ankauf – und zu einem unbekannten Zeitpunkt in den Besitz von Max Lutz. Bekam er sie bereits kurz nach der Abnahme von Hautmann, vom Hofgipsformer Mahr oder von einem anderen Vorbesitzer? Auf der Rückseite der Maske ist mit schwarzer Tinte „Eigentum von M. Lutz" notiert, aber nicht eingraviert. Von ihm wurde sie laut Inventarbucheintrag dem Rosenheimer Städtischen Museum vermacht, das er wohl als geeigneten Aufbewahrungsort für dieses Objekt erachtete. Das geschah am 7. Mai 1897, also elf Jahre nach Guddens Tod.

Wer aber war Max Lutz?

Lutz wurde 1850 in Rosenheim als Sohn des bekannten Rosenheimer Baumeisters Simon Lutz geboren. Von Beruf war er wie sein Vater Architekt und Baumeister in seiner Geburtsstadt. Dort errichtete er unter anderem an der repräsentativen Promenadenstraße, der heutigen Prinzregentenstraße, in den Jahren 1898/99 als Bauunternehmer eine Reihe von Villen, darunter auch die Villa Wittelsbach (Hausnummer 24), die als ältester Jugendstilbau der Stadt zu den ungewöhnlich frühen Bauten dieses Stils in Oberbayern zählt. Max Lutz starb 1910.

Wann, wo und auf welche Weise wurde Guddens Totenmaske in Rosenheim entdeckt?

Laut dem alten Inventarbuch des Städtischen Museums Rosenheim befand sich die Maske also seit dem 7. Mai 1897 im dortigen Sammlungsbestand. Eine mit blauer Tinte in deutscher Schrift beschriebene Karte vermerkt, dass die Maske vom Besitzer Max Lutz dem Museum übergeben wurde. 1902 soll die Maske kurz im Museum ausgestellt gewesen sein, allerdings ohne Aufsehen zu erregen. Danach verschwand sie für drei Jahrzehnte wieder im Depot. 1944, gegen Ende des Zweiten Weltkriegs, wurde sie mit allen anderen Museumsobjekten ins Kloster Reisach ausgelagert und kam erst 1946 wieder ins Städtische Museum Rosenheim zurück. Doch erst 53 Jahre später wurde man am 13. Oktober 1999 bei Umräumarbeiten im nördlichen Speicherdepot – laut Eintrag im „Speicher rechts", Inventar-Nr. 3107 – wieder auf die in einer mit Klebeband verschlossenen, größeren Holzkiste verpackte Maske aufmerksam: Bei der Vorbereitung der großen Ludwig II.-Ausstellung, die anlässlich des 125. Todestags des Königs auf Herrenchiemsee 2011 stattfand, wies Walter Leicht, wie er mir sagte, die Organisatoren der Ausstellung auf Guddens Totenmaske hin – ein Interesse daran wurde erstaunlicherweise nicht bekundet.

Es mutet schon recht seltsam an, dass in den erwähnten Jahren 1897, 1902, 1946 und 1999 die Existenz der Maske nie Aufsehen erregte. Was könnte der Grund dafür gewesen sein? Blicken wir zurück: Im Juni 1886 herrschte tiefe Bestürzung über das

Ende des Königs. Überall sprudelten Gerüchte über List, Gewalt und Mord. Und Dr. Gudden als Verfasser des verhängnisvollen Gutachtens für Ludwig II. geriet in Verdacht, für den Untergang des Königs mitverantwortlich gewesen zu sein. Gudden zog also rasch die Abneigung der Bevölkerung auf sich und um seine Totenmaske kümmerte sich am 14. Juni 1886 sicher niemand. Auch einer Ausstellung der Maske stand man zweifellos ablehnend gegenüber. Man wollte den Psychiater vielmehr schnell vergessen.

Ist Guddens Totenmaske wirklich echt?

Bei der vorliegenden Totenmaske handelt es sich um ein aus Spezialgips gefertigte Maske, die einem Toten abgenommen wurde. Auf dem oberen Rand der Rückseite der Maske ist in den noch feuchten Ton der Name „Dr. Gudden“ eingraviert worden. Dies muss unmittelbar bei der Abnahme geschehen sein. Beim Vergleich von Fotografien Guddens mit der Totenmaske lässt sich eine absolute Ähnlichkeit erkennen, insbesondere bezüglich der hoch gewölbten Stirn, der Form der Nase und der Augenbrauen, der Tränensäcke unter den Augen und des Bartes.

Merkmale am Leichnam Dr. von Guddens

An Guddens Leichnam wurde keine Sektion und Obduktion vorgenommen, wie dies beim Leichnam des Königs geschah. Als nicht nachvollziehbare Gründe dafür wurden genannt: die eindeutige Beweislage, wie Gudden ums Leben kam, außerdem der fehlende Antrag der Hinterbliebenen und der Schutz des Königs vor übler Nachrede. Am 14. Juni erfolgte aber eine Totenschau durch die amtlichen Leichenbeschauer Oberamtsrichter Jehle, Dr. Heiß und Bezirksarzt-Stellvertreter Dr. Magg. Sie, aber auch andere Personen – darunter der Königliche Rat Klug und Staatsminister Freiherr von Crailsheim, die Ärzte Prof. Grashey und Dr. Müller, Bezirksamtmann Kobell, Philipp Graf zu Eulenburg, Rittmeister a.D. Paul von Haufingen und der österreichische Gesandte in Bayern, Baron Bruck, sowie Freiherr von Washington, um nur einige zu nennen – schilderten Auffälligkeiten im Gesicht des Toten, die auch auf Guddens Totenmaske zu sehen sind. Alle entdeckten eine Beule oberhalb des linken Auges (vom Betrachter aus gesehen), wodurch dieses Auge zugeschwollen war. Dann „schräg verlaufende Kratzwunden und Hautabschürfungen auf der Stirn sowie Kratzspuren auf dem Nasenrücken und auf Guddens Wange“. Wodurch diese Verletzungen entstanden – ob bei der Verfolgung des Königs durch dichtes Gebüsch, ob beim Ringen mit dem sich wehrenden Ludwig II., wie etliche vermuteten, oder bei der unsanften Bergung der Leiche aus dem Wasser –, ließ sich nicht klären. Auch wie Gudden ums Leben kam, lässt sich aus den Verletzungen nicht ableiten, auch wenn Vermutungen zu bislang neun Theorien führten: Starb er direkt beim Kampf mit dem König oder bei einem missglückten Betäubungsversuch mit Chloroform, durch Herzschlag oder Schock im kalten Wasser? Wurde er aus Versehen von einem wachhabenden Gendarm oder gar Auftragsmörder ermordet? Wurde er erwürgt oder ertränkt oder starb er mittels eines mitgeführten Revolvers durch Suizid? Die Gerüchte über den Tod Ludwigs II. und seines Gutachters Dr. Gudden verstummen bis heute nicht.

Eine der vielen Legenden ist auch, Guddens Leiche sei nach der Überführung nach München sofort auf dem Friedhof verscharrt worden. Doch wahr ist, dass Guddens Bestattung am Mittwoch, den 16. Juni 1886, drei Tage vor der Beisetzung des Königs, auf dem Auer Friedhof (heutiger Ostfriedhof) unter reger Anteilnahme der Bevölkerung erfolgte. „Es ergoss sich" wie eine Zeitung schreibt, „ab 14.00 Uhr ein schier endloser Strom von aufgewühlten Menschen zum Friedhof. Das Gedränge vor der Leichenhalle war so beängstigend, dass eine große Anzahl von Gendarmen Mühe hatte, den lebendigen Wall zu stauen, der gegen das Leichenhaus vorrückte. Die Besucher sahen mit leichtem Gruseln den aufgebahrten Toten, dem eine breite Kratzwunde an der linken Nasenseite sein ruhig schlummerndes Gesicht entstellte."

Die erste Ausstellung der Totenmaske Dr. Bernhard von Guddens

128 Jahre mussten nach der Abnahme der Totenmaske vergehen, bis sie endlich in einer Ausstellung über das Leben, Wirken und Schicksal Dr. Bernhard von Guddens vom 15. Mai bis 17. Juli 2014 im Kloster Benediktbeuern gezeigt wurde. Dazu veröffentlichte ich die erste große Biografie über diesen Psychiater unter dem Titel „Der Mann, der mit Ludwig II. starb – Dr. Bernhard von Gudden, der Gutachter des bayerischen Königs". Anschließend ging die von mir kuratierte Ausstellung wegen des großen Erfolgs ins Heimatmuseum Prien und ist heute im Psychiatrie-Museum Wasserburg am Inn als Dauerausstellung zu sehen.

Guddens Totenmaske – Städt. Museum Rosenheim – Foto: Raphael Lichius

ALBERT SIGL

lest fleißer

Um aufzufallen, so Brecht, schreibt Marieluise Fleißer, müsse man die Kleinschreibung benutzen. Den Vornamen der Fleißer, so sagt Feuchtwanger, müsse man ändern. Und so hieß die junge Studentin Marieluise. Mit diesem Eckrahmen könnte man gespannt sein und sich einlesen.
Marieluise Fleißer:

- Gesammelte Schriften (3 Bände)
- Materialien zum Leben und Schreiben der Marieluise Fleißer
- Briefwechsel
- Aus dem Nachlass

Die Werke sind wohlfeil zu haben, man kann auch Büchereien dazu ermuntern, das Gesamtwerk zu kaufen, um es den Lesern zugänglich zu machen.
Mit den kurzen Erzählungen des dritten Bandes habe ich zu lesen begonnen und war begeistert. Ganz einfach aber macht es die Fleißerin, wie sich selber nennt, einem nicht, manchmal wollen die Texte Zusatzinformationen.

Weitergelesen habe ich mit den frühen Stücken. Marieluise Fleißer (1901–1974) schrieb sich von München aus in das literarische Leben im deutschsprachigen Raum ein, ging nach Berlin und kam wieder nach Ingolstadt zurück. Mit Feuchtwanger und Brecht geriet sie sehr schnell in das Zentrum des literarischen Taifuns, ziemlich zerrupft kam sie nach einem frühen „Skandal" um ihr Stück wieder aus dem Sturm zurück.

Über die Literatur und über das Schreiben ist sehr viel Interessantes zu lesen, aktuell bis heute. Wie eine Frau für ihr Schreiben das Studium abbricht, wie sie über die Zeiten kommen muss, das kann man nachlesen.

Ihre Bücher werden verbrannt, ihr wird ein Schreibverbot erteilt. Mit allen Mitteln, auch das ist nachzulesen, versucht sie, über die Zeit von 1933 bis 1945 hinwegzukommen.

Von ihren „liebsten Söhnen" in der Literatur lebt nur noch einer. Faßbinder, Sperr und Kroetz und nicht allein sie entdecken die Texte der Marieluise Fleißer wieder. Brecht bringt sie und ihre Stücke in München und Berlin wieder ins Gespräch. Die Besetzungsliste ihres Stückes „Der starke Stamm" macht nachdenklich, in Berlin interessiert man sich mehr für ihre Stücke als in München. (Nachzulesen in: Günther Rühle: Materialien …)

Die Theater- und Filmstadt ist auch mit ihren Texten im Gespräch. Kritiker jubeln, auch Theaterkritiken, z.B. von Michael Skasa, sind in den Materialien nachzulesen. Franz Xaver Kroetz regt die Gesamtausgabe der Werke von Marieluise Fleißer an. München macht auf sich aufmerksam.

Wer ein Frauenschicksal im Spiegel der Zeit, wer eine Literatin beim allmählichen Verfassen ihrer Texte beobachten will, der hat mit den Schriften aktuelle Lektüre, nicht nur in den Stunden der Ausgangssperre.

Wie eine Studentin von ihrem Schreiben leben will …
Wie Literatur gemacht wird …
Wie Literaturgeschichte gemacht wird …
lest Fleißer
wieder

Heimat

Wenn Heimatboden
Nicht genutzt wird
Heute
Wenn aus dem Heimatboden
Nicht Geld gemacht wird

Ja was soll denn dann
Heimat
Für was soll das sein?
Für was brauchen wir die?

Ein grüner Kunstrasen
Mit Watteschnee
Da stehen die Volkssänger drauf
Das langt doch

Der Luftdruck
Ist kostenlos

Impen

Meine Impen. Meine Impen. Hob i nimma.
Is a Krankhat einekemma in d Impn.
Iatz mog i nimma.
Iatz fang i nimma o mid meine neinzg Johr.
Weil i woaß ned, in wos für Hend meine Impn
Dann amoi kemman.
Oa Baua is no im Dorf, oa Baua, und der ko iatz aa nimma.
Koana mehr do.
Koana mehr wui meine Fejda hom. Koana mehr.
Es gibt koana Bauan mehr. Woin olle in d Fabrik.
Vosteh i ned.
Wenn oana sei eigna Herr sei ko.
Ois hert auf.
I mog nimma.
I konn a gor nima.
I kannt a gor nimma.
Wia des weidageh soi, des frog i mi.

JOSEF STEIDLE

Das Terzett

Eine Amsel sang mit einer Lerche im Duett.
Wenn man einen solchen Zweigesang doch öfter hätt.
Doch im Augenblick, wo es am allerschönsten klang,
störte das Gekrächze einer Krähe den Gesang.
Wollte sie denn im Terzett mit ihnen singen
oder den Genuss bewusst zu Ende bringen?
Was geht in diesem Rabenvogel vor?
Hat er für Musik und für Gesang kein Ohr?
Seine Stimme ist erschreckend infernalisch.
Sind er und die Seinen gar nicht musikalisch?
Bist es aber du, dann meide jede Krähe.
Suche dir zur Freude Amsel-, Lerchennähe.

Der weiße Elefant

Bewundert wird im ganzen Land
der blütenweiße Elefant.
Doch froh ist er darüber nicht.
Er würde lieber einfach, schlicht
im Elefantenleben stehn.
Das hätt er gern, das wäre schön.
Er möchte, wie die andern auch,
sich rumwälzen auf Rücken, Bauch.
Nicht ständig darauf achten müssen
– vom Kopf bis runter zu den Füßen –
dass man sich ja nicht schmutzig macht,
damit sie bleibt, die weiße Pracht.
Doch wenn er schon „in weiß“ sein müsste,
dann hätt er andere Gelüste.
Er hielte es als weiße Maus
in diesem Leben sehr gut aus.
Da wär er einer von Millionen
und Unbekanntsein tät sich lohnen.
Er würde nicht mehr angegafft.
Rumwälzen bliebe ungestraft.
Am liebsten wär er weiße Maus
im Tierpark-Elefanten-Haus.

Der junge, stolze Gänserich

Der junge, stolze Gänserich
schnatterte laut und fürchterlich.
Viel lauter, schneller, greller
– und eine Terz noch heller –
als die andern in der Schar,
sodass er bald der Erste war.
Wenn das Geringste ihm nicht passte,
schnatterte er, tobte und raste.
Schon war er überall bekannt,
als größter Schnatterer im Land.
Dies ging eine gewisse Zeit,
dann aber war's den meisten leid.
Sie konnten ihn nicht mehr ertragen
und fingen an sich zu beklagen.
Er wurde bös und überheblich.
Jedweder Zuspruch war vergeblich.
Drum wurde auch der alte Bauer
auf seinen Gänserich sehr sauer.
Und über Nacht – man kann's erraten –
wurd aus dem Schnatterer ein Braten.
So schnell kann du dein Leb'n verliern,
denkst du, du wärst geboren zum Führ'n.

Ein Dromedar

Ein Dromedar hatte genug
von Hitze, Sonne, Wüstensand.
Drum lief es weg – denn es war klug –
und zwar direkt ins Bayernland.

Dort war es als Kamel bekannt,
ward gern geduldet und beliebt
als treues Tier aus fernem Land,
wo es auch heut noch viele gibt.

Es fühlte sich sehr wohl und gut.
Doch als es dann mit Schreck vernahm,
wie sich zwei Streitende voll Wut
Kamele nannten, packt es Scham.

Mit einem Mal hat es verspürt,
dass ein Kamel als faul und träge
und auch als dumm beurteilt wird.
Dies traf es grad wie Keulen-Schläge.

„Ich geh zurück", meint es sofort,
„als blöd will ich nicht gelten,
denn dort in meinem Heimatort,
wird niemand mich so schelten."

Doch als es an die Wüste dachte,
an die Strapazen, an den Durst,
entschied es „Ich bleib hier" und lachte.
„Was die hier denken, ist mir wurscht."

Rehwunder und Adlerpech

Ein Adler saß im Horst allein,
hoch oben zwischen Fels und Stein.
Mit scharfem Blick erspähte er
ein Reh, zum Jagen wohl nicht schwer.
Er stürzt hinab im Adlerstil.
Doch grad, wie er es fassen will,
schlägt eine Sturmbö ihm entgegen.
Er musste rückwärts sich bewegen.
Das Reh entfloh. – Was tat sich eben?
Ein Windstoß rettete sein Leben.
Noch heute will es dazu stehn:
Ein Wunder sei damals geschehn.
Der Adler aber sprach banal:
„Dann klappt es halt das nächste Mal.“

ANGIE WESTHOFF

Die Kinder von Delafoe

Vorfreude kann in der Luft liegen wie eine Wolke aus Zuckerwatteduft. Wenn man sie einatmet, strömt sie durch Lunge und Körper und dann schüttelt es einen vor Aufregung. Vorfreude kann aber auch Spannung sein, aufgeladene Atmosphäre, in der es knistert und knackt und alles nur darauf wartet, sich zu entladen. Samstagmittag vibrierte die Luft in Delafoe und das war nicht der Hitze geschuldet. Vor den Häusern, die sich wie Perlen an zwei Ketten links und rechts der Hauptstraße aufreihten, standen die Autos und warteten auf die Abfahrt. Die Erwachsenen kamen aus ihren Häusern, grüßten vergnügt über die Gartenzäune hinweg und hätte man sie gefragt, ob sie die Vorfreude in der Luft spürten, hätten sie vermutlich genickt. Sie spürten sie und hielten sie für die eigene.

Doch auch als die Erwachsenen längst schon verschwunden waren, hing dieser seltsame Duft noch in der Luft, und die Atmosphäre zischte und surrte wie heißer Dampf in einem Schnellkochtopf. Denn natürlich war es die Vorfreude der Kinder und Jugendlichen, die die Luft in Delafoe so zum Flirren brachte. Und nichts sonst.

Kaum hatten Frau und Herr Parker die Villa verlassen, machten sich Chloe und Violet auf den Weg zur Lichtung im Park. Als sie dort ankamen, saßen schon jede Menge Kinder und Jugendliche im Gras, sprachen miteinander oder lagen im Schatten unter den Bäumen und chillten. Insgeheim aber waren alle Blicke auf den Megalithen gerichtet, einen mannshohen Felsen, der vor zweihundert Jahren in der Umgebung gefunden worden war. Und endlich war es soweit: einer der älteren Jungs nahm Anlauf, sprang auf den Stein und richtete sich auf. Dann streckte er den rechten Arm aus, ballte die Faust und stieß sie gen Himmel. „No adults“, schrie er.

„No adults“ brüllten die Kinder und Jugendlichen. Sie sprangen auf, ihre Fäuste schnellten nach oben. Im Schlachtruf des Tages triumphierte die Freude. „Es geht los!“ Chloe und Violet sahen sich an und lachten.

„Hi Fans, schön, dass ihr hier seid!“, schrie der Junge, er hieß Mat Davis.

Die Menge lachte, kreischte, einige konterten.

„Ach komm, hast du nichts Besseres drauf?“

„Mat, du bist ordentlich gewachsen im letzten Jahr!“

So ging es hin und her, bis Mat das Programm verkündeten konnte. Den Ablauf, der sich jedes Jahr ähnelte: Lichtung, Vorsprechen im Theatron, Einlösen der Bestrafungen, Nacht-Olympiade und Honigwasserschlacht. Erst wenn sich alle von oben bis unten eingesaut hatten und richtig schön klebten, wankte man zurück ins Dorf, duschte mit letzter Kraft und fiel ins Bett. Der Höhepunkt aber war wie immer: das Vorsprechen im Theatron.

Das Theatron verdiente seinen Namen kaum, es war mehr eine Arena als ein Theater und lag auf der Rückseite des Burger King. Hier gab es, zwischen den zerbeulten Mülltonnen des Fastfood-Restaurants und dem Schrottplatz von Marge Lewis, einen kleinen asphaltierten Platz. Er war wirklich nicht besonders groß, höchstens vier Meter lang und vier Meter breit. Um ihn herum hatte der frühere Besitzer des Schrottplatzes weiße Ytong-Quader gestapelt, mit Mörtel verschmiert und Tribünen gebaut. Warum er das getan hatte, wusste niemand so genau. Vielleicht wollte er Sitzgelegenheiten für eine Verkaufsshow schaffen, aber ein Professor aus Springfield, der im Burger King zu Mittag aß und den Laden aus Versehen hintenrum verließ, bemerkte, dass dieses Konstrukt Ähnlichkeit mit einem Theatron hatte, dem Zuschauerraum eines griechischen Theaters. Tagelang lachte man über diesen Spaß, bis sich die Idee in den Köpfen der Leute von Delafoe festsetzte. Nun war man stolz auf ein eigenes Freiluft-Theater, hatte aber noch keine Verwendung dafür. Da erfanden die Jugendlichen das Vorsprechen am No Adult Day – eine Mischung aus Theater und Gladiatorenkampf. Und das funktionierte so: Wer Lust hatte, lernte eine Rolle aus einem Theaterstück und trug sie so verrückt wie möglich vor. Je lauter das Publikum lachte, desto größer war die Chance auf erhobene Daumen. Zeigte die Mehrheit der Daumen jedoch nach unten, folgte die Bestrafung. Dann konnte man eine Stunde lang in das alte Klohäuschen im Wald gesperrt werden oder man musste über das Brückengeländer auf der anderen Seite des Flusses balancieren. Vollkommen egal, Hauptsache alle hatten ihren Spaß. Am besten funktionierten Texte aus früheren Jahrhunderten. In diesem Jahr hieß das Stück *Macbeth* und stammte von einem Typen namens Shakespeare. Das Stück war so alt und abgehangen wie die Gebeine im Death Valley und der Typ natürlich längst schon tot.

Lance stellte sich in die Mitte der Arena und schloss die Augen. „Verschwunden ist die finstre Nacht", murmelte er, „die Lärche schlägt, der Tag erwacht. Die Sonne kommt mit Prangen…" Lance stockte. Er hatte vergessen, nachzusehen, was das Wort bedeutete. Egal, es interessierte sowieso keinen. Er begann nochmal von vorne, ging jetzt aber im Kreis. Vom Alter gebeugt, humpelnd und einen Fuß nachschleifend. Wenn das komisch aussah, war es schon die halbe Miete. Er ließ den Kopf hängen und zog einen Mundwinkel nach oben, so dass die Wörter nuschelnd über seine Lippen purzelten. „Sie scheint in Königs Prunkgemach, sie scheint auch durch des Bettlers Dach und was in Nacht verborgen war, das macht sie kund und offenbar." Lance grinste. Dann zog er das Kostüm aus seinem Rucksack: ein schwarzes T-Shirt und Knickerbocker Hosen. Er würde schwitzen wie ein Gürteltier in der Wüste, aber der Spaß war es ihm wert. Heute wollte er in die Geschichte des Vorsprechens eingehen: Lance Turner, der Enkel von Tyran Turner, dem großen Regisseur und Besitzer eines Theaters. „Drück mir die Daumen, Großvater!" murmelte er und spuckte dreimal über die linke Schulter.

Die Arena tobte. Auf den Zuschauerrängen hielten sich die Kinder die Bäuche vor Lachen, die Jugendlichen grinsten und nickten beeindruckt. Eine irre Vorstellung, die

Lance da ablieferte, unglaublich. Er wirkte um Jahre gealtert und wie er durch die Arena humpelte, das Gesicht verzog und diese unverständliche alte Sprache lispelte, grandios! Kaum hatte er den letzten Satz gesprochen und sich so ungeschickt verbeugt, dass er beinahe umgefallen wäre, schnellten die Hände in die Höhe und die Daumen nach oben. Ausnahmslos. Die Menge brüllte „Zugabe", aber das war nicht üblich im Theatron von Delafoe. Also grinste Lance einfach nur bis über beide Ohren, verbeugte sich ein weiters Mal und humpelte -unter dem Gekreische und Gejohle der begeisterten Zuschauer- davon. Die nächste Akteurin wurde angekündigt und es war: Chloe Parker.

Hoch erhobenen Hauptes marschierte sie in die Arena. In einem langen hellblauen Kleid mit Spitzenschleppe und Diadem im Haar. *Ahs* und *Ohs* begleiteten sie und begeisterte Zwischenrufe. Dann wurde es ruhig, alle rutschten auf ihren Plätzen hin und her und versuchten, einen guten Blick zu erhaschen. Lance hatte sich in die erste Reihe gesetzt und wartete ebenso gespannt wie alle anderen. Da trat Chloe auf ihn zu, streckte den Arm aus und deutete mit dem Zeigefinger auf ihn. „Verrat übt, wer Geheimnisse wahrt und selten nur die Wahrheit offenbart!" In der Arena war es still geworden. Die Kinder und Jugendlichen glotzten Chloe an, als sähen sie eine Außerirdische. Und vielleicht war dem auch so, denn Chloe war kein bisschen witzig, sie versuchte es nicht einmal. Und es wurde noch irrer: Als sie fertig war mit ihrem Satz, entschuldigte sie sich bei dem Typen namens Shakespeare und erklärte, dass der Text von ihr selbst sei.

Die ersten begannen zu lachen. Sehr verhalten. Es klang wie das leise Glucksen von Mineralwasser in einer Flasche, die geschüttelt wurde. Dann explodierte der Verschluss und das Lachen knallte durch die Arena wie Peitschenhiebe. „Die ist verrückt geworden", japste Tony Stanton und hielt sich den Bauch. Und Jeff Walker lachte so lange und laut, dass ihm die Tränen aus den Augenwinkeln schossen. Nur sein Bruder blieb still, er konnte seinen Blick nicht von Chloe lassen. „Die ist cool, Mann", sagte er ein ums andere Mal, dann riss er seinen Arm hoch, die Hand zur Faust geballt, den Daumen nach oben. Die Menge tobte und nun gingen auch die anderen Daumen hoch, die Bestrafung war abgewandt.

JOSEF WITTMANN

Auszug aus: „12 Hymnen für Bayern“

Texte zur Aufführung mit Chor und Klavier (Musik: Josef Irgmaier)
Anmerkung: Etliche Strophen sind für Sänger (m) geschrieben. Sängerinnen sind ausdrücklich berechtigt, diese in feminine Form umzuschreiben und entsprechend zu singen.

Wås brauch i a Hymne? – Vorwort

„Wås brauch i a Hymne, i ko eh need singa!“ Hätte mein Vater vermutlich gesagt. Mit seiner praktischen Sicht der Dinge bin ich aufgewachsen. Vielleicht bin ich deswegen Dichter geworden.

Mei, Dichter! Wås waar denn des?

Meistens nennen wir Dichter und Denker in einem Satz. Beide haben keinen guten Ruf, weil sie übers Denken und Dichten das Machen verpassen. Der Macher ist der Held unserer Zeit. Auch wenn er einen Haufen Scheiß macht, weil er das Denken vergessen hat. Dabei kommt Poesie vom altgriechischen *poein,* was machen oder erschaffen bedeutet. Der Dichter *ist* also ein Macher, und bloß, wenn er zugleich ein Denker ist, macht er keinen Scheiß.

Wie die Poesie hat auch die Hymne einen altgriechischen Migrationshintergrund. Der Hymnos war einmal eine Tondichtung, ein Sprachkunstwerk, das durch seinen Rhythmus und seinen Klang sogar ohne musikalische Begleitung im Gedächtnis geblieben ist. Verwendet hat man sie vornehmlich zur Verherrlichung der Helden, der Kriege und der Götter.

Nach der Einwanderung in das deutsche Dichten und Denken ist sie etwas einseitig geworden und überwiegend als Kirchenlied beschäftigt worden, bis sie die Romantiker wieder zur Verherrlichung brauchen konnten, jetzt der Völker und Nationen.

In dem Zusammenhang kennen wir sie heute, und wenn unser Programm „12 Hymnen für Bayern“ heißt, nimmt es genau darauf Bezug. Aber es sind keine Vorschläge für Nationalhymnen. Ich darf das eigene Tagebuch zitieren, wo am 26. November 2017, 3 Uhr früh, über das erste Projektgespräch mit Josef Irgmaier Folgendes drinsteht: „es geht um die Idee, dass sich der endliche, vielseitig beschränkte, sich meist nur einer Teilansicht seiner Existenz bewusste Mensch in der Hymne an die Götter wendet, das heißt, den Blick nach oben wendet und ... sich über seine augenblickliche Befindlichkeit hinwegsetzt.“

Die „augenblickliche Befindlichkeit“ spielt trotzdem eine tragende Rolle. Wir schweben nicht *völlig losgelöst von der Erde* in einem fiktiven Raum, sondern wir schauen, dem Himmel näher als sonst, genauer als sonst auf unser Land. Deswegen sind nicht alle Hymnen *schön* im landläufigen Sinn, sondern mitunter schrill, zornig, verzweifelt – und im Ganzen doch voller Zuneigung.

Es ist höchste Zeit geworden für demokratische, religionsneutrale, an den Menschen orientierte Hymnen.

So a scheens Land

So a wunderscheens Land,
Baam, de wo bliahn,
Fäida, Wiesn und Woid,
Kiah auf da Woad,
d Sunna leichtt åba,
da Himme weiß-blau …

Und Zeit håd der Landstrich unendlich,
Zeit zum Schnaufa, fian Wind und fia d Woikn,
zum Austreim im Fruahjåhr, fia d Schnägleckalbliah,
fia Kastanien-Knospn, wo dick wern und platzn,
wo si Blattl ausroin so nei und verletzlich,
so zart und gstrotzt voi mit unbandign Lebn …

So a wunderscheens Land,
Glockn wo läutn,
Kirchtürm und Burgn und Städt,
Bruckn fia d Straß,
Bacherl, Fluss, Seen,
da Himme tiaf blau …

Geduid håd der Landstrich mid ålle,
mid de Baam, wo langsam, ganz langsam wachsn,
mid Kinder, wo damisch vui Blädsinn ostäin,
mim Grås, des wo wachst über Erdrutsch und Schartn,
mim Bluat, wo im Streit in da Erdn versitzt,
und mim Paarl, des wo trotzdem no s Gernhåm probiert …

So a wunderscheens Land,
d Amsln, wenn singa,
und Nebe und Dunst, wenn aufsteigt,
da Reng, wenn er foit,
da Baam, wo si biagt,
da Himme ganz grau …

Voi Gsang is der Landstrich, ganz leise,
vo Frösch ganz weit weg, wo in n Weiha locka,
vo Impn, wo surma vo Bliatn zu Bliah,
vo Leit, wo voi Freid mitanander ratschn,
vom Lacha, wenn oana wås Richtigs gsågt had,
vo Motoren, wo brumma eahnan ewign Bass …

So a wunderscheens Land,
wo d Leit echt gern lebn,
d Arbat tean, buckln,
sinniern, wenn s passt,
in d Häh auffi schaung,
da Himme weiß-blau …
So liabe Leit

Mia samma mia, mia oisamt samma mia,
mia oisamt samma wer, mia san wieder wer,
mia san de, de wo zäihn, mia ham s besserne Bier,
san de Mehrern, de Stärkern, de Gscheitern, mia wissen, wo her
ma des ham, schaug uns o, wia ma san: genau so wia mia
miassn oa sei de wo s bringa, mia san d Leit und need s Gscher.

Mia samma mia, aber i, wås bin i? I bin echt need da Grässer,
da Scheener, da Stärker, da Besser und vui bin i aa need,
ghea zu de Gwappetn need und need zu de unverschämt Reichn,
ghea need zu de Leit ohne Gwissn, ghea need zu de gwissn Leit,
bin beim Verein, aber bin need da Vorstand, wui need so weit,
dass des, wås i sei muaß, stärker werd ois wia des, wås i bin,
i bin ehrlich am liabern i säiba, waar gern a Netter, den ålle meng,
bin Kind vo de Äitern, såg „Vatter“ zum Herrgott, hock need in da Kirch
vorn bei de Fromma, aber huif, wenn oans braucht, bin i då,
i muaß need vui streitn, i gib gern amoi nåch, bin freindlich zu Fremde,
siehg in de Aung vo de andern an Spiagl, i wui need, dass er bricht.

Mia samma mia, mia oisamt samma mia,
mia oisamt samma wer, mia san wieder wer,
mia san de, de wo zäihn, mia ham s besserne Bier,
san de Mehrern, de Stärkern, de Gscheitern, mia wissen, wo her
ma des ham, schaug uns o, wia ma san: genau so wia mia
miassn oa sei de wo s bringa, mia san d Leit und need s Gscher.

Mi gfreit da Huat mitn Gamsbart, i woaß, dass de, wo n aufham,
im Wirtshaus need Veegl ausbruatn im Kopf, sondern gråd so wia i
schaung miassn, wo s higeht und strampen ums Leem und des vo de Kinder,
bin froh, dass ma redn kena mit de ganz gleichn Wörter, und, wenn
ma trotzdem need zsammkema, nummoi ofanga miaßn vo vorn,
i lies vielleicht andere Biacha, ko sei, dass mei Musi ganz anderscht tuat,
de fiachtn oft Sachan, wo i zum Fiachtn scho lang vui z guat kenn,
und fiachtn Sachan no need, wo i woaß, dass ma då, wo de hifiahn,
ålle mitnanda need hi woin, aber jeder vo uns ko si teischn, is froh,

wenn des, wås er gmoant håd, need so stark werd, dass s Schädl eischlågt
und des miahsam Erreichte im Gleichschritt mim Stiefe datritt.

Mia samma mia, mia oisamt samma mia,
mia oisamt samma wer, mia san wieder wer,
mia san de, de wo zäihn, mia ham s besserne Bier,
san de Mehrern, de Stärkern, de Gscheitern, mia wissen, wo her
ma des ham, schaug uns o, wia ma san: genau so wia mia
miassn oa sei de wo s bringa, mia samma d Leit und need s Gscher.

I måg unter Leit sei, måg wissn, wås s Neis gibt, aa wenn s nix Gscheits is,
hea need weg, wenn s oam schlecht geht, i wui wissn, warum,
mia tut s leid, wenn oa Pech ham, woaß, wenn ma in n Dreeg glangt,
wia lang dass des pickt, und versteh, dass s oa trifft oiwei wieder, kaum san s
aus dem oana Loch aussa, scho foin s in de nächste Gruam nei,
mia sågn, schwoam ma s åbe, und wissen, wia guat Sorgn schwimma,
manchmoi kon i häiffa, oft glangt s, dass i då bleib und need såg, säim schuid,
und oft ko i lerna, wia oa ganz drunt am Bodn dann bloß aus m Innern
d Kraft findn zum Aufsteh und need Verzweifen, zwar zornig und bitter,
aber gråd und mid Anstand, Respekt håb i vor soichane Leit. Und red,
ja klar, aa mid dene, wo außer da Roas in den nächstn Urlaub nix druckt.

Mia samma mia, mia oisamt samma mia,
mia oisamt samma wer, mia san wieder wer,
mia san de, de wo zäihn, mia ham s besserne Bier,
san de Mehrern, de Stärkern, de Gscheitern, mia wissen, wo her
ma des ham, schaug uns o, wia ma san: genau so wia mia
miassn oa sei de wo s bringa, mia samma d Leit und need s Gscher.

I fiacht koane Preißn, i red mid an jedn und find fiara jeds Land a Sprach,
wenn d Wörter need glanga, dann ko ma aa deitn und mitanand lacha,
wer freindlich an Weg weist, dea wui ma nix Bäs, und aa d Polizistn
san Menschn, wurscht, in wäicham Gwandl dass s steckan und wås fiara
Kappe dass s aufham, wenn ma s anständig frågt, kriagt ma Antwort, froh
bin i, dass ma a Recht ham zum aufrechtn Gang, vor koan Kini need kuschn,
koa Gestapo need scheicha, über an guadn Witz frei aussa lacha und need
umschaung miaßn, wer s gheart håbn kannt, vorm Chef need um Schee-Weda zidan
und säiba need aus da Haut fahrn, wenn mi oana mid Kloa-Graffe nervt,
a Freid håm, boi a Schmaaz zsammgeht, vo jedm ko ma wås lerna, Genie
oder Klofrau, a jeds is ma irgndwann wichtig und froh bin i, dass s uns ålle gibt.

Mia samma mia, mia oisamt samma mia,
mia oisamt samma wer, mia san wieder wer,
mia san de, de wo zäihn, mia ham s besserne Bier,
san de Mehrern, de Stärkern, de Gscheitern, mia wissen, wo her
ma des ham, schaug uns o, wia ma san: genau so wia mia
miassn oa sei de wo s bringa, mia san d Leit und need s Gscher.

So a zaachs Lebn

Meina Mamm mit krumme Wadl bin i wacklig nåche grennt
und hab kurbet auf drei Radl und war gschickt mit meine Händt,
i håb grechnat, gschriem und glesn, glernt, dass ma need einfach liagt,
bin da Stoiz vom Vatta gwesn, vo da Muatta Fotzn kriagt.

I håb glernt, dass i wås toa muaß, dass s ma später besser geht,
dass i kimm, zur Not auf oan Fuaß, aber gråd, und need leicht z spät,
dass mei Hoamat s Werk vo ålle, need bloß große Helden is
und dass need bloß s Neie, Tolle, sondern s Scheene wichtig is.

Wia da Starl in seim Kobe,
wia da Schreinergsäi mitn Hobe
håb i oiß to, wås ma toa ko, dass ma lebn.

Wia da Wurm aufm Hakn,
wia r a Loas mit an Dutznd Fackn
håb i ohne Umanandtoa s Beste gebn.

Håb mi mit de Deandln schwaar to, weil s ma need zum Tanzn war,
i håb gheat, as Glick, des waar wo, aber weit weg offenbar.
Bin dann grässer worn und gscheida, håb aa Frau und Kinder ghabt,
håb a Heisl kafft im Greana, håb mi mit de Bankn plågt.

Håb mi mit Parteien gstrittn, håb fia d Zukunft demonstriert,
håb mi oft in n Finger gschnittn, kenn vui Gsichter vo da Liab.
Woaß, es gibt oa, de ham s härter, huif oa, de wo s need datoan,
manchmoi woaß i nimmer weiter, aber need leicht, dass i woan.

Wia da Starl in seim Kobe,
wia da Schreinergsäi mitn Hobe
håb i oiß to, wås ma toa ko, daß ma lebn.

Wia da Wurm aufm Hakn,
wia r a Loas mit an Dutznd Fackn
håb i ohne Umanandtoa s Beste gebn.

I bin stoiz auf unser Bayern, gaab se s need, dann waar i arm,
aa wenn s uns mit Gsetz und Steiern schindn dass si Gott derbarmt.
I bin froh um Recht und Freiheit und koa Handbroat gib i nåch,
wenn uns d Gwoit mitten durch d Freid schneidt, d Lust vertreibt bis übern Båch.

I ko aufrecht ohne Gamsbart laut sågn, dass i Bayer bin,
i ko ruihg ins Ohr und ganz zart flüstern, dass i bei dir bin,
i ko fluacha, schimpfa, wimmern und ko stur mei Arbat toa
bis zum letztn Kammerflimmern, weil i woaß, am End is s går.
So frei wia r a Lercherl

Kakophoniekanon:
Leistungsoptimierung, Rationalisierung, Flexibilisierung, Globalisierung, Digitalisierung, Ausschussminimierung, Kostenreduzierung – Polizeiaufgabengesetz

I wui leben kena, i wui frei sei,
i wui macha kena, wås i wui,
ohne Sklavntreiber mit da Peitschn,
ohne Blockwart, der wo ålles woaß.

I wui denka kena, wås ma eifoit,
i wui reden derfa, mit wem s passt,
brauch koan Übervatter, der ma dreiredt,
brauch koan Kindergarten, wo mi loatt.

I wui treffa kena, wen i gern håb,
i wui higeh kena, wo i måg,
brauch koan Schandi, wo auf ålles aufpasst,
kon koa Mauer håbn drin in meim Kopf.

I wui oziahng deaffa, wås zu mir passt,
weder Gamsbartzwang noch Uniform,
I wui essn, trinka, bis dass s z vui is,
und wui säiba gspian, wia Bauchweh tuat.

I wui säiba sågn, wås fia mi schee is,
koan Expertn zoin, der s besser woaß,
koan Verräter wäihn, wo ålles anderst
macht als wia r a s zerst versprocha håd.

Kakophoniekanon:
Vergnügungsteuer, Einkommenssteuer, Energiesteuer, Schaumweinsteuer, Tabaksteuer, Haustiersteuer, Kirchensteuer – Rundfunkbeitrag!

I wui singa kena mitm Lercherl,
i wui d Arm ausbroatn in da Luft,
brauch koa Kasse neba jedm Ufer
und koan Moaster, wo mi åbi tupft.

I wui arbatn des, wås i guat kon,
wui a Gäid verdiena, gnuag zum Lebn,
wui mei Hoamat håbn, då, wo s ma echt gfoit,
mächt aa furtfahrn, vo da Wäit wås sehng.

Meine Kinder mächt i gern dahoam håbn,
säiba d Wäid erklärn und wås ma muaß,
mächt mi gfrein, wenn s amoi säiba denka,
und wenn s fråg, wås gäht, dann sågn, des tuast.

Dass mei Lebn need lang is, is ma eh klar,
aber fia de Zeit brauch i Respekt.
Paragraphenfiesler hoit i need aus,
Bürokratenkrattler, de ghörn weg.

Kakophoniekanon:
Systematisierung, Altersfinanzierung, Anspruchsregulierung, Mauerisolierung, Zimmerrenovierung, Stellplatzfeinplanierung, Staatshaushaltsanierung – Datenschutzgrundverordnung!

Manchmoi denk i, lebn kannt doch so schee sei,
waar i leicht und wia r a Lercherl frei.
Vui z vui Gwoit håd über uns, wås need lebt.
Trotzdem schee is s, und i bin dabei.

So a wunderbars Gfui

Wenn i auffischaug ins Astwerk vo da Lindn,
wenn i siehg wia ålle Knospn Bliatn treim,
wenn de hunderterloa Grea vo ihre Blattl
glustig tanzn mitm Wind im Sonnaliacht

und wenn d Bienen gnädig tean und schwirrn und surma
und wenn d Veegl in de Zweig zum Nest hifliang,
dabei singan, jede Art ihr bsonders Liadl,
kon i går need gnuag vo dem Gezwitscher kriang.

Und dann staun i wia r a Kind und kannt schier woana,
weil i oiß, wås rundum lebt, wia in mir gspür.
So a wunderbares Gfui bis tiaf in d Boana,
wo i woaß, dass i des s Lebn lang need verlier.

Wenn i d Kinder siehg, wia s spuin im Sand am Spuiplåtz,
und de Miatter auf an Bankerl in der Näh,
wenn i d Burschn hear midn Deandl gfotzad blädln,
wenn i s Knistern gspia boi oane auf mi stäht,

wenn oa Heiasa baun und Gartnbeetl oleng,
wenn mit Freid im Gschau oa von anander redn
und wenn d Musikanten aufspuin, wo oa feiern,
kon s nix Scheeners und nix Gräßers fia mi gebn.

Und dann staun i wia r a Kind und kannt schier woana,
weil i oiß, wås rundum lebt, wia in mir gspür.
So a wunderbares Gfui bis tiaf in d Boana,
wo i woaß, dass i des s Lebn lang need verlier.

Wenn am Friedhof oa de Gstorbna Bleame pflanzn,
im Museum wenn i oide Buida siehg,
wenn i Biacha lies vo fast vagessne Dichter
und drin s Lebn verwicklt wia mei eigns gspür,

wenn i Heisa siehg, wo oid und scho vakema
sichtlich wartn, dass des Sach wer übernimmt,
wenn im Baam de rotn Äpfe gfrian und braun werdn,
woaß i, s Lebn geht weida, mit und ohne mi.

Und dann staun i wia r a Kind und kannt schier woana,
weil i oiß, wås rundum lebt, wia in mir gspür.
So a wunderbares Gfui bis tiaf in d Boana,
wo i woaß, dass i des s Lebn lang need verlier.

So a Staat

Es kannt so leicht sei, einfach Semmen kaffa,
zum Bäcker ummi über d Straß gschwind laffa,
hädn d Ämter need mit vui Papier den Mo scho lang vajågt.
Dann lass ma uns mim Auto Semmen bringa,
tean Öl vabrenna, d Luft zum Lebn verstinka,
weil då da Staat mehr Gäid einimmt und d Menschn besser plågt.

I mächert gründlich gern mei Haus herrichtn,
neis Båd und Fenster, Gas- und Wasser-Gschichtn,
då brauchst du Plan und Stempe vo Behörden ohne Zahl.
A Mensch wo arbat ko si des nia leistn,
bloß a Investor ko den Bau derkreistn,
mit Spezialistn fia jeds Amt baut der auf jedn Fall.

So a Staat, so a Staat
is a super Apparat.
Wia der liagt, d Leit vabiagt,
wia uns der as Gäid vaziahgt,
des is groß, ganz famos,
und mia frång, wia macht er s bloß?
Geh ma wäin, werd ma s sehng
und koa Mensch håd wås dageng.

An Urlaub braucht a Mensch nåch an Jåhr rackern,
nåch Süden ziahgt s uns, wo am Strand d Leit flackan,
bei de Verkehrskontrollen komm ma aber går need durch.
Geschwindigkeit und Reifendruck und Pflaster,
Papiere, TÜV und ASU, her mim Zaster,
bei tausnd Regeln bist hoid aa dabei, des håd an Fluach.

Wer Kinder håd, woaß guat, wer si oiß kümmert,
werd vo de Ämter ständig dro erinnert,
wås ma ois Äitern de Behörden ålles schuidig is.
Fia Gsundheit, Schuiweg, Pausenbrot und Radl,
Berufswahl, Zahnpfleg, Arzt, gibt s wo a Madl,
des aufpasst und in schriftlicher Ermahnung kundig is.

So a Staat, so a Staat
is a super Apparat.
Wia der liagt, d Leit vabiagt,
wia uns der as Gäid vaziahgt,
des is groß, ganz famos,
und mia frång, wia macht er s bloß?
Geh ma wäin, werd ma s sehng
und koa Mensch håd wås dageng.

Wer arbat, kriagt, so is des, a Entlohnung,
de glangt fia s Essn, s Auto und fia d Wohnung,
vorausgsetzt dass ma eahm need zvor scho ålles weggad nimmt.
Mit Rentenbeitråg, Krankenkasse, Steia,
mit Maut und Mehrwert macht ma oiß sauteia,
weil ja da Mensch bis in a Steia-Paradies nia kimmt.

Im Wahlkampf schleidan unsre Kandidatn
dann scheene Zahlen, Phrasen, Daten,
då lernst dann erst, in wås fia n Wunderland dass mia då lebm.
Konzernchefs, Stars, de leitenden Beamten,
de Steia-Bscheisser, Grattler, Spekulanten,
mei, ham s de guat, solang ma d Faust need aus da Taschn hebm.

So a Staat, so a Staat
is a super Apparat.
Wia der liagt, d Leit vabiagt,
wia uns der as Gäid vaziahgt,
des is groß, ganz famos,
und mia frång, wia macht er s bloß?
Geh ma wäin, werd ma s sehng
und koa Mensch håd wås dageng.

Und koa Mensch is då dageng.

Und koa Mensch tuat wås dageng.

So a ungerechts Recht

D Kassnkraft im Supermarkt
håt vom Bodn an Zedl gscharrt.
Sechzg Cent Leerguat, åbigfoin,
muaßt di bucka, auffahoin,
koa Mensch håd den Fetzn gsuacht,
håd s n fia sich säiba buacht.
Wurscht wia vui, s is unterschlågn,
sie is vo da Arbat gflong.

Da Vorstand vo an Großkonzern
woaß, da Gwinn muaß mehra wern.
Dieselruaß foit koana o,
wenn ma s gscheit vatuschn ko,
und des regelt a Programm,
des s fia eahm entwicklt ham.
Ko s d nix macha, need mit Gwoit,
der kriagt sei Millionenghoit.

Und da Richter in da Robe
Sågt: „Des Recht is grecht und nobe."
Haut de Kloana nei in d Pfanna,
huift de grossn, reichn Manna.
Naa, då ko ma gar nix macha.
Bei dem Gschwerl vageht da s Lacha.
Plärrn konst: „Wo bleibt s Recht?!
Ihr seid s krank und schlecht!"
Doch huifts da nix in echt.

Kaffst beim Metzga Leberkaas,
muaß am Taferl, ohne Gspaß,
Fleischkäse ois Nama steh,
oana kannt s sunst foisch vasteh.
Soiche Regln aus an Amt
macha s Leebm schwar, gottverdammt,
nutzn koam und schindn d Leit,
kosten uns vui Gäid und Zeit.

Gehst auf d Bank, a Gäid oleng,
draahn s da Zeig o, no nia gsehng,
Ce-De-Es und R-E-De,
wås des is, brauchst need vasteh.
Hauptsach, d Bank verdient si bläd,
wenn s de rechte Richtung geht.
Draaht da Wind, verliert s komplett,
d Bank werd mit de Steiern grett.

Sågt da Staatsmann mit Krawattn:
„S Recht is grecht, koane Debattn!"
Haut de Kloana nei in d Pfanna,
huift de grossn, reichn Manna.
Naa, då ko ma gar nix macha.
Bei dem Gschwerl vageht da s Lacha,
Plärrn konst: „Wo bleibt s Recht?!
Ihr seid s krank und schlecht!"
Doch huifts da nix in echt.

Håst a Lebm lang gmacht und to,
kriagst a Rente, då bist froh.
Vo dem bisserl Ruheghoit
ziahng s da åb mit roher Gwoit
Beiträg, Steiern vo oiß zsamm,
wås s scho vorher åbzong ham.
Staatsbanditen ham s ausgheckt,
dass da Ehrliche verreckt.

Fröhlich wern Beamte oid,
sie ham nia an Beitråg zoiht.
Richter kriang s genauso gschenkt
wia de Leit vom Parlament.
„Warum ham s auf d Leit an Hass?",
frågst di bei dem grobn Gspass.
Fia de Fråg ham de koa Gfui,
weil s s Beamtenrecht so wui.

Sågn de Herrn mit Trümmer Gamsbart:
„S Recht is grecht, drauf hamma lang
gwart."
Haun de Kloana nei in d Pfanna,
häiffa grosse, reiche Manna.
Naa, då ko ma gar nix macha.
Bei dem Gschwerl vageht da s Lacha.
Plärrn konst: „Wo bleibt s Recht?!
Ihr seid s krank und schlecht!"
Doch huifts da nix in echt.

Jeda Mensch muaß amoi sterm.
Koana stirbt se leicht und gern.
Guate, Bäse, arm und reich,
Gvatter Tod macht s ålle gleich.
Vorher legt er si scho krumm,
baut a Haus und spart rundum,
d Kinder san eahm need egal,
menschlich lebst erst mit Moral.

Aa Konzerne san Person!
S bloße Sach, des is a Hohn!
Nehma Gwoit zua ohne End,
macha Gwinn, wenn s Land vabrennt,
ham koa Angst, sie wern nia tot,
kenna Hunger need und Not,
sie ham d Macht, san guat vernetzt,
pfeiffan auf a jedes Gsetz.

Sågn uns d Staatsrechts-Philosophen:
„S Recht is grecht, ihr seid s de Doofen.“
Haun de Kloana nei in d Pfanna,
häiffa grosse, reiche Manna.
Naa, då ko ma gar nix macha.
Bei dem Gschwerl vageht da s Lacha.
Plärrn konst: „Wo bleibt s Recht?!
Ihr seid s krank und schlecht!“
Doch huifts da nix in echt.

So a scheens Liad

Merkt s guat auf, des Land hoaßt Bayern,
braucht koan Kini, gheart m Voik.
Und zum Voik ghearn ålle Bayern,
weiß und schwarz, da Gscheid, da Doik.

S Voik san ålle Fraun und Manna,
wo bei uns a Hoamat ham,
Ober-, Niederboarn und Frankn,
Schwåm und Flichtling, mia ghearn zsamm.

Hundert Jåhr lang is s scho Freistaat
mid Vafassung, Gsetz und Recht,
wo a Jeds den gleichn Wert håd,
koana z gring und koane z schlecht.

Und wer wui deaf bei uns betn
zu dem Hergott, dem a glaubt,
neamands werd fian Glaubn tretn,
koans, wo need glaubt, ausse gstaubt.

Bayern gheart fest zu Europa,
aa wenn s manchmoi gschaamig tuat,
foit koam ...ismus mehr zum Opfer,
håd fia d Fehler längst gnuag bluatt.

Uns liegt nix am Wäid-Besiegen,
ohne Habgier mächt ma leem,
lasst s uns arbatn in Friedn
und koan Kriag soi s nia meah geem.

Bayern håd sei eigne Hymne,
auf de samma ålle stoiz,
singa s gern mid voller Stimme
und mia hoffan, ålle gfoit s.

Dausnd Jåhr in da Geschichte
håd des Voik sei Leem scho gfiaht,
is gerühmt worn in Gedichte
und drum sing ma eahm des Liad.

MOSES WOLFF

Idiom
Ein Dialog

Herr Gschwendner: So, Herr Hansmann, des sind jetzt alle Zutaten für einen Spekulatius. Mandeln, Zucker, Butter, Sahne, Mehl. Mehra braucht's ned.
Herr Hansmann: No, doch. Fürn Spekulatius benötischt man noch Hirschhornsalz.
Herr Gschwendner: Wos braucha Sie?
Herr Hansmann: Hirschhornsalz. Das issn Triebmiddl. Damit die Kekse schön loggo wern.
Herr Gschwendner: Aha. Oiso i hab des ned.
Herr Hansmann: Dann müssen Se es bidde besorgn. Vurher kannsch ni anfangg.
Herr Gschwendner: Sans ma ned bes, aber …
Herr Hansmann: Keene Wiederrede. Besorgen Se das Hirschhornsalz oder Se ham misch die längste Zeit gesehen.
Herr Gschwendner: I lass mi doch ned einfach so vor die Kandarre spanna.
Herr Hansmann: Vor was lassn Se sisch ni spann?
Herr Gschwendner: Vor die Kandarre.
Herr Hansmann: Wasn das für ne völlsich plötsinnische Redewendung?
Herr Gschwendner: Des kommt ausm Italienischen. Weil die Kinder in Italien miassn scho vo klein auf oiwei des Lied „Volare“ singa. Und alle Kinder hassen des. Koana wui des macha. Und des zwoate Wort in dem Lied is „Kandarre“. Drum sagt ma, wemma was ned eisigt: I lass mi ned vor die Kandarre spanna.
Herr Hansmann: Ach sou?
Herr Gschwendner: Freile. Volare, wo-oh. Kandarre, wo-oh-oh-oh.
Herr Hansmann: Also, isch kenn den Begriff ni. Bei uns daheeme würde man sagen: jemanden ne Bemme holn lassn.
Herr Gschwendner: Des is aber eher a Sprichwort als a Redewendung, oder?
Herr Hansmann: Nee, da besteht abbo n haushoher Undoschied. N Sprichwort is ne volkstümlische Lebnsweisheit. Ne Redewendung is ein aus Metaphern und Phrasn bestehendes Idiom.
Herr Gschwendner: A wos?
Herr Hansmann: N Idioum! Sagen Se mal, Se wissen aber ooch wörglisch gonischt!
Herr Gschwendner: Mei, bei uns im Dorf, da hat ma halt Quali gmacht und na glei in d Lehre nei. Dafür kann i andere Sacha, die Sie wahrscheinlich ned kenna.
Herr Hansmann: Aha. Zum Beispiel?
Herr Gschwendner: Beispielsweise Aussackln und Zipfeschwinga.
Herr Hansmann: Isch möscht, offen gestanden, ni wissn, was diese Begrifflischkeidn für ne Bedeudung ham möugn.

Herr Gschwendner: I kannt's Eana aber auf non-verbale Weise zoang.
Herr Hansmann: Liebo ni.
Herr Gschwendner: Wie Sie wolln. Sie wollten mir no verraten, was a Idiom is.
Herr Hansmann: Des is ne semandische Eigentümlischkeit. Also ne sprachlische Eigenart. In Oberbayern sagt mo Krapfn, in Sachsen heißt das Pfannkuchen oder Gräbblschn, in Hessen Plunder, in Schwaben Fastnachtsküchle, in Lübeck Mutzen, in Franken Striezel und in Brauschweig Schmalzgreben. Das is n typisches Beispiel fürn Idioum.
Herr Gschwendner: A geh. Ned schlecht. Sie wissen aber guad Bscheid.
Herr Hansmann: Was de Bäggorei betrifft, macht mir in Sachsen keener was vor.
Herr Gschwendner: Guad. Und wo kriag i jetz des Soiz von dem Hirschgeweih her?
Herr Hansmann: Da müssen Se in Hirschgarten gehen und mit no Nagelfeile was von nem lebendschn Exemplar rundoraspln.
Herr Gschwendner: Wos?
Herr Hansmann: Nee, isch hab nur Flax gemacht.
Herr Gschwendner: Flax?
Herr Hansmann: Ulk. Kiggi.
Herr Gschwendner: A so? Gaudi?
Herr Hansmann: Noo. Ooch wiedo n Idioum.
Herr Gschwendner: Reschpekt.
Herr Hansmann: Im Ernst jitze. Hirschhornsalz bekomm Se in jedem Subomorgt in do Backwarenabteilunk.
Herr Gschwendner: Ja, ganz guad. Na mach i mi glei amoi auf d Roas.
Herr Hansmann: Wohin?
Herr Gschwendner: Auf den Reis. Des kommt aus meim Dorf, weil mir warn mal a kinesische Kolonie.
Herr Hansmann: Ach so? Wusstsch goni.
Herr Gschwendner: Stimmt aa ned. Jetz hab i amoi an Flax gmacht. I woit einfach aa amoi a Bonbon in die Tüte werfen.
Herr Hansmann: Was?
Herr Gschwendner: A Pigment in Farbeimer schmeißn – zefix, wia hoasst jetz des? Mit am Helikopter ins Rapsfeld detonieren oder, naa, i moan mit am Gurkenfassl nach Unterhöslwang kurven, äh, a Hoibe auf oan Haps in d Gurgl zwicka …
Herr Hansmann: Isch versteh nur Bahnhof.

AUTORINNEN UND AUTOREN 2022

FRIEDRICH ANI

Geboren 1959, lebt in München. Er schreibt Romane, Gedichte, Jugendbücher, Hörspiele und Drehbücher. Er erhielt mehrfach den Deutschen Krimipreis sowie den Adolf-Grimme-Preis und den Bayerischen Fernsehpreis. Seine Romane *Süden* und M – Ein Tabor-Süden-Roman standen wochenlang auf Platz 1 der KrimiZEIT-Bestenliste. Sein Roman Der namenlose Tag (Suhrkamp) wurde unter die zehn besten internationalen Kriminalromane des Jahres gewählt. Friedrich Ani ist Mitglied der Bayerischen Akademie der Schönen Künste und des Internationalen PEN-Clubs. Foto: Tibor Bozi

MELANIE ARZENHEIMER

ist 1972 in Eichstätt zur Welt gekommen, wo sie immer noch wohnt. Die Journalistin, Lyrikerin und Autorin ist Chefredakteurin der espresso-Mediengruppe in Ingolstadt, außerdem arbeitet sie für den Hörfunk des Bistums Eichstätt Radio K 1. Davor war sie Moderatorin beim Hörfunksender Radio 8 in Ansbach und Moderatorin/Redakteurin bei Radio IN. Sie betreibt mit dem Erna Magazin (www.erna-magazin.de) ein eigenes Online-Satiremagazin für die Region Ingolstadt. 2009 hat sie den Lyrikwettbewerb „Hochstadter Stier" gewonnen, wurde 2013 zu den Münchner Turmschreibern berufen und zählt seit 2017 zum Präsidium der Schriftstellervereinigung. Melanie Arzenheimer hat bisher drei eigene Gedichtbände („Die Frisuren der Lemuren", „Unter Spezln", „Der Indianer ist Veganer") sowie zahlreiche Beiträge in diversen Anthologien veröffentlicht. Daneben schreibt sie Theaterstücke für Erwachsene und Kinder. Informationen unter: www.melaniearzenheimer.de

GUSTL BAUER

lebt seit seiner Geburt im Jahr 1935 in Hausham. Verwaltungsfachwirt i. R., ehemaliger Leistungssportler im Mittelstreckenlauf, Natur-, Musik-, Theater- und Literaturliebhaber, als Jugendlicher – zumeist per Anhalter – europaweit herumgekommen. Mit der oberbayerischen Bezirksmedaille in Silber für Verdienste im Bereich Kultur ausgezeichnet, 2013 Bayerischer Poetentaler. Moderator bei Volksmusikveranstaltungen, lange Jahre Sprecher bei Volksmusiksendungen des BR, Vertreter bayerischer Mundartdichter bei den „Alpenländischen Begegnungen" in Südtirol und in der Schweiz. Neben zahlreichen Zeitungsveröffentlichungen und Beiträgen in Anthologien sind folgende Bücher erschienen: „I mag Di", „Gedanknflinsal", „De staade Zeit", „A gschenkta Tag", „Blaadl im Wind" und „Hoppala".

MONIKA BITTL

wurde 1963 im Altmühltal geboren und eroberte von ihrem 500-Einwohner-Dorf aus die „literarische Welt": Tageszeitungsvolontariat in Ingolstadt, Germanistik-und Psychologiestudium in München, Lyrik in Sizilien, Jahresstipendium der Filmhochschule München. Seit 1993 freie Schriftstellerin und mit ihrer Familie sesshaft in München. Sie schrieb rund 30 Drehbücher, darunter „Sau sticht", das mit dem Bayerischen Fernsehpreis ausgezeichnet wurde. Ihre bisherigen fünf Romane verfolgen bayerisch-anarchische Spuren. Außerdem schreibt sie heitere Sachbücher, und stand mit „Ich hatte mich jünger in Erinnerung – Lesebotox für die Frau ab 40" über zwei Jahre auf der Spiegel-Bestsellerliste, ein halbes Jahr davon auf Platz eins. 2018 erschienen von ihr „Ohne meinen Mann wäre ich glücklich verheiratet" und die schwarze Komödie „Man muss auch mal loslassen können".

JOSEF BRUSTMANN

Geboren 1954 in Teisendorf, lebt in Icking. Von 1983 bis 1993 Gymnasiallehrer in München. Von 1991 bis 2001 ein schönes Drittel des Bairisch Diatonischen Jodelwahnsinns, zurzeit Solo-Kabarettist und Lyriker. Auszeichnungen: Siegerurkunde beim Sportfest 1964 in Waldram. Verheiratet (gleich zwei Mal), Vater von drei Kindern, Stiefvater von zusätzlichen zwei Kindern. Josef Brustmann isst oft Apfelkuchen. Er lebt gern.

CHRISTIAN BUMEDER

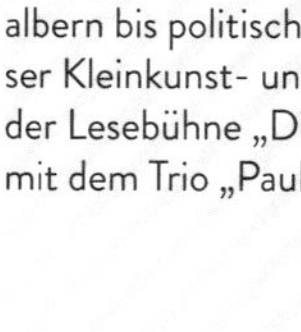

alias Bumillo, ist dort daheim, wo die Postleitzahlen mit 8 beginnen. Groß geworden ist er auf dem Land, studiert hat er in der Stadt, und das alles verarbeitet er seit 2007 wortgewaltig und mit vollem Körpereinsatz auf der Bühne. Seine Bandbreite reicht dabei von Lyrik bis Stand-up, von Rap bis Kabarett und von albern bis politisch. Er ist Moderator und Gastgeber diverser Kleinkunst- und Musikshows und Gründungsmitglied der Lesebühne „Die Rationalversammlung". Seine Auftritte mit dem Trio „PauL – Poesie aus Leidenschaft" wurden mit zahlreichen Kabarettpreisen ausgezeichnet. Von Herbst 2014 bis Sommer 2017 war Bumillo mit seinem ersten Soloprogramm „VEIT CLUB" in Bayern auf Tour (dazugehöriges Studioalbum beim Chiemgauer Plattenlabel „International Bohemia"). Im Bayerischen Fernsehen führte er von April 2016 bis Juli 2017 wöchentlich durch die halbstündige Kunst- und Literatursendung „SÜDLICHT". Im Januar 2018 fand im Münchner Lustspielhaus die Premiere seines zweiten Soloprogramms „Die Rutsche rauf" statt.

ALEX BURKHARD

ist deutschsprachiger Meister im Poetry Slam. Außerdem Bayerischer Meister (2017) und dreifacher Münchner Stadtmeister (2014, 2015, 2016). 2013 wurde er mit dem Kulturförderpreis der Internationalen Bodensee-Konferenz (IBK) ausgezeichnet. Er tourt mit seinem aktuellen Programm „Man kennt das ja", einer Mischung aus literarischem Kabarett und Stand Up Poetry, durch den deutschsprachigen Raum. Er ist außerdem Ensemble-Mitglied zahlreicher Leseshows in München und leitet Workshop-Projekte für Kreatives Schreiben im Auftrag des Literaturhauses, des Lyrik Kabinetts und der Stadt München.

KLAUS EBERLEIN

1941 geboren, sechs Jahre auf die Akademie gegangen, vor 30 Jahren angefangen als freier Künstler Kunst zu machen, viel gezeichnet und gelesen, Holzschnitte geschaffen, Lithos gedruckt, Radierungen geätzt, Plakate entworfen, geheiratet, Vater geworden, fotografiert, Skulpturen in Keramik geformt, für Zeitungen gearbeitet, Bücher illustriert, Akte gezeichnet, Ausstellungen gemacht und noch mehr: Landschaften erlebt, Tiere gesehen, Großvater geworden. Versuche, die Welt in Kunst zu erfassen, begreifbar zu machen, dauern noch an.

HELMUT ECKL

kam am 20. November 1947 selbstständig in Wolfersdorf auf die Welt. Aufgewachsen ist er langsam und vorsichtig in der Oberpfalz. Er ist verheiratet und hat zwei eheliche Kinder gezeugt. Seine Hobbys sind Bücher schreiben und Radl fahren. Sein Stammtisch hat sich 1976 am Chinesischen Turm gegründet und alle Stammtischbrüder leben noch. Helmut Eckl ist ein glücklicher Münchner. Mit der Rolltreppe am Marienplatz fährt er schwindelfrei. Seit 2002 ist er Münchner Turmschreiber. Altersbedingte Ehrungen hat er bislang nicht erhalten, dafür wurde ihm 2011 der Poetentaler der Münchner Turmschreiber verliehen und 2013 der Kaleidoskop-Teller des Münchner Künstlerkreises Kaleidoskop.
Helmut Eckl hat bisher 13 Bücher geschrieben und eine CD mit Satiren veröffentlicht.
Aktuelles unter: www.helmut-eckl.de

FRANZ EDER

Geboren 1942 in München. Lernte Kartographie und Grafik. Lebte zehn Jahre bei den Eidgenossen. War 16 Jahre ständiger Mitarbeiter des Schweizer Satiremagazins „Nebelspalter". Zeichnete u. a. auch für „Playboy", „Penthouse", „Focus" und „Medical Tribune". Seit 1987 wurden seine Zeichnungen in mehr als 50 Turmschreiber-Büchern und Kalendern veröffentlicht. Er karikierte live in über 60 TV-Sendungen und gestaltete Schallplatten- und Zeitschriftencover, T-Shirts, Weinetiketten und Filmplakate. Er setzte sich dafür ein, dass es seit 2011 die Werner-Schlierf-Straße in Giesing gibt. Franz Eder bekam 2010 den Bayerischen Poetentaler und ist seit 2013 Mitglied der „Münchner Turmschreiber".

GEORG EGGERS

ist seit 2012 Professor an der Hochschule für angewandte Wissenschaften in München. Der als „Grög!" Eggers bekannte Poetry Slammer und Physik-Kabarettist tritt regelmäßig mit seiner Show „Die Physik des Scheiterns" auf. Mehr Informationen dazu unter: www.phsik-des-scheiterns.de; www.groeg.de

JOSEF FENDL

Der 1929 im Bayerischen Wald geborene Häuslerbub entschied sich nach dem Abitur und einem Studium Generale für die Pädagogik. Er war als „niederbayerischer Gastarbeiter in der Oberpfalz" fast 40 Jahre lang Lehrer in Regensburg und Neutraubling, außerdem 36 Jahre Gemeinde- bzw. Stadtrat und 34 Jahre Kreisheimatpfleger. Er sieht sich selbst als „rusticus in urbe", als einen Bauern in der Stadt. Der „literarische Besenbinder" hat inzwischen an die 70 Bücher herausgegeben und ist landauf, landab als temperamentvoller Rezitator seiner Schwänke, Sprüche, und Wirtshausaphorismen bekannt. Elf Jahre lang redigierte er den Straubinger Kalender, den ältesten Heimatkalender Deutschlands. Beiträge aus seiner Feder sind auch in 150 Anthologien, Kalendern und Schulbüchern zu finden.

WALTER FLEMMER

am 26. März 1936 in München geboren. Studium der Deutschen Literatur, Geschichte, Philosophie und Geographie, Promotion zum Dr. phil. mit einer Arbeit zu Herders Lyrik. Seit 1960 journalistisch tätig für Zeitungen, Zeitschriften und den Hörfunk sowie als Verlagsredakteur. Von 1962 bis 2001 beim Bayerischen Rundfunk, zuletzt als Stellvertretender Fernsehdirektor und Kulturchef. Von 2001 bis 2011 Präsident der Bayerischen Akademie für Fernsehen. Autor und Herausgeber von mehr als 50 Büchern, Drehbuchschreiber und Fernsehmoderator. Vortragsreisen in Asien, Afrika, Lateinamerika und im Vorderen Orient. Ehrenmitglied der Bayerischen Akademie der Schönen Künste, Mitglied und Mitarbeit in einer Reihe von gesellschaftlichen und sozialen Organisationen. Ehrungen u.a.: Bundesverdienstkreuz, Bayerischer Verdienstorden, Bayerischer Fernsehpreis.

KARL FORSTER

1950 im niederbayerischen Vilsburg geboren, war nach gymnasialen Aufenthalten in Schäftlarn, Landshut, Traunstein und dem Abgang während der 12. Klasse von 1969 bis 1971 Berufsmusiker in Bars und Hotels. Nach dem Militärdienst wirkte er in Münchner Krankenhäusern als Pfleger und in der restlichen Stadt als Taxifahrer. Sein erster Artikel wurde im Juli 1977 im Feuilleton der SZ veröffentlicht. Daraufhin entschied sich Forster für die Arbeit als freier Autor. Nach dem Besuch der Deutschen Journalistenschule arbeitete er als Redakteur und Reporter der Münchner AZ, seit 1987 bei der SZ im Lokalteil. Er leitete von 2008 bis 2016 das Ressort Kultur München-Region-Bayern und arbeitet seitdem als fester Autor für das Blatt. Musikalisch ist Forster seit 2007 Chef der SZ-Band „Deadline".

HANS GOETTLER

wurde als Sonntagskind vom schönen 3. Mai 1953, in Simbach am Inn in Niederbayern geboren; dort aufgewachsen in einem Wirtshaus mit Weißbierbrauerei und Kracherlmacherei; Dr. phil.; Akademischer Direktor an der Passauer Universität im Fachbereich Germanistik; Ehemann (1x); Vater (3x); lebt in der Pockinger Heide in Osterholzen (Gemeinde Kirchham bei Bad Füssing) zwischen Inn und Rott. (Vor-)Leser und Sprecher bayerischer Literatur und Sprache; Schrift- und Sprechsteller; Herausgeber niederbayerischer Autorinnen und Autoren von Emerenz Meier bis Robert B. Erbertseder; zahlreiche Preise und Auszeichnungen; wäre auch bereit, für die von ihm edierte bayerische „Weltliteratur" den Literaturnobelpreis anzunehmen! Seit 2005 Turmschreiber.

NORBERT GOETTLER

1959 in Dachau geboren. Studierte in München Philosophie, Theologie und Geschichte. Promotion 1988. 1985 bis 2012 freier Publizist, Schriftsteller und Fernsehregisseur. 2000 bis 2011 hauptamtlicher Kreisheimatpfleger des Landkreises Dachau, seit 2012 Bezirksheimatpfleger von Oberbayern. 2002 bis 2012 Lehraufträge für Publizistik, Kreatives Schreiben und Wissenschaftsjournalistik an der Hochschule für Philosophie SJ und der Stiftungsfachhochschule für Sozialpädagogik. Seit 2014 Lehrauftrag für Heimatpflege und Regionale Kulturarbeit an der Hochschule München. Mitglied des deutschen PEN-Zentrums, der Europäischen Akademie der Wissenschaften und Künste und der „Münchner Turmschreiber". Redaktionsmitglied von „Literatur in Bayern". Schreibt Romane, Kurzgeschichten, Lyrik und Theaterstücke (Werkverzeichnis: www.norbertgoettler.de). 2002 Freundeszeichen der Katholischen Akademie Bayern, 2004 Bundesverdienstkreuz, 2008 Poetentaler.

THOMAS GRASBERGER

Jahrgang 1964 – geboren und aufgewachsen im oberbayerischen Wallfahrtsort Altötting. War nie Ministrant, sehr wohl aber Kriegsdienstverweigerer. Nach dem Studium der Politikwissenschaft, Philosophie und Geschichte in München und Bangkok/Thailand besuchte er die Deutsche Journalistenschule in München. Einige Jahre war er Kultur-Redakteur bei der Münchner Abendzeitung. Seither schreibt er für den Bayerischen Rundfunk, vor allem Radio-Features und Reportagen auf Bayern 2. Als Buchautor hat er u.a. die „Gebrauchsanweisung für München" und eine Trilogie verfasst, die das Wesen der bayerischen Seele zu ergründen versucht: „Grant. Der Blues des Südens", „Stenz. Die Lust des Südens" und „Flins. Das Geld des Südens". 2017 wurde Thomas Grasberger mit dem Ernst-Hoferichter-Preis ausgezeichnet. Er lebt mit seiner Frau und den beiden Söhnen in der Münchner Maxvorstadt.

MICHAEL GROISSMEIER

geboren 1935 in München, lebt in Dachau. Lyriker und Erzähler. Bürgermedaille der Großen Kreisstadt Dachau, Ehrengabe zur Förderung des Schrifttums, Verdienstkreuz am Bande des Verdienstordens der Bundesrepublik Deutschland, Bayerischer Poetentaler, Ehrengast der Deutschen Akademie Villa Massimo in Rom. Der literarische Vorlass befindet sich in der Monacensia München und im Stadtarchiv Dachau.

UWE-MICHAEL GUTZSCHHAHN

geboren 1952, wuchs in Dortmund auf und studierte in Bochum. Er war 20 Jahr lang Lektor. Seit 2001 lebt er als freier Autor und Übersetzer in München. Er schreibt Gedichte und Prosa für Kinder und für Erwachsene und wurde für sein übersetzerisches Gesamtwerk 2018 mit dem Deutschen Jugendliteraturpreis ausgezeichnet. Zuletzt erschienen der Gedichtband „Die Geschichte des Hasen endet im Topf" und der Prosaband „Das Krächzen der Dohlen" (beide 2021).

ANDREAS MARTIN HOFMEIR

Andreas Martin Hofmeir, einer der besten und vielseitigsten Instrumentalisten der Gegenwart, ist ein Grenzgänger zwischen den Genres: Er ist Professor an der Universität Mozarteum Salzburg, war Gründungsmitglied der bayerischen Kult-Band LaBrassBanda und erhielt sowohl als Kabarettist als auch als klassischer Tubist zahlreiche Preise. Er tritt als Autor und Showmaster in Erscheinung, ist gefragter Solist und Kammermusiker und gibt weltweit Meisterkurse und Workshops. 2013 wurde er als erster Tubist mit dem ECHO Klassik als Instrumentalist des Jahres ausgezeichnet. Hofmeirs Spezialität sind außergewöhnliche Crossoverprogramme, in denen er Klassik, Jazz und Kabarett verbindet. In einer „komplett überflüssigen Autobiografie" unter dem Titel „Kein Aufwand! Schrecklich wahre Geschichten aus meinem Leben mit der Tuba" beschreibt er seine Erlebnisse auf und hinter der Bühne.

GERD HOLZHEIMER

Dr. phil., setzt das Werk seines Vaters als Landvermesser fort, auf literarischer Ebene. Verfasser von über 30 Büchern, zuletzt Übersetzung ins Bairische: „Da kloa Prinz" und Einspielung als Hörbuch. Mitarbeit an verschiedenen Zeitungen und Zeitschriften, für den Bayerischen Rundfunk und das Fernsehen, am Film „Trüffeljagd im Fünfseenland", künstlerischer Leiter der Veranstaltungsreihe „Literarischer Herbst" und Herausgeber der Zeitschrift „Literatur in Bayern". Konzeption und Durchführung literarischer Exkursionen zwischen Ammerland, Feuerland, Amazonas, Mandovi-River und der Würm. Anerkennungspreis der Bayerischen Volksstiftung, Günther-Klinge-Preis, Pasinger Kunst- und Kulturpreis, Ernst-Hoferichter-Preis, Kulturpreisträger des Landkreises Starnberg. Herausgeber der Zeitschrift „Literatur in Bayern".

GERALD HUBER

ist 1962 in Landshut geboren, wo er mit elf Jahren bereits seine erste Zeitung herausbrachte – komplett mit selbstgeschriebenem Fortsetzungsroman. Nach humanistischem Gymnasium, dem Magister in Geschichte und Sprachwissenschaften und zahlreichen weiteren journalistischen und literarischen Fingerübungen kam er zum Bayerischen Rundfunk, wo er u.a. Autor von „Hubers Bairischer Wortkunde" ist. Daneben hat er eine Reihe von Beiträgen und Büchern zu Geschichte, Sprache und Kultur in Bayern veröffentlicht und tritt mit Lesungen auf. Ausgezeichnet wurde er mit dem Journalistenpreis der Stiftung Aventinum und der Tassilomedaille.

MICHAELA KARL

wurde 1971 in Niederbayern geboren, studierte Politologie, Geschichte und Psychologie in Berlin, München und Passau. 2001 Promotion an der FU Berlin über Rudi Dutschke. Danach folgerichtig die publizistische Hinwendung zu den rebellischen Figuren in der Bayerischen Geschichte: Räubern (Sozialrebellen in Bayern), Frauen (Bayerische Amazonen) und Räterepublikanern (Die Münchener Räterepublik). Lebt mit ihrem Mann in Bayern und hat noch immer einen Koffer in Berlin. Schreibt bis heute mit Vorliebe über Menschen, die aus dem Rahmen fallen ...

JÜRGEN KIRNER

1960 im oberpfälzischen Hemau geboren, lebt in München. Gründer und Autor der Couplet-AG, einer der erfolgreichsten Musikkabarettformationen Süddeutschlands – ausgezeichnet u.a. mit dem Bayerischen Kabarettpreis. Moderator und Autor der BR-Sendung „Brettl-Spitzen". Gehört dem Präsidium der Turmschreiber an. Seine Texte und Couplets beleuchten das subversive Innere der bayerischen Volksseele und begleiten auf ganz eigene Art das Leben der Politprotagonisten. Bisher sind neun CDs und zwei DVDs erschienen. Neben zahlreichen, regelmäßigen Rundfunk- und Fernseh(gast)auftritten gibt es große Tourneen und Konzerte. Mit der Couplet-AG gelang es ihm, die totgesagte Tradition der Volkssänger wieder aufzugreifen und der Liedform des Couplets zu einer Renaissance zu verhelfen. Satirisch-bissige Texte und Couplet-AG-Klassiker wie „Geh peitsch mi", „A Glaserl Eigenurin" und „Bierbauchhasi" sind mittlerweile nicht nur in zahlreichen Liederbüchern und vor allem im eigenen Buch „20 Jahre Couplet-AG" (Volk Verlag) verewigt, sie werden landauf und -ab von zahllosen begeisterten Fans öffentlich aufgeführt.

FITZGERALD KUSZ

ist Lyriker und Dramatiker. Am 17. November 1944 in Nürnberg geboren, aufgewachsen in Fürth, Mittelfranken. Studium der Anglistik und Germanistik in Erlangen. Ein Jahr als „assistant teacher" in Nuneaton, Warwickshire, England. Bis 1982 Lehrer. Seither freier Schriftsteller. Verheiratet. Drei Kinder. Mitglied im PEN, im VS und in der Akademie der Darstellenden Künste. Neun Literaturpreise, zuletzt August-Graf-von-Platen-Preis, Ansbach 2011. Auszeichnungen u.a.: Bundesverdienstkreuz 1992, Karl-Bröger-Medaille, Nürnberg 2016. 14 fränkische Dialekt-Gedichtbände, zuletzt: „der vollmond über nämberch. die besten gedichte aus vierzig jahren", „Guuder Moond". 24 Theaterstücke, darunter: „Schweig, Bub!", „Burning Love", „Letzter Wille", „Der fränkische Jedermann", „Hänsel und Gretel. Ein Familiendrama", „Witwendramen, Revue", „Das hässliche Entlein", „Lametta", „Die Götter-Soap –letzte Staffel frei nach Ovid", „Sag nix – Liebesdialoge". Film und Fernsehen, darunter: „Gudrun", „Florian III". Hörspiele, darunter: „Hermann", „Die Nibelungen. Eine deutsche Seifenoper", „Der Alleinunterhalter". CDs: „allmächd", „fläiß fluß", „krouhä". Internet: www.kusz.de

KATHARINA LANG

Jahrgang 1987, lebt als freie Autorin und Bloggerin in München. Während ihres Magisterstudiums der Theaterwissenschaft an der LMU München absolvierte sie Ausbildungsstationen beim Bayerischen Rundfunk, der ARD-Programmdirektion, der Pro7Sat1 Media SE, der Constantin TV GmbH und dem ARD Studio Singapur. Seitdem arbeitet sie für verschiedene Formate und Plattformen: als Storylinerin und Drehbuchautorin u.a. für die BR-Erfolgsserie „Dahoam is Dahoam", als Autorin von Kurz- und Kindergeschichten fürs Radio (Bayern 2) und live auf der Bühne als Poetry Slammerin. Als Bloggerin hat sich Katharina Lang mit ihrem Projekt www.150daystodate.de einen Namen gemacht. Im Jahrgang 2018/ 2019 ist sie Stipendiatin der Akademie für Kindermedien und entwickelt im Bereich „Story World" plattformübergreifend neue und anspruchsvolle Stoffe für das junge Publikum. Veröffentlichungen: „Wir sind da", Anthologie der besten Texte der PULS-Lesereihe, „150 days to date – Eine Hochzeit, 150 Tage, unzählige Dates".

ANTON G. LEITNER

geboren 1961 in München, lebt in Weßling. Publizierte bislang 14 lyrische Einzeltitel, zuletzt im Frühjahr 2021 „Wadlbeissn. Zupackende Verse" (Bairisch–Hochdeutsch). Außerdem erschienen in englischer und französischer Übersetzung seine Auswahlbände „Selected Poems 1981 – 2015" und „voix en plein trafic". In seinem Verlag gibt er seit 1993 die buchstarke Zeitschrift DAS GEDICHT heraus. Darüber hinaus edierte er über 40 Anthologien, insbesondere im dtv und bei Reclam. Zuletzt erschienen seine Sammlungen „Gedichte für alle Liebeslagen" und „Die Bienen halten die Uhren auf". Leitner wurde vielfach ausgezeichnet, u. a. mit dem V. O. Stomps-Preis der Stadt Mainz, dem Kulturpreis AusLese der Stiftung Lesen und dem Tassilo-Kulturpreis der Süddeutschen Zeitung. Mehr unter www.AntonLeitner.de und www.Wadlbeissn.de

GERHARD LOEW

befasst sich seit seinem 25. Lebensjahr mit dem Theaterstücke-Schreiben. Der Erstling „Da Hochstandjosef" wurde Anfang der 70er-Jahre in der „Iberl"-Bühne aufgeführt, für die Loew seine ersten zehn Stücke als Hausautor verfasste. Dort entstand auch die „Grattleroper": mit mehr als 500 Aufführungen fast schon eine Legende und über die bayerischen Grenzen hinaus, bis ins Hamburger „Ohnsorg Theater", ein viel gespielter Klassiker. Zu weiteren Erfolgen zählen das bayerische Musical „Kinipfingst", die kommunalpolitische Komödie „Wer ko der ko", die Urlaubssatire „D'Sunn scheint schee", die Wildererposse „Brootznschiaßn", „Der Weihnachter", „Passion", „Ghupft wia gsprunga", die faustische Komödie „Kasperltheater" und „Talk Extra", eine Talkrunde mit historischen Personen aus der bayerischen Geschichte. Es entsteht regelmäßig ein neues Stück, das er mit seinem Ensemble im Kulturzentrum Oberbräu in Holzkirchen zur Aufführung bringt. Loews etwa 50 Theaterstücke sind mehrheitlich im „MundArt-Verlag", Aßling, erschienen.

JÖRG MAURER

Jörg Maurer wurde 1953 im bayerischen Oberland, hart an der österreichischen Grenze geboren. Nach der Schulzeit verließ er Garmisch-Partenkirchen und studierte in München u.a. Germanistik (Magisterarbeit über Arno Schmidt). Fünf Jahre war er als Gymnasiallehrer für Deutsch tätig. Und zwar gerne. Zur gleichen Zeit entwickelte er das kultur-satirische Musikkabarett, weil er sich mit dem Bierernst, der in der Literatur- und Musikszene so oft vorherrscht, nie anfreunden konnte. Nach reger Tourneetätigkeit im deutschsprachigen Raum eröffnete er im Herzen Schwabings ein Kellertheater mit Schwerpunkt „Musikkabarett" und leitete es 15 Jahre lang. Inzwischen ist Jörg Maurer ausschließlich als Autor tätig.

Sein erster Roman „Föhnlage“, ein Kriminalroman, in dem Kommissar Jennerwein ermittelt, kam im März 2009 heraus. Seitdem erscheint jährlich ein neuer Band, zudem verfasst er auch Bücher außerhalb der Reihe. Für seine Arbeit als Kabarettist und als Autor wurde er mehrfach ausgezeichnet. Maurer lebt heute in Garmisch-Partenkirchen. www.joergmaurer.de

WOLFGANG OPPLER

1956 in Rosenheim geboren, lebt heute in Ebersberg. Während der Schulzeit in München wurde er Mitglied im Friedl Brehm Kreis. Nach einem Jurastudium drei Jahrzehnte lang Syndikus in einer Bank in München, bevor er diesen Beruf an den Nagel hängte und eine Ausbildung zum Stadtführer machte. Seit 2013 begeistert er Menschen aus aller Welt und Oberbayern für die Schönheiten Münchens. Verfasst Gedichte, Kurzgeschichten, Szenen, Puppentheaterstücke für Kinder und für Erwachsene. Die schweißtreibende Handlung des Schreibens vollzieht er am liebsten im Café, im Biergarten und vor allem in vollbesetzten S-Bahn-Zügen.

MONIKA PAUDERER

„Vielleicht, weil ich ein Sonntagskind bin (geb. am 14. Juli 1940, aufgewachsen im Mangfalltal und 1960 durch Heirat mit einem waschechten Münchner zur Münchnerin erhoben), habe ich immer ein Quäntchen Glück mehr gehabt im Leben. Auch ohne akademische Bildung und Doktortitel, letzteren nicht einmal auf dem Standesamt erworben, waren die 26 Buchstaben des Alphabets stets mein liebstes Spielzeug, mein erster Setzkasten – der reinste Zauberkoffer. Lesen zu lernen und schreiben zu können, das wünschte ich mir schon sehr früh. An letzterem übe ich allerdings immer noch. Bisher wurden drei Dutzend Bücher veröffentlicht.“

MARIA PESCHEK

geboren am 12. August 1953, Schauspielerin (Otto Falckenberg-Schule), Kabarettistin, Bühnenautorin, zwei erwachsene Kinder, lebt mit Ehemann, dem Schauspieler Helmut Dauner, auf dem Land in Bayern. Nach diversen Theaterengagements erster Kabarettauftritt beim Passauer Scharfrichterbeil Wettbewerb (2. Platz). Erstes Soloprogramm 1986 „Ja wo samma denn“ im Münchner Fraunhofertheater. Kabarettprogramme zusammen mit den Wellküren, Tourneen mit Michael Skasa, sechs Soloprogramme, aktuelles Kabarettprogramm mit Helmut Dauner „was war des jetzt“, von 2000 bis 2007 wöchentliche Glosse beim Bayrischen Rundfunk als Paula Pirschl. Trägerin des Münchner Kabarettpreises 2009. Aktuelles unter: www.mariapeschek.de

MARTHA SCHAD

geboren am 12. März 1939 in München, Dr. phil., wohnt in Neusäß bei Augsburg. Studium der Geschichte und Kunstgeschichte an der Universität Augsburg, Promotion über das Thema „Die Frauen des Hauses Fugger von der Lilie“. Freiberufliche Historikerin und Autorin mit Schwerpunkt historische Frauen. Eine Titelauswahl: „Bayerns Königinnen“, „Kaiserin Elisabeth und ihre Töchter“, „Frauen gegen Hitler“, „Stalins Tochter – Das Leben der Swetlana Allilujewa“, „Romanzen auf der Roseninsel“, „Briefwechsel Cosima Wagner mit König Ludwig II.“, „Gottes mächtige Dienerin – Schwester Pascalina und Papst Pius XII“ und „Ludwig Thoma und die Frauen“. Zahlreiche Preise, u. a. auch den Bayerischen Poetentaler.

HERBERT SCHNEIDER

erblickte am 8. Oktober 1922 in der Münchner Vorstadt Schwanthalerhöh das elektrische Licht. Ausgerechnet an einem Sonntagabend machte er seiner Mutter diese anderen Umstände. Später ging er in die Schule. Er war ein guter Apfelstrudelesser und ein anerkannter Champion im Schussern. In der Folge übertrumpfte er als Obergereifter den ehemaligen Gefreiten Adolf. Anschließend wäre er gern Radrennfahrer geworden, doch war ihm sein Radl während des Kriegs gestohlen worden. So wurde er kurzentschlossen Journalist und Schriftsteller. Mit den Jahren vergingen die Jahre und er schrieb Bücher, pflanzte einen Baum und zeugte einen Sohn, wie es die Dienstvorschrift befiehlt. 1962 verlieh ihm die Stadt München den Förderpreis für Literatur, 1969 erhielt er den Poetentaler, 1970 die Ludwig-Thoma-Medaille und 1990 den Sigi-Sommer-Literaturpreis.

ALFONS SCHWEIGGERT

geboren in Altomünster, lebt in München, veröffentlichte Sachbücher, Biografien, Erzählungen, Lyrik, Satiren, den Roman „Das Buch“, außerdem Pädagogische Fachbücher. Besondere Beachtung fanden seine Werke zu König Ludwig II. Nach dem Studium der Psychologie, Philosophie und Pädagogik war er sechs Jahre Lehrbeauftragter an der Universität München. 1993 bis 2009 Institutsrektor am Staatsinstitut für Schulpädagogik und Bildungsforschung in München. Seit 2010 freischaffender Schriftsteller. 1976 und 1984 Bestenliste Deutscher Jugendbuchpreis. 1990 Literaturpreis München-West. 1995 Literatenkerze der Schwabinger Katakombe. 1995 Bayerischer Poetentaler. Schweiggert ist Vorsitzender der „Karl Valentin-Gesellschaft“.

ALBERT SIGL

1953 als ältestes von acht Geschwistern in Mirskofen bei Landshut geboren, studierte Elektrotechnik in Regensburg und wurde „jüngster Ingenieur Bayerns". Nach 13 Jahren hängte er den Ingenieursberuf an den Nagel und studierte in Regensburg Germanistik und Philosophie. Sigl zählte in den 70er und frühen 80er Jahren zu den „jungen Wilden" der bayerischen Literaturszene und gilt als „Wegbereiter der jüngeren bayerischen Literatur und der Mundart-Kultur" (Literaturportal Bayern). 1982 veröffentlichte er im Friedl Brehm Verlag sein erstes Buch „Kopfham". 1985 folgte der Roman „Die gute Haut", 2003 „Erding seit 1945 – Stadt im Wandel". 2005 erschien die Erzählsammlung „Sonnham". Im Jahr 2015 wurde „Gegenwartszimmer" mit Erzählungen auf Bairisch und Hochdeutsch veröffentlicht.

Albert Sigl publizierte auch in Zeitschriften und Anthologien und ist im Hörfunk als Autor und Sprecher tätig. Die Stadt Regensburg hat ihn 1979 mit dem Hungertuchpreis ausgezeichnet, von der Stadt München erhielt er das Stipendium „Literaturjahr 1987". 2002 war Sigl Stadtschreiber Erdings. 2007 wurde er mit dem Ernst-Hoferichter Preis ausgezeichnet. Albert Sigl lebt in Erding.

Foto: Herbert Pöhnl

JOSEF STEIDLE

ist ein waschechter Münchner aus Oberföhring. Jahrgang 1927. Abitur, dann Verwaltungsbeamter der Stadt München, Zwölf Jahre Referent des Bürgermeisters, 15 Jahre lang für Altenheime zuständig. Schon als Bub leidenschaftlich musiziert, gesungen, Gedichte gelesen und dann gern und viel vorgetragen. Hat acht Bücher mit bayerischen Dialektgedichten und Erzählungen veröffentlicht. Er schreibt ein unverfälschtes Münchnerisch, einen „lupenreinen Randsteindialekt". Komponiert auch aus Spaß an der Freud Lieder, Märsche und Walzer. Seit Jahrzehnten Mitglied der Turmfalken (Damische Ritter), wo er dichtend, textend, singend, musizierend aktiv ist.

MICHAEL STEPHAN

wurde am 2. August 1954 in Stuttgart geboren. Aufgewachsen in München und hier lebend; Leiter des Stadtarchivs München; dort Herausgeber der Stadtviertelreihe „Zeitreise ins alte München" und Autor des Bands über Schwabing; Mitherausgeber der Reihe „Miscellanea Bavarica Monacensia". Viele stadtgeschichtliche Vorträge und Publikationen, einer der Schwerpunkte ist die literarische Szene Münchens (u.a. Franz von Pocci, Henrik Ibsen, Thomas Mann). Vorsitzender des Historischen Vereins von Oberbayern; Vorstandsmitglied des Kulturforums der Sozialdemokratie in München und der Franz-Graf-von-Pocci-Gesellschaft; Mitglied der Deutschen Schillergesellschaft und der „Saubande", dem Freundeskreis des Valentin-Karlstadt-Musäums. Redaktionsmitglied der Zeitschrift „Literatur in Bayern".

ANGIE WESTHOFF

wurde 1965 in München geboren und arbeitete in der internationalen Lehrerfortbildung, bevor sie 2006 mit dem Schreiben von Kinder- und Jugendbüchern begann. Bisher sind etwa zwanzig ihrer Werke verlegt worden. 2011 wurde das „Buch der seltsamen Wünsche" in die Empfehlungsliste der Internationalen Jugendbibliothek (The White Ravens) aufgenommen. Die Autorin lebt und arbeitet im Münchner Westend, dessen Kulisse wiederholt zum Schauplatz ihrer Bücher wurde.

JOSEF WITTMANN

Josef Wittmann, geboren 1950 in München, lebt seit 1977 in Tittmoning. Mitglied im Verband Deutscher Schriftsteller, bei den Münchner Turmschreibern, den Chiemgau-Autoren und im Internationalen Dialektinstitut. Als Lyriker schreibt er vorwiegend in bairischer Mundart. Bisher sind acht Gedichtbände erschienen, von „kuacha & kafä" (1972) bis zum Hörbuch „Kraah Gickerl kraah kraah" (2014) im Dialekt; „Kleinstadt" (2015) in Schriftdeutsch. Er übersetzt amerikanische Lyrik ins Deutsche, verfasst Satiren, Theaterstücke und Kabarett-Texte. Beiträge in vielen Anthologien, zuletzt in „Vastehst me" und in „Bairisches Poeticum" (beide 2014). Als Buchillustrator hat er u.a. Felix Hoerburger, „Neueste Nachrichten aus der schnubiglputanischen Provinz" gestaltet.

E-Mail: wittmann-wein@t-online.de;
Homepage: www.josef-wittmann.at

MOSES WOLFF

Wolff, geboren 1969, ist Autor, Schauspieler und Komiker. Er schreibt regelmäßig für das Satiremagazin *Titanic* und ist Stammautor der erfolgreichen Münchner Lesebühne „Schwabinger Schaumschläger Show" sowie der „Lesebühne im Hugendubel". 2015 erhielt er den Schwabinger Kunstpreis. Gemeinsam mit Arnd Schimkat verfasste er den mit Christoph Maria Herbst in der Hauptrolle verfilmten Roman „Highway to Hellas". Er spielte gemeinsam mit Norbert Bürger den ersten Knecht in der Watzmann-

Produktion des Deutschen Theaters und inszeniert jährlich ein neues Theaterstück. Im August 2020 erschien sein neuer Roman „Liebe machen" bei Piper, im Herbst des Jahres hatte sein satirisches Theaterstück „Hänsel und Gretel – Erwachsenwerden im Wald" Premiere. Er kennt das Münchner Oktoberfest wie seine Westentasche und hat daher das erste vernünftige und vollständige Wiesnhandbuch „Ozapft is" geschrieben. Wolff wohnt in der Münchner Isarvorstadt. Sein Porträt-Foto stammt von Michael Tinnefeld.

Nachruf auf Elfriede Bernhard

Sie war das allseits verehrte Faktotum der Turmschreiber seit deren Gründung 1959. Am 5. Mai 2021 ist sie im Alter von 92 Jahren in München gestorben und fand ihre letzte Ruhestätte auf dem Waldfriedhof (Neuer Teil).

40 Jahre lang stand Elfriede Bernhard den Turmschreibern mit Rat und Tat zur Seite. Ohne ihre rastlose Arbeit, die sie mit Unterstützung ihres Mannes Ottmar für die Autorengruppe leistete, wären die zahlreichen Leseveranstaltungen und sonstigen Aktivitäten der Turmschreiber über immerhin vier Jahrzehnte nicht möglich gewesen.

Sie betreute die Abwicklung der Lesungen, kümmerte sich um Werbeaktionen und die Pressearbeit. Sie verteilte die Eintrittskarten, war für die Buchführung zuständig, kümmerte sich um den Vertrieb des Turmschreiber-Hausbuches – damals noch „Turmschreiber-Kalender" genannt – und stand stets jedem für Informationen zur Verfügung. Bei den zahlreichen Lesungen organisierte sie auch die Büchertische und leitete den Verkauf der Bücher. Sie erhielt zu Recht den Titel „Mutter der Turmschreiber".

Die Turmschreiberinnen und Turmschreiber trauern um Elfriede Bernhard. Sie werden sich immer in Dankbarkeit an ihr liebenswürdiges und herzliches Wesen und an ihre unermüdliche Tätigkeit erinnern und ihr ein ehrendes Andenken bewahren.

Alfons Schweiggert im Namen aller Turmschreiberinnen und Turmschreiber

DER POETENTALER DER TURMSCHREIBER

Die Münchner Schriftstellervereinigung der Turmschreiber vergibt den „Bayerischen Poetentaler“ alljährlich an Persönlichkeiten oder auch Institutionen, die sich um die bayerische Kunst und Kultur besonders verdient gemacht haben. Die Träger der renommierten Auszeichnung sind:

1961
Joseph Maria Lutz
Prof. Eduard Stemplinger
Dr. Dr. Alfred Weitnauer

1962
Prof. Benno Hubensteiner
Ernst Hoferichter
Hanns Vogel

1963
Abt Hugo Lang
Adolf Roth
Dr. Eugen Roth

1964
Gustl Feldmeier
Josef Martin Bauer
Dr. Alois Fink

1965
Richard Billinger
Prof. Carl Orff
Dr. Erwin Schleich

1966
Bernhard Ücker
Ludwig Schrott
Karl Spengler

1967
Marieluise Fleißer
Arthur Maximilian Miller
Wugg Retzer

1968
Wastl Fanderl
Dr. Herbert Schindler
Anton Schnack
Friedrich Schnack

1969
Reinhard Raffalt
Prof. Rudolf Kriß
Herbert Schneider

1970
Dr. Hans Bleibrunner
Hans Fitz
Oskar Weber

1971
Prof. Otto Kraus
Paul Ernst Rattelmüller
Prof. Hans Wimmer
Roider Jackl

1972
Hannes König
Michl Lang
Georg Lohmeier
Otto Schemm

1973
Martin Lankes
Prof. Arthur Piechler
Siegfried Sommer

1974
Annette Thoma
Dr. Emil Vierlinger
Werner A. Widmann
Capella Monacensis

1975
Eva Vaitl
Wolfgang Johannes Bekh
Paul Friedl (Baumsteftenlenz)
Pater Stefan Schaller

1976
Günter Goepfert
Hellmuth Kirchammer
Dr. Michael Schattenhofer
Regensburger Domspatzen

1977
Ludwig Hollweck
Dr. Robert Münster
Prof. Anton Neuhäusler (=Franz Ringseis)
Kurt Wilhelm

1978
Alix du Frênes
Wilhelm Lukas Kristl
Anton Wandinger
Franz Xaver Breitenfellner
Die Förderer
Landshuter Hochzeit 1475

1979
Werner Egk
Helmut Zöpfl
Georg Blädel
Josef Eberwein

1980
Ludwig Schmid-Wildy
Hans Pletzer
Erich Hartstein
Prinz Franz von Bayern

1981
Ludwig Kusche
Hans Hösl
Fritz Straßner
„Augsburger Puppenkiste“

1982
Alois Weichslgartner
Windsbacher Knabenchor
Gustl Bayrhammer
Franziska Bilek

1983
Carl Oskar Renner
Wilhelm Ludwig
Josef Oberberger
Walter Sedlmayr

1984
Fritz Meingast
Toni Berger
Dieter Wieland
Tölzer Knabenchor

1985
Hans Hotter
Prof. Hans Pörnbacher
Franz Freisleder
Hans Breinlinger (posthum)
Jugend- und Musikkorps Bad Kissingen
(Jugend-Musikkorps)

1986
Wolfgang Sawallisch
Michael Ende
Max v. Aufseß
Werner Schlierf

1987
Ottfried Preußler
Karl-Heinz Schickhaus
Dr. Leopold Kammerer
Münchner Theater für Kinder
(Marianne und Heinz Redmann)

1988
Frieda Sembach-Krone
Richard Lemp
Fred Rauch
Seeoner Sing- und Musizierkreis

1989
Dr. Anton Besold
Alexander v. Branca
Erni Singerl
Harald Dietl

1990
Leopold Ahlsen
Toni Goth
Willy Purucker
Franz Kuchler
Anna Wimschneider

1991
Hans Berger
Dr. Walter Flemmer
Heino Hallhuber
Hans Prähofer

1992
Ellis Kaut
Ernst Maria Lang
Herbert Rosendorfer
Rolf Wilhelm

1993
Manfred Bacher
Werner und Nanette Bald
Die Allgäuer Liederpoeten
(Werner Specht und Peter Zürn)
Michael Stiegler

1994
Dr. Fritz Fenzl
Enoch v. Guttenberg
Prof. Otto Meitinger
Hugo Strasser
Reiner Zimnik

1995
Prof. Ernst Otto Fischer
Kurt Graunke
Abt Odilo Lechner
Alfons Schweiggert

1996
Florian Besold
Veronika Fitz
Peter Grassinger
„Die wilde Gungl“

1997
Prof. Rudolf Seitz
Sepp Eibl
Hans Fischach
Iberl Bühne, Georg Meier

1998
Robert Naegele
Ernst Krammer-Keck
Josef Wahl
Augsburger Domsingknaben

1999
Armin Eichholz
Klaus Kiermeier
Walter Lindermeier
Fraunhofer Saitenmusik

2000
Werner Herzog
Wilfried Hiller
Dr. Ernestine Koch
Dr. Hans F. Nöhbauer

2001
Ruth Drexel
Kreuther Klarinettenmusi
Josef Steidle
Christian Ude

2002
Janosch
Ensemble Zapf'nstreich
Josef Fendl
Christine Neubauer

2003
Silke Aichhorn
Margret Hölle
Jutta Speidel
Helmut Seitz

2004
Jörg Hube
Jutta Makowsky
Couplet AG
Winfried Zehetmeier

2005
Frank M. Barwasser (Pelzig)
Gert Heidenreich
Lotte Roth-Wölfle
Gruppe Haindling / Hans-Jürgen Buchner
Erich Jooß

2006
Hedi Heres
Dieter Hildebrandt
P. Walter Rupp
Günther Sigl

2007
Martha Schad
Michael Skasa
Notker Wolf OSB

2008
Biermösl Blosn
Dr. Norbert Göttler
Gerhard Polt
Prof. Dr. Reinhard Wittmann

2009
Monika Baumgartner
Klaus Eberlein
Michael Groißmeier
Konstantin Wecker

2010
Franz Eder
Bruno Jonas
Monika Pauderer
Hans Roth

2011
Jo Baier
Helmut Eckl
Musiktrio Münchner Saitentratzer
Markus Wasmeier

2012
Bayerischer Rundfunk
Michael Lerchenberg
Hardy Scharf
Josef M. Redl

2013
Gustl Bauer
Ilse Neubauer
Claudia Schlenger & Hanns Meilhammer
(Herbert und Schnipsi)
Zither-Manä

2014
Miroslav Nemec
Asta Scheib
Traudi Siferlinger
Gisela Schneeberger
Udo Wachtveitl

2015
Anton G. Leitner
La Brass Banda
Marcus H. Rosenmüller
Christian Springer
Gitti Walbrun

2016
Werner Asam
Hans Göttler
Lisa Fitz
Elmar Wepper
Tanngrindler Musikanten

2017
Fredl Fesl
Das Team der Serie „Die Rosenheim-Cops"
Toni Drexler
Fitzgerald Kusz

2018
Michaela May
Andreas Giebel
Friedrich Ani
Bob Ross, Gründer u. Dirigent von
„Blechschaden"

2019
Maria Peschek
Ludwig Zehetner
Christoph Süß

DIE KOLLEGEN IM WEISS-BLAUEN OLYMP

Leopold Ahlsen
1927–2018

Manfred Bacher
1923–1994

Wolfgang Johannes Bekh
1925–2010

Hans Breinlimger
1912–1985

Franz X. Breitenfellner
1913–1996

Hans Fischach
1922–2008

Günter Goepfert
1919–2017

Heidi Heres
1939–2010

Ernst Hoferichter
1895–1966

Ludwig Hollweck
1915–1990

Benno Hubensteiner
1924–1985

Erich Jooß
1946–2017

Leopold Kammerer
1925–2004

Hannes König
1908–1989

Martin Lankes
1897–1993

Georg Lohmeier
1926–2015